Também de Casey McQuiston:

Vermelho, branco e sangue azul
Última parada
Eu beijei Shara Wheeler

CASEY McQUISTON

Tradução
GUILHERME MIRANDA

SEGUINTE

Copyright © 2024 by Casey McQuiston

Todos os direitos reservados, incluindo os direitos de reprodução no todo ou em parte, sob qualquer forma.

O selo Seguinte pertence à Editora Schwarcz S.A.

Grafia atualizada segundo o Acordo Ortográfico da Língua Portuguesa de 1990, que entrou em vigor no Brasil em 2009.

Os trechos de O Silmarillion citados neste livro foram retirados da tradução de Waldéa Barcellos (São Paulo: Martins Fontes, 2011).

TÍTULO ORIGINAL The Pairing

CAPA Ale Kalko

ILUSTRAÇÃO DE CAPA Winny Tapajós

MAPA Rhys Davies

PREPARAÇÃO Renato Ritto

REVISÃO Ingrid Romão e Luciane H. Gomide

Dados Internacionais de Catalogação na Publicação (CIP)
(Câmara Brasileira do Livro, SP, Brasil)

McQuiston, Casey
    Combina? / Casey McQuiston; tradução Guilherme
Miranda. — 1ª ed. — São Paulo: Seguinte, 2024.

    Título original: The Pairing.
    ISBN 978-85-5534-347-6

    1. Ficção norte-americana I. Título.

24-205606 CDD-813

Índice para catálogo sistemático:
1. Ficção : Literatura norte-americana 813

Cibele Maria Dias – Bibliotecária – CRB-8/9427

Todos os direitos desta edição reservados à
EDITORA SCHWARCZ S.A.
Rua Bandeira Paulista, 702, cj. 32
04532-002 — São Paulo — SP
Telefone: (11) 3707-3500
www.seguinte.com.br
contato@seguinte.com.br

Ao prazer

Não é possível amar e partir.
Quem dera fosse.
O amor pode ser transmutado, ignorado, confundido,
mas nunca tirado de ninguém.
E. M. Forster, *Um quarto com vista*

Initiating slut mode.
Robyn, "Fembot"

O início

(Versão de Theo)

Da primeira vez que beijo Kit, sinto gosto de jalapeño e damasco.

Estamos tão bêbados que criamos coragem. Uns caras do restaurante deram uma festa de Dia das Bruxas na casa alugada deles em Cathedral City, tem uma lixeira cheia de um ponche misterioso e temos vinte e dois anos, a idade em que servir ponche numa lixeira parece uma ideia genial, e não terrível. Pelo menos acrescentei alguns goles do licor de damasco da estante de bebidas para acalmar os nervos.

Passamos os últimos quatro meses desde que Kit se mudou para Palm Springs e depois para a minha casa discutindo fantasias de Dia das Bruxas. M&M's safados. Ralph Macchio e o vilão de *Karatê Kid*. Kit teve a ideia de se vestir de Sonny e Cher — ele como Cher, eu de Sonny. Encontrou o vestido de seda colado perfeito em consignação em Los Angeles e me fez até amarrá-lo num espartilho antes de pôr o vestido, porque ele é desses que leva muito a sério a coisa de se divertir. Nem mesmo o ponche de lixeira conseguiu tirar a sensação da textura da pele dele dos meus dedos.

Depois, quando sentamos para comer pizza na mesa de centro, Kit decide que está na hora de finalmente discutirmos o assunto.

Nunca falamos sobre isso desde que ele voltou para a Califórnia para fazer faculdade e entramos um na vida do outro de novo como se nunca nem tivéssemos saído, sincronizando perfeitamente o ritmo de nossos corações. *Theo-e-Kit, Theo-e-Kit, Theo-e-Kit*. Foi tão fácil encontrar esse ritmo que nem comentamos que ele tinha sumido ou o porquê.

Kit olha para mim por cima da borda recheada de jalapeños extras e pergunta:

— Por que você nunca quis ir para Oklahoma City?

Porque estamos falando de Oklahoma City, quase respondo. Mas o que importava nunca tinha sido o lugar; e sim a promessa. Quando tínhamos catorze anos, um ano depois que a mãe de Kit morreu, o pai dele decidiu mudar com a família inteira para Nova York. Eu e Kit abrimos um mapa e encontramos o ponto exato entre Rancho Mirage e Brooklyn. Oklahoma City. Prometemos que nos encontraríamos lá todo verão, mas eu sempre inventava desculpas para não ir, e nunca eram desculpas boas.

Seus olhos castanhos estão tão brilhantes sob a luz da lâmpada, emoldurados pela peruca idiota de Cher, que conto parte da verdade: quando ele foi embora, percebi que de repente tinha me apaixonado pelo meu melhor amigo. E aí ele estava oitocentos quilômetros longe demais para isso fazer qualquer diferença, contando para mim por telefone sobre seus primeiros encontros, e doía muito. Oklahoma City teria partido meu coração.

— Desculpa — digo. — Foi escroto da minha parte. Fui babaca com você.

— Ah — É tudo que ele diz.

— Mas já super superei tudo isso agora — digo, o que é mentira. Nunca estive mais longe de superar. Pensei que morar com Kit seria uma excelente terapia de exposição, que não existe uma pessoa no mundo que continuaria apaixonada pelo melhor amigo depois de vê-lo coçar a bunda numa calça de moletom. Mas foi o contrário: amo Kit ainda *mais* agora. — Então não precisa se preocupar. Não vai ser esquisito nem nada.

Kit coloca a fatia na mesa e observa meu bigode colado, meu cabelo trançado para trás para caber embaixo da peruca tigelinha. Ele morde o lábio para conter um sorriso, ajeita o cabelo de Cher atrás da orelha e diz:

— Eu também estava apaixonado por você.

— Você... o quê?

— Quer dizer, naquela época.

Aceno, tentando manter a voz calma.

— Ah, sim. Naquela época.

E aí ele dá risada, então dou risada também e coloco Sonny & Cher para tocar para disfarçar porque a minha risada sai muito esquisita. Dançamos pela sala com os lábios sujos de gordura ao som de "I Got You Babe" até minha mão roçar a cintura marcada de Kit.

Pego as pontas do cabelo brilhante sintético, tocando-o sem tocar em Kit de verdade. Ele ergue a mão e tira meu bigode.

— E se a gente tentasse? — pergunta, baixinho. — Só uma vez, para ver como seria?

E assim vou parar na cama do meu melhor amigo, beijando-o até ficarmos zonzos. Só para ver como seria.

Lá no fundo sei que isso vai me transformar de maneira permanente. Talvez seja errado, talvez seja uma ideia de merda deixar que ele faça isso sabendo o que sinto e que ele não corresponde, mas estamos falando do Kit. Ele adora fazer as pessoas se sentirem bem, e, quando enfia a cara entre minhas pernas, eu me sinto bem. Me sinto tão bem que chega a ser horrível.

Ele vai rir quando falarmos disso amanhã, e sei que todas as pessoas que eu levar para a cama daqui em diante vão disputar minha atenção com o fantasma dele.

De manhã, a cozinha cheira a canela, manteiga e fermento, e Kit está na pia, lavando a louça com o avental que comprei para ele quando viajamos de carro até o vale de Santa Maria para ver se o churrasco valia mesmo a pena. No avental está escrito: *ESTE CHURRASQUEIRO ROÇA A CALABRESA*.

A mesa está posta com dois pratos, vapor subindo e cobertura escorrendo da massa marrom-dourada. Kit faz tudo do zero todo fim de semana, e está em busca da receita perfeita de rolinho de canela há anos.

Prometi várias coisas internamente enquanto pegava no sono ao lado dele. Que ficaria de boa. Que era só curtição. Dois velhos amigos se pegando pelos velhos tempos, dando umazinha para compensar os adolescentes apaixonados que um dia foram.

Ele sorri para mim da pia, ainda ostentando o chupão que deixei em seu pescoço, e digo:

— Eu menti. Nunca superei.

Kit solta um longo suspiro. Fecha a torneira. E responde a coisa mais incrível que poderia responder:

— Eu também não.

O fim

(Versão de Theo)

Tem um dildo na esteira de bagagens.

O dildo não é *meu*. Não que eu não tenha trazido um, mas Kit nunca teria organizado nossa bagagem de um jeito tão descuidado a ponto de uma coisa dessas simplesmente cair da mala e sair rolando pela esteira de bagagens. Existem regras para isso.

Não tem mais ninguém observando o dildo rodar sem parar no Aeroporto de Londres Heathrow. Ele é roxo e meio pequeno, mas de uma grossura respeitável. Na quarta volta do objeto, finalmente dou um passo à frente e tiro minha bagagem da esteira, mas não me dirijo à saída.

Não sei onde Kit está.

Sete, oito, nove, dez vezes o dildo dá a volta até que um funcionário do aeroporto de cara séria põe umas luvas e o leva embora num saquinho plástico.

Olho a hora: faz trinta e cinco minutos que Kit saiu andando. Estou com raiva demais para chorar, mas tenho mais ou menos meia hora até desabar completa e espetacularmente. Vou mandar um e-mail para a companhia de turismo depois para explicar por que nunca chegamos, ver se consigo um reembolso. Agora, só quero ir para casa.

Da fila de emissão de passagens da British Airways, vejo um casal jovem nervoso se dirigir aos achados e perdidos para buscar o dildo extraviado. Estão naquele momento da paixão em que vale a pena se humilhar na retirada de bagagem. Saem juntos, a cara vermelha e com um risinho torto. Fofos para cacete.

Pergunto ao agente atrás do balcão:

— Que horas sai o próximo voo direto para Los Angeles?

QUATRO ANOS DEPOIS

QUATRO ANOS DEPOIS

LONDRES
COMBINA COM:

Pimm's Cup e scone mergulhado no chá
e devorado com uma pressa furiosa

Londres

— Nem se você me der duzentas libras e bater uma pra mim, Trevor. Você não vai beber. — Empurro as notas amarrotadas sobre o balcão, sorrindo com doçura. — Vai pra casa. Vai se tratar. Sua personalidade é péssima, e não de um jeito divertido.

Por fim, Trevor cede, se permitindo ser puxado para a saída do pub por outros dois torcedores do West Ham enquanto o povo comemora outro gol pela televisão que paira acima de nossa cabeça. Um dos torcedores do Spurs que ele estava atormentando ergue a cerveja em um gesto de gratidão. Abano a cabeça e jogo um pano sobre o ombro, baixando para terminar de remover o barril estourado.

— Sempre o Trevor — suspira um barman. — Puta mala sem alça. Bufo.

— Todo bar tem um.

O barman me dá uma piscadinha solidária, depois olha de novo.

— Espera aí. Quem é você?

— Sou... — Finalmente desengancho o barril e o puxo para fora com um grunhido. — ... Theo.

— Quando te contrataram?

— Ah, ele só me deixou ir pra trás do balcão porque sei trocar o barril. — Aponto com o queixo para o gerente suado fazendo o possível e o impossível para dar conta dos pedidos. Não foi preciso muito para convencê-lo a aceitar ajuda de graça. — Eu não trabalho aqui. Nem morar aqui eu moro. Saí de um avião faz, tipo, umas duas horas. Ei! — Bato a toalha num torcedor do Spurs que está tentando subir na banqueta. — Pô, cara, seja um pouco mais inteligente.

O barman franze a testa com simpatia.

— Já esteve em Londres antes?

Sorrio.

— Não, mas vi muitos filmes.

Na verdade, quase nunca nem saí da Califórnia. Teve aquela vez alguns verões atrás quando Sloane estava gravando em Berlim e me convidou para morar de graça na suíte de hotel dela, mas... não, ainda não era minha hora. Não costumo confiar muito em mim em lugares ou circunstâncias estranhas. Passei meus vinte e oito anos quase inteiros no vale de Coachella porque ele tem montanhas e deserto e céus imensos e corvos do tamanho de cachorros e porque conheço todas as maneiras como posso fracassar lá.

Mas agora a minha hora chegou. Acho... *sei* que chegou. Todos os músculos do meu corpo foram ficando cada vez mais tensos por semanas a cada novo quadradinho do calendário que eu riscava, me preparando para agir, para descobrir do que sou capaz. *Adoro* saber do que sou capaz.

Além daquela manhã cataclísmica em Heathrow, esta é minha primeira vez no exterior, e deve ser por isso que fui parar atrás do balcão de um pub lotado durante uma partida de futebol acirrada. Saí do trem do aeroporto com Londres inteira a meus pés e, em vez de museus ou palácios ou a Abadia de Westminster, segui diretamente para o pub mais próximo e me acotovelei até chegar aonde me sinto à vontade. *Disso* sou capaz, de mediar brigas de bar, fechar válvulas, gritar ofensas amigáveis a caras chamados Trevor, aprender os hábitos de bebida locais, sentir o gosto de cervejas regionais. Estudo a fauna dos botecos como se estivesse narrando um documentário da vida selvagem. Tenho praticamente um doutorado em tomar uma com a galera.

A ideia toda desta viagem, quando eu e Kit a marcamos lá atrás, era exatamente esta: estudar. A gente ficava sonhando que abriria um restaurante um dia e, certa noite, depois do quinto episódio consecutivo de *Sem reservas*, Kit teve a ideia. Encontrou uma excursão guiada de comida e vinho pela Europa onde poderíamos experimentar os melhores e mais intensos sabores, as tradições mais célebres de repartir o pão, a imersão mais plena de todos os sentidos para inspirar nosso trabalho. *O Bourdain completo*, disse ele, o que me fez me apaixonar de novo naquele instante.

Economizamos por um ano para fazer a reserva e aí terminamos nosso relacionamento no voo, Kit vazou para Paris e nunca mais o vi. A reserva não era reembolsável. Voltei para casa com um coração partido, uma minigarrafa de um uísque catorze anos que tínhamos planejado beber na parada final em Palermo e um vale-viagem com prazo de quarenta e oito meses de validade. Prometi para mim que, no mês quarenta e sete, faria essa viagem sem mais ninguém; eu merecia. Vou chegar à praia e beber nosso uísque para marcar como progredi. Comemorar o fato de finalmente ter superado Kit.

E aqui estou eu, num pub a cinco minutos da Trafalgar Square, encaixando um barril novo, sendo incrivelmente valente e independente e sexy por vontade própria.

Eu consigo. Sou foda. Vou *aprender* e vou me *divertir*, e levar tudo isso de volta ao sommelier do trabalho e também pra cozinha de casa, onde vou criar minhas próprias receitas. Vou ser minha melhor versão, mais confiante e mais competente. Não vou enfiar todas as minhas coisas emboladas na mochila todo dia de manhã nem deixar meu celular cair na chaleira nem esquecer minha identidade em cima de um suporte de papel no banheiro do aeroporto (de novo). E não vou, nem pensar, desejar que estivesse fazendo isso tudo com Kit.

Eu já quase nem penso mais nele hoje em dia.

Empurro o barril com o pé para terminar de encaixá-lo, giro a válvula e baixo a torneira.

— Temos Guinness de novo!

Quando levanto, o gerente está observando, o rosto avermelhado e perplexo. Ele serve meio copo do barril novo e o passa para mim.

— Você trabalha num pub lá na sua terra? — pergunta.

Dou um gole.

— Tipo isso.

— Bom — continua ele —, fique à vontade para completar o turno. O jogo está quase acabando, mas Liverpool joga às três.

— Às... às três? — Sinto um frio na barriga. — Já são...?

Em cima de um assento privativo de couro surrado, um relógio no formato de um terrier escocês atesta que faltam dezesseis minutos para as três.

Dezesseis minutos para o ônibus da minha excursão partir rumo a Paris. Dezesseis minutos para eu perder minha última chance nessa viagem, e mais de um quilômetro de ruas de Londres desconhecidas e insondadas separando este pub do ponto de encontro.

Tiro o pano do ombro e faço o impensável: viro minha Guinness.

— Preciso... *ugh*. — Contenho um arroto que carrega o gosto da mais pura vingança irlandesa. — Preciso estar na Russell Square em quinze minutos.

O gerente e o barman trocam um olhar pesado.

— É melhor correr, então — solta o gerente.

Devolvo o copo vazio para ele e pego minha mochila.

— Cavalheiros. — Presto continência. — Foi uma honra.

E saio em disparada.

— — —

Alguém me puxa de volta para o meio-fio pouco antes de um táxi preto passar raspando por mim.

— Puta que pariu! — exclamo, com minha vida passando diante dos meus olhos, e basicamente só vejo piscinas, coqueteleiras e sexo casual. Nada mal. Nada impressionante, mas nada mal. Ergo os olhos para o meu salvador, uma torre loira vestida de flanela. — Esqueci para que lado deveria olhar. Prometo que estou prestes a sair do país e nenhum de vocês nunca mais vai me ver de novo.

O homem inclina a cabeça para o lado como se fosse um pedregulho curioso.

— Eu pareço inglês para você? — pergunta, com um sotaque que definitivamente não é inglês.

Mas também não é escocês nem irlandês, então pelo menos não devo tê-lo ofendido. Finlandês? Norueguês?

— Não, não parece.

A luz do semáforo muda e continuamos andando na mesma direção. Não estou vivendo um primeiro encontro de comédia romântica. Ou será que estou? Não curto muito barba. Tomara que não esteja.

— Você também está na excursão de comida e vinho? — o talvez norueguês arrisca.

Observo a mochila que ele leva nas costas largas. É uma mochila grande de trilha como a minha, embora a minha pareça duas vezes maior em mim. Tirando minha altura, minha genética não foi pensada para empurrar navios de guerra até a rebentação das praias nórdicas.

— Sim, estou! Ai, meu Deus, que bom que não vou chegar por último.

— Pois é. Dormi numa encosta ontem à noite. Não achei que fosse demorar tanto tempo para fazer a trilha de volta.

— Para Londres?

— É.

— Você... tá. — Tenho muitas perguntas, mas não tenho tempo. — Me chamo Theo.

Ele sorri.

— Stig.

São 15h04 quando chegamos à Russell Square, onde uma mulher mais velha com um corte prático no cabelo grisalho coloca uma última mala no bagageiro do que deve ser nosso ônibus.

— Precisa de ajuda com as malas, Orla? — uma voz melodiosa grita com um forte sotaque italiano.

Um rosto bonito e cor de bronze surge à porta do ônibus.

— Não preocupe essa cabecinha linda — responde a motorista, Orla.

O sotaque dela é irlandês.

— Não fica me requentando se não for comer — diz o homem, irreverente, antes de nos avistar. — Ah! Os dois que faltavam! *Meraviglioso*!

Quando ele desce, saltitante, os degraus, o cinza de Londres se abre num âmbar napolitano fumegante. Este deve ser Fabrizio, o homem citado como nosso guia no e-mail que a empresa de turismo enviou com todas as informações finais. Ele é absurdamente bonito, o cabelo escuro caindo sobre a nuca, a barba rala e áspera sobre o queixo definido se misturando artisticamente com os pelos da gola aberta da camiseta. Ele parece até inventado, tipo o cara que fez a Kate Winslet ter o primeiro orgasmo naquele filme sobre uma divorciada na Sicília.

Ele vira uma página da prancheta, olhando para mim.

— Você deve ser Stig Henriksson.

— Hm...

Ele ergue a cabeça bonita para trás e solta uma gargalhada.

— Brincadeira! Brincadeira! Ciao, Stig! — Ele se dirige a Stig e dá um beijo bem na sua maçã do rosto. — E isso quer dizer que você só pode ser Theodora!

E aí ele também me abraça, traçando a boca em minha bochecha.

— Theo. — Apoio a mão no braço dele e retribuo o beijo na bochecha, supondo que é a coisa certa a fazer.

Quando recua, ele está sorrindo.

— *Ciao bella*, Theodora. — Quase ninguém me chama de Theodora, mas gosto de como ele pronuncia a palavra. *Tay-o-dooora*, com o *R* virado do avesso e estendendo o segundo *O* de uma maneira lenta e suave que mais parece que está chamando ele pro bar. Eu não me importaria se *este* fosse um primeiro encontro de comédia romântica. — *Andiamo*!

Orla fecha o bagageiro.

— Muito cheia essa excursão — comenta Fabrizio com a gente, já a bordo. — Talvez tenha lugar lá no fundo? E tem um do meu lado!

Em pé ao lado do banco do motorista, consigo ver todas as fileiras de passageiros, meus companheiros pelas próximas três semanas. Olho para Stig — somos os únicos que vieram para essa viagem sozinhos.

Claro. Uma viagem como essa é pensada para ser feita em companhia. Flutuar junto com a outra pessoa pelo Sena, brindar com taças de champanhe, tirar fotos um do outro sob o vento de uma falésia à beira da praia, comer do mesmo prato e falar pelo resto da vida sobre aquele prato incomparável. É o tipo de memória para duas pessoas viverem, não uma.

Aceno com a cabeça e sigo pelo corredor, deixando o assento para Stig.

Passo por dois australianos que gritam de tanto rir, uma dupla de mulheres mais velhas com viseiras iguais falando japonês, alguns casais aposentados, duas meninas de regata, vários casais em lua de mel, uma mãe do interior dos Estados Unidos junto com o filho adulto de cara emburrada até, finalmente, achar um lugar. O último assento do corredor está vazio.

Não consigo ver direito a pessoa que está encolhida na janela, mas também não percebo nada de alarmante nela. Está com uma camiseta que parece macia e uma calça jeans desbotada, e o cabelo esconde o rosto. Talvez esteja dormindo. Ou fingindo, para que ninguém sente a seu lado, pelo menos. Deve estar querendo um companheiro de banco tanto quanto eu, ou seja, nem um pouquinho.

Inspiro fundo.

— Oi! — digo, usando minha voz mais simpática. — Este assento está ocupado?

A pessoa se mexe, tirando ondas soltas de cabelo castanho do rosto. O único alerta que tenho antes de ela se virar para mim é uma mancha de tinta na parte de cima da mão esquerda que vai do primeiro ao terceiro nozinho do dedo.

Conheço aquelas mãos. Vivem manchadas desse mesmo jeito, seja por nanquim, corante alimentício ou tinta aquarela.

Kit ergue os olhos, franze a sobrancelha elegante e diz:

— Theo?

— — —

Talvez aquele táxi tenha mesmo me atropelado.

Talvez tenha me esmagado numa faixa de pedestres numa rua com a faixa em zigue-zague e transeuntes vespertinos estejam reunidos ao meu redor dizendo uau que pena que uma pessoa gostosa dessas morreu atropelada bem na frente de uma Boots. Alguém do *The Sun* talvez tenha redigido uma manchete — BOA NOITE, FLOR DO DIA! "Theo Flowerday, o rebento mais velho e que menos deu certo do poderoso casal de diretores de Hollywood Ted e Gloria Flowerday, morre depois de pisar na rua, para a surpresa de ninguém." Talvez tudo desde então tenha sido um sonho febril moribundo e enfim cheguei ao inferno, onde vou precisar, forçosamente, dividir três semanas das paisagens e dos sabores mais sensuais e românticos da Europa com um estranho cujo períneo eu conseguia descrever de cabeça.

E todas essas coisas parecem ainda mais prováveis do que a realidade de que a pessoa sentada na última fileira de poltronas seja realmente Kit.

— Você... — Continuo olhando para a cara dele. E ele continua lá. De repente, meus ouvidos estão zumbindo. Paro de sentir as pernas.

— Você não está aqui.

Ele ergue a mão como se tentasse confirmar que existe de verdade.

— Pior que eu acho que estou?

— *Por que* você está aqui?

— Tenho uma passagem.

— Eu também. Eles... me deram um vale, mas eu...

— Para mim também, eu...

— ... nunca tive a chance de usar...

— ... não queria que fosse desperdiçado, então...

Em algum canto do meu cérebro cheio de teias de aranha, devo ter percebido que tínhamos os mesmos vales com as mesmas datas de validade, mas nunca imaginei que de algum modo a gente fosse... fosse...

— Por favor, me fala que — digo, fechando os olhos — a gente não reservou essa porcaria de excursão na mesma data.

O ônibus de repente começa a andar com um solavanco e meus joelhos cedem — metade de mim cai no banco vazio, a outra metade no colo de Kit. Minha mochila vira e acerta Kit bem na cara.

No cabelo, atrás da minha orelha, com a voz grossa e abafada e achando um pouco de graça, Kit solta:

— Então quer dizer que você ainda tá com raiva de mim.

Solto um palavrão, me arrastando para o meu próprio banco. Os olhos de Kit estão franzidos e fechados, a mão cobrindo o nariz.

— Orla pé de chumbo. Você está...?

— Estou ótimo — diz Kit —, mas não entre em pânico quando eu mostrar.

— Mostrar o q... — Ele tira a mão da frente do rosto e revela um sangramento nasal absolutamente espetacular. — *Jesus!*

— Tá tudo bem! — Sangue escorre pela narina esquerda, já se acumulando no espaço do arco do cupido. — Não é tão ruim quanto to parece.

— Tá parecendo ruim pra caralho, Kit!

— Meu nariz faz dessas agora. — Ele espirra umas bolhinhas vermelhas. — Vai parar já, já.

Agora. Agora, como se existisse um *antes*, no qual estávamos apaixonados e eu sabia o que o nariz dele fazia e deixava de fazer.

Quando uma pessoa é sua melhor amiga por dezesseis anos e depois vira sua namorada por dois, além de seu primeiro e único amor, não é fácil cortá-la da sua vida, mas eu consegui. Tudo que poderia ser apagado ou desativado foi: todos os números, bloqueados, todas as polaroides e camisetas de lembrancinha, guardadas em caixas de papelão num dos armários reserva de Sloane. Organizei minha vida para não saber nada sobre a dele, nem com que está trabalhando, o corte de cabelo do momento nem se chegou a terminar o curso de confeitaria em Paris. Tenho quase certeza que ele *ainda* mora em Paris, mas, até este exato momento, poderia ter entrado para a Marinha e perdido o braço num ataque de tubarões que eu não saberia.

Se *penso* sobre o Kit, nessa fantasia que eu não tenho, porque não penso nele tanto assim para ter uma fantasia tão específica, é em nós dois nos trombando na porta de um restaurante em Manhattan. Ele está num encontro, e eu estou lá a convite, para degustar a carta de vinhos, e seja quem for a pessoa artista atormentada saindo com ele leva uma pancada da porta quando ele me vê com meu terninho de alfaiataria e sabe que finalmente cheguei lá, que tenho uma carreira gratificante e uma fila gigantesca de amantes e que minha vida seguiu tanto que nunca mais vou precisar dele nem de ninguém. E, nessa fantasia, eu nem noto ele ali.

Na vida real, as pessoas em volta estão encarando a gente.

— Estou bem, Birgitte! — diz Kit com um leve aceno para os aposentados do outro lado do corredor.

Ele já fez amizade com uns idosos suecos.

Na minha cabeça, nunca seria desse jeito, como se eu ainda fosse a mesma catástrofe de sempre que ele não aguenta mais. Era para ele ver que sou *alguém* agora. Uma nova versão completamente diferente e valente, que assumiu o controle total da vida. Que manda na porra toda.

Desamarro a bandana do pescoço.

— Vem cá — digo, umedecendo o tecido com a água da garrafa que carrego na mochila.

— Estou bem, juro — insiste Kit. — Já está parando.

— Então deixa eu te limpar.

A expressão de Kit vacila, transmitindo algo entre uma esperança cuidadosa e um olhar nauseado e encurralado de um homem sendo atacado por um urso-cinzento.

— Tá.

Estendo a mão pela direita, mas ele vira o rosto para a esquerda. Levo a mão à esquerda, mas ele corrige a rota bem rápido, se virando para a direita. Nos desencontramos mais duas vezes até eu segurar o queixo dele e virá-lo para mim.

Nossos olhares se encontram, o que pega nós dois de surpresa.

Péssima ideia. Uma pessoa no controle total da própria vida nunca sairia por aí apertando o queixo bonitinho de homem nenhum, muito menos de um ex que te deu um pé na bunda.

— Não se mexe — digo, me recusando a desviar os olhos primeiro.

Kit pisca devagar, depois acena.

Seco o sangue, tendo a plena consciência, que aumenta a cada segundo, de que acabei cometendo um erro grave de cálculo. Da posição em que estou, não tenho escolha a não ser estudar o rosto dele e pensar em tudo o que mudou e no que não mudou dos vinte e quatro aos vinte e oito anos. No geral, ele parece o mesmo, só um pouco mais maduro e definido. Ainda tem as mesmas maçãs do rosto arquitetônicas e as mesmas sobrancelhas curiosas, a mesma boca suave, os mesmos olhos castanhos de cílios compridos com aquele bom e velho brilho escancarado que carrega desde que éramos crianças. A diferença mais notável é uma leve curva no nariz reto e escultural que eu lembrava, o que tenho quase certeza que não é culpa minha.

Ele olha para mim e me pergunto se está fazendo o mesmo. Mudei mais do que ele. Não uso mais maquiagem, tenho sobrancelhas mais desgrenhadas, mais sardas. Alguns anos atrás, parei de tentar fazer todos os traços díspares do meu rosto trabalharem juntos como eu pensava que deveriam e comecei a valorizar cada parte de forma mais individual. Minha boca larga e os cantos erguidos dela, os ângulos do meu maxilar e as maçãs do meu rosto, meu nariz ligeiramente grande demais. Adoro meu visual agora, mas não sei se Kit vai gostar. Não que eu me importe.

Solto a cabeça dele e coloco a mão embaixo da perna antes que faça alguma besteira.

— Hm, você estava certo — digo. — Parou mesmo. Foi bem rápido.

— Quebrei o nariz uns dois anos atrás — Kit me conta. — Agora pra ele sangrar é bem fácil, mas para rápido também.

Uma fagulha estranha de perda me vem à cabeça, a mesma de quando eu e Kit assistíamos a uma série juntos e eu descobria que ele tinha passado na minha frente sem avisar. Como se de algum modo eu devesse ter percebido isso antes.

Não pergunto. Estamos sentados a trinta centímetros um do outro, e estou segurando uma bandana cheia do sangue dele enquanto o ônibus passa pelas fileiras de reboco branco de Notting Hill Gate. Estou tentando me lembrar dos destinos da excursão pelos quais eu ansiava hoje cedo. Bordeaux, Barcelona e Roma, mas o cabelo de Kit fica caindo nos olhos dele.

— Seu cabelo está mais curto — diz Kit, numa voz neutra estranha.

— O seu está mais comprido.

— Estamos quase com o...

— O mesmo corte.

Kit solta um som entre um suspiro e uma risada e tenho que ranger os dentes para não gritar.

Essa era pra ser a *minha* viagem de retorno de autodescoberta no retorno de Saturno. E agora Kit vai estar em cada lembrança, fazendo as coisas nauseantes que o Kit faz. Encantando velhos suecos, criando uma ode a *sfogliatella*, fazendo carinho em folhagens, subindo colinas da Toscana sob a luz do crepúsculo, cheirando a... isso é lavanda? *Ainda?*

— Não tô acreditando nisso — diz Kit, abanando a cabeça como se eu fosse uma pessoa conhecida com quem ele cruzou no mercado, e não o grande amor que ele abandonou no aeroporto de um país estrangeiro. — Como você está?

— Bem. Eu tava muito, muito bem até mais ou menos, hã... — Olho para o relógio. — ... Quinze minutos atrás.

Kit não se deixa abalar.

— Imagino mesmo. Que bom.

— E você? Parece... saudável.

— É, tô mais ou menos inteiro — diz Kit com um sorriso enigmático que me faz desejar que minha mochila tivesse batido nele com ainda mais força. — Eu estou...

A voz digna de narrador de romance de Fabrizio cantarola pelas caixas de som do ônibus:

— *Ciao a tutti ragazzi!* Como estão hoje? Bem? Isso aí, bem! Pra quem não sabe, meu nome é Fabrizio e vou ser o guia de vocês nas próximas três semanas, além de ter a felicidade de compartilhar com vocês os sabores da França, da Espanha e da Itália... e, claro, as paisagens, também!

E neste exato momento Kit faz algo inconcebível: tira um livro da mochila, abre em uma página marcada e começa a *ler*. Como se não estivéssemos no meio da nossa primeira conversa em quatro anos. Como se a única coisa importante que ele tivesse para fazer nessas duas horas de viagem de Londres a Dover fosse ler um livro. Acabei de ser empurrada porta adentro da mansão mal-assombrada dos meus pesadelos mais íntimos e Kit está lendo *Um quarto com vista*.

As páginas estão amareladas nas pontas, como se ele andasse ocupado demais com sua chique vida parisiense e tivesse deixado o livro aberto no parapeito de uma janela por alguns meses. Sou menos interessante para ele do que um livro que ele se esqueceu que tinha.

Fabrizio nos conta sobre a própria infância no restaurante dos pais em Nápoles, explicando que nos encontramos em Londres porque esta é uma excursão falada em língua inglesa, mas que o itinerário, de fato, só começa oficialmente na manhã do dia seguinte em Paris. Vamos fazer uma parada em Dover para apreciar os penhascos antes do pôr do sol e depois ficaremos dois dias na Cidade das Luzes.

Então ele começa a contar a história da noite mais memorável que teve em Londres, quando um barman empunhando uma garrafa de vinho o perseguiu até o lado de fora de um pub porque ele beijou a namorada do cara ("Minha garota favorita na Inglaterra, beijava bem demais, mas não dava pra gente continuar junto. Ela era alérgica a alho!"). O ônibus está comendo na palma da mão dele.

Mas eu quase nem escuto. Estou apertando os joelhos com as mãos, olhando fixamente para o banco à minha frente. Sem me perguntar em que cozinha Kit anda fazendo doces, sem sentir o peso do ar que ele desloca, sem querer que ele vire a página para me mostrar que não está só fingindo ler. Ele nunca foi de olhar para trás. Eu não deveria ficar surpresa.

Kit vira a página.

Se ele está bem, eu estou bem.

— — —

No filme, você nunca vê os penhascos em quatro cores.

O filme de 1944 com Irene Dunne é tudo que sei sobre Dover. Aquele da menina americana que se casa com um baronete inglês na Primeira Guerra Mundial. Não me lembro quando assisti — provavelmente quando Este era pequena, porque nossos pais achavam que qualquer coisa filmada antes de 1960 era um entretenimento apropriado para bebês. Perto do começo, Irene está no convés de um navio e, do mar, contempla, aos prantos, os penhascos de calcário de Dover.

Na vida real, tem muito mais ovelhas, e a grama no topo é verde demais até para o tecnicolor. A terra se curva, oscila e respira com o vento, e aí de repente para. A encosta inglesa ondulante chega a um ápice abrupto e imediato, e onde deveria haver mais colinas há apenas um penhasco reto de cem metros que mais parece dentes brancos e que dá para o mar azul lá embaixo.

Seria uma vista maravilhosa se Kit não estivesse nela. Um gostinho do que está por vir, imagino eu.

Estou andando sem pensar ao lado dos dois australianos. Todo mundo se dividiu em pares, até Stig e Fabrizio, embora Stig pareça estar arrependido da decisão. Parte do trabalho de Fabrizio é garantir que nenhum de nós se perca, então, para ficar mais fácil de nos achar, ele carrega uma vareta retrátil enfiada no rabo de um fantoche de pelúcia do Pinóquio. (O fantoche, ele explica, é porque *Pinóquio* é uma história italiana, e ele é italiano, e também "alguns italianos até que gostam de levar por trás — brincadeira! Brincadeira!".) E é desse jeito que Fabrizio e Stig guiam o grupo pela trilha, Stig com a passada de um alpinista em rédea curta e um fantoche sendo penetrado alegremente meio metro acima dele.

Pouco atrás deles está Kit, com a mesma bolsa de couro transversal que ele usa desde os catorze anos, depois o resto do grupo e, por fim, eu e os australianos.

— Para mim é Florença — digo, quando eles me perguntam qual é o destino que mais quero conhecer. — Eles têm os melhores vinhos. E a melhor coleção de bundas esculpidas em mármore.

— Ah, você nunca foi para a Espanha, né? — pergunta o loiro, cujo nome é Calum. — Não tem nada melhor que vermute espanhol, vai mudar sua vida.

— *Você* nunca foi para a Espanha! — comenta o ruivo, cujo nome também é Calum.

— Eu fui para Bilbao com *você* dois anos atrás — retruca Calum Loiro.

— Não foi, não!

— Fui, sim, você não lembra porque passou os três dias inteiros mamado. Fui *eu* que te encontrei quando você foi dormir com as vacas.

Enquanto eles discutem aos risos, aproveito a oportunidade para mandar mensagem para Sloane sem que Kit esteja a quinze centímetros da minha tela.

me fala, digito, por que caralhos o kit fairfield tá aqui.

Sinto um gosto estranho na boca. Não sei a última vez que digitei aquelas letras naquela ordem. Não suporto olhar para elas, então encaro o horizonte, e dá pra ver a França lá longe.

Kit sempre sonhou em voltar para a França, desde os oito anos, quando a família dele foi morar nos Estados Unidos. Ele nasceu perto de Lyon, filho de mãe francesa e pai americano, bilíngue desde que aprendeu a falar. No segundo em que ficasse entediado, a dupla cidadania estaria esperando por ele atrás de um vidro com os dizeres "quebre em caso de emergência". Eu deveria ter imaginado que isso aconteceria.

Lembro do dia em que o telefone da cozinha do Timo tocou. Fazia três dias que Kit tinha me largado em Heathrow, e eu vinha pegando um turno atrás do outro para evitar ficar naquele apartamento. Ouvi o gerente do turno chamar por Kit — eu tinha arranjado um trabalho de meio período para ele ajudar com as sobremesas e as massas aos fins de semana — e aí ouvi alguém responder para o chef da confeitaria que Kit tinha ligado para se demitir porque estava se mudando para Paris.

Foi assim que descobri. A vida inteira juntos e nem para ele mesmo me contar.

Entrei no frigorífico e gritei com um saco de batatas, depois bati o ponto mais cedo para encaixotar as coisas dele. Tirei as assadeiras da cozinha e as roupas do armário e as plantas dos batentes das janelas. Bloqueei o número dele e mandei mensagem para a sua irmã avisando que as coisas estavam prontas para alguém ir pegar, porque eu não pagaria para mandar nada para a França, ainda por cima tendo que arcar com a metade dele do aluguel.

Com o tempo, a raiva se transformou naquele tipo engraçado de rancor preguiçoso do qual a gente faz piada. Se um amigo me perguntava o que Kit andava fazendo, eu respondia *eu lá vou saber porra* e a gente dava risada. Mas ele não estava errado quando disse mais cedo que eu ainda estava com raiva. Eu ainda estou com raiva *sim*.

— Ei, Theo — chama o Calum Ruivo.

Volto a Dover em um piscar de olhos.

— Oi?

— Já te disseram que você é igualzinha àquela moça do filme dos Beatles que saiu no ano passado? Aquela que fez a namorada do George nos anos sessenta? Joan alguma coisa?

Caralho. Não queria ter que lidar com isso justo agora.

— Sloane. — Torci para que, deste lado do Atlântico, as pessoas demorassem mais para ligar os pontos. — Sloane Flowerday.

— Essa mesma! — responde o Calum Loiro. — Nossa, dava até pra você se passar por ela! Ou aquela outra, ela não tem uma irmã que também é atriz? Qual o nome dela?

— Este.

— Isso! Nossa, se elas tivessem uma irmã mais normal, poderia ser você. Tipo o terceiro irmão dos Hemsworth.

Trinco a mandíbula por mais de um motivo.

— Muita gente fala isso.

Viro as costas, estreitando os olhos para o sol enquanto os Calums discutem qual das minhas irmãs é mais gata.

— Ei, Theo?

Kit aparece na nossa frente, a brisa salgada agitando o cabelo dele ao redor do rosto, as mãos educadamente nos bolsos. Parece um herói de um daqueles livros românticos que ele lê a caminho de arrebatar uma pessoa num campo de violetas. Que preguiça.

— Posso conversar com você um segundo?

Ah, *agora* ele quer conversar.

Ele me leva para longe, passando por uma abertura na cerca de madeira da trilha que dá num pequeno afloramento. Daqui, consigo ver as ovelhas pastando perto do castelo e desejo mais do que tudo ser uma delas. Nenhuma preocupação no mundo, nenhum dia de luta em trabalhos autônomos nem nenhum parente famoso, nenhum reencontro tenso com um ex que fodeu tanto minha vida que tive que criar uma nova. Só comer mato.

Kit sobe em um pequeno pedregulho e cruza um tornozelo sobre o joelho. Fico esperando que ele diga alguma coisa, que comece a pedir desculpas pelo que aconteceu entre nós, que aja como se aquilo tivesse mesmo acontecido. Mas ele não abre a boca.

— Sobre o que você queria conversar? — pergunto finalmente.

— Ah. Eu não queria conversar. Só... escutei a conversa.

Ele escutou a conversa.

Ele não quer conversar. Só quis me salvar de estranhos me perguntando sobre minha família porque sabe melhor do que ninguém como aquilo me faz mal. E agora eu tenho que ficar aqui e receber a empatia irritante de merda dele.

— Quer que eu te agradeça?

— Quê? Não, só não queria que aqueles caras falassem nada esquisito sobre Este ou Sloane para você.

Dou de ombros.

— As pessoas vivem me falando coisas.

— Ah, eu aposto que vivem mesmo — responde Kit. — É só que eu me senti...

— Mal por mim, eu entendi, mas aí é que está. Você não faz mais parte da minha vida. Então não pode resolver intervir quando bem entender, como fez agora.

Kit coloca o dedo na boca.

— Beleza.

— Afinal — continuo, a raiva crescendo em meu peito —, se quisesse mesmo cuidar de mim, consigo pensar em alguns outros momentos em que você poderia ter se dignado a falar comigo nos últimos anos.

— Theo.

— Inclusive, se agora vai começar a falar comigo de novo, que tal — faço uma imitação da voz melodiosa de Kit até com um leve sotaque francês, que ele tinha perdido mas que agora Paris trouxe de volta com tudo — "Theo, desculpa por tudo, fiz uma puta cagada com você, foi bem escroto".

— Theo.

— "Eu nunca deveria ter te larga…" Você está rindo? Sério?

— Tem…

Alguma coisa fofa cutuca minha coxa.

— Isso — Kit diz.

Isso é uma ovelha branca e gorda que pelo visto escapou do rebanho do castelo. O sino pendurado no pescoço dela sugere que essa não é a primeira vez que foge.

— Ah — digo. Ela ergue os olhos pretos e lacrimejantes para mim e me cutuca de novo com o focinho. O sino chacoalha. — Oi.

— Eu estava tentando te avisar — Kit diz.

Faço um carinho na cabeça dela como se fosse um cachorro. Ela bale em aprovação.

— Como eu estava dizendo…

A ovelha dá uma cabeçada na minha perna, mais forte agora.

— Opa! Tá, tá. — Tento fazer carinho nela, mas ela se esquiva e me dá outra cabeçada. — É sério isso?

— Béé — responde ela.

— A questão é que… ai… você não pode voltar do nada e agir como se eu fosse a mesma pessoa de antes e você fosse a mesma pessoa de antes e como se tudo estivesse bem porque…

— Béé!

— … porque não está.

Kit fica sério, mesmo com a ovelha mastigando a bainha do meu macacão.

— Eu não sou o mesmo — concorda ele. — E tenho certeza que você também não é. E eu até gostaria de ter conversado, mas, Theo, que parte de bloquear meu número deveria ter me feito pensar que você queria conversar comigo?

Baixo os olhos para a ovelha a tempo de vê-la tossir um tufo de grama nas minhas botas. Por pouco não perdi o ônibus, quase sofri um atropelamento, cometi lesão corporal, ouvi um homem chamar minha irmã de "nota dez", levei vômito de ovelha e agora estou aqui com meu ex, que acabou de usar um argumento sensato, o que é bem inconveniente.

— Desculpa — responde Kit. — Por tudo.

Kit nasceu com um rosto sincero. Ele passa verdade em tudo que diz e em tudo que faz.

Quando olho para ele, acredito que está mesmo arrependido. Não que isso seja o suficiente, mas pelo menos é verdade.

— E desculpa por ter me intrometido — completa ele. — Velhos hábitos.

Penso em Kit aos onze anos, tirando um ferrão de abelha do meu pé. Em Kit aos vinte e três, me acordando quando perdi a hora para o trabalho.

Ele abre a bolsinha que está carregando e a ovelha finalmente muda de foco, observando Kit com curiosidade enquanto ele coloca na mão alguns biscoitinhos cor de laranja de um saquinho de alumínio.

— Oi, coisa linda — diz ele com a voz suave. — Vamos deixar Theo em paz e comer um lanchinho?

Ela vai até lá e começa a comer da mão dele, feliz e dócil feito um carneirinho.

— Damasco seco — ele diz para mim.

Contra minha vontade, relaxo a mandíbula. Vou admitir que talvez eu precisasse de Kit longe de mim porque é difícil demais ficar com raiva dele estando com ele. Não dá pra juntar raiva e Kit no mesmo ambiente.

— Olha — digo. — Encontrar você aqui... não era bem a viagem que eu tinha em mente.

— Nem a minha — ele responde, ainda dando comida para a ovelha.

— Mas isso aqui é importante para mim, tá? Então vou continuar.

— Sim, claro que é. Você tem que continuar. — Ele acena, ainda terrivelmente sincero. — Eu fiquei pensando que se você não se sentir à vontade, eu poderia... descer em Paris? Ficar em casa?

Então ele *ainda* está morando em Paris.

E o pior de tudo é que está falando sério agora também. Percebo isso não só pela expressão dele, mas pela tensão em seus ombros, pela inclinação triste de seu queixo.

Ele realmente não é o mesmo. Alguma coisa se firmou, tipo o centro de um crème brûlée que era só creme de leite molenga na última vez que olhei. Ele parece... completo, de certa forma. O Kit que eu conhecia era inquieto e voraz. A pessoa na minha frente agora é estável, autossuficiente.

Esse novo Kit está me fazendo um favor. Ele acha que dá conta disso, mais do que eu.

Esse Pastorzinho de Merda quer sair por cima como o mais maduro.

— Não, que bobagem — digo. — Não precisa.

Ele estreita os olhos por um momento.

— Por que não?

— Porque nós dois pagamos pelo ingresso disso aqui. Além do quê, não conheço mais ninguém nesta excursão. Você conhece?

Kit faz que não.

— Bom, então, se acontecer alguma coisa, pelo menos vamos ter... — qual é a forma menos comprometedora de descrever o que somos um para o outro? — Alguém que saiba o tipo sanguíneo do outro, ou sei lá.

Kit pensa na ideia por um momento. A ovelha lambe a palma da mão dele.

— Está me dizendo que quer que sejamos amigos?

— O que *estou dizendo* é que não viajei meio mundo até aqui para ficar com esse sentimento ruim e esquisito por três semanas. Vim para beber champanhe e comer canelone até vomitar. Então, podemos tentar... conviver pacificamente.

Kit morde a boca, encovando a bochecha de um jeito lindo.

— Eu topo.

— E talvez a gente não tenha que conversar sobre águas passadas — digo. — Talvez a gente só siga em frente. E aí pronto.

Depois de um longo momento, Kit ergue a mão que não está coberta de saliva de ovelha e diz:

— Beleza. Desde que seja isso que você quer.

Pego a mão dele e aperto.

— AB positivo — diz Kit. Meu tipo sanguíneo.

— O negativo — retruco. O dele.

— Béé — fala a ovelha.

PARIS
COMBINA COM:

Ulysse Collin "Les Maillons" Blanc de Noirs Extra Brut servido por um garçom afobado, brioche *mousseline*

Paris

Aprendi um monte de coisas fazendo a prova de certificação da Court of Master Sommeliers três vezes. A mais importante delas: eu tenho um nariz naturalmente talentoso.

Quando estou suando na frente de jurados de cara fechada numa degustação às cegas, a leve distinção entre erva-doce e anis me acalma. Quando o Timo fecha à noite e enquanto o pessoal que lava a louça está jogando no lixo as sobras de um tortellini recheado à mão que custa quarenta e dois dólares, e o chef sommelier serve uma taça de vinho branco e me pede que o identifique, consigo distinguir o aroma de uma uva cultivada em solos de ardósia vermelha ou o frescor de uma costa arenosa.

Em parte, é prática — cheirar frutas e verduras, lamber pedras em caminhadas nas montanhas, um treinamento digno daquelas montagens do Rocky Balboa por todos os jardins botânicos do sul da Califórnia —, mas não dá pra treinar instinto. Não precisei aprender a combinar a nota de pimenta-branca do novo especial do chef com uma garrafa de Aglianico, ou a preparar um *gimlet* com o gosto da lembrança que uma noiva tem do perfume da própria mãe. É o meu nariz quem me diz. Quando a insegurança ou a pressão me atingem ou estou com medo de fazer cagada, sei que posso contar com isso.

Portanto, abro a janela do meu quarto individual em Paris, fecho os olhos e inspiro fundo. Notas: café de torra escura, pão fresco da cafeteria descendo a rua, aromas de um jardim com dedaleira e sabugueiro, enxofre da rocha ígnea dos paralelepípedos, escapamento de carro misturado com trepadeira e fumaça de cigarro.

Minha frequência cardíaca desacelera. Solto os punhos, alongo as mãos. Abro os olhos e vejo os tijolos rosados e os telhados com mansarda de ardósia de Montmartre, a cidade que se estende ao sopé da colina.

Vai dar tudo certo. Vai ser *divertido*. Vamos fazer um tour matinal por confeitarias, não pelo maldito Tribunal de Haia. Não importa que Kit tenha literalmente me largado para estudar confeitaria parisiense. Não importa que eu já tenha jogado para o universo uma vez que *não queria saber como Kit está, preferia imaginar que está sentado sozinho num quarto escuro para sempre* e em troca tenha recebido um verdadeiro reality show do Kit ao vivo e em cores bem na minha cara.

— Estou em Paris — digo, colocando uma calça jeans de lavagem clara e uma camisa de linho larga. — Estou em *Paris* — digo, olhando no espelho e agradecendo pela praticidade do shaggy hair curto. — *Eu* estou em Paris — digo ao sair, como se repetir várias vezes ajudasse a aplacar aquela sensação grande e estranha.

Estou aqui. Sem qualquer preocupação. Convivendo pacificamente. Com a melhor aparência que já tive, usando meu melhor perfume e capaz de comer um *chou à la crème* do meu tamanho.

Kit aparece enquanto estou esperando pelo elevador velho e barulhento.

Me surpreendo ao ver que uma criatura tão apegada ao conforto como Kit está hospedada em nosso hostelzinho em Montmartre, tendo seu próprio apartamento a poucos quilômetros daqui. Mas ele *sempre* foi viciado em levar tudo a sério. Deve estar todo animado pra se fingir de turista. Experimentar tudo como se fosse a primeira vez, se apaixonar de novo, bater uma punheta estética.

— Bom dia — ele diz com um sorriso discreto.

— Bom dia.

Noto sua camisa de linho larga e a calça azul-clara. Depois olho para as minhas roupas e tento não soltar um palavrão.

— Estamos usando... — ele começa.

— ... a mesma roupa. Quer saber? Vou de escada.

— — —

— Marca seu nome *aí*, amore, para eu saber que não deixei ninguém para trás — Orla diz, empurrando uma prancheta para mim.

Faço uma rubrica ao lado de *Flowerday, Theodora*, vou pro meu lugar na última fileira e pego meu celular. Sloane mandou uma mensagem: Acabamos de receber as páginas novas e Lincoln tem o dobro de falas agora. Certeza que ele tá dando para o diretor. Como vai o Kit?

Ontem à noite, ela ligou entre uma tomada e outra e exigiu saber de tudo. O assunto Kit é delicado com minhas irmãs: elas conhecem o cara desde que se entendem por gente e, no fim, ele continua sendo, sabe, o Kit. Mesmo depois de tudo, sei que elas só pararam de falar com ele e os irmãos dele por lealdade a mim, e somos a única exceção à opinião de Sloane de que o amor é uma perda de tempo. Eu aposto que ela está até curtindo essa papagaiada.

ah, sabe, respondo. continua sendo o kit. Em seguida: por que você não dá pro diretor também?

Nem todos os problemas se resolvem dormindo com eles, Sloane responde.

não se continuar pensando neles desse jeito.

Vejo Kit se aproximando e passo para o assento da janela antes que ele tenha a chance de me oferecê-lo com aquele ar magnânimo dele.

— Eu ia falar para você ficar na janela — Kit diz ao sentar —, já que é sua primeira vez em Paris.

Me obrigo a sorrir.

— Como sabe que não vim pra Paris desde que nos vimos pela última vez?

— Não sei — Kit admite. — Você veio?

Cruzo os braços.

— Não. Mas poderia ter vindo.

Orla nos leva até nossa guia local pegando o caminho mais panorâmico. Passamos ao redor do círculo largo e desordenado do Arco do Triunfo e descemos pelos Champs-Élysées até os jardins que cercam o Louvre, depois passamos pelo Sena verde-prateado e damos a volta pela ilha que abriga a Notre-Dame. Hoje é uma manhã de agosto quase sem nuvens, e o sol brilha sobre o domo dourado do Les Invalides. Fabrizio nos explica como Napoleão dividiu Paris em arrondissements, esse mapa arrumadinho de calcário e ardósia. Tudo é pêssego, lilás e creme, exceto pelos jardins, que são exuberantemente verdes.

Quando chegamos ao parque do outro lado de Le Bon Marché,

uma mulher está esperando, parada na frente do carrossel com uma roupa toda preta, como alguém que preferiria estar em qualquer lugar que não ao lado de um parque de diversões infantil. O cabelo roxo está cortado em um bob ríspido na altura do queixo. Embora ela seja baixa, as botas a deixam alguns centímetros mais alta. Ela dá uma olhada para o fantoche de Fabrizio sobre a vara com uma repulsa resignada e aceita a contragosto que ele lhe dê um beijo de bochecha com bochecha, mas sem de fato encostar, então um dos pés pendurados de Pinóquio chuta a testa lisa e ríspida dela.

— Grupo, essa aqui é a Maxine! — diz Fabrizio. — Ela é chef de confeitaria aqui em Paris! É nossa guia pelo tour de confeitaria parisiense desde o ano passado. Conhece as melhores pâtisseries, faz sempre o melhor pedido pra gente. Maxine, pode se apresentar?

— Sou Maxine — diz Maxine, resoluta, e Kit contém o riso.

— Certo! — Fabrizio bate palmas. — *Andiamo!*

Maxine nos guia para fora do parque até uma lojinha na esquina com uma placa preta simples dizendo HUGO & VICTOR.

— Aqui — Maxine indica, com um inglês brusco — é onde começamos. Minha pâtisserie favorita de Paris.

A pâtisserie é tão pequena que só conseguimos caber lá dentro num esquema de rodízio, mas o cheiro é celestial. Tem uma seção só de chocolates artesanais em caixas simulando livros de capa dura do Victor Hugo. Outra é dedicada a marshmallows artesanais. Vitrines de vidro abrigam nuvens de pavlova cobertas por figos partidos, bolhas de cheesecake de yuzu e triângulos precisos de tortas — toranja, limão, maçã e caramelo, cumaru, maracujá. Maxine pede uma montanha de doces e, em meio às mesas da calçada lá fora, flutua entre o grupo, contando pra gente sobre tudo.

— Estes são chamados financiers — diz ela, apontando para um bolinho de amêndoa em formato de pão, explicando que alguns dizem que o nome vem da capacidade deles de manter o formato mesmo passando horas nos bolsos de corretores da bolsa. — E esse... será que você poderia... — Ela aponta.

E Kit, que está mais perto, pega o financier e troca por um doce em formato de tubo com uma crosta dourada e uma pitada de açúcar de confeiteiro na ponta. Meio que parece um pinto.

— *Merci* — responde ela. — *Este* é meu brioche favorito de Paris. Você faria as honras?

Ao pedido educado dela, Kit corta o brioche com cuidado, revelando bolhas de ar macias e redondas com um recheio de compota de framboesa.

— *Parfait, mon cher* — Maxine diz a ele, que sorri, contente por tê-la agradado. Puxa-saco. — O brioche que a gente costuma comprar na loja é um pão, né? Este aqui é um brioche *mousseline*. É tradicionalmente feito numa forma cilíndrica ou até numa lata, e leva duas vezes mais manteiga do que a maioria dos brioches. Um brioche de gente rica. Dá pra sentir o sabor de...

Alguém em outra mesa interrompe, gritando uma pergunta para Maxine. Kit murmura algo para ela em francês e, quando ela faz que sim, ele sai andando.

— Posso responder para você!

Os lábios bonitos de Maxine se curvam num sorriso enquanto ela descreve o processo da massa de brioche, e estreito os olhos para ela e Kit, descrente.

Kit tem esse lance — a gente chamava de "condição" — de sem querer fazer as pessoas se apaixonarem. Ele nunca *percebe* que está fazendo. Só calhou de nascer com o rosto de um jovem deus sofisticado e um jeito de encarar cada interação que tem com outros seres humanos com um interesse sincero e absoluto. Tentar um flerte casual com ele é tipo tentar falar sobre o tempo com o sol.

Juro que se minha primeira experiência em Paris for ver a Maxine babando pelo Kit bem na frente do meu brioche de pinto, eu acho que vou me jogar no Sena.

Seguimos em frente pelo Sexto e depois pelo Sétimo Arrondissement, visitando pâtisseries e boulangeries e *chocolateries*. Meus polegares quase não dão conta da velocidade com que faço anotações no celular. Numa chocolataria cercada por antigas máquinas de cigarro, Maxine distribui cones de papel de um chocolate cem por cento amargo cremoso. Numa pâtisserie elegante de um chef francês famoso, experimentamos bolos vitrificados no formato de mangas e avelãs e, meu favorito, um complexo bolo de azeite no formato de uma azeitona verde.

Tento me concentrar nos sabores, mas é difícil ignorar Kit percorrendo as ruas de Paris como se tivesse nascido nelas. Uma coisa é compartilhar a vida com alguém e de repente perceber que virou plateia, outra é ver esse alguém viver o sonho pelo qual ele abandonou você. Ele faz compras aqui. Pega pães e faz planos para o almoço. Enquanto o resto de nós fica olhando, embasbacado, para a Torre Eiffel, ele volta até uma das pâtisseries pelas quais passamos para conversar com o chef da cozinha como se fosse um velho amigo. Se em algum momento ele já pisou nestes paralelepípedos e lembrou da vida que tinha comigo, deve considerá-la excêntrica. Pequena, fofa, meio constrangedora.

Nossa penúltima parada é uma loja de macarons. Sentamos na praça ao redor da Fontaine Saint-Sulpice e trocamos macarons, experimentando sabores muito maiores do que suas embalagens delicadas: banana e açaí, lichia com framboesa e rosas, yuzu com wasabi e toranja cristalizada.

Estou olhando para a fonte, inventando nomes para os santos dentro dos nichos — Santa Edna, a Indignada, a santa padroeira dos que enfiam uma colher de chocolate no ex porque fizeram parte da história antiga e excêntrica dele —, quando alguém diz:

— Conheço você de *algum lugar*.

É uma das meninas de vinte e poucos anos que notei ao embarcar no ônibus pela primeira vez, a mais baixa, de cabelo preto brilhante. Estou deduzindo que ela e a amiga são algum tipo de influenciadoras de viagem.

— Acho que não — digo, torcendo para essa não ser a segunda vez consecutiva em que sou reconhecida por ser uma Flowerday.

— Não, acho que a gente se conhece sim — responde ela. — Era você que estava fazendo drinques no after do Coachella no Saguaro, não era? O bar que era, tipo, uma van grandona?

Estreito os olhos, em assombro. Trabalhei *mesmo* nessa festa. Influenciadores costumam adorar essas coisas de bar móvel independente num micro-ônibus Volkswagen. Fiquei torcendo para que algum deles me contratasse para outro serviço, mas ninguém pareceu lembrar de mim.

— Você estava lá?

— Ai, meu Deus, sim! — Ela vira para a amiga, uma loira praiana com um colete cropped de tricô e uma calça cargo. — Ko! Eu estava certa!

A loira para de mexer no celular para me observar, inexpressiva, por um segundo por cima dos óculos de sol finos.

— Você fez o melhor Bloody Mary que já tomei na vida — ela diz, com a voz completamente monótona. — Eu literalmente mataria uma pessoa por você.

— Essa aqui é a Dakota — a primeira menina diz. — Sou a Montana.

Eu já tô amando isso. Será que elas vêm em combo?

— Theo.

— Theo! Você é tão foda! — Montana diz. — Com que marca costuma fazer parceria? Foram eles que alugaram aquela van?

— Ah, sou só eu. O micro-ônibus é meu. Comprei de segunda mão e fiz umas modificações.

— Uau, arrasou. Cara, eu vou, tipo, em muita festa com muito open bar, e você tem literalmente muito talento. Aquela margarita de laranja-de-sangue, aquela com pimenta, sabe? Você deveria estar fazendo, tipo, o aniversário da Bella Hadid ou de alguém assim. Por que não está em Los Angeles?

— Caramba, valeu — digo, com sinceridade. — Mas na verdade é só um bico. Casamentos, festas, caterings nos fins de semana. Tenho um trabalho normal num restaurante em Palm Springs.

— Eu tava agorinha contando para a Dakota que…

Atrás de Montana, noto Kit conversando com Fabrizio. A voz dele se separa do burburinho e chega até meus ouvidos.

— … é minha opinião, pelo menos — ele diz.

— Você sabe tanto sobre confeitaria francesa — Fabrizio diz. — Como é possível?

— Sou confeiteiro num hotel no Primeiro Arrondissement. Na verdade, me formei na École Desjardins com Maxine.

— Ah! Então você já conhecia nossa Maxine!

— Eu conheço ela *muito* bem. Eu que sugeri que ela se candidatasse para ser guia local quando fiquei sabendo da vaga. Ela pode não demonstrar, mas adora fazer isso.

— Finalmente, posso agradecer a alguém por mandar Maxine para nós! Ela é uma deusa.

— Não é? — Consigo ouvir o sorriso na voz dele.

Era o tom que ele usava pra falar de mim.

Tudo de repente fica muito nítido. Eu nem precisava ter ficado com medo de que Maxine se apaixonasse por Kit. Porque os dois *já* estão apaixonados. Eles provavelmente se entreolharam enquanto olhavam para a mesma fatia de torta e aí Maxine percebeu que a própria vida estava prestes a virar ouro em pó e pétalas cristalizadas e agora tem fios de cabelo roxo grudados na cortina do chuveiro de Kit e...

— ... daí, enfim, agora ele está em prisão domiciliar — Montana está dizendo.

Volto para a nossa conversa de repente.

— Desculpa, quem?

— O cara que fez o último aniversário da Bella Hadid. Então parece que abriu uma vaga, se você quiser posso perguntar para minha amiga que conhece a amiga dela.

— Isso seria... muito generoso! — digo, tentando escapar dessa. Eu não saberia explicar para a Montana que prefiro evitar o circuito das celebridades sem ter que mencionar o motivo. — Mas... o que vocês fazem? Conteúdo de viagem, né?

Enquanto caminhamos para nossa última parada, Montana me conta que é paga por algumas empresas para comer patas de caranguejo em Bali e dar uns beijos em instrutores de mergulho em águas internacionais. Ela é mega descolada e acha que a pessoa descolada aqui sou eu. Ergo um pouco o queixo, do mesmo jeito que fiz ontem quando ouvi que havia um barril que eu poderia trocar.

A luz vespertina escorre como caramelo pelo Boulevard Saint-Germain, rebrilhando as flores que transbordam dos dosséis de seda dos cafés. À frente do grupo, Kit e Maxine andam no mesmo ritmo debaixo de um sol de açúcar mascavo. Ele colhe uma flor e a coloca no bolso lateral da bolsa dela, um segredinho que Maxine só vai encontrar mais tarde. Bom, acho que conviver pacificamente com seu ex é isto: vê-lo seguir em frente com outra pessoa. Vê-lo encontrar um amor na cidade que era demais para você na época.

Posso não ter me apaixonado em Paris, mas tenho minha própria história. Consigo diferenciar um riesling austríaco e um riesling australiano só pelo cheiro. Comprei um micro-ônibus que não funcionava e transformei num bar. Faço o melhor Bloody Mary da Califórnia, e só perco para um cara de tornozeleira eletrônica.

Paris não vai pisar em mim, e Kit também não. De novo não.

— — —

Jantamos uma refeição tradicional de sete pratos numa brasserie num porão perto da Torre Eiffel, escondida de turistas. O lugar é todo em couro, veludo e madeira envelhecida, à luz de um candelabro empoeirado que reflete em pinturas a óleo e fotografias amareladas em molduras barrocas, o ar denso fervilhando de manteiga e manjerona. O tipo de lugar onde Tony Bourdain acamparia com uma garrafa de Burgundy e um maço de Marlboro vermelho. Pensei que nunca mais comeria de novo depois de todos aqueles doces, mas de repente estou morrendo de fome.

No fundo do restaurante, dois tampos longos foram agrupados formando duas mesas de quinze lugares para nós. Maxine veio com a gente por insistência de Fabrizio e, por algum capricho cruel dos deuses da confeitaria, ela senta do meu lado. Kit pega uma cadeira alguns lugares à frente, do outro lado, e se envolve imediatamente numa conversa com Calum Ruivo.

Quando seus pais são diretores-produtores e seu padrinho é Russell Crowe, é raro conhecer alguém que te intimide. Mas a Maxine — com aquele perfume de orquídea e musgo e aquela expressão de indiferença permanente — é intimidante. Ela está grudada em mim, mas mal parece me notar. Está analisando o próprio cabelo no reflexo da parte de trás de uma colher.

Por sorte, eu cresci com Sloane Flowerday. Minha irmã mais nova tinha doze anos da primeira vez que botou um roteirista pra correr de Los Angeles só de deixar comentários agressivos num roteiro. Eu sei lidar com uma dondoca coração de gelo que gasta uma fortuna na manicure.

— Oi — digo a Maxine. — Meu nome é Theo.

— É, eu sei — ela diz, finalmente virando para mim. Seu tom não me revela nada.

— Entendi. Ouvi que você e Kit estudaram na mesma escola de confeitaria.

— Foi.

— Que demais — digo. — Como se conheceram?

— Introdução a Dacquoise.

Ela não está me entregando nada. Me debruço na mesa com o rosto apoiado na mão.

— Dacquoise... aquele com as camadas de avelã e merengue de amêndoa, certo?

Maxine ergue o queixo. Do jeito que isto aqui está apertado, o rosto dela chega a poucos centímetros do meu. Ela é muito bonita num estilo meio Shirley Jackson, como se morasse dentro de um espelho assombrado. Se já não fosse do Kit, bem que eu tentaria manchar aquele batom malva perfeito, mas me contento com ela apenas indo com a minha cara.

— Então você estava prestando atenção.

— Você é uma ótima professora.

Ela me lança um olhar demorado, como se eu tivesse feito por merecer uma avaliação para valer. Então assente uma vez, como se estivesse satisfeita, e diz:

— Agora eu entendo.

Antes que eu consiga perguntar *o quê*, os garçons chegam com nosso primeiro prato, e as mesas explodem em "aahs" de uma surpresa prazerosa. Uma bandeja prateada surge diante de nós: escargots do tamanho de ameixas, transbordando de manteiga de salsa verde com alho. Outros dois garçons trazem o vinho que vai harmonizar e reconheço o rótulo: champanhe, Ulysse Collin, Les Maillons. Um assobio baixo escapa dos meus lábios.

— Que foi? — Maxine pergunta ao pegar um escargot com a pinça minúscula.

— Aquele ali é um vinho de entrada de trezentos e cinquenta dólares.

Não param de chegar pratos da cozinha, sempre seguidos por vinhos novos. Depois que tiramos os escargots de suas conchas e chuchamos na manteiga com persillade, vêm bandejas de pargo assado ao molho beurre blanc e limões-sicilianos chamuscados. Um Muscadet cor de palha é servido em minha taça, seguido por um Châteauneuf-du-Pape para acompanhar o coq au vin.

Na ponta da mesa, Kit é o príncipe do jantar. Ri quando Calum Ruivo faz sua melhor imitação dos olhos arregalados do pargo e insiste que os suecos experimentem as cenouras com calda de conhaque. Alterna entre francês e inglês com naturalidade para falar com a garçonete e chega pertinho dela com um sorriso no rosto quando ela cochicha a resposta em seu ouvido. Abre os botões da camisa. Fabrizio começa a se referir a ele carinhosamente como *"Professore"* e implora que ele explique a física de um domo de musse que experimentamos mais cedo. Ele tira um bloco de desenho do bolso para traçar um diagrama.

Viro minha taça e me volto para Maxine.

— Seu sotaque... é canadense?

— Montreal, originalmente. Cresci falando inglês e francês.

— Ah, igual ao Kit. A parte bilíngue, não a parte canadense.

— Pois é. — Ela gira a taça para misturar o vinho lá dentro. — Embora eu não sinta tanta falta do continente quanto Kit.

Disso eu duvido. Kit parece pouco se importar se o continente afundar.

— O que achou do vinho?

— Sou conhecida por gostar de ter um momentinho Châteauneuf--du-Pape — diz ela, de nariz em pé.

— Ah, eu também, ainda mais com um *gigot d'agneau*.

— Hmm. Tem alguma coisa nele que destaca as ervas de um ensopado, mas não consigo lembrar como os franceses chamam isso.

— Garrigue — digo. — O sabor que você obtém quando cultiva uvas na parte sul do vale do Rhône por causa de toda a sálvia, lavanda e alecrim que tem lá naquela região.

— Isso mesmo. — Ela olha para mim com cuidado, fazendo a gentileza de ignorar o champignon que quica em meu prato e vai parar embaixo da mesa. — Onde você aprendeu essas coisas?

Eu poderia me gabar, se quisesse. Dizer que passei os últimos dez anos numa carreira promissora de assistente de garçom a assistente de sommelier no Timo, o único restaurante com estrelas Michelin de Palm Springs. Mas percebo uma brasa nova de curiosidade nos olhos dela, e Maxine é o tipo de mulher que só pegaria na sua mão depois que você a estendesse para ela.

Então digo:

— Kit deve ter comentado sobre a minha família com você, né?

Ela baixa os olhos.

— Sim, fiquei sabendo.

Claro que ficou. Eu sou a Hemsworth que não ficou famosa.

— E você sabia que, quando eu tinha dezessete anos, quase acabei com a campanha para o Oscar de Melhor Filme do meu pai porque a polícia bateu numa festinha que eu tava dando em casa e acabei saindo no TMZ?

— Eu estava no Canadá na época — Maxine diz, com um tom neutro. — Mas amaria ouvir, parece uma boa história.

Sorrio.

Conto que Este e Sloane começaram a arranjar trabalhos constantes por volta da época em que comecei o ensino médio, o que significava que meus pais estavam ou nos sets de filmagem deles ou nos das minhas irmãs. Kit estava em Nova York, e ficava só eu numa casa com piscina e oito quartos e uma adega. Então, resolvi dar a minha própria festa de quinze anos.

Ninguém ligava muito para Theo Flowerday, mas geralmente todo mundo gosta de histórias de filhos de famosos dando festas em mansões sem a supervisão de adultos. Eu queria me sentir *especial*. Como se tivesse algo para oferecer. Por isso, me transformei na realeza das festas em casa da Escola Preparatória de Palm Valley, fazendo mágica com o cartão de crédito dos meus pais e uma identidade falsa. Meu maior truque? Eu sabia fazer *qualquer* drinque que pediam.

Não importava que eu passasse horas estudando livros de coquetelaria em vez de me preparar para as provas do ensino médio nem que, quando sentia falta da minha família, corresse até a adega e pesquisasse todos os varietais e denominações de onde quer que eles estivessem gravando. O que importava era que todo mundo tinha que estar nas minhas festas e minhas festas tinham que me incluir.

— É isso — completo. — E também trabalho num restaurante e cuido do vinho lá.

Maxine coloca a taça vazia sobre a toalha da mesa, escondendo a mancha que fiz com molho de carne.

— Eu também ficava muito sozinha nessa idade.

Enquanto comemos o próximo prato de salada e bebemos um Sancerre refrescante, Maxine explica casualmente que seus pais morreram quando ela tinha quinze anos e a deixaram com a irmã mais velha para criar os três irmãos mais novos numa mansão isolada nos arredores de Montreal.

Ela conta isso como se fosse uma história infantil de humor mórbido. Duas adolescentes cuidando de uma mansão, afugentando gansos do jardim para que não machucassem o irmão caçula, repelindo tias e tios excessivamente prestativos. Conta que aprendeu a preparar as receitas doces da família — tanto a japonesa como a franco-canadense — para os meninos e acabou sendo obrigada por eles a ir pra escola de confeitaria. Não digo para ela que sinto muito. Só faço perguntas, os gansos realmente despertaram minha curiosidade, e acho que com isso ganho certa simpatia dela.

Peço mais vinho, e continuamos conversando. Sobre as coisas que Maxine mais gosta de fazer (pães complicados), sobre minhas opiniões como marinheiro de primeira viagem em Paris (vinho ótimo, grande fã da indústria de comer croissants ao ar livre), sobre Fabrizio (sim, ele é sempre assim). O prato de queijos chega acompanhado de um Pomerol muito foda e é nesse vinho que finalmente cruzo a fronteira da embriaguez. Estou no meio de uma explicação, com a voz enrolada, sobre o relatório de vindima de Bordeaux quando Maxine diz:

— Preciso que você saiba que está falando de um jeito meio babaca.

Isso me faz rir tanto que quase sai vinho pelo meu nariz.

Enquanto estou secando o queixo, vejo Kit nos observando como se não soubesse o que estamos aprontando e soubesse ainda menos se estava mesmo a fim de descobrir.

Maxine ergue a taça para ele.

— Fiz amizade com Theo!

Kit responde:

— É disso que eu tinha medo!

Mas a cara que ele faz não é de desgosto. É algo bem mais rosadinho e complicado.

Abro um sorriso sincero para ele, o primeiro que ele tira de mim desde que embarcamos naquele avião quatro anos atrás. Ele leva a mão ao coração por um momento.

Essa seria a minha deixa para perguntar a Maxine sobre Kit. Como são os novos amigos dele, o que ele gosta de fazer na cidade, se ainda está em busca do rolinho de canela perfeito. Mas só me concentro em meu prato de queijos.

Estou terminando o Pont l'Évêque quando Maxine diz:

— Ai, Deus, ele está flertando com o garçom.

Do outro lado da mesa, Kit está conversando com o garçom que lhe serve água. O sorriso em seus lábios é delicado, intrigado, como se acabando de notar que o cara é um gato e não entendesse como não tinha percebido antes. Ele murmura algo e o garçom erra a taça e precisa buscar uma toalha às pressas.

— Não sei — digo. — É só o jeito de Kit.

— Faça-me o favor. — Maxine revira os olhos. Ela não parece estar com ciúme, mas carinhosamente exasperada. — Sabe o quanto você precisa flertar na cara dura para conseguir que encham seu copo de água em Paris?

Só que Kit nunca percebia o que estava fazendo. Ele era cara de pau em muitas coisas, mas nunca com a intenção de... o quê? *Seduzir?*

— Ele faz muito isso?

— Kit, você diz? — Maxine arqueia a sobrancelha. — O Deus do Sexo da École Desjardins?

Quase cuspo meu vinho de novo.

— O... O quê?

— Ah, é a coisa mais irritante nele. Ele pegava *todo mundo* que queria. Era como um rito de passagem em nosso ano viver uma noite gloriosa com Kit e depois ficar apaixonado por ele por uma semana. Conheço uns três caras diferentes que achavam que eram hétero até pegarem ele.

— Nossa, que... diferente.

Então o prato de sobremesa vem e começo a confrontar a ideia de Kit aparentemente distribuir orgasmos transformadores para toda sua turma na escola de confeitaria.

Dos pensamentos que não tenho sobre Kit, a memória de como ele é na cama é uma que guardo dentro de um cofre de aço reforçado. Sou uma criatura besta, sexy e tarada que vai abandonar qualquer razão se pensar demais sobre a gente transando, por isso não penso.

Não penso em nenhum centímetro de pele daquele corpo, em nenhum pedaço de sua língua rosa, nenhuma respiração quente e safada em meu pescoço.

Não é agora que vou começar a pensar. Se Kit se transformou em algum tipo de subcelebridade sexual, não é da minha conta.

O garçom retorna para secar a água derramada, mas Kit pega o pano e insiste em fazer isso por conta própria, o que só deixa o garçom ainda mais sem graça. O cara dá um passo para trás, trombando numa garçonete, e leva uma tortada de limão-siciliano na camisa antes de bater em retirada.

— Não precisa ficar tão caidinho assim, cara — diz Maxine em voz baixa. — Tenha um pouco de dignidade.

Eu me esforço para rir no momento certo.

— — —

Depois de Fabrizio beijar as bochechas de todos os garçons, nos reunimos na rua. Maxine se afasta, tira uma cigarreira prateada da bolsa e acende um.

— Theo.

Kit está esperando por mim, semi-iluminado pelo brilho laranja do poste.

O cabelo mais comprido combina com ele. As pontas se curvam na gola e beijam suas maçãs do rosto com uma graça lânguida só dele. Me pergunto se ele se irrita quando está fazendo doces, se precisa prendê-lo para que não caia no rosto.

Ele estende uma pequena sacola de papel que carregou a tarde toda.

— Pareceu ser seu favorito — diz ele. — Pensei que devesse levar um só para você, caso demore a voltar para Paris.

Dentro está um bolo de azeite brilhante embalado com capricho numa caixa amarrada com um laço.

— Acertei? — ele pergunta, e percebo que estou olhando para o fundo da sacola num silêncio espantado há cinco segundos.

— Sim, acertou. Como você sabia?

Ele desvia o olhar para uma floreira numa janela do outro lado da rua.

— Foi só um palpite.

Como se estivesse esperando pela deixa, Maxine aparece e cruza o braço no dele, e agora entendo. Ela deve tomar nota do que os participantes gostam durante o tour e deu a dica para ele. O que ganhei foi um presente de casal. Um mimo que funciona como acordo de paz. Um ramo de oliveira em forma de bolo de azeite.

— Obrigada — digo, decidindo não sentir que estão com pena de mim. — Fiquei sabendo que os Calums e os outros vão sair para tomar uma saideira, vocês vêm?

Maxine dá uma longa tragada e solta uma nuvem de fumaça que cheira a tabaco, lótus e maconha de alta qualidade. Ela fuma baseados com ervas enrolados à mão. Jesus, como essa mulher é chique. Eu mal lembro de botar meu vape pra carregar.

— Passei o dia inteirinho trabalhando, meu bem — ela diz. — Vou para a cama.

— Você vai a pé para casa? — Kit pergunta para ela. *Casa*, não *sua* casa.

— Está fazendo uma noite tão gostosa, não acha?

— Eu levo você — ele anuncia, como se eu fosse idiota. É óbvio que ele vai para casa com ela, para o apartamento dos dois, para dormirem *juntos*. A gente podia ser adulto e falar disso. — Talvez amanhã à noite, Theo?

— Claro — concordo. Abro meu sorriso mais sugestivo. — Boa caminhada para vocês!

Kit me lança um olhar estranho, mas eles dão meia-volta e vão embora.

— Theo! — grita Calum Loiro enquanto os observo desaparecerem de braços dados na primeira esquina. — Você vem com a gente?

— Não — decido na hora. — Vou ver a Torre.

Saio andando, cruzando a rua e atravessando o gramado verde largo ao pé da Torre Eiffel, passando por casais apaixonados e adolescentes com champanhe barato e homens vendendo bolas de borracha que brilham no escuro e pulam dez metros. São cinco para as onze, o que significa que faltam cinco minutos para as luzes da Torre se acenderem.

Que engraçado. Já tinha visto essa torre em tantas telas que imaginei que seria decepcionante na vida real. Mas nenhum daqueles planos amplos captam como ela é intrincada de perto, todos os floreios e arcos e caracóis e estrelas de ferro interseccionados. Não é tão ruim se encantar por algo familiar.

Sloane atende minha videochamada no segundo toque.

— Oh, olá — ela diz com uma voz arrastada de Katharine Hepburn. — Espero que tenha recebido meu último telegrama.

— Desculpa, estava tentando falar com a minha irmã, mas devo ter ligado sem querer para o *Titanic*.

— O diretor acha que eu deveria tentar um sotaque mais transatlântico. Estou treinando.

— Por Deus, acho que você conseguiu.

— Sim, receio que sim — ela concorda. — Como vai Paris?

— Bom, Kit e a namorada gata dele me deram um bolo de presente. E também bebi muito vinho e agora preciso fazer xixi num arbusto embaixo da Torre Eiffel.

Sloane para com o sotaque e suspira:

— Ai, Theo.

— Pois é — digo. Viro a câmera para mostrar minha vista para ela. — Mas, olha, está acesa.

— — —

Considero passar a manhã do dia seguinte no meu quarto por um momento.

Estou com alguns medos, com base em meu histórico. Tenho medo de me distrair no metrô e me roubarem e eu acabar me perdendo sem ter como encontrar o caminho de volta. Talvez todas as parisienses bonitas e femininas me encarem na rua, e não de um jeito sexy. Posso descobrir que eu tinha razão, quatro anos atrás, quando achei que não conseguiria dar conta de uma cidade como essa, que meu lugar é no vale em que cresci e que o mais próximo que devo chegar desse mundo vasto e curioso é pelo rótulo de uma garrafa.

Mas aí penso em todos os sabores e aromas que posso experimentar e calço as botas.

Caminho até a Sacré-Cœur para ver as conchas brancas reluzentes e sento nos degraus em que John Wick morreu, depois volto a subir para contemplar o Palais Garnier. Perambulo pelas antigas trilhas de pedra ao longo das margens do Sena, bisbilhotando cantos secretos e observando pessoas bebendo durante o dia em bares de vinho que ficam dentro de barcos. É tudo diferente aqui, e vejo pequenos detalhes que nunca pensei que pudessem variar tanto em outro país, mas estou achando mais fácil de me localizar na cidade do que imaginava, e nem passo vexame quando peço um café e um croissant.

Estou começando a desconfiar que um sorriso sedutor e um amor genuíno por comida e bebida podem me levar longe por aqui.

A excursão volta a se reunir para o almoço num cruzeiro turístico gourmet no Sena, e converso com Fabrizio por uma hora sobre filmes de bangue-bangue à italiana enquanto lambo caviar de uma colher. Eles nos servem um Irouleguy Blanc tão cuidadosamente esculpido que escrevo *malhado igual ao Patrick Swayze em 1989* em minhas anotações. Estou tão de bom humor que nem ligo quando meus olhos encontram os de Kit do outro lado do salão. Nem penso no bolo que me deu por pena ou no novo relacionamento dele. Na verdade, concluo que minha preocupação seria bem maior se Kit *não* estivesse namorando ninguém. Ele é tão bom nisso que seria um desperdício se ficasse solteiro para sempre; seria tipo se a Meryl Streep desistisse da carreira no cinema.

Eu, particularmente, não estou em relacionamento nenhum por escolha, não por falta de oportunidade. Oportunidades não faltam. No último frila que fiz num casamento, peguei uma madrinha *e* um padrinho, e a gente se deu tantas oportunidades que precisei até tomar um Gatorade no café da manhã.

À noite, temos ingressos para um jantar no Moulin Rouge, então coloco a roupa mais bonita que trouxe, um macacão de linho preto sem manga com um decotão em V no peito. Olho no espelho, feliz com as linhas fluidas e sutis dos meus peitos. Estou com uma aparência ótima, forte, andrógina. Como se fosse uma pessoa que não tem medo de desbravar essa cidade e nunca teve.

Mas minha sorte acaba debaixo de um candelabro cintilante. Dentro do teatro, o espaço se arqueia em andares exuberantes e acarpetados e com roupas de mesa de um branco imaculado e luminárias com quebra-luzes opulentos de seda sobre mesas infinitas. Somos divididos em grupos de seis e oito para ocupar os lugares, e quando Fabrizio nos entrega para o maître que vai nos servir percebo com quem estou sentada.

— Oi de novo — Kit diz.

Mordo a boca.

— Oi.

Ele está de banho tomado. Quer dizer, ele está sempre de banho tomado, sempre perfeitamente arrumadinho e exalando um cheiro extraordinariamente fresco. Está vestindo uma camisa de linho creme com uma gola cubana e toques delicados de flores bordadas, uma calça canelada marcando a cintura fina, parte do cabelo enrolado para trás em... pera, aquilo ali é uma *trança*? Jura que ele sentou no quarto e trançou o cabelo carinhosamente do jeito que costumava fazer com o da irmã?

Para piorar, o jantar vem com uma garrafa de champanhe para duas pessoas, o que significa que vamos ter que dividir.

Do outro lado da mesa, Calum Loiro encara a própria taça de champanhe.

— Como assim não tem absinto? Não vamos conhecer a fada verde?

— Acho que a Kylie Minogue estava ocupada hoje — responde Calum Ruivo.

Eu e Kit soltamos risadas simultâneas idênticas. Os dois Calums olham para nós com as sobrancelhas erguidas.

— Vocês pegaram a referência? — pergunta o Calum Ruivo.

— A maioria dos americanos que conheço nem sabe quem é Kylie Minogue.

— Hereges — acrescenta o Calum Loiro.

— Somos... — Kit diz. — Quer dizer, *eu* sou muito fã de *Moulin Rouge: Amor em vermelho*. Era meu filme favorito quando eu era pequeno.

Eu estava tentando não pensar nisso, em Kit aos treze anos obcecado por uma tragédia mega exagerada e saturada sobre um amor proibido e uma morte por tuberculose. Kit sempre foi muito Kit.

— Uma vez — digo —, na oitava série, ele me obrigou a assistir esse filme quatro vezes numa noite só.

— Não *obriguei* — Kit provoca, e então se retrai como se não soubesse se pode fazer esse tipo de coisa. Ele suaviza a voz ao acrescentar: — Era você que queria aprender a letra completa de "Elephant Love Medley".

— E você já era bem grandinho quando me convenceu a cantar essa com você num karaoke de aniversário de outra pessoa.

— Caramba — Calum Ruivo diz. — Isso mata qualquer festa.

— Ah, *acabou* com aquela — digo.

— As críticas foram péssimas — Kit concorda, começando a sorrir.

— Mas a gente jogou o clima lá pra cima depois com...

— "Can't Stop Loving You" — dizemos ao mesmo tempo.

Nos olhamos e sinto minha boca abrir num sorriso. Nossa, como a gente já cantou essa música. Tantas noites em bares esfumaçados ou festinhas em casa, nós dois rindo em microfones estridentes sobre uma trilha instrumental. Faz anos que não consigo pensar nisso, mas, estranhamente, não dói mais tanto agora.

— Phil Collins — atesta Calum Loiro, com um aceno sábio. — Um cara ótimo.

— Um cara ótimo — concordo.

Quando as luzes se apagam e as cortinas se erguem sobre o palco luminoso em formato de coração, tenho que lembrar de não ficar sentimental. Não observo as reações de Kit pelo canto do olho. Escolho a dançarina mais bonita do palco e me concentro apenas nela. Isso ajuda.

Mas não me prepara para sentir a mão do Kit em meu ombro quando levantamos para a ovação final. Pego ele me encarando, dourado sob a luz do candelabro.

— Ainda quer compensar a noite passada? — ele pergunta, acima dos gritos da plateia.

— Como assim?

— Não consegui sair com você. Topa tomar uma? Meu bar favorito fica logo na esquina, se quiser conhecer.

Eu culpo a nostalgia, a minha manhã surpreendentemente bem-sucedida, minhas memórias desfocadas da voz de Ewan McGregor cantando enquanto Kit me gira debaixo de um globo de discoteca, quando me escuto dizer:

— Sim, por que não?

— — —

Saímos pelo moinho vermelho do Moulin Rouge, descemos o

largo Boulevard de Clichy e passamos por uma sequência de sex shop, bar de topless, sex shop e assim por diante. Mulheres apertam os próprios seios fartos em quadros sobre as fachadas de lojas cheias de manequins vestindo camisolas vermelhas de renda. Telas luminosas anunciam vibradores em todos os formatos e tamanhos imagináveis, e alguns que eu nunca teria nem pensado em imaginar.

— Espero que seja para lá que a gente tá indo — digo, apontando para um empório de três andares que ostenta o nome ameaçador de SEXODROME em letras vermelhas neon. Quando o nervosismo bate, eu faço piada. — Sempre quis conhecer o... — baixo a voz num registro gutural de locutor de *monster truck* — THE SEXODROME.

Incapaz de resistir a uma brincadeira, Kit responde:

— Você precisaria de um endereço residencial em Paris pra entrar no THE SEXODROME.

— Então o THE SEXODROME está canceladíssimo por práticas comerciais discriminatórias.

Ele ri e vira à esquerda num clube pintado de violeta chamado Pussy's, descendo por uma rua inclinada com apartamentos cobertos de hera e jardins privativos delimitados por cerquinhas. Quando chegamos a uma porta super vermelha ao lado de uma janela que promete cerveja por quatro euros, ele para.

— Chegamos.

O bar favorito de Kit é da largura do meu quarto no hostel.

— Será que a gente cabe aí dentro?

Kit só dá risada e entra.

Meu amor por botecos minúsculos é extenso e bem documentado, mas não estou vendo nada de especial neste aqui. A bancada é de um bar padrão, riscada, e tem prateleiras curvadas de bebida, com as banquetas desgastadas de sempre. Talvez Kit tenha criado um apego sentimental por medidores de absinto. O som é tão alto que não dá pra gente se ouvir direito, então ele tem que chegar bem perto e falar bem no meu ouvido.

— Vou pegar uma bebida para você. — A respiração dele acerta meu pescoço e se enrosca no meu cabelo. — O de sempre?

Eu quero sim meu whiskey ginger de sempre, mas não quero que ele pense que me conhece como me conhecia antes.

— Na verdade, vou querer um boulevardier — digo. Kit recua, franzindo a testa. — Tem mesa lá no fundo?

— Ah, sim, deve ter. Depois das portas no fim do corredor.

Passo pelo balcão e sigo por um corredorzinho cheio, com um guarda-roupa antigo ao fundo de portas com entalhes de folhas ornamentais. Não podem ser essas as portas a que Kit se referia, mas são as únicas aqui. Sob o risco de parecer que estou assaltando a chapelaria, seguro as duas maçanetas e puxo.

Uau.

Os fundos do guarda-roupa foram arrancados, revelando um salão escondido e decorado igual a uma suíte de hotel onde Oscar Wilde tomaria ópio. Violetas e palmeiras se abrem no papel de parede descascado atrás de arandelas em tons de vermelho. Dois homens bebem conhaque em poltronas cobertas por paninhos. Ao lado deles, um grupo de mulheres fofoca em cima de mesas de cabeceira com pilhas de almofadas, taças coupé cintilando sobre um baú de viagem surrado. Um casal brinda com champanhe numa banheira antiga. No centro de tudo, há uma cama antiga gigante.

É exatamente o tipo de lugar que eu adoro, o tipo de lugar que Kit *sabe* que eu adoro. Sou fã de bares escondidos. Adoro um segredo brilhante.

Os únicos lugares vagos ficam num canto da cama e, quando sento, minha bunda afunda no colchão macio. Kit me encontra enquanto me contorço para fora do abismo, acotovelando almofadas para levantar.

— Ah, você achou lugar na cama — comenta ele, colocando as bebidas numa banqueta próxima. — Nunca consegui sentar aqui antes.

— Mas cuidado que ela não é muito firme...

Tarde demais. Kit senta e o colchão afunda, jogando-o para cima de mim.

Tirando nossa colisão no ônibus e nosso aperto de mão de acordo de paz, eu e Kit ainda não nos tocamos. Agora, ele está em cima de mim. O corpo inteiro dele cobre o meu de uma vez, o calor que irradia e o cheiro de lavanda que exala me cercam. Os joelhos dele batem nos meus, seu quadril empurra o meu ainda mais para dentro da cama, e o único jeito de ele sair é virando e apoiando a mão do meu outro lado, cercando meu corpo com os braços. Ele está tão próximo que quase consigo ver as linhas das flores em sua camisa.

— Ah — ele geme, os olhos escuros e desfocados. — Oi. Desculpa.

Ele exala uma breve lufada de ar que balança o cabelo ao redor do rosto. Uma parte maligna do meu cérebro me diz para ajeitá-lo atrás da orelha dele.

— Gostei do bar — digo, com naturalidade.

— Imaginei que fosse gostar.

— Quase tão bacana quanto o Sexodrome.

— Na verdade, a pronúncia é THE SEXODROME.

— Ah, jura? É assim que se fala na língua local?

— Não, língua local é o que você ganha quando entra lá.

Minha risada sai mais parecendo um latido rouco, e Kit finalmente se ajeita para longe de mim. Por via das dúvidas, pego um travesseiro e o enfio entre nós. Pegamos os drinques ao mesmo tempo.

— Corpse Reviver? — pergunto, observando o líquido desaparecer entre seus lábios.

Ele engole.

— Necromancer.

— Então, a mesma coisa, só que com mais absinto — concluo, contente pelo drinque *dele* não ter mudado tanto.

O boulevardier que pedi desliza por minha língua, perfeitamente amargo.

Kit me observa por sobre a taça, os cílios baixos, meio sorrindo, meio sério. É uma cara que fazia quando estava criando uma receita a partir de um único ingrediente, como se estivesse repassando o mesmo ingrediente pela mente sem parar e o imaginando como parte de um todo. Ele está me enxergando numa cena da própria vida em Paris e decidindo se complemento os sabores.

Sinto uma necessidade urgente de não deixar que ele chegue a nenhuma conclusão. Então, digo a primeira coisa inconveniente que me vem à cabeça.

— Então, como foi que você quebrou o nariz?

Ele pisca.

— Não entendi?

— Seu nariz. Você disse que quebrou uns dois anos atrás. Como?

— Ah. — Ele baixa a taça. — Num táxi aquático em Veneza.

As duas partes da resposta me causam emoções conflitantes: primeiro por ele ter ido pra Itália antes de mim, e depois por já ter usado um táxi aquático, o que é objetivamente engraçado. É fácil escolher em qual focar.

— Deixa eu adivinhar — digo. — O barco passou embaixo de uma janela e você foi atingido por uma peça de parmesão caindo.

Kit ri.

— Bem que eu queria que tivesse sido isso.

— Então foi disputa de território com um gondoleiro.

— Não.

— O quê, então?

— Eu dava uns pegas num piloto de táxi aquático quando estava fazendo um estágio de algumas semanas num restaurante. Ele se distraiu enquanto pilotava e superestimou a altura de uma ponte.

— Ai, meu Deus. Por favor, me diz que vocês se distraíram *porque* estavam dando uns pegas.

Os olhos de Kit brilham.

— Era meu aniversário.

— Incrível. Uau. Que bom que perguntei.

— E você? Já quebrou algum osso?

— Não, mas olha isso.

Estendo a mão direita, a palma erguida, mostrando o sulco fino de uma cicatriz que vai do polegar ao punho.

— Acidente de longboard. Me distraí quando escutei um caminhão de sorvete e bati numa sarjeta. Tive que levar ponto e tudo.

— Longboard? Pensei que você tivesse parado de andar de skate quando a gente tinha dezesseis anos.

— Até eu me livrar da Soobie — digo.

Minha antiga Subaru de quatro portas, que Deus a tenha.

— Não! — Kit perde o fôlego, chateado de verdade. — Você se livrou da Soobie? Quando?

— Alguns anos atrás. Troquei por um micro-ônibus da Volkswagen.

— Tá, *isso* eu consigo imaginar — Kit diz. Viro a mão e os olhos dele pousam na tatuagem em meu antebraço. — Essa também é nova.

— Ah, é. — Nenhum de nós tinha tatuagens quando terminamos,

mas as minhas já fazem tão parte de mim a esta altura que até esqueço que não nasceram comigo. A do meu braço direito é uma faca de cozinha, que vai do cotovelo ao punho. — Fiz no ano retrasado. É...

— A faca de *Halloween*, né? — Kit adivinha, com o tom impassível que só uma pessoa que foi obrigada a suportar o filme comigo todo mês de outubro teria. Ele é o primeiro a acertar logo de cara.

— Todo mundo imagina que seja uma faca de chef porque trabalho num restaurante. Tipo, e se eu só gostar de *cinema*, sabe? — Aponto para o punho esquerdo dele, onde um fouet foi tatuado em linhas pretas finas. — Essa aí é a sua primeira?

— Terceira, na verdade. Combinamos de fazer em galera na escola de confeitaria quando terminamos o curso.

— Fofo. Também tenho três. — Puxo a manga para mostrar o saguaro em meu bíceps. — Essa foi minha primeira, no meu aniversário de vinte e quatro anos.

Nós dois sabemos que meu aniversário de vinte e quatro anos foi um mês depois que terminamos, então ele deve conseguir adivinhar como essa aí aconteceu. Noite alta, apartamento vazio, estúdio de tatuagem vinte e quatro horas com uma folha de flashes de cactos na janela.

Kit olha para mim com algo que me parece compaixão e depois arregaça a manga do braço oposto.

— A minha primeira foi quase no mesmo lugar.

Na parte externa do braço ele tem uma tatuagem de mão feminina segurando três violetas. Ele não precisa explicar, e eu não preciso que ele explique. Kit é o filho do meio de três. A mãe dele se chamava Violette.

— Ah, Kit — digo. Tenho que me segurar para não estender a mão e tocar nela. — Adorei.

— Acho que ela ia gostar — diz ele, com uma satisfação serena. Então puxa a manga para baixo de novo. — Onde é a sua terceira?

— Ah, hm. — Mudança abrupta. — Eu teria que tirar a calça para te mostrar.

— Ah.

— Pois é — digo. Um pensamento se solidifica por trás dos olhos dele. — A tatuagem não é na minha bunda.

— Eu não achei que fosse na sua bunda.

— Não mesmo?

— Tá, talvez eu tenha pensado que a tatuagem pudesse ser na sua bunda.

Reviro os olhos.

— Até parece, eu tatuei minha *coxa*. Onde é a *sua* outra?

— Embaixo da camisa.

Embaixo da camisa. Onde fica o corpo dele, claro.

— Ah, sim. — Dou mais um gole. Não penso no corpo dele. — A gente parece que tá naquela cena de *Tubarão* em que eles comparam cicatrizes.

— Nesse caso eu seria o Quint ou o Hooper?

— Não seja ridículo, eu claramente sou o cara doido por tubarões. Você é o pesquisador mauricinho.

— Bom — Kit diz, erguendo a taça —, um brinde à sua perna.

— Um brinde à *sua* perna — cito em resposta.

Isso, Kit e eu sentados numa cama, brindando com taças, que é conviver pacificamente com o ex?

Demorei tanto tempo para parar de querê-lo de volta na minha vida. A sensação, quando consegui, pareceu tão importante, conquistada com tanto esforço, que não sei como protegê-la deste momento. Mas também não conheço mais ninguém no mundo capaz de ter esses últimos dez minutos de conversa comigo.

— Ei — digo.

— Ei — Kit responde.

— *Bonsoir*, crianças — diz uma terceira voz, e vemos Maxine vestida de seda preta e segurando um chambord martíni.

— Maxine! — Kit diz, levantando tão rápido para cumprimentá-la que quase caio pro lado de novo. Ele dá um beijo em cada bochecha dela, depois vira para mim com um sorriso largo. — Contei para Maxine aonde estávamos vindo e ela quis vir dar oi.

— Que demais — digo, tentando imprimir sinceridade. — Oi, Maxine.

Maxine beija minha bochecha e senta entre nós. Kit murmura algo para ela em francês e entendo algumas palavras que conheço por crescer perto da família dele — *obrigado* e *a melhor*. Ela faz um gesto imperscrutável com a mão e cruza o tornozelo com o dele.

Gosto de Maxine. Gosto mesmo. Mas estou me perguntando se o objetivo de toda essa saída era me lembrar de que Kit está com outra pessoa agora.

— A pessoa cuidando do bar é gata — declara Maxine, com naturalidade. — Vocês viram como a pessoa cuidando do bar é gata?

— Foi o Kit que pegou nossas bebidas — digo.

— Gata mesmo — ele confirma. — Muito.

Algo se aperta em meu peito, uma memória que azedou.

Quando eu e Kit estávamos juntos, nosso passatempo favorito de bi para bi era apontar pessoas gatas um para o outro. Era bobo e divertido, mas carregava certo significado para mim. Era como se tivéssemos uma proximidade maior, como se todos os meus sentimentos e desejos incompreensíveis e ocultos ficassem totalmente claros do ponto de vista específico dele.

Talvez o problema seja que ele pode ter a mesma experiência com Maxine, uma pessoa que é mulher em todos os sentidos em que eu não sou. Kit gosta de meninos e sempre gostou dos meus traços masculinos, mas, de vez em quando, uma preocupação se insinuava. Quando ele me beijava — a pessoa que ele conhecia tão bem, de peito reto e unhas roídas — pensava em alguém de curvas suntuosas e cabelo sedoso, que tamborila tudo com a ponta de unhas que passaram horas na manicure, numa pessoa que deixa uma marca de batom no mesmo ponto exato da taça a cada gole? Alguém que possa ser a garota dele? Alguém como Maxine?

Baixo os olhos para minha taça, coberta de manchas sujas de dedos engordurados.

— Quero ver essa pessoa que tá cuidando do bar com meus próprios olhos — anuncio, de repente precisando arejar a cabeça.

Quando chego no salão da frente, a pessoa atrás do bar é mesmo muito gata. Maxilar forte, sobrancelhas melancólicas, ar andrógino. Está usando uma camisa abotoada até a metade e uma calça cinza xadrez, e seu cabelo passa a impressão de ser um corte masculino clássico que já cresceu demais. Trabalha com uma eficiência descolada que não tenho como não admirar, uma vez que sei bem como é lidar com uma casa cheia a essa hora da noite. Tomara que eu também fique assim fazendo isso.

— Whiskey ginger — quase grito quando a pessoa se aproxima, grata por servirem tantos turistas que entendem inglês.

Deixo meus olhos vagarem, procurando por uma distração. Até que a porta se abre e ela entra: a dançarina do Moulin Rouge.

O cabelo dela está solto, e percebo que trocou o figurino por um vestido de algodão, mas ainda assim é ela. Seu rosto ostenta um rosa fresco recém-lavado, uma mancha vermelha ainda nos lábios. Viro de lado para abrir espaço na frente do bar e ela vem direto até mim.

— Oi — digo, antes de lembrar em que país estou. — *Parlez-vous anglais?*

Ela me olha de cima a baixo, então sorri e diz:

— O suficiente. — O que responde mais de uma pergunta.

— Sou Theo.

Ela pega minha mão e dá um beijo em minha bochecha.

— Estelle.

Pago uma bebida para Estelle — ela quer pedir um vinho branco e toca meu braço quando sugiro que sei qual é o melhor do bar — e conversamos. Conto que assisti a apresentação dela hoje e a elogio, e ela me explica que mora do outro lado da cidade, mas gosta de vir aqui depois do trabalho. Quando digo que a sorte é toda minha, ela encaixa um dedo no passador do meu cinto.

Quando termino meu drinque e a pessoa gata cuidando do bar serve uma segunda taça para Estelle, considero passar pelo guarda-roupa com ela e apresentá-la a Kit e Maxine. Poderia ser um encontro duplo. Ela e Kit poderiam falar sobre arte. Eu poderia passar a mão na cintura dela enquanto Kit dá um beijo no pescoço de Maxine e aí eu poderia ver Kit e Maxine irem embora para casa juntos de novo.

Em vez disso, empurro o cabelo de Estelle para trás da orelha e pergunto se ela quer ir para algum lugar.

Ela ri enquanto subimos a ladeira para o hostel. Seguro a mão dela no alto, sobre sua cabeça, para girá-la numa pirueta, observando o vestido dela voar ao redor de suas coxas, depois a puxo para um beijo. Ela tem gosto de cigarro e Muscadet e cheira a laquê e spray fixador.

Pego o celular para avisar Kit que não vou mais voltar, mas daí lembro que o número dele ainda está bloqueado.

Meu polegar paira sobre as letras azuis Desbloquear esse número.

Não tem mais muito motivo pra manter ele bloqueado, tem?

fui embora com uma pessoa que conheci no bar. boa noite! E aperto enviar.

No meu quarto, minha camisa cai no chão e o sutiã *balconette* de Estelle cai na mesa de cabeceira. Digo que ela é bonita, porque é, e digo que ela não precisa mentir em resposta. Gosto de como ela se acomoda nos travesseiros, de como tudo que faz é gracioso. Gosto de como o cabelo dela cai sobre os olhos.

Depois de terminarmos, levo Estelle até o táxi e dou um beijo de boa noite nela.

Sexo normalmente me ajuda a dormir, mas hoje demoro mais uma hora. Consigo ouvir meu próprio coração, e há uma cadência no batimento dele, um ritmo de um–dois–três–quatro que se repete sem parar.

Soa perturbadoramente como *Theo-e-Kit*.

— — —

— Dormiu bem?

Levo um susto e quase derrubo meu croissant. A última pessoa que eu esperava ver no corredor do hostel hoje de manhã é Kit, mas aqui está ele, armando uma emboscada na minha porta. Tecnicamente, só está saindo do próprio quarto com uma cara de quem dormiu mal, mas sinto como se fosse de fato uma emboscada.

— O que você tá fazendo aqui?

— É o meu quarto? Que saco, Theo, a gente já falou disso. Estamos na mesma excursão.

Reviro os olhos. Alguém acordou de mau humor.

— Não, o que eu estou querendo dizer é: por que você não está em casa com Maxine?

— Por que eu estaria na casa da Maxine?

— Porque ela é sua namorada.

— *Quê?* — ele diz tão alto que uma camareira de passagem faz psiu. — Você achou que... — ele baixa a voz. — Theo. Eu não namoro a Maxine.

Eles...

Não. Mas e ontem à noite? E aquela flor que ele colocou na bolsa dela? Por que ele está falando comigo com essa cara sincera? Como pode estar com essa cara sincera num momento como esse?

— Mas… vocês moram juntos.

— Não, ela está cuidando das minhas plantas enquanto faço essa viagem.

— Você foi para casa com ela depois do jantar.

— Eu acompanhei ela até a casa dela porque estava *tarde*. Não vejo ela desse jeito, Theo, ela é minha melhor amiga.

— Eu também era.

As palavras saem antes que eu me dê conta do que estou dizendo, e nós dois nos crispamos. Kit faz cara de quem preferia ter levado um soco na cara.

Antes que eu consiga me recuperar, uma pessoa desgrenhada, de camisa aberta e calça cinza aparece no batente da porta de Kit. Observo, sem reação, a pessoa dar um tchauzinho animado para Kit em francês e, em seguida, um tapa na bunda dele. Então sai na direção do elevador.

Fico olhando para Kit. Ele, por sua vez, encara o teto.

— Pera, essa pessoa aí era…

— A que tava cuidando do bar ontem, sim. Foi o que eu te falei. Não tem nada rolando entre mim e a Maxine. — Ele vira para a escada. — Preciso de um café.

Ele me deixa ali, no corredor vazio, com meu croissant e a constatação de que tenho bancado o papel de maior pau no cu da face da Terra.

Se Maxine não é namorada dele, quer dizer que… que ele me deu um bolo por pura gentileza, e me chamou para sair porque queria mesmo me mostrar seu bar favorito, e Maxine realmente queria me ver de novo, o que significa que agi feito uma pessoa absolutamente mal-educada e cuzona sem motivo nenhum quando os larguei lá plantados no bar. Eu deveria estar mostrando para Kit que cresci sem ele, mas não! Fiquei com ciúme da primeira pessoa para quem ele sorriu e achei que ela devia estar dormindo com ele. Maxine só deve dormir com membros menores da realeza.

Eu não era assim quando estávamos juntos. Foram tantos anos desejando esse homem e pensando que nunca o teria, vendo ele ficar com outras pessoas e ouvindo sobre cada pessoa com quem ele transava, tendo todos os sentimentos conflitantes que se pode ter por alguém e ainda assim conseguindo manter uma amizade com ele.

Talvez conviver pacificamente com o ex não seja pra mim. Talvez nossa relação só funcionasse quando éramos amigos.

Mas acho que posso tentar. Somos adultos. Posso deixar minha raiva de lado e tentar manter uma amizade com ele.

BORDEAUX COMBINA COM:

Pomerol de catorze meses e
meia dúzia de canelés, no mínimo

Bordeaux

Larguei a faculdade depois de dois meses, ainda no primeiro semestre.

Fazer faculdade com Kit era para ser divertido, e a parte de ter Kit na minha vida era *sim* divertida. A Universidade da Califórnia em Santa Bárbara tinha um bom programa de história da arte que o agradava, o time de natação deles me recrutou e eu sentia falta de Kit. Me esforcei bastante para tentar superá-lo, mas sentia falta dele como o chá sente do mel, sem graça sem ele.

Tê-lo de volta em minha vida foi mais fácil do que eu pensava. Eu tinha previsto o soco no estômago que nosso primeiro reencontro seria, como Nova York o tinha deixado mais alto e mais seguro e ainda mais radiante, mas ele ainda era o mesmo Kit. Tão parte de mim quanto o meu próprio corpo.

As aulas eram chatas, e eu vivia me esquecendo das provas, mas conseguia suportar tudo aquilo até que bem desde que continuasse nadando. A piscina era o único lugar em que eu me sentia excelente. Eu mandava tão bem que meus treinadores chegavam a falar em *recorde universitário* e *eliminatórias olímpicas*. Até que detonei meu ombro na competição restrita e os médicos me colocaram permanentemente no banco, então não vi mais motivo pra continuar. Não contei para ninguém que estava indo embora; só esvaziei meu dormitório e me mudei, na encolha, de volta para a casa dos meus pais no vale. Foi o mais próximo que eu e Kit tivemos de uma briga adulta de verdade, quando ele descobriu que eu tinha tomado aquela decisão sem ele.

(Era de se esperar que ele tivesse aprendido a lição e me falasse sobre o apartamento de Paris depois disso, teria evitado nosso término. Mas olha só no que deu.)

Isso tudo para dizer: essa coisa de ensino superior não era para mim. Já o ensino *enólogo*, por outro lado... aí eu arrasei.

Tudo começou quando fiz uma amizade intensa com o chef sommelier do Timo, um homem desconcertante de sessenta e poucos anos com uma coleção de aventais de couro e uma obsessão psicossexual por Chablis. Eu era gerente de um bar na época, mas importunei o cara até que ele me desse uma chance no comando do mapa das adegas e me convidasse para cuspir em baldes nas degustações às cegas depois do expediente. Depois vieram os cartões de memorização e os audiolivros de enciclopédias de vinhos e quase pegar fogo de tanto praticar decantação, o que me fez descobrir que sou excelente aprendendo coisas quando realmente me interesso por elas.

Portanto, sei o significado de estar aqui no planalto de Pomerol, à margem direita do estuário da Gironda. Sei sobre os bolsões de argila azul rara que existem por aqui e que, quando minhas botas pisam ruidosamente sobre a marga quebradiça, um milhão de uvas merlots bebês bebem da terra densa lá embaixo, amadurecendo em tons de azul-marinho e adquirindo uma doçura tão opulenta que nunca vão perder o sabor recém-nascido. Seguimos Fabrizio por uma estrada coberta pela copa de árvores, passando pelo pedaço mais magnificamente foda do sudoeste da França, campos se estendendo em verde e verde-dourado e cobre, fileiras ordenadas de vinhas pra um lado e margens de árvores antigas pro outro. O céu inteiro parece querer entrar quando abro a boca. Sinto as notas: argila, ameixas, o mar.

Percebo que Kit ergue o pescoço, admirando o sol através das folhas lá no alto. Está vestindo peças de linho desbotado. Sua boca é suave e feliz e está entreaberta de encanto.

Um frisson de *sim-não-sim* me atravessa.

Kit sempre encarou o mundo com uma vontade pura e sincera de se maravilhar. Uma pedra maneira, um cachorro num parque, uma música num shopping, os campos ondulantes de um château do século XVIII. Meu primeiro instinto, a primeira coisa que aprendi antes mesmo de conseguir localizar a França num mapa, foi amá-la como Kit a ama.

Aí veio o suplício angustiante de todo o resto.

Mas passado tudo isso, o segundo "sim" me atinge: vou tentar fazer amizade com ele.

Chego perto e pergunto:

— Que árvore é essa?

O queixo dele cai ao me ver, o que é sinceramente engraçado. Parece um bebê idiota numa pintura renascentista.

— Acho... acho que é um bordo-da-noruega.

— Sério?

— Foi o que eu concluí. Primeiro pensei que fosse um bordo-campestre, mas as folhas têm pontas.

Uma habilidade que ele aprendeu numa infância correndo pelo interior da França e pela estufa da mãe. Sempre que eu via uma folha interessante ou um cacto num formato engraçado, mandava uma foto para Kit e a planta era identificada em dez minutos ou menos. Precisei me acostumar, de novo, a não saber os nomes das árvores.

É bom saber o nome dessa.

Nenhum de nós diz mais nada, mas também não nos afastamos.

A trilha termina num château imenso com uma fachada de calcário e telhados escuros de mansarda, elegante mas despretensioso. Em algum lugar de Los Angeles deve ter um produtor de locação chorando por ter filmado um romance histórico francês melancólico sem conhecer isso aqui. Muros de pedra de três metros o separam dos jardins e, numa abertura, está um homem de cabelo branco com camisa de chambray e calça oliva. Seu chapéu de palha consegue ser vistoso mesmo parecendo que o homem se sentou nele algumas vezes.

— *Amici* — solta Fabrizio —, esse é Gérard! A família dele é dona dessa mansão há gerações. Hoje, aprenderemos como o vinho é feito em Bordeaux!

Gérard, cujo sotaque lembra o som de um violinista tocando uma suíte bêbado de conhaque, vai nos guiando pela entrada arqueada do château. Damos uma olhada lá dentro — espreguiçadeiras antigas e papel de parede cor de damasco e *pera, é o Gérard nu naquela pintura a óleo ali?* — e entramos num pátio cercado pelas alas longas e estreitas da casa. Aqui, cerca de uma dezena de bancadas estão dispostas sobre a terra batida, com potes de farinha e massa sobre cada uma delas.

Tem outro homem esperando a gente por ali. Pela maneira como Gérard chega todo serelepe perto dele (e pelo que vi da pintura, embora seja difícil reconhecer o cara de calça), aquele homem deve ser seu companheiro.

— Antes do nosso tour, temos uma *petite* surpresa para vocês — diz Gérard. — Baguetes! Meu marido vai ensinar vocês a fazer baguetes, e aí depois vamos visitar as uvas e experimentar os vinhos. *Et à la fin*, almoçamos todos no jardim, e vocês vão comer as baguetes que fizeram aqui. — Ele se inclina para a frente e finge um sussurro: — E, se não conseguirem fazer a baguete, vão ter que ir embora da França. Tá na lei.

Ele dá uma piscadinha obscena e nos deixa com seu marido, que está vestido com uma miscelânea de tons terrosos esvoaçantes.

— *Bonjour*! — diz o Marido Baguete.

— *Bonjour*! — todo mundo responde.

O Marido Baguete demonstra como moldar a massa, que já está pronta, em três baguetes pequenas, explicando que ela terá que descansar e depois será assada para nós durante nosso tour. Formamos duplas em cada mesa numerada. Talvez, se eu tivesse sentado com Fabrizio naquele primeiro dia, estivesse dividindo a mesa com ele no lugar do Stig, mas conforme as duplas vão se formando, eu e Kit somos os que sobram por último.

— Ah, juntos? — Marido Baguete nos pergunta com fofura.

— Não — Kit diz com uma prontidão que quase chega a ser ofensiva.

Marido Baguete tem um brilhinho nos olhos quando diz:

— Ainda não, quem sabe? — E nos leva até a última mesa como se fôssemos dois pré-adolescentes secretamente apaixonadinhos um pelo outro. A pior parte é que já *fomos* esses adolescentes, muito tempo atrás. Ele está uns dezoito anos atrasado.

Cobrimos nossa bancada de farinha em silêncio, e reviro o cérebro em vão procurando alguma coisa pra dizer. Todos os outros ao nosso redor estão rindo e conversando, jogando farinha uns nos outros ou tentando lembrar das instruções, enquanto eu e Kit nos esforçamos enfaticamente para não dividirmos nenhum momento fofo.

O problema é que sempre fomos tudo ou nada um para o outro. Não sei como é começar a significar *alguma coisa* para ele.

Também não faço ideia de como caralhos esse monte de glúten se movimenta pelo espaço tridimensional até virar uma baguete. Eu e a massa entramos numa briga. Levo uma ponta dela até o centro, depois a selo com a base da mão, viro a massa e faço de novo e, então... eu deveria dobrá-la? Como? Socorro, Marido Baguete.

Olho para o lado tentando colar do Kit e descubro, sem disfarçar o pavor, que ele já está finalizando a última baguete. Ele move as mãos como se estivesse fazendo mágica, com precisão, rapidez e demonstrando segurança.

Kit sempre foi um padeiro talentoso, mas ficou incrivelmente bom nisso. É como se a massa *quisesse* ser tocada por ele. Cede sobre a base de sua mão, volta a crescer afetuosamente em sua palma, relaxa de novo sob a mais leve pressão aplicada por ele. Os músculos de seus antebraços se flexionam com o propósito simples e constante de continuar fazendo exatamente o que eles foram feitos para fazer, e é aí que percebo o *quanto* eles se desenvolveram, como se afunilam até chegarem àqueles punhos, também bastante elegantes, sujos com uma camada de farinha, o pequeno fouet tatuado logo abaixo do calombo do osso...

— Theo — Kit diz —, você está trabalhando demais o glúten.

Olho para minha massa. Metade dela se achatou sob meu punho.

— Opa.

— Tudo bem — ele continua —, ainda dá para consertar, você só precisa...

Quando aproxima as mãos das minhas, ele hesita, alguns centímetros acima. Um grão de farinha desce flutuando da palma dele e pousa na minha pele com o peso de um dos sofás antigos de Gérard.

— Você tem que fazer tipo, hm, tipo assim.

A mão esquerda dele faz um movimento circular esquisito, e eu pego a dica, imitando com a minha direita. Meu monte disforme de massa começa a voltar ao formato de uma bola maleável.

— Isso, desse jeito aí mesmo — diz ele. Quando ergo os olhos, ele me encara e abre um sorrisinho encorajador. — Não para.

— Aposto que você diz isso para todos — digo, o que sei que é uma maneira de supercompensação, mas Kit autoriza a brincadeira com uma risada radiante.

— Continua.

Baixo os olhos para a massa, para nossas mãos. Ele me guia sabiamente a cada passo sem nunca tocar em mim, os dedos tão perto da minha pele que consigo sentir seu calor. E isso ajuda. Quando ele se move, eu me movo. Ele dá instruções simples e pacientes, que eu sigo.

O polegar dele quase roça o meu, e classifico a pontada que sinto no peito como refluxo ácido.

Juntos, enrolamos três baguetes assimétricas.

— Não ficaram perfeitas — comento — mas não estão ruins.

— Estão melhores que as dos Calums — Kit sussurra. Na mesa ao lado, o nariz de Calum Ruivo está sujo de farinha, e Calum Loiro tomou a decisão corajosa de comer um pedaço de massa crua.

— Por que a baguete de *todo mundo* parece um pênis?

Kit coloca as mãos no quadril.

— Às vezes, fazer pão reflete o que está em seu coração.

— — —

Gérard retorna acompanhado de uma terrier cinza desgrenhada e por fim entramos nas vinhas. Quando me dei conta de que faríamos o tour pelo vinhedo na primeira semana de agosto, esta foi a parte pela qual mais ansiei: Bordeaux em *veraison*, o momento em que as vinhas estão mais coloridas e vivas do que nunca.

Visitamos as uvas merlot primeiro, as principais do vinho epônimo de Pomerol, e Gérard permite que a gente as experimente direto da vinha, embora ainda faltem semanas para elas se desenvolverem até chegarem àqueles sabores mais intensos das compotas de cereja e morango e, como o ano vem sendo quente, de frutas pretas exuberantes. Em seguida, são as uvas Cabernet Franc numa profusão de lavanda e fúcsia e o verde suculento de um limão aberto. Aprendemos sobre verões quentes e secos, além de estações de colheita amenas, sobre a argila que dá vida e o toque salgado do Atlântico, como tudo isso se junta para produzir uvas com muita personalidade. É assim que Gérard fala sobre suas uvas — como se fossem filhas que ele vem tentando criar para serem adultas de temperamento forte que tenham assunto para conversar em festas. Todo dia de manhã, ele toca Édith Piaf para elas.

Ao meu lado, Kit está sorrindo. Se existe outra pessoa no mundo que imagino se perdendo neste vinhedo e ensinando as plantas a amarem canções francesas sentimentais, essa pessoa seria Kit. Aquele sentimento de *sim-não-sim* aparece de novo, parecido com aquela uva ainda verde que explode, azeda, em minha língua.

— Ah, aqui está um dos funcionários do nosso vinhedo! — Gérard diz. — Florian!

Um par de galochas atravessa uma fileira de vinhas e um moço novinho entra na trilha.

Meu Deus, e que novinho. Queixo quadrado e barba rala, de olhos castanhos gentis e cachos escuros caindo sobre a testa dourada coberta de suor. Ele carrega um engradado de uvas sobre o ombro musculoso que marca a camisa branca suja. Suspensórios pendem do quadril, como se tivessem sido jogados para o lado para permitir que ele tivesse total amplitude para executar um levantamento terra cinematográfico.

— *Salut!* — cumprimenta Florian, secando o rosto com a mão enluvada. A bochecha dele está suja de terra. — Bem-vindos!

Por puro reflexo, viro para Kit. E ele faz o mesmo, e nossos olhares se encontram naquela expressão de concordância tácita com as sobrancelhas erguidas que a gente costumava compartilhar nesses momentos: *Que cara gato!* Na mesma hora já viramos para a frente de novo.

Florian, convidado por Gérard a nos acompanhar, conta que seus pais se conheceram trabalhando neste vinhedo e o deixavam correr de um lado para o outro no meio das vinhas quando era pequeno. Agora ele tem o próprio apartamento em Bordeaux, mas pega a estrada com prazer até aqui cinco vezes na semana para pendurar as vinhas com ternura em suas treliças.

Kit cochicha em meu ouvido:

— Acho que não fomos os únicos que percebemos essa parada do Florian.

Dakota e Montana trocam sussurros conspiratórios, e pelo menos três noivas diferentes estão visivelmente considerando largar os novos maridos. Um dos Calums pergunta se ele conhece algum bar bom em Bordeaux. Até a velhinha sueca começa a limpar a bochecha dele com a echarpe.

— Acha que ele participa sempre do tour? — pergunto a Kit. — Que, quando eles sabem que vêm turistas, pedem para o Florian vir para oferecer uma experiência imersiva na coisa do fazendeiro gostoso?

— Acho que plantaram um monte de livros franceses de romance no jardim e o que brotou foi ele.

Nas alas do château, Gérard nos guia pelas adegas envelhecidas da sala de tonéis até chegarmos numa sala de degustação estreita e de paredes de pedra. Lá, um a um, Gérard nos serve uma taça do Pomerol, que é o carro-chefe deles.

Dou uma farejadinha no meu, giro a taça e cheiro de novo, mais devagar dessa vez. Caramba, este é intenso. Cereja-negra, pimenta esmagada, carvalho e mais alguma coisa. Tem um toque mais fraco, mais para o fundo do nariz. O que é? Seria...

— Sela desgastada — penso em voz alta, e Gérard para, a garrafa suspensa sobre a taça de Kit. Atrás dele, Florian se empertiga.

— Sim, também sinto esse cheiro nessa vindima — Gérard concorda. — Bom nariz!

Mordo o lábio, tentando não demonstrar que estou me sentindo, mas isso foi melhor que se Gérard me convidasse para morar aqui no château e trabalhar num cargo em tempo integral de pessoa que doma os suspensórios de Florian. Quando ergo o vinho para examinar a cor, vejo Kit através da taça, distorcido pelo efeito do vidro curvado e franzindo a testa para o vinho dele.

— Você sentiu isso tudo?

Ele parece vagamente magoado, como se o próprio nariz o tivesse traído por não oferecer a experiência sensorial mais rica possível. Em vez de responder, dou um gole, e ele me observa passar o vinho pelo palato, revirá-lo na boca, deixar que pese sobre a língua. Os olhos dele acompanham minha garganta quando engulo.

— Hm. É, com certeza as notas de entrada são de cereja-preta. — Lambo a parte de trás dos dentes. — Mas é seco. E sinto um pouco de compota de ameixa.

Kit diz baixinho, num murmúrio:

— *C'est quoi, ce bordel?*

O vinho seguinte é um Pomerol mais jovem, um vinho de verão redondo e frutado que Gérard promete que vai harmonizar perfeitamente com o almoço. Dessa vez, Florian é quem serve.

— Oi — Florian diz enquanto enche minha taça, a voz dele assim de perto parecendo quente e terrosa.

— Muita gentileza sua — digo, sorrindo para ele.

E aí acontece tão rápido que fica difícil saber se aconteceu mesmo. Florian termina de me servir e logo em seguida pestaneja no que poderia ser interpretado como um flerte à moda antiga. Então passa para Kit, rindo de algo em francês que ele diz e por fim *pisca para ele também*. Antes mesmo que eu tenha tempo de me indignar, somos levados para almoçar.

Toalhas e mantas estão estendidas sobre a grama banhada pelo sol, cada uma com uma tábua numerada e nossas baguetes tortas em cima. Outros dois funcionários da fazenda surgem com pratos de frios, queijos e frutas. Eu e Kit fomos colocados numa toalha tão pequena que só me resta supor que o Marido Baguete foi o responsável.

Sentamos mantendo alguns centímetros cuidadosos de distância e enchemos nossa tábua de potinhos de geleia de figo com sementes, pãezinhos de laranja recheados de melão, fatias de presunto de Bayonne e pedações de queijo macio e fedorento. O Marido Baguete está de volta e dá risada da cachorra, que corre em círculos animados e fareja o presunto de todo mundo.

Kit tira um potinho de mel turvo da bolsa e não consigo resistir ao impulso de revirar os olhos.

— Jura que você trouxe seu mel especial de casa?

— O restaurante em que faço doces compra mel de uma fazenda de lavanda. Não consigo comer nenhum outro mel depois desse.

— Ah, claro, não podemos deixar que você coma um melzinho vagabundo qualquer.

À medida que o almoço vai passando, Florian enche a taça de todo mundo. Quando ele se ajoelha ao nosso lado, sinto um pouco do seu cheiro na brisa do meio-dia. Terra, suor e um toque de tomilho.

— Gostou do vinho? — ele me pergunta.

— Ah, é maravilhoso — respondo, com sinceridade. Então penso nele piscando para Kit. Olho no fundo dos olhos dele e faço uma voz grave para falar: — Estruturado. Encorpado, inclusive. Dá para ver que você dá um duro danado.

Florian demora um segundo a mais enquanto coloca vinho na minha taça. Quando ele sai, Kit está me encarando.

Corto um pedaço de pão e o cubro com um pouco de queijo.

— Que foi?

— Você sabe o que foi. Estava flertando com Florian.

— E daí? — Dou de ombros. O rosto de Kit é imperscrutável.

— Ficou com ciúme?

— Não — responde Kit no mesmo instante. — Quer dizer... sim, porque ele estava flertando *comigo* na degustação. Pensei que eu e ele tivéssemos algo especial.

— Foi mal, agora ele é meu. Olha só essa taça. — Aponto com ar extravagante para minha taça meio cheia. — Talvez, se eu mostrar um pouco mais de perna, ele me dê a garrafa inteira.

Kit olha para minha perna, pisca devagar e vira sua taça.

— *Pardon*, Florian!

Então diz alguma coisa que deve ser a versão em francês de *Bota no meu?* As sobrancelhas erguidas de Florian me dizem que Kit encontrou um jeito de fazer essa frase soar bem sugestiva em francês também.

Florian ergue a garrafa sobre a taça de Kit, que, dessa vez, relaxa o ombro e inclina a cabeça para o lado. Então abre um sorriso lânguido para Florian, deixando a luz do sol dourar seu queixo e seu pescoço.

Ah. Esse aí eu ainda não tinha conhecido. O Deus do Sexo da École Desjardins.

Quando Florian sai, a taça de vinho de Kit está mais cheia que a minha. Ele volta aquele sorriso para mim, os olhos brilhando com graça e algo a mais que não consigo identificar.

— Bom. — Dou um gole um pouco maior do que o necessário. — Vamos ver quem vence a próxima rodada.

— Nesse meio-tempo — Kit diz, passando um pedaço de baguete encharcada de mel para mim —, experimenta isso aqui.

Aceito em nome da amizade, duvidando que o mel metido à besta dele possa ser tão bom quanto ele diz. Kit é o tipo de pessoa que sempre tenta encontrar o melhor possível de qualquer coisa — a maior contagem de fios, o pêssego mais maduro —, mas às vezes ele se perde no personagem. Por isso, minhas expectativas são baixas quando levo o pão à língua, ainda mais baixas porque minha boca está coberta pelos açúcares do vinho.

Mas aí sinto uma explosão de sabores.

— *Caramba*.

— Não é? — Kit comenta, definitivamente radiante.

— É bom pra porra. A lavanda com as notas florais do vinho, a violeta e a peônia.

Kit se afunda nos cotovelos, grato, e me observa com pálpebras pesadas.

— Quando você ficou tão boa em degustar vinho?

Ao contrário do que fiz com Maxine, não vejo problema em me gabar para Kit.

— Sou assistente de sommelier no Timo agora.

Ele arregala olhos.

— Ah, é? Desde quando?

— Extraoficialmente há, tipo, uns três anos? Mas não recebi a promoção oficial e deixei de ser gerente do bar no ano passado. — Hesito, depois decido dizer logo de uma vez. — Depois que fiz a prova de certificação.

— Você... — ele senta. — Theo, você passou na prova de sommelier?

— Passei — respondo. Tecnicamente é mentira, mas só uma mentirinha. Minha prova está marcada para o dia seguinte à minha chegada em casa, e sei que já aprendi o bastante para passar. Duvido que vá reprovar uma quarta vez. E eu é que não vou dar para trás agora, não com Kit tão maravilhado assim comigo.

— Essa prova é absurdamente difícil, não é? O sommelier do restaurante em que eu trabalho disse que vomitou da primeira vez.

— Não é tão ruim assim — digo, como se não tivesse servido a mesa no sentido anti-horário em vez de horário na primeira vez em que reprovei, ou esquecido a décima terceira região vinícola alemã na segunda. (A gente se vê no inferno, Saale-Unstrut.) — Venho fazendo outras coisas, mas sommelier é meu trabalho principal agora. Bato o ponto toda noite.

Faço sinal para Florian encher minha taça e pergunto quantos engradados de uva ele consegue carregar de uma vez só. Kit se pergunta, em voz alta, quão longe Florian conseguiria carregar *ele*. Quando comparamos as taças, estão exatamente no mesmo nível: dois terços cheias.

E as coisas continuam assim pelo resto do almoço, entre Kit, Florian e eu. Chuchamos a geleia de figo e o mel e as gotas de melão nos pães, pedimos mais vinho até perdermos a conta, fazemos Florian rir e corar, ficamos com a boca roxa. Sorrio para Kit. Kit sorri para mim.

E toda vez que brindamos com nossas taças, toda vez que a borda da taça dele quase toca a borda da minha, tento não pensar: *isso é o mais próximo que vamos chegar de nos beijar de novo.*

— — —

Passamos a tarde no Musée des Beaux-Arts na cidade de Bordeaux, onde flutuo de sala em sala, sem me importar em ler a maioria das plaquinhas ao lado das obras.

Não que eu não goste de arte. *Amo* arte. Mas arte importante desse jeito é sobre o que meus pais conversam na mesa do almoço, então depois de um tempo você acaba cansando. Enquanto meu pai dirigia obras históricas contemplativas e minha mãe adaptava *O amante de Lady Chatterley*, eu assistia a todas as sequências de *Sexta-Feira 13*. Meu filme favorito da franquia é aquele em que Jason é congelado criogenicamente por 445 anos e vai parar no espaço. O dia em que falei isso para o meu pai deve figurar no topo da lista das dez piores decepções paternas da vida dele.

Eu gosto mesmo é de arte despretensiosa, muito saturada, e totalmente comprometida com o que se está fazendo, mesmo que seja ruim. *Especialmente* quando é ruim. Gosto de filmes B e slashers, de filmes de ação dos anos oitenta e qualquer coisa com uma trilha sonora synth-pop e um roteiro escrito à base de cocaína. Não quero analisar as intenções de quem quer que a tenha criado. A sutileza é para quando tomo vinho; quero sentir o que a arte quer que eu sinta e me afundar nela. Kit ficou chateado quando me recusei a ler *O senhor dos anéis* quando éramos crianças, mas os filmes já transmitiam todos os sentimentos de que eu precisava.

Para mim, basta olhar para uma pintura e pensar: *Gostei.* Ou: *Isso me deixa triste.* Ou: *Isso me faz pensar em mim.* Ou: *Esse cachorro é esquisito pra caralho.*

Quando entro na próxima sala, a primeira coisa que noto é a pintura enorme de uma mulher ajoelhada sobre pedras em ruínas. Ela está usando um casaco azul-escuro com uma faixa dourada sobre um vestido branco esvoaçante. Com uma expressão abatida mas vingativa. E os peitos quase de fora.

A segunda coisa que noto é Kit, fascinado enquanto a encara, uma caneta-tinteiro e um caderninho de desenho nas mãos.

Eu costumava flagrar Kit assim quando o visitava no trabalho, na época em que morávamos juntos depois que ele terminou a graduação. Kit não achava o trabalho que tinha conseguido como recepcionista no Museu de Arte de Palm Springs estimulante, então fazia pausas extralongas para desenhar as exposições.

Por que eu achava isso tão encantador? Ele só estava fazendo pose, não estava? Culto e profundo demais para ficar sentado atrás do balcão no celular como qualquer outro recepcionista.

Eu me imagino perguntando a ele sobre essa pintura. O olhar trágico que ele me lançaria por eu não conhecer o pintor, por não ter os olhos voltados para os grandes movimentos artísticos. Então imagino Kit explicando a pintura para mim como se eu fosse uma criança pequena, fazendo referências que só alguém com um diploma em história da arte entenderia. Isso é o que a versão de Kit que criei na minha cabeça faria, o Kit que é um ex com quem não converso mais. O Kit pretensioso e erudito, sempre intelectual demais para mim.

Uma mecha do cabelo dele cai nos olhos e ele a leva para trás com a borracha do lápis.

Esse movimento, a borracha deslizando por sua sobrancelha. Eu tinha esquecido, mas agora lembro. Kit, o ex, nunca faria isso na minha cabeça. Mas o Kit da vida real fazia, e este Kit na minha frente também faz.

Pelo que sei, há duas maneiras de superar alguém: deixar que a raiva que você já sente te domine ou inventar alguma coisa pela qual sentir raiva. Às vezes, sempre teve alguma coisa errada, e a única coisa a fazer é parar de acreditar que foi bom amar aquela pessoa. Mas às vezes a pessoa foi boa para você. Às vezes, você começa a procurar alguma coisa para botar fogo e descobre que folhas verdes não pegam fogo, que o jardim foi bem regado demais. Às vezes, é necessário remendar a verdade até que ela se torne algo de que você não vai sentir falta.

E, às vezes, quando já se passou muito tempo, fica difícil lembrar qual dessas coisas você fez.

— — —

Mais tarde, na escada do museu, Fabrizio dá uma lista de recomendações locais: La Cité du Vin, a antiga cripta embaixo da Basilique

Saint-Seurin, os cavalos de bronze do Monument aux Girondins. Alguns de nós concluem que o distrito medieval de Saint-Pierre é o que parece mais interessante.

— Você se incomoda se eu também for? — Kit me pergunta.

Ainda naquela sensação pós-bebedeira, meus ombros estão tão relaxados que me parece bobo que ele precise pedir permissão para mim. Reviro os olhos e faço sinal para ele ficar do meu lado. Isso que está rolando é gostoso, como se o piquenique tivesse libertado alguma coisa. Florian nos deu um presente: a garantia recíproca de que só estamos interessados em transar com outras pessoas.

Passamos pela Cathédrale Saint-André e entramos numa rua larga com linha de bonde, onde Kit pergunta:

— Como vai Sloane?

É estranho ouvir o nome dela vindo da boca dele, mas é claro que ele perguntaria. Sloane é a pessoa mais importante da minha vida, e ele a conhece desde que minha irmã tinha cinco anos, dois anos inteirinhos a mais do que o resto do mundo a conhece.

— Está bem. Ocupada, mas do jeito que ela gosta. Tenho certeza que você, sabe... tem visto a Sloane por aí.

— É, tenho mesmo — Kit responde, e me pergunto, não pela primeira vez, quantas vezes ele viu o rosto das minhas irmãs nas telas e pensou em mim. — Ela estava incrível naquele lá que fez com o Colin Farrell no ano passado. Quanto tempo será que ela demorou para conseguir fazer um sotaque irlandês tão bom?

— Tipo, uma *semana*. Juro, ela nem parece humana. Acabou de começar a treinar um sotaque novo, um negócio mais da alta sociedade nova-yorkina da virada do século.

— E esse aí vai ser para qual filme?

— Ah, você curtiria. É uma adaptação de *A época da inocência*, só que, tipo, muito estranho. Uma coisa bem A24. O roteiro é doido. O agente dela disse que vai ser a primeira indicação dela ao Oscar.

— Que incrível! — Kit diz com sinceridade. — Ela vai representar May ou a condessa?

— Winona Ryder. — Não li o livro, mas vi o filme do Scorsese de 1993. — Na verdade, ela queria ser a Michelle Pfeiffer, mas o diretor disse que ela tem uma imagem fofa demais.

— A Sloane? A mesma que pediu que o monólogo de teste de elenco dela para um filme fosse o da Glenn Close em *Atração fatal*? Quando ela tinha, o quê, dez anos? Essa mesma Sloane?

— Acho que é a tal da maldição da estrela mirim — suspiro. — E Cora? Como ela vai?

Kit ri baixinho e abro um sorriso. Então quer dizer que a Cora ainda é a mesma Cora.

— Ano passado ela roubou o cartão de crédito do nosso pai e passou setecentos dólares na Dave & Buster's — ele conta. — Este ano, sindicalizou a equipe da Dutch Bros.

— Uau, isso é bem legal!

— Ela nem *trabalha* lá.

Conversamos sobre minha irmã caçula, Este, que acabou de finalizar uma temporada de cinco episódios de uma série de grande orçamento da HBO, e o irmão mais velho dele, Ollie, que agora trabalha no marketing de uma editora em Nova York.

Perto de um cruzamento, a estrada se bifurca na diagonal, como se o que quer que haja por aqui seja velho demais para respeitar as divisões de propriedade. Começa parecido com um beco secreto que se abre até ficar bem largo, paralelepípedos escuros dando lugar aos grandes blocos lisos e rosados da Place du Palais.

Turistas entram por portas antigas arqueadas com sacolas de compras de papel e caixas de doce amarradas por fitas. Cafés transbordam sobre sacadas tingidas de fumaça. Um entregador passa em alta velocidade entre mim e Kit numa bicicleta amarelo-manteiga, pães frescos balançando em seu cesto. É como uma vilinha escondida, esquecida pelo tempo e murada por fileiras de prédios lavanda e pêssego que brilham sob o sol de fim de tarde. Na borda da praça fica um portão medieval imenso coberto por um número realmente fantástico de torres pontiagudas. Passamos embaixo dele e seguimos por outra rua de conto de fadas na direção de uma das igrejas históricas que Fabrizio mencionou, a Église Saint-Pierre.

Estamos quase lá quando olho para trás na direção de uma rua lateral e noto as letras sobre a entrada: A CANTINA COMPTOIR CORSE. Corse de Córsega, a ilha.

— Kit — digo, parando. Ele para também, embora o resto do

grupo esteja nos deixando para trás. — Preciso experimentar uma coisa. É para o trabalho.

Kit apenas acena e me segue. Só depois que chegamos ao fundo do pub barulhento, sentamos nos dois últimos bancos de couro na frente do balcão, traduzimos o cardápio e fazemos um pedido que ele finalmente pergunta:

— Você disse que era para o trabalho, mas não pediu vinho nenhum.

Cruzo os tornozelos embaixo do balcão. Minha bota roça na barra da calça dele.

— Lembra que eu disse que troquei a Soobie por um micro-ônibus Volkswagen?

Conto para ele sobre meu micro-ônibus, esvaziado e reconstruído à mão para virar um bar que posso dirigir pelo vale, digo que crio coquetéis personalizados para casamentos e despedidas de solteira e influenciadores que vêm para o Coachella. Depois conto sobre o frila que peguei num casamento monstruoso no mês que vem: vão ser 350 convidados, oito receitas personalizadas e uma noiva que me manda cinco e-mails por dia esperando respostas imediatas a perguntas como *Eu já mencionei que um dos drinques deve ser servido naquelas canecas tíki personalizadas que parecem meu schnauzer de estimação?* e *Será que você poderia criar um drinque que tenha o gosto da viagem que fizemos para Córsega, quando nos apaixonamos?*

Deixo de fora um detalhe importante: a grana que vou levar nessa mal dá para cobrir os gastos que estou tendo e que, antes de fechar negócio com a Noiva Schnauzer, estava prestes a fechar as portas.

— *Enfim* — completo —, preciso descobrir quais são os sabores corsos para criar um coquetel que reflita "a complexidade do nosso amor", o que, sabe... o cara é gestor de fundos de cobertura e chama Glenn, mas claro.

— Theo, isso é... uau. — Kit olha fixamente o Instagram do meu micro-ônibus no meu celular.

Um mosaico de fotos incríveis de coquetel e minhas mãos servindo drinques pela janela de serviço que instalei. Os olhos dele estão arregalados e cintilantes quando se voltam para mim, e uma onda de ternura me perpassa. A única coisa maior do que a capacidade de Kit de se fascinar é a sensação de estar no centro desse sentimento.

— Foi você que construiu?

É claro que construir o micro-ônibus foi mais difícil do que estou fazendo parecer. Quase um ano de suor e xingamentos, assistindo a horas de tutoriais na internet. Passei a conhecer os vendedores da loja de materiais de construção da cidade pelo nome. Arranquei e substituí os pisos, instalei um motor novo, raspei a ferrugem e repintei, montei tanques e canos e pias, colei papel de parede e lixei os tampos das bancadas e resgatei geladeiras do trabalho.

Tem gente que pinta o cabelo quando passa por um término. Eu comprei um micro-ônibus.

Kit não precisa saber que comprei o micro-ônibus depois do término, que processei o término com uma pistola de pregos enquanto ele lambia creme inglês da barriga de algum colega do curso de confeitaria. Ou que eu talvez nunca tivesse criado coragem para correr esse risco se ele não tivesse dito o que disse naquele avião.

— Assim, o fato de eu ter saído com um carpinteiro por um tempo ajudou. — Vejo a comida chegando e tiro os cotovelos de cima do balcão. — Mas e você? Como é esse esquema de confeitaria?

Sobre um prato de chocos ao molho de tomate que leva vinho tinto e alho seguido de uma cheesecake finalizada com raspas de laranja (*fiadone*, acrescento a minhas anotações), Kit descreve o próprio trabalho num restaurante gourmet dentro de um hotel parisiense cinco estrelas. Madrugar, pesar miligramas precisos de ingredientes, dispor fitas de chocolate branco com uma pinça longa como um neurocirurgião.

— Sinceramente, a pior parte é a pinça — Kit diz. — Sou muito melhor com as mãos. Quando enfio os dedos lá dentro, consigo sentir a pressão, sabe? Dá para perceber só pelo toque se alguma coisa vai ceder ou se está bem macia ou... ah, toma aqui. — Ele me passa um guardanapo para o gole de bebida que escorre da minha boca.

Quando acabo de tomar nota — *ácido, tomate, cítrico, névoa de ilha, talvez um spritz?* —, pulamos a igreja e seguimos direto para a Place du Parlement, que fica no coração do distrito. Paramos diante da fonte sob sacadinhas de ferro fundido, onde Kit aponta para os rostos de pedra esculpidos, que ficam em vigília nos cantos de cada prédio.

— São chamados mascarões — ele diz —, não confunda com macarons — e essa piada me enche de mais uma onda de afeto.

Não consigo acreditar em como estou melhor do que ontem à noite. Faz mesmo só vinte e quatro horas desde que eu estava no Moulin Rouge, tentando impedir que a nostalgia brotasse? Será que o tempo passa de forma diferente na França?

França. Estou na *França*. Quatro anos depois e estamos juntos em Bordeaux afinal de contas.

— Cara — digo. — A gente está mesmo aqui. Olha só pra gente.

— Olha só pra *você*. Uma sommelier e dona de bar.

— E você chef de confeitaria gourmet — respondo, sentindo meu sorriso crescer. — É doido como quatro anos fazem tanta diferença.

— Pois é. Muita coisa mudou. — Ele retribui meu sorriso. Algumas crianças passam disputando corrida ao redor da fonte. — Certas coisas não, mas... ainda assim, muita coisa.

— Acho que foi até bom a gente ter terminado, porque aí viramos essas pessoas descoladas pra cacete.

O sorriso de Kit se mantém fixo, mas algo muda em seus olhos.

— Pois é.

Merda. A gente vinha interpretando tão bem o papel de velhos amigos que nunca se viram pelados, mas agora é como se eu tivesse jogado nossas nudes nos paralelepípedos.

Olho ao redor em busca de algo para quebrar o silêncio, um machado de incêndio de emergência.

Numa mesa do lado de fora de um bar, na beira da praça, está sentado um cara com um cabelo escuro e cacheado. Apesar da camisa e da calça bege, bem diferentes da parafernália de fazendeiro, ele parece muito...

— Aquele ali é o Florian?

Kit segue meu olhar e seu queixo cai de surpresa.

— Acho... acho que é sim.

— Ele está com...?

Um dos outros dois homens à mesa solta uma gargalhada que pertence inconfundivelmente a Calum Loiro.

— De todas as pessoas que queriam levar Florian pra beber — Kit diz —, eu nunca apostaria que quem conseguiria seriam os Calums.

— Ah, eu apostaria. Aqueles dois são encrenca. O ruivo me disse que não pode entrar na Bélgica nunca mais por motivos legais.

Bem nesse momento Dakota e Montana aparecem na varanda com taças iguais de champanhe rosé. Florian acena, e os Calums começam a juntar mesas para que todos possam se sentar.

— Ah — Kit comenta —, isso aí vai ser interessante.

— É tipo assistir *The Bachelor* — digo, com a atenção totalmente absorta naquela cena. — Qual daquelas meninas você acha que quer mais usar a suíte fantasia?

— E como você sabe que não vai ser um dos Calums?

— Aqueles dois são héteros pra caralho.

— Ninguém é hétero numa viagem pela Europa.

— Parece que você está falando por experiência própria — comento, imaginando Kit flertando com turistas nos bares de Montmartre.

— Eu tenho um precedente. Quando a gente passa pela imigração aqui, carimbam "bissexual" no passaporte de todo mundo.

— Pô, então é pra isso que serve aquele carimbo? Eu podia ter pulado a fila.

Kit ri, passando a mão na testa em um gesto do tipo *ai, Theo* que faz os nervos das pontas dos meus dedos vibrarem.

— A verdadeira pergunta é: quem ali tem mais chances de sucesso?

— A de cabelo escuro, Montana, é mais atrevida, o que dá uma vantagem para ela, mas a Dakota é imprevisível.

— A loira? — Kit pergunta. — Ela parece entediada.

— Tem homem que curte esse lance. Vamos fazer um bolão?

— Acho que... — Antes que Kit possa revelar o que acha, Fabrizio aparece na varanda com uma garrafa de vinho e uma cesta de fritas. — Opa, pera aí. Isso muda tudo.

Observamos Fabrizio sentar ao lado de Florian e passar o braço ao redor do dorso da cadeira dele. O italiano entra na conversa com um sorriso lascivo, coloca uma batata frita na boca e, depois, mergulha outra no molho e dá na boca de Florian.

Kit perde o fôlego.

— Ai, meu Deus.

— Caralho, é assim que se faz.

— O Fabrizio chegando com tudo.

Nós dois morremos de rir, a minha risada atravessada de alívio. Aquela tensão passou, e o clima tranquilo do almoço flui como água da fonte. Desde que a gente consiga voltar para esse ponto relaxado, vamos ficar bem. Precisamos só de um estoque infinito de Florians.

O que me dá uma ideia.

— Sabe quem mais pode ter chance? — pergunto para Kit.

— Quem?

— Um de nós. — Kit ainda está rindo, como se achasse que estou brincando. — É sério! Ele estava flertando com nós dois. A gente já tem uma vantagem.

Kit balança a cabeça.

— Não sei.

— Ai, para, vou provar.

— Theo, não...

Ele segura minha manga. Ergo as sobrancelhas para ele, que solta, para e depois a alisa de volta no lugar.

— Por que não?

— Eu... eu só acho que... — O rosto bronzeado dele assumiu um leve tom de malva. — Se vai ser um de nós, por que não eu?

Ah. Reconheço essa tática. Na época em que éramos amigos, às vezes a gente competia pelas mesmas pessoas. Ossos do ofício (bissexuais).

— Está me *desafiando*, Fairfield?

— Talvez — Kit diz. — Mas, enfim, se Fabrizio conseguir pegar Florian, talvez o verdadeiro desafio seja Fabrizio. Por relação transitiva.

— Mas Fabrizio está mais disponível. Ele está sempre com a gente — retruco. — Com Florian, a janela de oportunidade é mais limitada. Uma Janela de Oportunidade Para Transar com Florian.

— Sim, mas digamos que um de nós consiga aproveitar a Janela de Oportunidade Para Transar com Florian. O outro pode simplesmente fazer o mesmo com outra pessoa na cidade seguinte. Não seria uma vitória assim tão significativa.

— O que você está sugerindo? Um torneio de chaves?

— Não estou sugerindo nada — ele diz, embora não pareça desinteressado —, mas, se *estivesse*, acho que seria melhor levar em conta a quantidade de moradores locais seduzidos no maior número de cidades individuais.

Hm. Que ideia *boa*.

Toco o queixo com dois dedos, pensando. Isso começou como uma brincadeira, mas agora estou pensando nos possíveis benefícios de uma rivalidade amistosa e com tesão. Gosto do nosso atual status. Se transar com outras pessoas for manter as coisas com Kit mais estáveis para eu curtir minha viagem *e* nós dois termos uma válvula de escape para qualquer resquício de atrito sexual nesse meio-tempo, por que não?

— Então a competição vai ser baseada no número de corpos — reflito.

— Não precisa falar como se estivéssemos matando as pessoas, mas sim, basicamente.

— Nós dois já *temos* um cada, de Paris... — quanto mais penso nisso, mais me animo. Inclusive, quanto mais olho para Kit, mais quero transar com alguém.

— Calma — Kit diz. — Você está falando sério? Quer mesmo competir?

— Acho que vai ser divertido. Eu topo. Você está falando sério?

Quando encaro Kit, consigo praticamente ver os receptores de prazer de seu cérebro crepitando. Ele é incapaz de dizer não para uma proposta dessas, um hedonista como ele.

— Vamos definir o termo *pegar*. Isso inclui dar uns beijos, uns amassos de roupa ou...?

— Acho que pelo menos uma das pessoas envolvidas tem que gozar — digo.

— Ah. — Kit pisca por um momento. — Aí fica fácil então.

— Ah, é?

— Por quê, para você não é?

— Não, para mim é fácil.

— Eu particularmente gozo o tempo todo.

— Eu também — digo. — É por isso que a gente competiria. Não é como se eu precisasse tirar leite de pedra. Pra transar.

Kit coloca a mão no queixo.

— Estou orgulhoso de você por não ter feito nenhuma piadinha com leite.

— Disponha, sou muito forte. Mas e aí, o que me diz? Topa uma apostinha sexual entre amigos?

Por um longo momento, Kit não diz absolutamente nada. Fica só olhando para mim, vasculhando meu rosto tão atentamente que sinto seu olhar quase como um toque.

Então, como fez naquele penhasco em Dover, ele estende a mão.

— Beleza. Eu topo.

Sorrio.

— Então está topado.

Quando pego a mão dele, está manchada de tinta do caderno de desenho. Sinto a pele dele quente contra a palma da minha mão.

— Só mais uma coisinha — diz Kit. O polegar dele aperta o dorso da minha mão. — Aquela ali é a Glenn Close, estrela de *Atração fatal*?

Viro para olhar e Kit sai correndo na direção do bar.

SAINT-JEAN-DE-LUZ COMBINA COM:

Izarra verde (puro, depois do jantar), *gâteau basque* feito com cerejas frescas

Saint-Jean-de-Luz

— Ah, finalmente! — cantarola Fabrizio quando embarco no ônibus na manhã seguinte. — Nossa pequena *conquistadore*!

Orla empurra a prancheta na minha direção.

— Vai logo, a gente não tem o dia todo.

— Seja gentil com minha Theodora — continua Fabrizio. — Não é culpa dela. Está apaixonada!

— Não estou...

— Sempre fico feliz quando meus passageiros experimentam a culinária local por conta própria — Fabrizio diz, com uma piscadela enorme. — E quando vira amor! Orla, lembra da menina alemã de uns dois anos atrás que tentou convencer a gente a deixá-la em Barcelona com o marinheiro? Ah, eles estão casados agora!

Sigo o corredor, aceitando uma salva de palmas dos Calums e olhares invejosos, mas não hostis, de Dakota e Montana. No meu banco, Kit está encostado na janela usando um conjuntinho de camisa estampada de felpa e short curto.

Coloco a mochila em cima, pego o objeto pequeno mais próximo do bolso externo e jogo nele.

— Ai — Kit diz quando um pote de pomada bate em seu braço. Ele tira os fones de ouvido. — Bom dia.

— Bom dia!

Estou com o maior sorriso de satisfação no rosto enquanto afundo ao lado dele e Orla nos tira de Bordeaux.

— E aí? — O tom de Kit é leve e indecifrável. — Como foi com Florian?

— Ele foi... — Faço uma pausa para criar suspense. — Surpreendente.

— Em que sentido?

Como eu vou explicar? Kit e eu podemos até ter estabelecido os termos de uma competição sexual ontem, mas não definimos as regras para falar de sexo um com o outro. Agora, porém, a gente é amigo e, da última vez que a gente foi amigo, contava tudo um para o outro.

O que aconteceu com Florian foi que voltamos pro apartamento dele para tomar mais uma garrafa do château. Depois ele me levou para o quarto, mostrou o que havia dentro da gaveta de cima da cômoda e me perguntou se eu toparia usar nele.

— A surpresa é que ele estava muito bem preparado — digo, pensando na cinta de couro macio que ele afivelou em meu quadril, no frasco de óleo que espalhou em meus dedos. — Quer dizer, deu pra ver que ele tinha joelhos para o que queria fazer, mas não pensei que fosse ter toda aquela versatilidade.

Os olhos de Kit vão ficando cada vez mais arregalados.

— Quer dizer que ele deixou você...

Se alguém entenderia o que deixei implícito, este alguém é Kit.

— Tá brincando? Era *exatamente* o que ele queria. — Uma partezinha estranha de mim quase desejava que Kit pudesse ter visto o jeito que a minha mão encaixava perfeitamente entre as duas covinhas da lombar de Florian. Kit é o único que entenderia de verdade como minha técnica evoluiu. — Bom, vamos dizer apenas que eu não esperava vê-lo tão de quatro por mim.

A expressão maravilhada de cobiça no rosto de Kit dá lugar a uma careta.

— Trocadilho infame agora não.

— Ele curtiu — continuo, as sobrancelhas erguidas. — Embora seja meio *pau no cu*.

— Deviam te proibir de fazer sexo depois dessa. Você deveria entrar pra um monastério.

— A pontuação está dois a um — digo, ignorando o desdém dele com bom humor. — Estou ganhando.

— Espero que esteja se divertindo — solta Kit, tirando o livro que está lendo da bolsa. — Não vai durar.

Vai demorar duas horas para chegarmos em nossa próxima parada, Saint-Jean-de-Luz, uma comuna de pescadores na parte sudoeste da

França perto da fronteira espanhola, então decido me atualizar e dar uma olhada nas notificações mais urgentes.

A primeira, uma conversa toda por e-mail da minha família. A segunda, uma mensagem do gerente do bar do Timo. A terceira, um e-mail do sommelier. A quarta, um e-mail da Noiva Schnauzer. A quinta, uma mensagem de Sloane. Fecho os olhos, respiro fundo e dou um mata-leão na parte de mim que quer ignorar todas elas.

Resolvo a crise do gerente do bar primeiro, embora eu tenha especificado a todos que não me incomodassem enquanto eu estivesse — e usei exatamente estas palavras — enchendo o cu de brie. Não deveria ser tão difícil para o cara que ficou no meu antigo cargo ler minhas anotações, mas acho que vários post-its aleatórios no escritório lá dos fundos não chega a ser uma coisa tão intuitiva para ele como era para mim. Aproveito para deixar um lembrete de que nosso fornecedor local de bíter tem que ganhar um tiramisu grátis uma vez por mês ou vai parar de nos dar desconto e que tem dois assistentes de bar que não podem ser colocados no mesmo turno porque um comeu a namorada do outro.

Na conversa por e-mail da minha família, vejo que meu pai mandou uma atualização prolixa das filmagens em Tóquio, minha mãe está caçando locações no Texas Panhandle, Sloane está pensando em deixar uma cabeça de cavalo na cama de seu par romântico e Este fretou um helicóptero para as Maldivas para jantar com o filho de um embaixador. Mando um relato curto sobre Paris e Bordeaux sem mencionar Kit.

Depois abro o e-mail do sommelier me perguntando se me registrei para a degustação do portfólio de um distribuidor no mês que vem. Eventos comerciais são importantes para sommeliers sérios, mas odeio ter que fazer networking, odeio que esperem que eu me vista de forma feminina e odeio, mais do que tudo, ter que ouvir homens de blazer e calça jeans escura masturbando a merda de ego uns dos outros enquanto falam de borgonha. E não posso abrir mão de um fim de semana de vendas no bar micro-ônibus para puxar sacos em Scottsdale. Respondo para ele que não vou conseguir, já escutando o sermão: *se você realmente quiser dar certo nessa profissão etc. etc.*

O e-mail da Noiva Schnauzer é o próximo, e ela quer incorporar pelo menos três, mas não mais do que cinco, ervas das amostras da floricultura ao cardápio. Minha paciência já está no fim, então envio algumas sugestões de coquetéis e bloqueio o celular. Sloane pode esperar até minha cabeça não estar mais tão quente.

Encosto a tela fria na bochecha e solto o ar devagar, deixando que meu corpo relaxe enquanto observo os campos franceses que passam pela janela, as árvores finas e engraçadas com pompons de folhas brotando do alto como dentes-de-leão.

Às vezes é constrangedor que essa seja a minha ideia de alta performance, que tenha passado os últimos anos ralando para conseguir ter vinte minutos de função executiva e um medo de que minha vida desabe se eu respirar errado. Mas, na maioria dos dias, tenho orgulho do quanto progredi. Até os meus vinte e cinco anos foi tudo uma série de cagadas de pequeno a médio porte e então eu decidi tomar jeito.

E só tomei jeito porque precisava, porque não gostava de mim nem da minha vida. Mas também porque, toda vez que perdia as chaves ou me esquecia de alguma promessa, sentia falta de Kit.

Morar com Kit era como morar num ninho de duendes. Toda noite, eu encontrava o carregador do meu celular de volta na minha mesa de cabeceira ao lado da minha garrafa d'água, cheia e exatamente na temperatura que eu gostava. As datas apareciam circuladas sozinhas no calendário. Flores frescas surgiam sempre que as antigas murchavam. E, mesmo que eu tirasse as coisas da lava-louças de qualquer jeito, quando olhava no fundo da gaveta, as colheres de medida estavam sempre lá, limpas.

Eu amava, mas também me ressentia com o fato de ele conseguir ser bom nas partes da vida em que eu era horrível e, depois que ele foi embora, deixei que o rancor vencesse. Meu amor virou uma furadeira elétrica e construí uma vida pensando no que conseguiria manter em ordem sem contar com mais ninguém, porque não dá para sentir falta de uma coisa se não precisar mais dela.

Só que de vez em quando, depois de um turno de oito horas e de fazer um frila que me ocupava durante a noite toda, eu chegava em casa um caco, dava de cara com uma pilha de louças e pensava: *Kit cuidaria melhor de mim*. E, por um segundo, era como se ele estivesse lá. Guardando os potes de cereal, esperando acordado com um livro, tirando a tensão dos meus ombros com beijinhos, resolvendo meus problemas.

— Theo?

O Kit real, do presente, está me observando sem um dos fones, o livro aberto no colo.

— Você está bem?

Balanço a cabeça.

— Tô! Tô sim, só pensando. O que, hm, o que você está ouvindo?

— Ah... — Kit olha de canto de olho para o celular. — Você vai rir.

— Vou não.

Ele está com aquela expressão suave no rosto, como ficava quando estava observando o topo do Pico San Jacinto lá no vale.

— Antes da viagem, tive a ideia de fazer uma lista de compositores que escreveram músicas em cada uma das paradas do ônibus. Porque eu... — ele faz uma pausa, procurando as palavras. Isso é novo. Ele costumava falar frases longas e esbaforidas até conseguir explicar o que estava pensando, mas agora filtra os próprios pensamentos. — Aonde quer que eu vá, quero experimentar o lugar por inteiro. Até onde for possível. Quero tocar, sentir o gosto, beber o que é produzido ali, comer a comida dali, escalar o que der, nadar. Dá para ouvir os ruídos de um lugar andando pela rua ou se sentando perto do mar ou abrindo a janela, mas acho que, se quiser *escutar mesmo*, é isto aqui. É tipo quando dá pra sentir o gosto da cozinha em que o pão que você está comendo foi assado. Ou...

— Ou como o vinho acaba pegando o gosto do barril.

Ele sorri.

— Isso. É isso, exatamente. Por isso, estou escutando Ravel.

Sem dizer mais nada, Kit me entrega um fone. Coloco no ouvido, e ele volta a música do começo.

— — —

Nunca tinha assistido nenhum filme ambientado em Saint-Jean-de-Luz, mas já tinha visto castelos de areia, casas de boneca e pêssegos brancos maduros, então é quase a mesma coisa. Os prédios se abraçam ao redor das ruas estreitas, alguns feitos de pedra rosa e outros entrecortados de madeira vermelha e janelas também vermelhas. A luz matinal preguiçosa escorre dos telhados cor-de-rosa e laranja até o calçadão, que se curva ao redor de uma praia imensa em formato de lua crescente que Fabrizio diz se chamar La Grande Plage. Na distância azul turva, a cordilheira dos Pireneus se ergue na direção do céu infinito.

Começamos o dia no mercado central do povoado. Se estivesse falando vinhês, diria que Les Halles tem um olfato robusto e variado, com alta intensidade de aromas do mar — água do mar, concha de abalone, pedras úmidas, algas marinhas, peixes gordurosos. Notas de porco em salmoura e linguiça defumada, pão de fermentação natural e casca queimada, cravo fresco com gerânio e ave-do-paraíso, sálvia silvestre. Outra nota efêmera desliza entre essas, algo suculento e ácido, tipo capim-limão ou verbena.

É essa que me pega.

Desvio de caixas de queijo e assadeiras de brioches soltando fumaça, passo por uma senhora pedindo cordeiro para um açougueiro de bigode e ando até uma barraca de frutas vibrantes. Ela me lembra a minha frutaria favorita perto de casa, só que aqui tem um tipo de pera de que nunca nem *ouvi falar*, o que é raro quando se passa tempo degustando vinho com o tipo de gente que compete para ver quem cita a frutinha vermelha mais obscura. Essas frutas podem me *ensinar* algo. Pego um damasco e levo a casca ao nariz.

— *Bonjour!*

Com um susto, ergo os olhos da anotação que estou fazendo no celular (*orangé de Provence: intenso, doce, ácido*) e dou de cara com uma vendedora de avental.

Ela é uma graça, do mesmo jeito que Saint-Jean-de-Luz: leve e sensual. O rosto marrom numa expressão suave e relaxada. O cabelo escuro está amarrado num coque informal na nuca, e as pontas soltas têm aquela textura fresca de quando o cabelo seca ao sol com água do mar. Ela segura uma pera de manchas vermelhas e verdes e uma faca pequena, uma fatia espetada na ponta. Tem um ar meio de mulher casada. Não comigo, talvez, mas definitivamente com alguém.

— Quer? — diz a Casada da Fruta.

— *Oui* — respondo, com entusiasmo. — Nossa, sim, por favor.

A polpa da pera, rosada como uma pétala de flor, derrete na minha língua que nem manteiga com uma pitada de canela, e a mulher me observa lamber o sumo do polegar. Se meu francês fosse melhor, essa é a parte em que eu perguntaria: *É agora que a gente se pega?*

Ela aponta para uma plaquinha em cima do cesto de peras.

DOYENNÉ DU COMICE.

Contratar uma mulher bonita para dar fruta na boca dos fregueses é um modelo de negócios excelente porque, quando dou por mim, estou pagando por um quilo de cereja enquanto a Casada da Fruta me dá tchauzinho.

— Preparando a número três, já? — pergunta Kit, que aparentemente presenciou a situação toda.

— Acho que acabei de levar um golpe.

— Compreensível — Kit avalia com um aceno. — Ela é linda.

— O que você comprou?

— *Fromage de brebis* — ele diz, erguendo um pedaço de queijo de cabra embalado. — O cara da barraca também era gato, mas não posso mais dormir com vendedores de queijo. Estou tentando não me enfiar em nenhuma caixinha. — Abro a boca, mas Kit ergue a mão. — Não começa.

— Ué, então não usa palavras tipo "enfiar".

Ele solta aquela risada que quer dizer *ai, Theo*. Eu tinha esquecido de como o som dessa risada é gostoso.

— Eu vi uma vendedora de peixe gostosa — ele diz.

— Aah, me mostra.

Damos a volta pelo mercado, admirando folhados brilhantes e pratos de pimentões recheados, acotovelando um ao outro. Kit está rindo. Eu estou rindo, o ar entre nós está fresco e leve. Parece que a gente é amigo. Minha ideia da competição sexual está ajudando a quebrar o gelo. Concluo que sou, sim, genial.

No fundo do salão, a peixaria é pungente e cintilante como uma concha de ostra e movimentada como a Grand Plage. Caixas de gelo estão cheias de camarões cintilantes, vieiras em conchas vermelho vivo, cortes de atum rubi-escuro, peixinhos rosa-prateados esguios, peixes chatos e peixes com listras. Fregueses fazem fila de três em três e apontam para lulas.

Atrás do balcão, uma morena de nariz forte e macacão coloca peixes na bancada, enrolando, pesando e respondendo aos pedidos com uma voz clara e simpática. Um homem faz uma pergunta para ela, que pontua a resposta com uma batida do cutelo na tábua de corte.

— Ela — Kit diz desnecessariamente.

Quando a fila se dispersa, a peixeira limpa as mãos e se vira para nós, se dirigindo a Kit em francês. Entendo o suficiente para saber que Kit responde que eu não falo a língua deles.

— Ah. — A peixeira passa sem dificuldade para o inglês, confiante, mas com um leve sotaque difícil de localizar. — Desculpa, não achei que você fosse dos Estados Unidos!

— Agradeço — digo, com sinceridade. — Você é muito boa nisso.

— Sou peixeira desde os doze anos. É bom ser boa mesmo. — Ela sorri, exibindo um espaço entre os dois dentes da frente. — Ele disse que vocês estão numa excursão gastronômica e de vinho? O que vieram comer em Saint-Jean-de-Luz?

— O almoço vai ser no restaurante de um hotel em frente a Grande Plage — digo. — Você conhece? Tem uma estrela Michelin.

— Ah, o Le Brouillarta. — Ela faz uma careta relutante de aprovação, e fico com a impressão de que só teria se contentado se tivéssemos dito que viemos comer um peixe recém-pescado assado por uma avó local. — E aonde vocês vão depois daqui?

Listamos os próximos destinos para ela. Vamos passar pela costa até a fronteira espanhola para chegarmos a San Sebastián, daí atravessamos a Espanha até Barcelona, voltamos subindo até a costa sul da França e para o leste até chegarmos a Nice e Mônaco. Depois disso, é só Itália: Cinque Terre e Pisa na costa noroeste, entrando no continente para chegar a Florença, seguindo a sul pela Toscana até uma vila em Chianti e depois Roma, mais ao sul na direção de Nápoles, e uma balsa para a parada final em Palermo. Quando acabamos, ela solta um palavrão em francês tão cabeludo que arranca uma gargalhada surpresa de Kit.

— Filhos da puta sortudos! — ela diz, dando um tapinha na barriga por cima do macacão. — Minha mãe nasceu em Barcelona. Vou falar aonde vocês devem ir. — E descreve em detalhes, com total confiança, a experiência precisa e obrigatória que precisamos ter em Barcelona. O único bar para tomar vermute, a única *tapería* para comer *patatas bravas*. — Daí também, se gostam de doce... pera, vocês gostam de doce?

— Eu gosto — responde Kit.

— Ele é confeiteiro em Paris — acrescento.

Kit me encara, os olhos brilhantes e curiosos.

— E Theo é sommelier.

Finalmente, conseguimos impressionar a peixeira. Ela se debruça sobre uma caixa de anchovas peroladas, nos examinando com um interesse renovado, antes de concluir:

— Gostei de vocês.

Não sou fácil de desestabilizar, mas algo no olhar cinza intenso dela faz minha cara arder. O cotovelo de Kit cutuca o meu.

— Tão poucos turistas respeitam a comida e a bebida como deveriam! — continua ela. — Ah, vocês precisam conhecer o porto de onde compramos nosso peixe. Posso mostrar para vocês depois que o mercado fechar, se quiserem. Meu nome é Paloma, aliás.

E é assim que saímos de Les Halles com um quilo de cereja, um pedaço de *fromage* e instruções para encontrarmos uma peixeira gostosa chamada Paloma ao pôr do sol.

— — —

— Digo com sinceridade. Adoro um cardápio que é só uma lista de substantivos.

Eu e Kit estamos sentados juntos em Le Brouillarta, aproveitando a brisa do mar que entra pela janela aberta enquanto estudo o cardápio. Bolo de lagosta. Bergamota, hortelã, pepino e frutas cítricas. Foie gras. Enguia defumada, cantarelas.

— Não dá pra saber o que *vai vir*. Olha só essa descrição de atum: alho-poró, abeto, alecrim! O que é isso, um prato? Uma horta comunitária? Uma vela aromática? Será que palavras aqui significam alguma coisa? Mal posso esperar para descobrir.

O sorriso que se abre na boca de Kit faz algo se acender em mim.

— Você disse que o vinho de ontem cheirava a sela desgastada, não foi? — ele pergunta.

— Olha, na verdade tinha mais cheiro daquelas calças de couro que não têm a parte da bunda, sabe? Mas não quis perder os bons modos. Por quê?

— Esclarecedor, só isso. — Ele não me inveja por isso. Somos iguais quando o assunto é comida.

Sempre tivemos a mesma necessidade de saber onde estávamos nos metendo. Kit até assume riscos e se joga de cabeça, desde que esteja confiante de que consegue controlar onde vai parar. Eu normalmente prefiro manter os pés no chão. Mas o que está no prato — o que está na taça, o que derrete no palato, o que combina bem na panela —, é aí que nós dois gostamos de ser surpreendidos.

Tudo começou com Del Taco.

Tínhamos dez anos, e eu tinha certeza que uma educação cultural em fast-foods americanos ajudaria Kit a se adaptar. Aconteceu no outono em que minhas irmãs pegaram o primeiro trabalho juntas, então eu jantava com Kit todo dia. Uma vez, à tarde, quando a mãe dele perguntou o que queríamos, eu disse: "Dona Violette, será que a gente podia pedir burrito?".

Francamente, Del Taco não é nem *bom*. Mas eu fiquei assistindo Kit, do outro lado do banco de trás, dar aquela primeira mordida e entrar em outra dimensão. Precisou só de uma mordida medíocre de frijoles refritos para ele se viciar em descobertas culinárias. De repente tinha ânsia de saber que outras coisas malucas e impressionantes existiam no mundo. Fomos descobrindo cada formato de batata frita existente em cada uma das principais redes de fast-food até a mãe de Kit nos dizer que estávamos fritando nossas papilas gustativas com sódio estadunidense e colocar uma panela de coq au vin na nossa frente. Aí foi a minha vez de me impressionar.

Enquanto minhas irmãs encenavam um drama de divórcio com Willem Dafoe, eu estava na casa de Kit descobrindo a culinária francesa. A mãe de Kit era uma fada da horta, uma bruxa da cozinha, e só cozinhava receitas especiais de alguma tataravó. Foi ela que me apresentou os cinco molhos básicos da culinária francesa, deixou que eu caramelizasse cebola em seu fogão e fazia o que ainda considero o ideal platônico de boeuf bourguignon.

E foi assim que eu e Kit nos tornamos glutões curiosos juntos. Cinquenta por cento de nossa amizade consistia em sentar à mesa soltando "aahs!", dando garfadas e olhando um para o outro. Quando esgotamos todas as experiências culinárias do vale de Coachella, viajamos por todo o estado atrás de barracas de beira de estrada e festivais de chili e peixarias de praia. Assumíamos qualquer risco, desde que fosse de comer ou beber.

Tínhamos vinte e um quando começamos a sonhar em abrir um restaurante nosso, um bistrô pequeno com um cardápio sazonal simples e coquetéis novos toda semana. Chamaria Fairflower. E, a partir de então, tudo o que experimentávamos tinha um sabor robusto e eufórico de possibilidade.

Sinto falta desse sabor às vezes. Não o encontro desde aquela época.

— Você lembra daquele restaurante de gente metida de Los Angeles? — pergunto a Kit. — Aquele do seu aniversário?

Sei que o melhor agora é evitar mencionar nosso relacionamento, mas isso é de antes, quando eu ainda tinha o que pensava ser um amor não correspondido. Foi no aniversário de vinte e dois anos de Kit, e ele quis experimentar um restaurante sobre o qual tinha lido. Caramba, nós dois tínhamos altas expectativas, mas não foi tudo isso.

Fico olhando para ele, esperando por aquela sombra que vi quando mencionei o término ontem, mas ele só sorri.

— Ai, meu Deus. Aquele lugar de gastronomia molecular.

— Aquilo *sim* era um cardápio só de substantivos.

— Estava mais para um poema.

— E todas as porções eram, tipo, microscópicas.

— A *espuma de polvo*.

— Quem foi que pensou em espuma de polvo? — repito o que disse quando cheguei à nossa mesa naquela noite.

— Polvos não foram feitos para virar espuma! — ele repete o que me respondeu na época.

— A conta deu trezentos dólares e mesmo assim a gente ainda estava com tanta fome que acabamos indo depois...

— Comer batata frita com chili no Original Tommy's.

— *Isso.* — Lembro da gente vestindo nossas melhores roupas e comendo batata frita com chili no capô do meu carro.

Hollywood, luz neon, Olivia Newton John nas caixas de som do estacionamento e um segredo grande e assustador apertando meu peito.

Termino de beber meu copinho de água em temperatura ambiente, ainda sorrindo. Kit empurra o dele para mim, e eu bebo também.

— — —

Depois do almoço, temos um tempinho para aproveitar a praia. Kit vira para mim e pergunta:

— O que você quer fazer?

Estou com raiva de mim por ter esquecido minhas roupas de banho no hostel, mas me recuso a deixar que isso me impeça de aproveitar um lugar como este. Faço sombra sobre os olhos e percorro o horizonte azul até a formação rochosa ao redor da baía.

— Quero dar uma olhada naquelas rochas.

Kit acena.

— Então vamos dar uma olhada naquelas rochas.

Ele pede instruções para um entregador, e saímos da praia para subir a colina por uma estrada estreita e sinuosa escondida entre as árvores. Subimos, subimos e subimos mais um pouco até chegarmos a uma capelinha branca no topo. Daqui, consigo ver tudo o que há pra ver desde os joelhos verdes das montanhas até o horizonte e, por sobre uma cerca de madeira bamboleante, a grama dá lugar a estriações de um rochedo cinza que desce em cascata na direção da água.

— Bom — digo. — Exatamente o que pensei. Rochas.

Kit ri e balança a cabeça.

— Poxa.

Ele ignora o portão trancado e a placa que proíbe visitantes de entrarem na área e passa por um espaço entre os postes da cerca, descendo a colina.

— O que você está fazendo? — grito.

Ele se vira, sorrindo a passos leves.

— Você queria dar uma olhada nas rochas. Estou levando você até as rochas.

Essa sempre foi a diferença entre nós. Eu olho para uma montanha e penso: *Que vista bonita*. Kit olha para uma montanha e pensa: *Será que consigo escalar?*

Suspiro, passo pela cerca e vou atrás.

Eu o alcanço à beira-mar, onde as rochas se aplainam numa saliência açoitada pelas ondas, névoa brilhando sobre nosso rosto. Kit ergue os óculos escuros até o cabelo e planta as mãos no quadril, satisfeito com o próprio trabalho.

Ele encontrou uma enseada particular pra gente.

Um quebra-mar comprido e estreito de concreto se projeta da costa, a superfície úmida e escura de tanto segurar a maré. Andamos até avistar a Grande Plage ao redor das rochas e aí sentamos na ponta. Coloco meu saco de cerejas do mercado entre nós, e Kit desembrulha seu queijo. Com a ajuda do meu canivete e do pote de mel para viagem dele, dividimos as duas coisas. As cerejas têm uma acidez fantástica com uma doçura que me lembra ameixas e são melhores do que qualquer cereja que eu já tenha experimentado antes. Um beijo para a Casada da Fruta.

Não falamos sobre nada disso. É uma coisa que só acontece, como qualquer um dos milhares de refeições que fizemos. Voltamos para a nossa primeira forma de comunicação.

— Aquele livro que você está lendo — pergunto a Kit. — É sobre o quê?

Ele engole um pedaço de queijo.

— Sobre uma inglesa chamada Lucy que se apaixona por um homem que conhece numa viagem para Florença, mas é claro que todo mundo reage de uma forma meio eduardiana demais, então ela fica noiva de outro homem, que é um partido melhor, mas um chatão.

— Cara, odeio quando as meninas ficam meio eduardianas. — Finjo suspirar, e Kit dá risada. — É bom?

Ele se apoia com as mãos para trás e contempla a pergunta.

— Gosto de ler E. M. Forster porque é sempre uma leitura gay, mesmo quando é sobre um homem e uma mulher. Sabe quando, tipo, às vezes você lê ou assiste ou escuta alguma coisa que tem um... retrogosto homossexual? Não que os personagens estejam fazendo ou dizendo qualquer coisa explicitamente gay, mas você sente na voz, ou em como as flores são descritas ou na descrição de um personagem olhando para uma pintura, ou na maneira como eles veem o mundo e reagem a ele. Tipo quando o Legolas e o Gimli entram em Minas Tirith e começam a criticar a paisagem do nada.

Reviro a ideia em minha cabeça.

— Acho que é isso que eu amo nos filmes de ação mais antigos... eles são inerentemente homoeróticos.

Ele solta uma risada curta pelo nariz.

— Mal posso esperar para saber o que você quer dizer com isso.

— Pelo amor de Deus, Kit. Quantas vezes você assistiu a *Caçadores de emoção* comigo? E quantas vezes a gente viu *Velocidade máxima*? São dois dos melhores filmes de ação do começo dos anos noventa e, no fundo, os dois são sobre o Keanu Reeves tendo uma conexão intensa e profunda com o outro protagonista, uma química doida que funciona tão bem que é basicamente sexo. A única diferença é que um é com a Sandra Bullock e o outro é com o Patrick Swayze.

Kit leva os dedos aos lábios, como se estivesse pensando muito agora.

— Nunca olhei por esse ângulo.

— Ou *Matador de aluguel*! Ou *Top Gun*! — continuo, me empolgando. — Todos os melhores filmes de ação dos anos oitenta, aqueles hipermasculinos, cheios de gente apertando a bunda das mulheres e corpos besuntados de óleo, não funcionariam sem aquele ar subjacente de que o pau de todo mundo ali tá duro o tempo todo. Isso *sim* é gay pra caralho! Eles dão a volta e ficam gay! E esse é o ingrediente secreto. Hoje em dia todo mundo tem tanto medo de fazer sem querer um filme com subtexto gay que o pinto de mais *ninguém* fica duro, e é por isso que não temos nenhum herói icônico nos filmes de ação produzidos nos últimos vinte anos. — Cuspo um caroço de cereja e acrescento: — Tirando o John Wick.

Os cantos da boca dele se curvam para baixo num sorriso invertido de admiração.

— Gostei de como você fechou o círculo com o Keanu Reeves.

— E não é?

— Você não deixou nenhuma ponta solta.

— Ele não recebe o devido crédito pelo que já fez por nossa comunidade — digo. — A saga *Matrix?* É sobre gênero.

— Hm — ele concorda, achando graça. — Você está dando ótimos argumentos.

De todas as coisas que senti falta em ter Kit como meu melhor amigo, essa deve ser a maior. Esse eterno *tá, mas* das nossas conversas, cada pensamento dando continuidade ao anterior, cada detalhe inconsequente de nossa vida derrubando o próximo dominó, em sequência. Ainda mais quando entramos nesse assunto, nessa grande salada mista de sexo e gênero.

Saímos do armário um para o outro com quatro anos de diferença — primeiro foi o Kit, para minha absoluta falta de surpresa. Com base em como ele enxergava o mundo, eu sempre desconfiei que ele ou fosse do vale ou estivesse envolvido em algum tipo de romance espiritual com a essência cósmica da terra impossível de descrever em palavras humanas. Eu deveria ter imaginado que também era bissexual; nós nos entendíamos bem demais para não sermos iguais. Mas eu tinha só catorze anos na época, e antes dos dezoito não tinha maturidade suficiente para descobrir essas coisas a meu respeito.

Ele ficou tão feliz quando contei, e me deu um abraço tão apertado, que minha raspadinha explodiu na gente. Precisamos pular a cerca do predinho atrás da 7-Eleven para nos enxaguar na piscina. Foi como se nosso mundo tivesse se ampliado, como se finalmente pudéssemos conversar sobre as cores que ninguém mais conseguia ver.

Ainda não saí do armário para Kit pela segunda vez. Há uns anos atrás eu ainda não dava conta de saber o que sei agora sobre mim. Fico olhando ele chupar a polpa de um caroço de cereja com os dentes. Será que chegou o momento? A primeira vez que estamos aqui, juntos como amigos de novo?

— Ei.

Kit se vira, os olhos da cor de um uísque de qualidade sob o sol.

— As cerejas — digo. — Pensa rápido.

Um antigo jogo nosso, que inventamos quando começamos a fantasiar sobre Fairflower. Ele demora um segundo para reconhecer a brincadeira, os olhos de uísque cintilando como se eu tivesse colocado um cubo de gelo lá dentro.

— Ah — ele murmura. — Tá, deixa eu pensar.

Faço um barulho de buzina de programa de auditório.

— Errado, não pode pensar!

— Tá, tá! Então eu faço um éclair. Recheio de cereja e mascarpone com cobertura de geleia de marmelo e cereja. E um glacê espelhado, só para deixar tudo mais sexy.

— Legal. — Puxo os joelhos junto ao peito. — Então eu pego o marmelo e faço um xarope de gengibre e marmelo pra colocar num Old Fashioned, com bíter de Angostura, uísque Four Roses e casca de laranja.

— Tá, então eu pego o bíter e coloco num bolo de chocolate amargo. Por cima, ganache de chocolate com pimenta-caiena e canela.

— Eu misturo a pimenta-caiena com sal e *gochugaru* e coloco na borda de uma margarita de caqui.

— Faço compota de caqui e avelã moída para colocar no recheio de um rolinho de canela e cubro tudo com cobertura de caqui e cream cheese quando tiver acabado de sair do forno.

— Caraaalho. — Encosto a testa nos joelhos. — Agora eu quero comer isso aí.

— Eu também. Ganhei?

— Acho que sim. Não sei como sair por cima.

— Ah, você não costuma... — ele interrompe a frase com uma tossida.

— Ficar por cima, eu sei. E você ainda me criticando pelas *minhas* piadinhas sexuais.

— Não é culpa minha — suspira Kit. Então ergue a cabeça, deixando a brisa do mar soprar o cabelo dele para trás do rosto corado. — É gostoso demais aqui. Daí eu não funciono direito.

— É mesmo. — Contemplo a água, achando que consigo ver uma estrela-do-mar envolta por algas trazida do fundo pelas ondas, os pontinhos trêmulos dos Calums em pranchas de surfe emprestadas, um grupo de golfinhos, alguém nadando de volta para casa para o jantar. — Como será que é morar aqui?

Kit pensa nisso por um segundo.

— Acho que eu ia gostar de morar numa casinha à beira-mar. Ainda mais aqui na Côte d'Argent, onde dá para ter experiência de montanha e de mar, e uma flora bem legal, também. Quase me lembra Santa Bárbara.

Eu não queria perguntar. Não queria ouvi-lo mentir para proteger meus sentimentos, mas foi ele quem trouxe o assunto.

— Você alguma vez sentiu falta da Califórnia?

— Ah, senti — ele diz, os olhos fechados sob o sol. — Sinto o tempo todo.

Não sei o que dizer, então não digo nada. Ficamos sentados num silêncio confortável por um tempo, só nós, as cerejas e o oceano.

— Queria ter trazido alguma roupa de banho — Kit diz, mais para si do que para mim.

Penso na conversa que tivemos sobre viver as experiências que os lugares têm para oferecer — nadar, ele disse. Parece até que estou ouvindo a música de Ravel que ele colocou pra tocar, os trinados da flauta e as cordas subindo e descendo feito espuma do mar. Se ele pode me proporcionar isso, posso oferecer algo em troca. É pra isso que servem os amigos, né?

Levanto e olho para as pedras, de costas para ele.

— Vem.

Ele deixa escapar um riso borbulhante e surpreso.

— Quê?

— Levanta e vira de costas. Olha para o horizonte.

Por cima do barulho das ondas, escuto um ruído de papel, o farfalhar do couro, um zíper. Kit, guardando nossas coisas em segurança antes de fazer qualquer que seja a coisa ridícula que tenho em mente. Que bom que só as pedras conseguem me ver sorrir.

— Pronto — ele diz. — E agora?

— No três, tiramos a roupa.

Não consigo ver o rosto dele, mas sei a exata velocidade em que suas sobrancelhas acabaram de se erguer.

— Como é que é?

— Eu não olho para você, você não olha para mim. Tiramos a roupa e pulamos o mais rápido possível.

Uma pausa. As ondas sobem de novo.

— Mas eu tiro toda a roupa?

— Ah, acho que toda a roupa que você quiser.

— *Você* vai tirar toda a roupa?

— Vou ficar só de roupa íntima.

Mais uma pausa.

— Roupa íntima — ele repete, o tom neutro. — Beleza.

— Pronto?

— Espero que sim.

— Um, dois, três!

Arranco a camisa, baixo o short e pulo.

A água é fria, mas não o gelo chocante que esperava depois de uma vida nadando no Pacífico. Gira ao meu redor em espirais leves e fortes, e afundo pelo tempo que aguento, deixando que a água envolva meu corpo e me empurre para cima. Bato os pés para chegar à superfície bem no momento em que Kit mergulha.

— Você esperou! — grito quando ele emerge.

— Não esperei nada! — Ele tira o cabelo molhado da testa. — Só não sabia se você estava falando sério.

— Por quê? Acha que não consigo ter espontaneidade? Pois fique sabendo que agora eu tenho *muita* espontaneidade. Sabe essa coisa que todo mundo diz de fazer uma coisa que te assusta por dia?

— Você faz isso?

— Bom, estou chegando lá. Acabei de começar a primeira semana.

— Entendi. O que assustou você essa semana?

Isto, algo em mim responde automaticamente. *Você.*

— Testículos de boi — digo. — Vou comer na Espanha.

Mergulho e dou uma volta rápida, cinco metros para lá e para cá, só para aparecer atrás de Kit e dar um susto nele.

— Beleza, então! — Ele se vira, nadando para trás. — Você venceu, tem mesmo muita espontaneidade. Desculpa ter duvidado.

Dou risada, engolindo em seco as palavras com uma lufada escaldante de ar.

— É bom ver você nadando — ele diz.

Kit estava na prova de natação em que detonei meu ombro, e estava anos depois quando odiei a ideia de reaprender a nadar. Estava antes também, em tantos verões com cheiro de cloro. Perdeu os últimos anos de exercícios na barra fixa todo dia de manhã para fortalecer os músculos e os mergulhos exploratórios em Corona del Mar, mas sabe o que significa para mim estar de volta à água.

— Sim. É gostoso.

Vagamos pela água pelo que parecem séculos, nossos ombros nus subindo e descendo a cada onda, apenas conversando. Sinto que estou tostando no sol e marinando em salmoura feito um tomate num pote. A vida é boba, aleatória e magnífica, e estou vivenciando tudo ao máximo. Me joguei de cabeça. Estou em Saint-Jean-de-Luz, uma piscina natural cor-de-rosa e delirante de acidentes felizes e, apesar de tudo, estou contente por ser Kit quem está aqui comigo. Não consigo pensar em nada mais feliz ou acidental do que isso.

Quando uma onda especialmente grande se aproxima, Kit dá meia-volta para pegá-la de frente, e vejo a linha fina e reta de texto preto em cima de seu ombro esquerdo, passando horizontalmente entre a base do pescoço e a articulação do ombro.

— Ah, olha — digo —, então essa é a sua terceira tatuagem.

Kit vira o rosto para trás para olhar.

— Ah, sim, eu esqueci que ela fica aí atrás.

— O que diz?

— É só uma frase de um livro.

— Que livro?

— O *Silmarillion*.

— Ah, sim, óbvio — respondo. Foi a família de Kit que me apresentou à ficção de gênero e às feiras medievais depois de uma infância inteira consumindo apenas Arte Séria. Os pais de Kit diziam que tinham roubado ele de Valfenda porque ele tinha esse ar de criança élfica etérea. Tolkien sempre foi o favorito dele. — Nerd. Posso ler?

Ele se vira, e chego mais perto, agradecendo por nadar bem o bastante para não tocar na pele dele sem querer.

As palavras dizem: *surpasse tous les joyaux*.

— Em francês — digo, com certa decepção.

Ele fica em silêncio enquanto o mar bate em seu peito.

— Li o livro primeiro em francês — diz finalmente. — Significa "supera todas as pedras preciosas".

— Hm. Legal. — Faz séculos que li O *Silmarillion* por Kit, mas a frase é familiar. Sinto um certo fascínio pelo traçado, pela escrita delicada e leve como uma pluma. Quem quer que tenha feito essa tatuagem deve ter tido a mão bem leve, quase sem penetrar sua pele, mas o preto ainda assim está forte e impecável. — Amei a fonte.

Sem pensar, traço o dedo sobre a tinta. Pele molhada encontra pele molhada. Kit sente um calafrio.

A memória sensorial me atinge feito uma onda invasora. Vejo nossas pernas magricelas, que cresceram rápido demais, batendo os pés juntos contra a maré. Vejo um Kit adolescente saindo da piscina dos meus pais. Lembro de um pneu furado sob a chuva torrencial no acostamento da Pacific Coast Highway, e dele tirando a camiseta molhada no banco de trás. Lembro de sentir minhas costas pressionadas contra o peito dele numa banheira pequena demais e de quando olhei para o rosto dele, molhado por mim do nariz ao queixo.

Eita porra.

Kit bate os pés para longe como se conseguisse sentir o dilúvio de pensamentos safados indesejados que me atinge. Por Deus. Por que a minha resposta para o medo da espontaneidade não é controlar meus impulsos? Por que eu preciso *tocar* nas coisas?

— Desculpa, eu devia ter... — Começo, mas então ele se vira.

— Ai, meu Deus, Kit, seu nariz.

Está sangrando, desta vez dos dois lados. Ele seca com o dorso da mão e examina o vermelho que permeia a água do mar.

— Ah. É mesmo. Imaginei que isso pudesse acontecer.

— Parece... grave. Vai parar, né?

— É para parar — ele diz, arriscando um sorriso constrangido —, mas talvez pare mais rápido se eu sair da água?

— Tá — concordo. Ele olha para mim como se estivesse esperando alguma coisa. — Ah, é mesmo. Vou fechar os olhos, só me avisa quando estiver vestido.

Escuto as braçadas dele e os sons que faz enquanto sobe no quebra--mar. Algo encharcado acerta o concreto: a cueca com que ele nadou.

— Estou vestido!

Quando abro os olhos, ele está de costas para mim ajeitando o short sobre o quadril. Me esforço para não sentir nenhuma emoção nem fazer qualquer observação sobre a silhueta dele contra os sopés distantes em aquarela nem sobre o fato de que ele não está usando nada por baixo do short de felpa. O corpo de Kit sempre foi gracioso e esguio, mas a bunda dele é, como dizem os poetas, voluptuosa. Os poetas, não eu — não fui eu que escolhi esse adjetivo. Volto nadando e me visto, sem olhar para ele nem de canto de olho.

— Foi mal ter acabado com o clima — Kit diz, a cabeça inclinada.

— Imagine, não tinha clima nenhum. — Visto a camisa e fico me sentindo um pouco delirante. — Só, sabe, um climinha amigável. Uma amizade à flor da pele.

— Sim, esse é o meu filme favorito do Wong Kar-Wai. *Amizade à flor da pele.*

— O Tony Leung tá gostoso pra caralho nesse aí.

— Ele *é* gostoso. — Kit se vira na mesma hora que eu, franzindo o nariz e fungando. Ainda não vestiu a camisa. Olho para qualquer lugar menos para ele. — Acho que parou.

— Beleza. Então o que a gente faz agora?

Kit pensa nisso por um segundo.

— Quer comprar umas coisas para quando encontrarmos Paloma?

— Que tipo de coisas?

— Pensei em doces — ele diz —, para o caso de ela querer passar mais tempo depois.

Ele coloca os braços dentro das mangas da camisa e estreito os olhos, finalmente pensando com clareza.

— Você está querendo levar ela pra cama.

— Nada, eu só *acho* — argumenta ele — que é possível que ela queira dormir com um de nós, e o doce certo pode ser um facilitador pra mim.

— Ou a garrafa certa de vinho.

— É — ele diz, com ar evasivo, abrindo um meio-sorriso —, talvez.

— Então vamos. — Calço minhas Birks novamente, sorrindo em resposta. — E que vença a melhor vadia.

— — —

Espero do lado de fora da padaria, com uma garrafa de tinto de tampa de rosca no colo e fico olhando pela janela enquanto Kit encanta todas as pessoas atrás do balcão. Ele sai corado, dando tchauzinho para as vendedoras, que mandam beijos. Ele é mesmo um tipo de maravilha do mundo moderno.

— Comprou o quê?

Ele abre uma caixa de papel branco e revela duas dezenas de bolachinhas finas e pálidas com rachaduras enrugadas em torno das bordas. Quando pego uma, é surpreendentemente leve e tem gosto de amêndoas.

— *Mouchous* — ele diz. — São macarons bascos. Mais borrachudos que os parisienses, né?

— Hm. E melhores, acho.

— O segredo é a farinha de batata. — Ele fecha a caixa. — E você?

Ergo a garrafa.

— Um Plavina croata que é uma graça. Deve ser gostosinho e praiano, meio suculento.

Kit suspira.

— Não é justo. Vai fazer aquilo lá que você faz e aí já era.

— Aquilo lá o quê? — pergunto.

— Esse seu lance de sommelier, quando você baixa a voz e diz que as uvas têm gosto de flor de sabugueiro porque o vento soprou na direção sudeste na Provença em julho, e aí todo mundo automaticamente quer transar com você.

Ergo as sobrancelhas.

— Todo mundo?

— Theo! — uma voz cristalina chama lá do alto. — Kit!

Erguemos os olhos e encontramos Paloma debruçada na janela do apartamento em cima da padaria.

— Eu já estava de saída para encontrar vocês no porto — ela diz —, mas aí olhei pela janela e vi vocês! Ah, e tô vendo que foram nadar, muito bem!

A janela acima da de Paloma se abre e dela sai a cabeça de um velho barbudo. Ele olha para nós, depois grita algo para Paloma numa língua que parece ao mesmo tempo espanhol e francês e nem uma, nem outra.

— O que ele está dizendo? — sussurro para Kit.

— Acho que está falando basco.

— A família da sua mãe não é basca?

— Sim, por parte da mãe dela, mas ela não falava a língua.

— Esse é o meu tio-avô Mikel — diz Paloma para nós. — Quer saber se algum de vocês é para casar.

— Hm…

Um rosto muito menor, mas igualmente curioso, aparece em outra janela, uma menina de cerca de doze anos com uma flauta numa mão e um biscoito na outra.

— Por que o papa Mikel tá gritando? — a menina berra para Paloma. — Quem tá aí?

— Só uns amigos!

A prima de Paloma estreita os olhos para nós.

— Eu não lembro deles, não parecem nenhum dos seus amigos!

— Estão de passagem! Conheci no mercado! Para de ser enxerida ou vou contar para sua mãe.

— Contar para mim o quê? — pergunta uma mulher de meia-idade na janela ao lado da do tio-avô Mikel.

— A Léa não está praticando flauta!

— *Palomaaa!*

— Léa!

— Já desço — diz Paloma para nós, fechando a janela.

O único que continua olhando é o tio-avô Mikel, acendendo um cigarro.

— Caralho, como eu amo essa cidade — digo para Kit, que abana a cabeça, perdendo o fôlego de tanto rir.

Paloma sai para a rua pela porta ao lado da padaria usando um macacão de manga curta idêntico ao de hoje cedo, só que sem as tripas de peixe.

— Desculpa pela minha família — ela diz. — Moramos neste prédio há setenta e cinco anos, então é muito interessante quando aparece alguém novo.

— Acho que você não vai ficar impressionada com isso aqui, então — comenta Kit, mostrando a caixa da padaria para ela.

— Nada, são os meus favoritos! — Paloma diz, tocando o braço dele. — E a gente precisa aproveitar esses doces enquanto ainda pode.

— Por quê, vai acontecer alguma coisa com a loja? — pergunto.

— Por enquanto não, mas a dona tem mil anos e não tem filho nenhum para passar para a frente. Acho que vou morrer quando ela finalmente parar de fazer doces.

Paloma nos leva para longe da confeitaria malfadada e não demora para chegarmos ao porto, o ar cheio de sal e alga e o cheiro vertiginoso de peixe. Vagamos feito boias atrás dela por entre barcos de pesca vermelhos e verdes, parando para fazer piada com um pescador e ajudar um marinheiro a puxar um saco de gelo para fora do píer. Parece um sonho.

Eu deveria estar dando tudo de mim por ela, mas a presença de Kit — o cheiro de água do mar sobre a pele dele, a mancha tênue de suco de cereja em seus lábios — está atrapalhando meu processo.

Paloma tem família por todo o sul da França e o norte da Espanha, todos casados com o mar. Os pais dela se conheceram neste mesmo porto enquanto a mãe trabalhava no barco de pesca da família e o pai pescava para a barraca dele no mercado. Ela diz que nasceu cheirando a anchovas.

— Falo cinco línguas ao todo. Francês e espanhol sempre foram as que domino melhor. Meu basco é ok. Meu catalão é horrível. Inglês aprendi na escola e depois morei em Sydney por um tempo.

— Sydney, na Austrália? — Kit pergunta.

— Sim, estudei culinária lá. Achava que seria a chef de um restaurante famoso, mas odiei. Todo dia eu sentia vontade de voltar para casa, até que voltei. Gosto mais daqui. Ninguém me diz o que fazer.

Finalmente, quando o sol começa a se pôr, Paloma pergunta:

— Vocês têm planos para agora? Vou encontrar uns amigos na Plage de Ciboure, se quiserem vir.

Eu e Kit fazemos contato visual.

O jantar da excursão é opcional hoje, digo com os olhos. *Vamos faltar? Vamos.*

— A gente adoraria — digo.

Paloma fica radiante.

— *Quelle chance!*

Numa praia pequena e isolada em relação à Grande Plage, com formações rochosas e uma vista de um forte antigo na água mais à frente, os amigos de Paloma formam um círculo na areia. Não somos os únicos que trouxeram uma oferenda em forma de comida ou bebida — no centro do círculo, uma toalha está estendida com pratos de azeite e queijos macios, presunto e salsichões em embrulhos de papel pardo, pães, bolos redondos marrom-dourados com as crostas queimadas, jarros de limonada e uma miscelânea de garrafas pela metade.

Paloma apresenta seus amigos rapidamente, um após o outro, cada um erguendo a própria taça do alto de almofadas desfiadas, ou toalhas de praia, ou espreguiçadeiras. Tem um bartender, um instrutor de surfe, um açougueiro, o queijeiro do mercado, alguns funcionários do hotel à beira-mar, uma cozinheira, uma livreira e um jardineiro.

— Ah — Paloma diz —, e aquela é Juliette!

Uma mulher vem da direção da água, o cabelo escuro caindo úmido e solto ao redor dos ombros. A saída de praia dela está escurecida em algumas partes, como se a tivesse colocado por cima do maiô úmido. Está carregando uma sacola de crochê cheia de laranjas.

É a Casada da Fruta. O nome dela é Juliette.

Viro para Kit, mas ele e Paloma já estão conversando em francês com o queijeiro. Talvez eu devesse instituir algum tipo de nivelamento nessa nossa competição, tipo meia hora de vantagem se só um de nós falar a língua nativa do alvo. Kit deveria ter que ficar sentado em silêncio e me deixar tentar primeiro com alguém que fala francês, ou pelo menos ter alguma outra desvantagem. Tipo, sei lá, usar um chapéu feio.

Mas estou diante de um buffet das personalidades mais sexualmente atraentes da indústria hoteleira de Saint-Jean-de-Luz, e Paloma não é o único prato. Vou até o bartender, planto meus pés ali e estendo meu Plavina.

— *Salut!* — cumprimento. — Sua taça está vazia. Quer vinho?

Por um delicioso golpe de sorte, ele é croata, então fala algumas línguas e fica encantado ao ver um vinho de seu país. Chama um dos caras do hotel e o jardineiro, e sirvo uma rodada de tinto rubi. O bartender, por sua vez, me oferece um gole de um vinho branco local envelhecido em tanques subaquáticos atrás do quebra-mar. Naturalmente, tenho quinhentas perguntas sobre o assunto. Não demora para eu fazer parte do grupo de enófilos que falam inglês.

Lanternas de acampamento iluminam o círculo enquanto experimento um pouco de tudo e faço uma pergunta após a outra, já colhendo os efeitos da bebida e bem alegre, passeando pelos sabores. O açougueiro me conta sobre os dezenove meses de envelhecimento para criar o Jambon du Kintoa, que tem um leve gosto de castanhas-portuguesas porque os porcos são criados livres nas encostas verdes dos Pireneus e comem tudo que encontram pela frente. A cozinheira me passa um pedaço de queijo que tem um gosto quase de caramelo. Até Kit dá uma volta lenta pela areia para me contar a história do *gâteau basque*, que tem aquela crosta amanteigada e aquele recheio ácido de cereja-negra.

Kit vem mais de uma vez, aliás. Gravitamos para lados opostos da barreira linguística, mas ele parece interessado exclusivamente nos queijos e vinhos que ficam mais perto de mim. No começo, desconfio de sabotagem competitiva, mas depois percebo que ele está tentando checar se está tudo certo comigo. Quer ver se estou bem num lugar desconhecido. Isso traz o conforto de antes, de quando nossos olhares se encontravam de cada canto de uma festa e sabíamos que, o que quer que acontecesse, levaríamos o outro de volta para casa.

Na quinta visita que ele faz, depois que alguém já colocou uma caixinha de som para tocar Kylie Minogue e todos nos levantamos para dançar na areia, Kit e a Casada da Fruta vêm até mim ao mesmo tempo.

— Oi, Kit — digo. E então, com muito mais interesse: — Oi, Juliette. Foi um prazer conhecer você no mercado.

Juliette sorri, sempre parecendo uma mulher casada com aquele cabelo solto e a alça do vestido caindo do ombro. Não estou olhando para Kit, mas consigo vê-lo finalmente juntar as peças; ele não tinha percebido quem ela é. Minha mão encontra a coxa dele e cravo uma unha aparada em sua pele como um alerta para que não estrague minhas chances aqui. Juliette continua sorrindo. Sinto a cabeça meio zonza e solto a perna dele.

Ela tira uma laranja de dentro da prega da saia e oferece para mim, dizendo algo em francês.

— Ah, *merci* — respondo, pegando a laranja. — Eu… desculpa, *je ne parle pas français*.

— Ah. — Uma ruga se forma entre suas sobrancelhas bonitas. — Não inglês.

Então diz alguma outra coisa em francês e Kit chega mais perto.

— Ela estava guardando essa aí pra você — Kit traduz. — Está feliz por ter conseguido te ver de novo.

— Ah! *Moi aussi!* — Me viro para ela. — Pode dizer que adorei as cerejas?

Kit diz, obedientemente.

— Ela disse… hm… Ela achou que você fosse gostar porque são bonitas, como você.

— Ah, é? Pois diga que eu compraria qualquer coisa dela.

Ele diz e, quando ela responde, ele traduz:

— Você deveria voltar lá no mercado amanhã, então.

— Vou embora amanhã, mas tenho a noite toda.

Kit traduz, e Juliette responde, mas ele não tira os olhos de mim durante a conversa toda. É quase como se estivesse dizendo aquilo ele mesmo quando traduz:

— O que você estava pensando em fazer, que demora a noite toda?

Olho no fundo dos olhos dele e respondo:

— Uma coisa na qual sou espetacular.

Por um segundo, o rosto de Kit fica completamente imóvel. Então ele solta uma risada que é puro ar.

— Quer saber, acho que vocês não precisam mais de mim aqui — ele diz, erguendo as mãos.

Eu e Juliette rimos, o que não requer tradução alguma. Quando todos começam a sentar na areia, acabo me deitando de lado sobre uma toalha de estampa floral com a cabeça no colo de Juliette. Kit cai do outro lado do círculo com Paloma, falando baixo sob a luz da lanterna e dividindo os últimos *mouchous*.

Parece tão natural estar aqui, como se estivéssemos entre amigos próximos. Agora consigo nos imaginar aqui para sempre. Theo-e-Kit lado a lado em Saint-Jean-de-Luz. Uma conexão hifenizada perfeita. Poderíamos ter apartamentos vizinhos na rua de Paloma e almoçar queijo e frutas do mercado. Eu sairia pra nadar na baía todo dia de manhã e Kit sairia para as montanhas todo fim de semana para desenhar plantas. Poderíamos ser melhores amigos de novo, passar o resto da vida juntos.

Percebo que nunca me senti tão à vontade antes, fora do vale. Nem sabia que isso era possível.

Sinto o celular vibrar na pochete: mais um e-mail da Noiva Schnauzer. Ignoro e abro as mensagens, respondendo à que Sloane mandou hoje cedo.

sabe todas aquelas vezes que você disse que eu precisava sair do vale?

Digito. talvez você estivesse certa...

Quando ergo os olhos, vejo Kit envolver o rosto de Paloma com a mão.

É um toque delicado e exploratório, os dedos dele se enroscando no cabelo da nuca dela. O polegar dele roça o queixo dela. Ela fica parada por um momento e, em seguida, cobre a mão dele com a dela.

Ele desvia o olhar do rosto dela para o meu.

É breve, mas noto. A pergunta em seus olhos. A necessidade genuína. É uma troca justa pelo que rolou com Juliette. Ele quer que eu veja.

Se inclina para a frente e a beija.

E eu afundo.

Naquele momento de suspensão logo depois do mergulho, consigo nos ver em todos os lugares. Cem mil memórias de cem mil toques me rodeiam feito cardumes de peixinhos iridescentes. Os lábios de Kit sobre meu nariz. Kit segurando meu rosto no corredor de sabão em pó. Me dando uma fatia de bolo num dia ruim, o avental manchado com creme de manteiga, e dou um beijo de agradecimento na ponta de cada dedo dele. Pratos passados, cobertas roubadas, a marca de um polegar molhado de suco de morango em meu queixo. Minha mão prendendo o ombro dele contra a parede, a boca lívida, molhada e voraz. A maneira como ele me beijou à mesa da cozinha na primeira manhã em que abrimos o coração um para o outro.

Meu fôlego acaba. Bato as pernas para voltar à superfície.

Aqui em cima, ele ainda está beijando Paloma, e minha cabeça ainda está no colo de Juliette, e somos amigos de novo. Só amigos, quase nem isso.

Sento e puxo a boca de Juliette contra a minha.

É fácil beijá-la. Tão suave, doce e descomplicado. Ela coloca a mão no lado do meu pescoço e retribui o beijo, e deslizo a língua para dentro de sua boca, sentindo o gosto de néctar e pão amanteigado. Não há nada escondido aqui, apenas pura curiosidade e desejo, nenhuma memória sensorial que inunde meu corpo nem fantasmas apertando minha garganta, e é bom, não é? Será que era isso que Kit estava sentindo? Será que ele está me observando do mesmo jeito que eu observei ele?

Abro os olhos para conferir, mas o lugar em que eles estavam agora está vazio. Quando passo os olhos pela praia, não há nem sinal de Kit, nem de Paloma, em lugar nenhum.

Interrompo o beijo e tento me lembrar de como se fala em francês *Pra onde é que eles foram, porra?*

— *Où...* — Merda, eu só sei flexionar o verbo no tempo presente. — *Où est...* — Calma aí, estou usando o singular. — *Où sont Kit et Paloma?*

Juliette dá uma procurada superficial pelo grupo e encolhe os ombros, a alça do vestido caindo mais do ombro.

— *Je ne sais pas* — responde ela, me dando outro beijo.

Eu retribuo por quatro segundos, cinco.

— Desculpa, é só que... acha que ela levou ele pra casa?

Juliette persegue minha boca.

— *Je ne sais pas.*

Fecho os olhos, tentando me concentrar na sensação da respiração dela em minha pele, mas...

— Será que ela gosta dele? Tipo, gosta de verdade?

Ela recua dessa vez, se inclinando para trás com um suspiro. Observa meu rosto com uma expressão que é suave e quase triste, quase gentil, mas com um toque de amargor. A linha entre suas sobrancelhas ressurge.

Ela chama o bartender, que vem engatinhando para dar um beijo na bochecha dela e escuta enquanto ela fala alguma coisa para ele em francês. Ele olha para mim com aquela mesma expressão e diz:

— Ela quer que você saiba que não precisa fazer isso se ama outra pessoa.

As palavras me atingem como se eu tivesse torcido o tornozelo.

— Quê? Eu... — Alterno o olhar entre eles, uma risada subindo pelo meu peito. — Ah, nada disso, é que... não, não é o que vocês estão pensando. Kit é meu amigo.

Juliette e o bartender compartilham um olhar.

— Ela disse que você é uma pessoa muito bonita, mas ela não gosta de ser a segunda opção.

Tento argumentar, mas não adianta. O que quer que Juliette tenha visto entre mim e Kit, o que quer que tenha se quebrado dentro do meu cérebro quando o vi beijar Paloma, o que quer que tenha se libertado quando minha pele tocou a dele na água... Juliette concluiu que é amor. Não adianta eu insistir que não.

Ela beija minha mão e me abre um sorriso de compaixão, e o bartender me passa uma garrafa.

SAN SEBASTIÁN COMBINA COM:

Txakoli servido com a garrafa bem acima da taça, tortilha espanhola

San Sebastián

Para resumir: estou com raiva de Kit.

Agora sem resumir: estamos pulando de bar de *pintxo* em bar de *pintxo* pela gloriosa e ensolarada San Sebastián, e tudo aqui é suntuoso, salgado, encharcado de óleo e empilhado em cima dos pedaços mais deliciosos de pão com casca, e Kit parece feliz, mas eu estou em fúria.

Li o trecho de San Sebastián de *Volta ao mundo* cinco vezes, então sei exatamente o que Bourdain disse sobre este lugar. Escreveu que talvez seja o melhor destino culinário da Europa e que se imaginava levando uma vida perfeita aqui. Dá para entender: tenho essa mesma sensação em cada esquina da cidade, a cada azulejo coberto de areia e cada pedra verde de musgo, a cada tijolo em cada arco gótico, no cheiro de açafrão e alho e *guindilla* em cada bar lotado de *pintxos*.

Chegamos no último dia da *Semana Grande*, o festival de fim de verão da cidade, e as ruas estão cheias de *vida* para um caralho. Artistas de rua equilibram jarros de leite com fantoches nas mãos, cozinheiros em barracas tacam bolas de massa em suas frigideiras, mascotes cabeçudas perseguem crianças gritando pelas praças. O caos é incandescente e avassalador, além de parte visceral deste lugar, como se estivéssemos nos afogando em cava.

Mesmo assim, estou com raiva de Kit.

Não quero sentir raiva. Quero me sentir como ontem. Quero estar presente aqui, na pequena península da Cidade Velha de San Sebastián, num bar à meia-luz com joelhos de porco pendurados no teto, chupando vôngoles amanteigados e desfrutando da companhia de meu amigo Kit.

— Ai, meu Deus, Theo — diz Kit, enquanto passa para mim um

espeto de azeitonas em conserva, pimentões e anchovas numa fatia de baguete. — Você tem que experimentar isso.

Fabrizio aparece do nosso lado com um bom humor espetacularmente maior que o normal. Estou surpresa por ele ainda não ter tirado a camisa.

— La Gilda! Excelente escolha! Este é o primeiro *pintxo* basco da história. Vocês conhecem aquele filme, *Gilda*?

— Aquele com a Rita Hayworth? — pergunto.

— Isso! Batizaram esse prato em homenagem a ela porque tem o gosto dela naquele filme. Verde, salgado e picante.

Acabamos dividindo uma mesa pequena com o casal de idosos suecos com quem Kit fez amizade no primeiro dia. Saem pratos e mais pratos de *pintxos* da cozinha — fatias de tortilha espanhola, croquetes de cogumelo, fígado de ganso aveludado e anchovas salpicadas de ervas em pães cobertos por ovos de pato —, tantos que Fabrizio até se levanta para ajudar os garçons. Kit está sentado de lado na cadeira e ri de tudo, seu corpo relaxado com aquele contentamento inconfundível de quem transou há pouco tempo.

É tão *fácil* para ele. Me trocar por uma vida novinha em folha, beijar peixeiras gostosas e ser um empata foda quando vai embora da praia e me deixa com meus próprios sentimentos mal resolvidos. Mesmo quando estávamos juntos, eu conseguia ver as vinhas de potencial saindo dele em espiral, tentando alcançar treliças mais altas em campos maiores. Ele conseguiu alcançar tudo o que sempre sonhou, e eu estou onde sempre estive, um passo atrás.

Seria um alívio tão grande criar um problema para ele, mesmo que pequeno.

Fabrizio serve um prato de croquetes e elogia a blusa de Birgitte, que, quando ele sai, comenta:

— *Den där* Fabrizio, ele é tipo um quadro que temos no Nationalmuseum em Estocolmo.

— Qual? — Kit pergunta.

— Acho que sei qual — diz o marido dela de óculos, Lars. Com aquela malandragem divertida própria de quem usa um fedora num lugar fechado, Lars abre uma imagem em seu celular e mostra para a esposa.

— *Ja!* É ele!

Ela nos mostra um quadro pintado com tesão extremo e intitulado *A juventude de Baco* que exibe um grupo de pessoas bêbadas, núbeis e peladas numa festa na floresta, algumas dançando, outras se aquecendo para uma orgia.

— Ah, sim, parece mesmo — Kit diz. Ele dá zoom na figura central, um homem musculoso e bronzeado com uma criança balançando um tamborim nos ombros e um pedaço de pele de leopardo mal cobrindo o pau. — Especialmente o, hm... as...

Ele aponta para os vincos dos músculos abdominais perto do quadril do personagem e dá um gole de vinho, confiando que vou escolher a expressão adequada. Sulcos ilíacos? Entradinhas? Cinto de Apolo?

— Valeta de porra — digo.

Kit engasga.

— Valetadepörra? — Birgitte pergunta. — O que significa essa palavra, valetadepörra?

Dou um tapa entre os ombros de Kit, sorrindo com inocência.

— Kit, será que você poderia explicar?

— Eu... — Kit me lança um olhar meio fulminante, meio terrivelmente encantado. Meu sorriso aumenta. — É, hm, uma gíria estadunidense para os músculos inferiores da barriga.

— Ah! — Lars exclama. — Chamamos isso de *bäckenspåret*! Então, nos Estados Unidos, quando for falar disso, chamo de valetadepörra?

— Não, não, não — Kit diz, angustiado —, é uma gíria *vulgar*.

— Ah, é mesmo? — Birgitte pergunta. Ela se aproxima com um brilho nos olhos. — O que quer dizer?

Kit olha para mim em busca de ajuda. Abro o aplicativo de tradução do meu celular e aperto o botão do microfone até ouvir o bipe digital.

— *Valeta de porra* — enuncio, alto o bastante para as mesas ao lado escutarem — Hm, sem resultados.

— Ah, vai, vocês não vão conseguir nos constranger — retruca Lars. — Expliquem, por favor!

Kit respira fundo.

— Bom, durante o sexo, quando uma pessoa com pênis tem um orgasmo em cima da barriga do parceiro e...

— Ahhh, entendi — Lars interrompe, radiante de alegria. Então fala alguma coisa para a esposa em sueco, que acena, entendendo.

— Valeta *e* porra! São duas palavras separadas!

Por mais que eu tenha me esforçado pelo contrário, isso parece ter conquistado o carinho permanente de Lars e Birgitte. Eles nos fazem tantas perguntas que estou quase esperando receber um cartão de Natal da Suécia nas festas de fim de ano.

— E vocês — Lars diz, apontando de mim para Kit —, vocês são...

— Amigos — respondo.

— Velhos amigos — Kit elabora.

— Que bom! E como se conheceram?

Eu e Kit trocamos um olhar, um esperando o outro.

— Estudamos na mesma escola desde pequenos — digo.

Kit pensa nessa resposta por um momento, empurrando uma azeitona pelo prato. Ele não vai me livrar dessa assim tão fácil, não depois da valeta de porra.

— Quer dizer, isso foi *onde* nos conhecemos — atesta ele —, não *como*.

Lembro do dia em que Kit apareceu. Foi na segunda série, um filhotinho magrelo de fada tentando explicar para um monte de crianças da Califórnia chamadas Josh e Taylor como pronunciar seu nome — seu nome de verdade, francês, não aquele pelo qual ele atende. Ele era *diferente*. Tinha olhos grandes e sonhadores e um leve sotaque que a gente nunca tinha ouvido, passava o recreio inteiro lendo livros nas árvores.

Eu também era diferente, tomboy ao extremo, sempre usando short cargo e insistindo para me deixarem entrar nas brincadeiras dos meninos. Um dia, encontrei Kit numa escada, encurralado por dois dos meninos que se recusavam a brincar comigo e tentando não chorar. Talvez, se ele já estivesse chorando, eu teria simplesmente chamado um professor, mas ele estava mordendo o lábio, segurando as lágrimas. Aqueles babaquinhas não mereciam essa satisfação.

Quando me chamaram na diretoria naquela tarde por brigar, ele estava lá, esperando pela mãe. Ela o chamou por um nome diferente daquele na lista de chamada, um apelido de família. Kit. Perguntei se podia chamá-lo assim também e, quando ele disse que sim, pedi para que me chamasse de Theo.

Os suecos adoram essa história.

Eles nos retribuem com a história de como se conheceram numa estação de esqui nos Alpes, onde estavam celebrando seus respectivos divórcios. Depois de três noites falando sobre arte na frente da lareira da estação, perceberam que já se conheciam de uma trilha que haviam feito na Croácia aos vinte e poucos anos. Eles se casaram poucos meses depois e faz quinze anos que são inseparáveis.

— Eu era um idiota na primeira vez em que nos conhecemos — Lars diz. — Orgulhoso, grosseiro, pegando uma mulher atrás da outra.

— E eu era casada! — Birgitte acrescenta. — Era o momento errado. Mas ele era o homem certo.

Lars pega a mão dela.

— Mesmo assim, me pergunto como teria sido a vida se tivesse pedido para ela fugir comigo naquele dia no Jezero Kozjak. — Ele olha fixamente para nós. — Aprendam isso de um velho. Cuidem bem de um amor bondoso quando o encontrarem.

Kit olha para mim com suavidade no olhar, como se ainda pudéssemos ser aquelas crianças na Califórnia.

Uma vez o Somm me contou como começou a amar vinho. *Todo mundo tem* aquela *garrafa*, ele disse. A dele era um tinto que ficou na janela da cozinha da mãe por vinte e sete anos, até que um dia ele pesquisou a vindima no rótulo clareado pelo sol e descobriu que poderia valer quarenta mil dólares, se tivesse sido bem armazenado. Em vez disso, virou decoração de janela, uma coisa preciosa que estragou porque ninguém pensou em cuidar bem dela.

Apesar de tudo, quero, sim, cuidar bem disso. Nunca houve outra pessoa que pudesse ocupar o lugar de Kit, e sei que nunca vai haver. Vou viver com esse buraco, evitando olhar, sempre sentindo a corrente de ar que entra por ele. Mas ontem foi tudo tão caloroso.

Quero estar disponível para a nossa amizade — não porque isso vai tornar a viagem mais fácil, mas porque eu *quero*. Só que desse jeito não dá. Se me propuser, de fato, a incentivar essa amizade, preciso dizer algumas coisas.

— — —

O pico verde de Monte Igueldo se eleva sobre San Sebastián, e tem um parquinho de diversões lá em cima. É na multidão lotada de turistas da *Semana Grande* que rola meu primeiro momento de gratidão pelo localizador do nosso grupo, o fantoche de Pinóquio com a vara enfiada no rabo. Posso ter certeza de que quando chegar o momento de nos reagruparmos daqui a uma hora, vai ser só erguer os olhos.

Antes que Kit seja levado embora, puxo a alça de sua bolsa transversal. Aponto para uma placa que anuncia um brinquedo de barco infantil com vistas inesquecíveis.

— Quer ser meu cocapitão?

— Quero — responde ele, sorrindo. — É, vai ser legal.

Na frente da fila, um operador de brinquedo adolescente nos guia até um minibarco e nos empurra pelo canal longo e sinuoso. Água esverdeada nos carrega para a frente, sozinhos um com o outro, Kit no banco da frente, eu no de trás.

Na primeira grande curva, as árvores que cercam o canal dão lugar a céu aberto, e a vista se estende como uma tela panorâmica. É tão espetacular como prometido: água cintilando por quilômetros até o horizonte do Atlântico, a baía de La Concha em seu formato inconfundível de concha do mar, os pequenos triângulos brancos de veleiros, ilhotas verdes salientes, montanhas exuberantes cercando a cidade e desaparecendo em sombras cinza-azuladas distantes.

O barco faz mais uma curva e flutua para dentro de uma angra rochosa e, então, como se nos despertasse de um sonho, nosso barco bate em outro à nossa frente.

O rio está engarrafado até onde a vista alcança, cada barco cheio de turistas confusos e crianças mal-humoradas. Outro barco colide com o nosso, e, quando me viro para olhar, lá está Stig, acenando constrangido.

— Ei, amigão — digo.

— *Hallå* — Stig responde.

O barco dele está afundado perigosamente na água.

— Acho que estamos presos — Kit diz.

Esperamos sentados em silêncio exceto pela corrente da água e pela conversa de turistas portugueses no barco à frente. Stig cantarola consigo mesmo. Estudo o interior da caverna.

Parece ter sido decorado para agradar crianças em algum momento do fim dos anos noventa, mas de uma forma que não faz o menor sentido. Nos recessos da caverna, alguém pendurou recortes em madeira compensada de personagens da Disney — Peter Pan, Quasimodo, Hércules flexionando o bíceps, todos visivelmente sem marca registrada. Entre eles, há algumas sereias com os peitos de fora, uma cegonha empalhada e um crocodilo de gesso com brilhantes olhos vermelhos.

— Que decoração interessante — comento, observando um manequim vestido de pirata e um esqueleto meio bizarro que não tem nada a ver com o lugar.

— Fica entre uma coisa meio Disney e o túnel do terror do Willy Wonka do Gene Wilder — Kit comenta.

— "Há um mundo bem melhor", aquela atração da Disney, só que depois de uma dose de ayahuasca.

Kit dá risada e eu penso: *foda-se*. Não existe lugar certo para se ter essa conversa. Pode muito bem acontecer numa dimensão de mamilos amaldiçoados de sereia.

Respiro fundo e digo:

— Kit.

Ele se vira no assento para olhar para mim como se estivesse esperando mais uma piada. Consigo ver o momento em que percebe minha expressão séria e o quarto de segundo depois, quando calcula como é raro eu ficar com a cara séria em relação a qualquer coisa.

— Ah. — Ele ajeita um pouco do cabelo atrás da orelha. — Então a gente vai...?

Vai.

— Sei que eu disse que não queria conversar sobre o que aconteceu. E, sinceramente, não vejo por que entrar no que foi dito no avião ou na história de Paris, porque é óbvio que não mudei de ideia, e é óbvio que você também não. — Pauso. Ele não me contradiz. — Mas preciso falar sobre o que aconteceu depois para a gente poder voltar a ser amigo.

Kit absorve o que acabei de falar.

— Tudo bem — ele diz, acenando com ar pensativo. — Você falou "depois". Tá falando do quê? De Heathrow?

Meu rosto arde. Já sinto uma irritação por reflexo.

— É, Kit — digo, fazendo um esforço para manter a voz civilizada —, por incrível que pareça, eu gostaria de saber por que você me largou no meio de um aeroporto internacional feito um cachorro que caiu da mudança.

Uma pausa.

— Theo, você subiu num avião de volta pros Estados Unidos sem mim.

— Não teria sido sem você se você tivesse aparecido.

— O que você quer dizer com...? — Kit coloca a mão na testa e baixa o rosto, como se estivesse pensando muito. — Pera aí. O que você acha que aconteceu naquele dia?

— O que eu *acho*? Eu sei o que aconteceu.

— Também achei que sabia — diz ele, devagar —, mas agora não tenho mais tanta certeza.

Inspiro fundo de novo e recito a sequência de acontecimentos, embora preferisse fazer praticamente qualquer outra coisa no mundo neste momento.

— A gente brigou — respondo. — Falou um monte de coisa que não dá para retirar. Quando passamos pelo controle de imigração, eu nem queria mais fazer a excursão, e você disse que também não. Eu disse que queria voltar para casa, e você disse que também queria. Aí você falou que precisava de espaço para pensar e saiu andando.

— E aí eu voltei.

Minha boca abre automaticamente, mas o que quer que eu estivesse prestes a dizer desaparece no ar úmido da caverna.

Por quatro anos, minha vida foi guiada pelo simples fato de que ele foi embora. Ele virou as costas e nunca mais voltou. Era essa a minha resposta curta quando alguém perguntava, a verdade simples.

— Você voltou?

— Voltei, e você tinha ido embora.

— Mas foi porque... — Abano a cabeça. — Foi porque eu já tinha comprado nossas passagens de volta e precisava despachar nossa mala.

Kit me encara como eu o encarei agora há pouco.

— *Nossas* passagens? — repete ele. — Você comprou uma passagem pra mim?

— Claro que comprei, Kit. Fiz nosso check-in e te mandei sua passagem por mensagem, daí depois fiquei esperando no portão até a última chamada, mas você nunca apareceu.

Kit fecha os olhos e diz:

— Theo, você me mandou a *sua* passagem.

— Quê? Não, não mandei. — Lembro claramente como meus dedos tremiam enquanto eu fazia o check-in da nossa reserva conjunta, abria nossos cartões de embarque e mandava uma captura de tela do dele.

— Mandou, sim.

— Não, não mandei, eu tenho certeza, eu lembro.

Kit pega o celular e abre as mensagens. Ao contrário de mim, ele não deletou nosso histórico de conversa, então consegue subir da mensagem mais recente que mandei para ele outro dia em Paris até a última, de quatro anos atrás. Vejo de relance uma mensagem não entregue para mim, mas ele passa a tela tão rápido que não dá para ler. Enfim ele clica numa imagem anexada. O cartão de embarque que mandei para ele, tirado diretamente do aplicativo da British Airways.

No alto, onde deveria estar o nome de Kit, está o meu.

Eu a encaro. Leio três vezes para acreditar. De todas as merdas acidentais idiotas e inoportunas que o meu cérebro de bebê já fez, essa é a última que pensei que poderia ter feito, e talvez a mais importante em todo o decorrer da minha vida adulta. Uma náusea leve me atinge.

— Tá, beleza, é óbvio que isso foi um erro — insisto, devolvendo o celular para ele. — Você deveria ter deduzido.

— O que eu deduzi — responde Kit, com a voz tensa — foi que você parecia não querer mais namorar comigo, então saí pra chorar num banheiro superúmido de aeroporto e, quando voltei, você já tinha passado pela segurança, e tudo que encontrei foi uma mensagem que, para mim, era um recado claro de que eu tinha sido deixado para trás. — Ele leva a mão à têmpora, como se estressado de lembrar tudo isso. — Pensei que fosse o seu jeito de terminar comigo.

— Eu não… não acredito que você… — Abano a cabeça. — Kit, você acha mesmo que eu faria uma coisa dessas?

— Para ser sincero, acho.

Eu...

Penso em todas as mentiras que contei para evitar me encontrar com ele em Oklahoma City. A cara que ele fez quando contei que tinha largado Santa Bárbara. O barulho de porcelana quebrada que as canecas de café dele produziram quando as joguei dentro de uma caixa. Como quis ir embora bem rápido daquele bar em Paris.

— Bom, não foi isso — digo, olhando para a cegonha taxidermizada por cima do ombro de Kit para fugir dos olhos dele. — Por que você não me mandou mensagem perguntando? A gente tinha concordado em voltar para casa.

— Não achei que a gente tivesse concordado.

— Pois eu achei. Pensei... — durante todo esse tempo, na verdade tive certeza. — Pensei que você estivesse com a sua passagem e tivesse simplesmente decidido não entrar no avião. Pensei que tivesse me abandonado.

— Pensei que *você* tivesse *me* abandonado.

Conto até três mentalmente e tento me recompor.

— Beleza, tá — digo —, mas e o resto? Por que precisei descobrir que você estava se mudando para Paris da boca de um gerente de turno do Timo?

Kit franze a testa, aturdido por descobrir toda uma nova linha narrativa confusa.

— Foi assim que você soube?

— Eu estava no trabalho quando você ligou para pedir demissão.

— Não, eu liguei na hora do almoço numa terça-feira. Liguei especificamente nesse horário porque você nunca trabalhava nos almoços de terça.

— Peguei um turno duplo.

— Merda. — Ele suspira. — Eu não sabia. Quer dizer, imaginei que ficaria sabendo de alguma forma...

— Sim, óbvio.

— Theo, eu queria te contar — diz ele, com a voz meio suave, mas bastante angustiada. — Queria mesmo. Quando você foi embora, eu não sabia o que fazer. Toda vez que eu pensava em ter que ver você e me despedir, ter que... ir até o nosso apartamento e desemaranhar nossas vidas... eu não conseguia. Peguei um trem para Paris e fui até o apartamento. Devo ter escrito e jogado fora umas cem cartas até acertar uma.

Ele olha em meus olhos com uma sinceridade que é quase frenética, como se fosse morrer se eu não acreditasse nele.

— E aí — continua —, no dia em que eu ia mandar, Cora ligou para me dizer que você tinha encaixotado minhas coisas. E, quando tentei mandar mensagem para você, descobri que estava bloqueado e pensei: é isso. Theo terminou comigo. Eu tinha demorado tempo demais e perdido minha chance de fazer você mudar de ideia. E, depois do que você disse no avião, pensei que precisava respeitar sua vontade. Eu precisava deixar você seguir com as próprias pernas. Precisava aceitar isso. Então, foi o que fiz.

Ele para, deixando que eu receba essa informação e faça o que quiser com ela, como se eu tivesse alguma noção de onde encaixar essa peça que nunca sequer pensei que estivesse faltando. Essa complicação maldita e inesperada. De que sobrevivi à perda dele com uma raiva à qual eu nem tinha direito.

Tudo isso, essa minha narrativa em que Kit interpreta o papel de traidor... não faz sentido se os dois tiverem se fodido.

Quando recupero a voz, pergunto:

— E o aluguel?

— O que é que tem?

— A gente dividia o aluguel. Precisei arranjar a sua metade quando você foi embora.

Ele passa a mão pelo rosto.

— Sloane disse que ajudaria.

Uma memória me vem à mente: Sloane me levando pra jantar depois do término e sugerindo gentilmente, durante a sobremesa, que poderia ajudar com as contas até meu contrato vencer. Eu deveria ter imaginado.

— *Você* pediu para Sloane me bancar?

Ele ergue as mãos antes que eu possa continuar. Ao que parece, essa é a única coisa pela qual ele não vai me permitir sentir raiva.

— Sim, eu mandei uma mensagem para a sua irmã — ele diz, com firmeza —, que também era minha amiga e que ama você e é literalmente multimilionária, perguntando se ela estaria disposta a ajudar você com grana.

— Não acredito...

— Theo — ele interrompe. — Se eu tivesse mandado dinheiro, você teria aceitado?

Pela primeira vez, imagino como eu teria me sentido se Kit tivesse me feito uma transferência depois de partir meu coração.

— Não.

— Então pronto. Pensei que com Sloane fosse mais provável que você aceitasse, mas estou vendo que não.

Não falo nada. Devagar, os barcos começam a flutuar para a frente, um a um. Alguém deve ter desobstruído o rio.

— Certo — digo por fim. Os olhos de Kit estão fixos na sereia de compensado, as sobrancelhas num arco triste. Ele ergue o rosto para ouvir. Aperto os joelhos com as duas mãos. — Certo, então o que aconteceu foi que eu larguei você, mas só porque pensei que você tinha me largado. E aí você me largou, mas só porque pensou que eu tinha te largado.

Reverberações de luz se refletem na água e no rosto de Kit, iluminando a curva suave de seu sorriso.

— *C'est à peu près ça.* — Essa eu sei; ele sempre dizia isso quando a gente era criança. Pelo visto voltou a falar agora que mora em Paris. *É mais ou menos isso.*

Tudo que consigo fazer é rir.

— Que sequência imbecil de merdas.

Ele também ri e, por fim, começamos a flutuar em frente.

— Então, somos amigos? — Kit pergunta. Ele não tá nem bravo comigo. Não tá bravo comigo por nada disso.

Nosso barco sai flutuando da caverna e entra na faixa de luz do sol. Respiro fundo e tento fazer minha resposta sair resoluta, mas a verdade é que as coisas parecem menos resolvidas agora do que nunca.

— É — digo. — É, acho que somos.

— — —

Mais tarde, trombamos com Fabrizio na praia.

Ele já tinha tomado umas e estava com uma crosta de sal e areia subindo pelos joelhos, o peito nu coberto de suor como a parte de fora de uma taça de spritz. Quando me dá um beijo no rosto, a pele dele cheira a laranja *chinotto*. Nós dois ficamos muito felizes em vê-lo. Nosso aperitivo humano.

— Você conhece um lugar bom para assistir aos fogos hoje à noite? — Kit pergunta.

Fabrizio abre um sorriso largo e me puxa para um lado, e Kit para o outro.

— Fiquem comigo, *amori miei*. Vou mostrar para vocês.

Uma multidão densa e lenta nos carrega para fora da praia como moscas em mel, passando por uma praça cercada por barracas de jogos até um bar de esquina que é uma mera portinha. Kit e Fabrizio devastam o balcão de *pintxo* e eu peço um vinho que nunca tinha tomado, um Txakoli basco que o bartender serve bem acima de sua cabeça, acertando o centro certinho do copo sem nem olhar. À nossa mesa, do lado de fora do estabelecimento, conto para Kit e Fabrizio como o bartender serviu, que servir de uma altura elevada acentua as bolhinhas delicadas do vinho. Kit chega tão perto para ouvir que quase derruba minha taça no colo de Fabrizio.

Comemos um banquete, damos risada e o sol se põe. Kit se reclina em sua cadeira para ouvir Fabrizio, a mão enfiada no cabelo para não levá-la ao rosto. Minha boca saliva com a acidez do vinho e as três porções de La Gilda amargas.

Quando estamos todos satisfeitos, Fabrizio nos leva a um dos melhores hotéis da praia, um com coruchéus e arcos e enfeites na fachada, onde ele conhece uma concierge que vai nos deixar subir até o terraço. Espero até o primeiro fogo de artifício explodir por sobre a baía, até os olhos de Kit estarem fixos no céu, para me permitir olhar para ele como eu vinha desejando desde Monte Igueldo.

Quando olho, vejo Kit. Não uma memória que pode ser distorcida, encolhida ou recortada em flocos de neve de papel, mas uma pessoa inteira, viva. Vejo luzes cintilando sobre um rosto que eu via todo dia de manhã ao acordar e ombros em que dormi quando a exaustão dos estirões de crescimento me dominava. Aqui, agora, debaixo de uma chuva de faíscas, ele parece exatamente a pessoa que teria sentido falta de mim, que nunca teria partido.

E a verdade é que nunca parei de amar essa pessoa. Só parei de acreditar que ela existia.

— — —

Ergo a taça, faço o sinal da cruz e grito:

— Um brinde a nadar com mulheres de pernas tortas!

Fabrizio sorri de bom humor enquanto eu e Kit viramos nossas sidras.

— Brindes estadunidenses, tão estranhos.

— É de *Tubarão* — Kit diz quando põe a taça vazia na mesa. Bolhas de afronta entram na minha sidra: nunca entendi como um príncipe elfo igual ao Kit consegue encharcar tanto o caneco. — O filme favorito de Theo.

— Ah! Um dos meus filmes favoritos dos Estados Unidos também! — Fabrizio diz. — Vocês viram a versão italiana?

Coloco minha taça na mesa e contenho um arroto.

— *L'ultimo squalo*, de 1981. Porra, um clássico.

Desembestamos numa crítica apaixonada dos melhores momentos do filme, desde as sequências estendidas de windsurfe até a cena em que o prefeito tenta capturar o tubarão com um bife pendurado em um helicóptero. Kit quase chora de tanto rir.

Estamos numa balada que é tão perto da praia que quase consigo ouvir a rebentação sobre o baixo pulsante, reunidos ao redor de uma das mesinhas minúsculas perto da pista de dança. Fabrizio nos trouxe aqui para dançar, mas, em vez disso, estamos sentados debaixo das luzes piscantes, descobrindo como ele aprendeu inglês enquanto estudava história italiana em Roma.

— Tinha dezenove anos na época e estava na casa do meu *zio* Giorgio, sabe? Era inverno, e eu estava com... como chama... quando as nuvens te deixam triste?

— Depressão sazonal — Kit responde.

— Depressão sazonal! Então, vivia dentro de casa, e a única coisa que *zio* Giorgio tinha para assistir eram videocassetes de uma série antiga dos Estados Unidos. *Havaí: 5.0.* Então, foi assim que aprendi inglês, com o detetive McGarrett. *"Book'em!"*

Ele arranja outra rodada da sidra basca turva e nos conta sobre sua busca pelo eterno verão, aprendeu português e um pouco de maori para ser guia no Brasil e na Nova Zelândia quando for inverno no hemisfério norte. Conta que quase virou jogador de futebol profissional, mas que a agenda de treinamentos o entediou demais, e que sempre sonhou em ganhar a vida viajando enquanto os irmãos trabalhavam no restaurante da família.

— Consigo me identificar com essa parte — digo. — Minha família meio que tem um negócio, mas eu nunca quis participar.

— É, eu sei — Fabrizio responde.

— Sabe?

— Seu pai é aquele diretor, não é? — pergunta Fabrizio. — Vi muitos filmes dele. Ele é muito bom.

— Você sabia esse tempo todo?

— Claro — retruca Fabrizio, sempre acenando a mão como se nada fosse. — Não é um sobrenome comum, Flowerday.

Deixo escapar uma risada, e Kit sorri, os dentes brilhando.

— Mas preciso perguntar — Fabrizio comenta, chegando perto para não ter que gritar, as maçãs do rosto iluminadas. Nossa, ele é tão bonito que chega a ser irresponsável. — Vocês dois se conhecem, mas não chegaram juntos em Londres. Por quê?

As bebidas que tomei estão fazendo efeito. Kit olha para mim e digo a primeira coisa que me vem à cabeça.

— A gente namorava. — Parece cômico e inexplicavelmente redutivo falar do nosso relacionamento assim, mas já faz pelo menos duas sidras que uma explicação melhor não é mais possível. Ainda estou olhando para Kit, não para Fabrizio. O olhar dele está turvo nos cantinhos. Talvez as bebidas estejam fazendo efeito para ele também. — Na verdade, fazia anos que a gente não se via.

— E vocês não planejaram isso?

Kit responde:

— Uma completa surpresa.

— *Che bello!* — Fabrizio cantarola, relaxando para trás em sua banqueta. — Minha excursão fez vocês se reencontrarem! Como está sendo a experiência? Como estão se sentindo?

— Tem seus altos e baixos — digo —, mas é bom ter meu amigo de volta.

Kit encosta o nó do dedo nos lábios e não diz nada.

— Em todos os meus anos organizando essa excursão — Fabrizio diz, com a mão no peito —, já vi muitas formas de amor. De família, amigos, recém-casados. Amores novos, recentes demais para tantos dias juntos… esses corações sempre se partem antes de Toscana. Casais juntos há cinquenta anos. Até alguns que encontram o amor da sua vida na minha excursão. Mas nunca tinha visto duas pessoas que já foram apaixonadas fazendo as pazes. É uma coisa maravilhosa. Fico muito feliz que estejam aqui.

Olho para Kit, cuja expressão ainda é complicada demais para interpretar.

— Acho que estamos felizes por estarmos aqui também.

— É — Kit concorda. Então sorri. — Estamos.

— Me contem, o que mais surpreende vocês um no outro agora? O que mais impressiona?

Rapidamente, dou um gole demorado de sidra para que Kit tenha que responder primeiro. Sinto o olhar dele percorrendo a linha do meu maxilar, meu lábio inferior molhado.

— Eu diria… — Kit começa, se dirigindo não a Fabrizio, mas a mim. — Sua autoconfiança. A maneira como você se porta. Você parece… ter assumido o controle da própria vida.

Meu coração faz algo horrível entre minhas costelas, mas sinto os ombros mais largos quando ouço isso, as mãos mais firmes. Kit mantém o olhar no meu. Eu retribuo.

— Hm — digo —, eu estava para dizer o mesmo sobre você.

O joelho de alguém cutuca o meu. Não sei ao certo de quem.

— *Meraviglioso!* — exclama Fabrizio, batendo tão alto na mesa que nós dois nos sobressaltamos. — Mais bebidas, então?

Ele já foi embora antes que possamos responder, desaparecendo pela muralha de corpos dançando entre nossa mesa e o bar.

— Jesus — digo, tentando recuperar o equilíbrio. — Odeio quando ele vai embora, mas adoro a vista dele de costas.

Kit ri.

— Ele é mesmo uma figura, não é?

— É. De quem você acha que ele gosta mais, de você ou de mim?

— Por quê, está pensando em colocá-lo no cardápio de novo?

— Ah, gatinho, ele nunca saiu. Acho que a gente teria uns momentos ótimos juntos.

Kit ergue as sobrançelhas.

— Que foi? — pergunto. — Por que você parece tão cético?

Ele dá de ombros.

— Só não sei se vocês são compatíveis.

— Não estou falando que quero casar com ele.

— Eu também não.

Coloco os restos da minha sidra na mesa com um *tum* um tanto pegajoso.

— Está querendo dizer que não somos sexualmente compatíveis? E tá achando que é o quê, o Encantador de Fodas?

— Conheço o tipo dele, e não sei se você gostaria da ideia — Kit responde, a ponta do dedo médio deslizando ao redor da borda da taça. — Só isso.

— Que ideia? Ele ia querer que eu enfiasse os dedos do pé na boca dele ou alguma coisa assim?

— Ele ia querer *fazer amor*. Acender umas cem velas, deitar num tapete marroquino, passar óleo de massagem por horas para só então começar. Não acho que você teria paciência.

— Você ficaria surpreso com a minha paciência ultimamente — digo. A ponta do dedo de Kit sai da borda da taça e vai descendo pela lateral. — Mas e se você estiver errado, hein? E se ele estiver a fim, sabe, de uma pegada mais forte?

— Então eu pegaria ele de jeito.

— Você não é do tipo que pega de jeito.

— Não é verdade.

— Quem você já pegou de jeito?

Kit olha no fundo dos meus olhos.

— Você.

Um garçom passa com uma bandeja de shots. Uma mulher na mesa ao lado dá uma gargalhada, súbita e alta. Algo ácido e quente se revira dentro de mim e começa a se acumular.

— Tipo, três vezes. E olhe lá. Porque eu pedi expressamente.

— Talvez eu tenha praticado.

Cadê Fabrizio com aquela bebida?

— Então é isso que você faria se ele quisesse uma pegada mais forte? — pergunto. — Dar uns tapinhas e depois fazer croissants de manhã para ele saber que não foi por mal?

— Você gostou daqueles croissants — Kit responde, um sorrisinho se formando. — E se ele quiser que você seja mais sensual? Vai entregar o Especial Flowerday pra ele? Uma playlist legal e uma mão dentro da cueca lá pela faixa três?

— Eu esperaria até a faixa doze.

— Nossa, você ficou *mesmo* paciente. Começou a meditar?

— Só aprendi que não ter pressa pode ser gratificante — digo. — O nome disso é versatilidade.

— Versatilidade — Kit repete, chegando mais perto. — Sei.

— Inclusive, se quiser algumas dicas, me avisa. — Viro para ele. — Eu teria o maior prazer em ajudar.

— Se um dia eu precisar de conselhos sobre como usar cuspe como lubrificante, sei para quem perguntar.

— Daí eu peço sua ajuda na próxima vez que quiser, sei lá, comer um poeta.

— Nada, poetas são fáceis — Kit responde, o hálito quente em minha bochecha, todo maçãs e especiarias. — Eles só querem ser jogados pra cima e pra baixo.

— Falando assim, parece que você tem jogado muitos poetas pra cima e pra baixo, Kit.

— Eu disse que venho praticando.

— Ainda acho isso difícil de acreditar.

— Tenho testemunhas.

— E eu tenho minhas dúvidas.

— Me dá uma hora que eu te provo.

— Uma hora seria pouco tempo.

O contato visual é devastador, então passo a olhar para os lábios dele, que se abrem, revelando a língua rosa sobre os dentes brancos e, por um momento sufocante, a única coisa que existe na Espanha é aquela boca, a promessa aveludada, a sensação que eu teria ao entrar nela.

E então me atinge, com força suficiente para me derrubar, a percepção: sinto desejo por ele. Ainda sinto desejo por ele.

Chuto minha banqueta para trás e me levanto ao mesmo tempo que Kit.

— Deve ter alguém nesta balada que queira transar comigo — digo. Kit desvia os olhos, perturbado.

— Tenho certeza que sim.

Nos separamos, sem nos importar em lutar contra a multidão que bloqueia Fabrizio. Em vez disso, encontro uma pessoa recostada na parede dos fundos com uma cerveja. Flerto com elu num espanhol macarrônico e, ao primeiro sinal de interesse, pergunto se quer ir para outro lugar. Quando responde que sim, viro para declarar vitória, quase achando que Kit vai estar lá.

Ele não está longe, mas não está esperando por mim. Está saindo da balada com um grupo de locais gostosos de gêneros variados, o braço sobre o ombro de uma mulher, sendo levado noite afora. É só eu deixar ele sozinho por dez minutos que ele de repente é convidado para algum tipo de suruba espanhola poliamorosa.

Ele encontra meu olhar e sorri, os dedos enroscados no cabelo de uma estranha.

— Vai contar como um ponto só! — grito, mas ele já foi embora.

BARCELONA COMBINA COM:

Vermute espanhol com gelo e guarnição de laranja e *turrón de yema tostada*

Barcelona

Passo o *bombone* de um lado para o outro sobre a língua.

O chocolate é amargo e intenso, quase apimentado. O calor úmido da minha boca o derrete até restarem só o caramelo e o creme com toque cítrico no centro. Me concentro em como o doce cobre a parte plana da minha língua, aquele corpo, aquele sabor de nozes.

Uma gota de suor escorre por minhas costas até chegar no rego, acabando com o restinho da minha concentração.

Estamos no batente arqueado de uma *chocolatería* em La Rambla, o calçadão amplo, cheio e cercado de árvores que liga o centro de Barcelona ao mar Mediterrâneo. Os prédios aqui são um misto estranho de novos e antigos, pedaços incongruentes de uma cidade longeva tentando acompanhar sua população. Uma igreja do século XVI na frente de uma loja que vende waffles em formato de pinto, um McDonald's encaixado entre santos. Um cachorro se deita, ofegante, no beco próximo, aproveitando a sombra do mercadão La Boqueria. Velhas em barracas vendem flores frescas e copos de frutas fatiadas, rapazes passam em alta velocidade em scooters elétricas e o sol arde em cada paralelepípedo e tijolo.

Mágica e vibrante, Barcelona nos recebeu com uma onda de calor. Está fazendo trinta e seis graus, o que não quer dizer muito para mim, mas fez Kit soltar um "pelo amor de Deus" quando viu no celular. Estou coberta por uma camada de suor desde que saí do hostel.

— Barcelona — diz nossa guia de chocolates local, uma catalã magra com o cabelo pintado de laranja-avermelhado — é a cidade que trouxe o chocolate para a Europa.

Esta é a primeira parada em nosso passeio vespertino por chocolatarias: uma confeitaria construída na estrutura de uma loja histórica de massas, um mosaico de vidro cor de jade e dourado brilhando em sua fachada. Dentro, gavetas de gabinetes de madeira e prateleiras de vidro repletas de chocolates cobrem a parede dos fundos, e a vitrine longa abriga cheesecakes do tamanho da palma da minha mão. Nossa guia distribuiu caixas de *bombones* para experimentarmos, e peguei um chocolate em forma de joia recheado de crema catalana.

Enquanto nossa guia explica como a crema catalana difere do crème brûlée, levo a mão ao bolso para pegar o celular e... não encontro nada.

— Merda — sussurro. Tivemos uma hora de sesta entre a chegada e este tour, e pensei que estivesse sendo responsável ao colocar meu celular para carregar. — *Merda.*

Kit me cutuca, a sobrancelha erguida.

— Esqueci o celular no hostel. — Passo a mão na testa suada, e só piora, porque minha mão também está suada. — Eu ia fazer anotações... Fabrizio disse que o tour tem dez paradas, nunca que eu vou me lembrar de tudo.

Não deveria ser uma surpresa, não depois das últimas doze horas. A pessoa que peguei no bar não conseguiu me fazer gozar e aí eu precisei passar seis horas num ônibus ao lado de Kit, recém-saído de alguma orgia à beira-mar. Eu talvez tenha criado uma situação insustentável. Meu sangue não está passando tempo suficiente perto do meu cérebro.

Kit tira o caderno de desenho e a caneta-tinteiro do bolso.

— Eu anoto pra você.

Encaro.

— Quer que eu... dite?

— Sim, queria mesmo experimentar o seu processo de sommelier. Me diz o que escrever. Esse negócio tem o gosto do espírito de um garanhão selvagem e essas coisas.

Sei que ele me deixaria pegar a caneta e fazer isso eu mesma. Mas esse é o tipo de coisa que Kit gosta de fazer pelos amigos. Fica com um sorrisinho satisfeito quando resolve o problema de alguém, e quero observar seus lábios se curvarem.

Os lábios dele. Ontem à noite, na balada. Maçã e especiaria. *Sinto desejo por ele.*

— Não esquece de anotar o recheio — digo, decidindo afogar a lembrança em chocolate. — E tem notas de pimenta-do-reino, pode anotar isso também?

O tour nos leva por La Rambla e entra no Bairro Gótico, a parte mais antiga da cidade, onde girassóis em mosaico e floreios de pedra irrompem das lojas entre mostradores de suvenir. As ruas são tão estreitas que as sacadas dos apartamentos de cada lado devem ficar a pouquíssimos metros umas das outras, bandeiras e varais e gavinhas de plantas verdes penduradas em suas grades de ferro fazendo parecer que estamos numa vila suspensa, uma pequena faixa de céu azul visível apenas quando se olha diretamente para cima.

Entramos numa loja elegante, especializada em *turrón* — o torrone de amêndoa espanhol — onde experimentamos um *turrón* macio coberto por gema de ovo queimada, marzipã cremoso e fatias de abóbora cristalizada. Mordemos churros mergulhados em chocolate e mastigamos pedaços de laranja sanguínea cobertos de chocolate, com casca e tudo. Na *chocolatería* mais antiga da cidade, um *chocolatero* distribui *bombones* de cava feitos com o moedor de duzentos anos de idade que eles ainda usam naquela loja. São tão incríveis que só consigo encarar num êxtase mudo enquanto Kit usa seu charme para nos conseguir mais dois.

Quando chegamos às ruínas da muralha romana da cidade, metade do grupo já está bem alegrinha de tanto calor e açúcar. Stig fica olhando, boquiaberto, enquanto Montana dá um pedaço de chocolate na boca de Dakota com os dedos. Um dos Calums está cantando músicas de amor espanholas. Birgitte e Lars talvez precisem de um quarto, pra tirar um cochilo ou dar uma rapidinha, não sei.

Kit se mantém perto para eu poder descrever sabores e texturas em seu ouvido, a caneta deslizando sobre a página, sua presença tão sufocante quanto a umidade. Tudo ali é avassalador. O ar denso, a intensidade derretendo em minha língua, o calor que irradia dos corpos ao nosso redor, fios de cabelo úmido nas têmporas de Kit quando ele os levanta com a mão. Minhas palavras começam a ficar preguiçosas e enroladas, e Kit leva os lábios ao meu ouvido me pedindo para repetir, o que só me dá mais tontura. Meu corpo quer se afundar na voz dele como num sonho febril.

O tour pelos pontos turísticos do chocolate nos conduz diretamente a um passeio de tapas perto da água, guiado por Fabrizio, cujos olhos já estão escuros e vidrados depois da primeira rodada de bebidas. Em algum ponto de uma calçada decorada por desenhos de flor de amêndoa, eu me pego, de leve, na órbita de Montana, observando enquanto ela observa Dakota e os Calums mais à frente.

— Sabe o que é engraçado? — ela reflete. — Às vezes, a gente olha para um cara e fica tipo: *Ah, sim, tem isso aí.* E aí às vezes olha para uma mulher e fica tipo: *Aah, sim, mas também tem isso aqui.*

Aceno, entendendo mais ou menos o que ela está querendo dizer. Para mim, é mais como se eu gostasse de gêneros diferentes em partes diferentes de mim. Como se me virasse para olhar para a luz de uma direção diferente a cada vez.

Kit me ilumina por inteiro. Hoje, estou refletindo toda essa luz. Tanta que estou quase cozinhando.

Vagamos de salões dos fundos a porões em um estupor. *Patatas bravas* crocantes com salsa marrom-avermelhada, iscas de cação frito, morcelas, manchego com geleia de figo, pilhas de paella, um milhão de variedades de presunto. Calum Loiro me passa meu primeiro copo de vermute espanhol, marrom-escuro sob o gelo, parecendo mais um copo de coca-cola. O sabor é quase intenso e fragrante demais para descrever a Kit, um misto inebriado de manjerona, coentro, sálvia e mais umas cem outras coisas. Peço outro logo em seguida.

Penso vagamente no guia que Paloma nos sugeriu para Barcelona, mas não lembro de nada agora. Lembro apenas do polegar de Kit sobre a articulação da mandíbula dela. Eu a imagino puxando Kit para dentro do quarto naquela noite depois da praia, sentindo o gosto de sal deixado por nosso nado, tapando a boca dele para não acordar a família dela. Quase consigo ouvir o gemido abafado dele como se eu estivesse ouvindo do quarto ao lado e...

Puta que pariu.

Não estou ouvindo nada. A porta está trancada. *O caminho está fechado*, penso eu, tão delirante que um dos tolkienismos de Kit me pega.

E é *mesmo* um delírio. Aquele desfocar suave da realidade de quem está cheio demais de delícias. Não sou o único ser humano a estar perdendo a cabeça por aqui — a atmosfera dentro do restaurante centenário chamado El Sortidor, nossa última parada, é visivelmente erótica. O crepúsculo entra através das janelas de vitral, destacando os melhores traços de todo mundo. Os Calums sempre tiveram essa beleza máscula? Pera, eu já tinha notado que Montana usa um vestido de verão? Fabrizio poderia ser Apolo enquanto demonstra a técnica de *pan con tomate*, esfregando alho e tomate recém-cortado sobre pão com azeite. Observo os dedos de Kit se moverem, sempre tão bons em seguir instruções, aplicando pressão até o tomate não ser nada além de suco e polpa.

Enquanto olho fixamente para um pedaço de batata para recuperar um pouco de sanidade, Kit apoia o rosto na curva do meu pescoço.

— Você acha — ele diz, com a voz baixa — que os Calums já chegaram a explorar o corpo um do outro?

Isso também é insuportavelmente excitante, mesmo se considerarmos apenas piada. No canto da mesa, os Calums estão absortos numa conversa tão intensa que falam quase diretamente dentro da boca um do outro.

Dou risada e engulo em seco o ar úmido, virando para Kit. Ele está usando a mesma camisa com flores bordadas da nossa segunda noite em Paris, e isso me faz pensar nele apoiado sobre mim na cama nos fundos daquele bar. Ainda consigo sentir o hálito dele resfriando o suor da minha nuca.

Mantenho a voz calma ao responder:

— Uma hora ou outra, até as melhores amizades acabam chegando lá.

— — —

Não tenho a menor capacidade de arranjar alguém para pegar hoje à noite. Estou com a barriga cheia demais, e o dia foi longo demais. Estou tendo uma overdose de Barcelona. É tipo estar cansado demais para dormir. Com tesão demais para transar.

Em vez disso, volto para o quarto e desbloqueio o celular, dando de cara com catorze e-mails e seis chamadas perdidas da Noiva Schnauzer. As canecas *tíki* que ela comprou caíram de uma barcaça durante o transporte.

Deslizo o dedo pela tela enquanto lavo o cabelo, o braço esticado para fora do chuveiro para manter o celular seco. Minha suíte de solteiro é tão estreita que, de dentro do banheiro, estou respingando na mesa de cabeceira. Tateio dentro do meu cérebro ensopado em busca de algo coerente para dizer.

Chega uma mensagem de Kit.

o ar-condicionado do seu quarto tá funcionando?

Franzo a testa. sim pq

hm. segunda pergunta: seu espanhol é bom?

— O que tá rolando? — pergunto, quando Kit atende.

— Meu ar-condicionado não está funcionando — Kit responde. Ouço ele subir na cama, sopros de ar e roupas de cama farfalhando.

— Eita porra.

— Não que eu esteja chocado — ele diz. — Sinceramente, estou até surpreso que tenham ar-condicionado aqui.

— Está muito ruim?

— Bom, o quarto tem menos de seis metros quadrados e passou as últimas oito horas voltado para o sol; eu diria que, assim... não está ideal. — Mais barulhos, como se ele estivesse cutucando o ar-condicionado. — Abri uma janela aqui, mas não está adiantando muita coisa.

— O que você vai fazer?

— Talvez ver se eles têm outro quarto? É por isso que perguntei sobre seu espanhol.

Meu espanhol é muito melhor do que meu francês graças aos anos de ensino médio e uma vida no sul da Califórnia, mas mesmo assim não consigo ajudar. Mais cedo, ouvi o recepcionista dizer a um casal de mochileiros que estavam lotados hoje.

A única outra opção é uma ideia tão ruim que eu não deveria nem considerar. Antes de Kit mandar mensagem, eu estava planejando deitar meu corpo recém-lavado em cima do lençol fresco e tocar uma até a névoa de tesão se dissipar. Não sei como vou sobreviver sem conseguir me aliviar de algum jeito. Mas estou com pena dele.

— Quer cair aqui? — ofereço, antes que tenha tempo de me dissuadir.

— Aqui... ah. — O farfalhar do outro lado para. — Tá falando sério? Tem certeza?

Não.

— Tenho, ué, foda-se.

— Isso seria... obrigado, Theo. Chego aí em cinco minutos.

Ele desliga e fico ali, numa confusão estática, no meu quarto que mais parece uma caixa de fósforo, olhando para o vidro preto da tela do meu celular.

— Beleza. Beleza. Está tudo certo.

Jogo o celular na cama e dou uma geral, vestindo a calça de moletom e a primeira camiseta que encontro, secando o cabelo com a toalha, guardando protetores labiais e pomada no nécessaire, enfiando roupas na mochila para Kit pensar que parei de largar minhas roupas em qualquer lugar. Quando ele bate à porta, meu quarto parece até o de uma pessoa adulta de verdade.

Abro e encontro Kit de camiseta amarrotada e calça jogger confortável de moletom. O cabelo dele está meio úmido. Ele cheira a lavanda e ao mesmo sabonete que deixava em nosso chuveiro.

— Oi — ele diz, com um sorriso constrangido.

— Oi.

— Obrigado de novo. Espero que não seja muito esquisito.

— Não, claro que não — digo, embora eu sinta um pouco como se minha cabeça estivesse flutuando longe dos meus ombros. Dou um passo para o lado para deixar ele entrar. — A gente é amigo, né?

— Sim, é.

— Então, não é nada de mais. — Encolho os ombros. — Vai ser tipo uma festa do pijama. A gente já fez isso um milhão de vezes.

— Pois é. — Ele não olha para mim, ocupado tirando os sapatos. — Isso mesmo.

O quarto de repente parece pequeno demais, quente demais pelo vapor remanescente do chuveiro. Vou até a janela e a abro.

— Não sei se está muito melhor do que o seu quarto.

— Confia em mim, tá sim. — Ele para perto do banheiro, segurando o kit de barbear. — Você se importa se eu...?

— Imagina, fica à vontade.

— Ótimo, obrigado. — Ele dá um passo na direção da pia, para, depois vira de volta. — Ah, esqueci de te dar isso hoje. — Ele leva a mão ao bolso da calça e me dá seu caderninho fino de desenho. — Pode ficar.

— Não precisa... posso só copiar as páginas ou tirar fotos.

— Theo, eu trouxe uns doze cadernos desses. Não tem problema.

Passo os dedos pelas listras azuis da capa de papel pardo, as letras elegantes que formam a palavra CALEPINO. Imagino Kit escolhendo este caderno numa papelaria em Paris, enfiando um monte na mochila, o rosto radiante de expectativa. As primeiras páginas são desenhos soltos de postes e cachorros de rua, depois as anotações daquela primeira *chocolatería*. E...

— Kit. O que é isso?

Viro mais uma página... o resto delas é igual. A cada parada, ele transcreveu minhas anotações numa letra caprichada e, na página oposta, fez uma ilustração simples.

— É, eu, ah, pensei que poderia ajudar se você tivesse referências visuais? — Ele se inclina para fora do banheiro com a escova de dente na boca, o lábio inferior cheio de espuma. — Afinal, você sempre odiou livros sem desenhos, né?

— Vai se *foder*. — Volto a passar as páginas: uma fatia de laranja coberta com chocolate, as bordas ásperas do churro. Ele até fez uma seção transversal no meu primeiro *bombone* para mostrar as camadas de recheio de caramelo e creme. — Kit, isso é... muito legal.

— Que bom que gostou.

Queria poder ver a cara que está fazendo, mas ele está cuspindo pasta de dente na pia.

É estranho e estranhamente relaxante estar ao lado da cama e olhar os desenhos de Kit enquanto ele faz sua rotina de cuidados com a pele. Escuto os estalos delicados de tampas de frascos e água espirrando, sons que ouvia todas as noites. Eu poderia fechar os olhos e imaginar que estou no nosso antigo apartamento. Consigo até sentir o cheiro das plantas dele. O peso de sua cabeça em meu peito.

Chego à última página e paro. Lá, uma mão desconhecida escreveu uma série de dígitos, borrados como se com pressa.

— De quem é esse número?

Ouço a torneira fechando e Kit solta aquele *ah* breve de alguém que foi pego no flagra.

— Deve ser, hm — ele diz, aparecendo no batente —, o número daquele *chocolatero* que nos deu chocolates a mais. Eu ia arrancar essa folha.

Ah. Claro. Quase esqueci que estava lidando com o Deus do Sexo da École Desjardins.

— Kit Fairfield, seu cachorro. — Arranco a página e entrego para ele, exibindo todos os dentes quando sorrio. — Você vai salvar o número dele? Chamar o cara para sair amanhã?

Kit dobra a página e guarda em seu kit de barbear, sem olhar para ela.

— Não sei. Acha que eu deveria?

— Bom, qual é a pontuação?

Ele senta na cama, bem na beirada. Nunca foi tão cauteloso com uma cama minha antes. Mesmo quando éramos só amigos, se derramava sobre a cama toda. Quero empurrar Kit para ele ficar deitado, pelo bem da consistência. Em vez disso, sento ao lado dele.

— Um para cada em Paris — ele contabiliza. — Daí tem o Florian, então são dois para você. E Juliette para você em Saint-Jean-de-Luz.

Deixo que ele acredite que isso é verdade.

— E Paloma para você.

— Uhum. E contando ontem à noite… nossa, aquilo foi só ontem à noite?

— Pois é.

— Dá quatro para você, três para mim. Então acho que, se eu quiser te alcançar, deveria mandar mensagem para ele.

Levanto e tiro um travesseiro da cama.

— Claro, por que não?

— É, por que não. — A voz dele é distraída, observando enquanto eu abro o guarda-roupa minúsculo para pegar um cobertor extra. — O que está fazendo?

— Vou dormir no chão.

Os olhos de Kit se arregalam de horror.

— Não, nada disso.

— Qual é, Kit. Mal cabe um na cama.

— Mas o quarto é seu, Theo, deixa que eu durmo no chão.

— Teve alguém que passou o acampamento inteiro em Joshua Tree resmungando que o chão era duro, e esse alguém não fui eu. Só me avisa se encontrar uma ervilha aí embaixo, tá? — Jogo a coberta aos meus pés.

— Theo Flowerday — Kit diz, sério como um túmulo —, se você ousar deitar nesse carpete nojento, vou voltar para o meu quarto.

Ele está com aquela cara sincera. Suspiro.

— Tá, beleza. Mas também não quero que você durma no chão. E aí?

A gente olha para a cama. E de novo, tem uma solução impensável, aí tem eu, e tem o Kit, e ainda não sei se consigo fazer o que é preciso.

— Será que a gente... — começo. O que não é uma pergunta. Se eu não perguntar em voz alta, não vou ser responsável pelo que acontecer na sequência.

— A gente é amigo. — O que também não é uma resposta.

— Beleza, então — digo. — Mas...

— Mas o quê?

— Lembra que, se eu suar demais durante à noite, fico com um mau humor daqueles de manhã?

— Sim, lembro direitinho.

— Então — digo —, eu ia dormir só de roupa de baixo hoje.

Kit acena várias vezes com a cabeça em rápida sucessão.

— Ah, sim, tipo... claro que não tem problema. A gente é amigo. O quarto é seu, você precisa ficar à vontade.

— Beleza — digo, assentindo também. Somos só dois amigos numa interação absolutamente normal, assentindo sem parar. — E você também, claro, se quiser.

— Pois é, sim... vai ficar meio quente, com os dois na cama.

— Beleza. Então, eu vou...

— Isso, eu também.

Viro e tiro a calça de moletom, tentando não ouvir o rangido do colchão quando ele se ajeita, o sussurro de suas roupas saindo. Continuo de regata, mas, da cintura para baixo, estou usando apenas um shortinho.

Sinto um acordo tácito se definindo entre nós. Desta vez não vai ser como no quebra-mar em Saint-Jean-de-Luz. Desta vez, vamos olhar.

Em noventa e nove por cento dos dias, amo meu corpo. Gosto das minhas pernas compridas e coxas fortes, das faixas de músculos nas minhas costas e nos meus ombros, da insinuação do que poderia ser um tanquinho, se eu me esforçasse. Sei como fico usando só roupa íntima, e gosto de ver as pessoas verem isso pela primeira vez. Kit já me viu com bem menos roupa do que isso.

Mesmo assim, quando viro para ele, meu coração está batendo forte.

A camiseta e a calça dele estão bem dobradinhas em cima da mesa de cabeceira. Ele está sentado no mesmo lugar, na beira do colchão, usando apenas uma cueca boxer muito pequena. A luz do abajur ilumina os pontos mais altos de seus ombros e de seu peitoral, a parte de cima de suas coxas abertas, as covinhas de seus joelhos. Sombras se acumulam nas curvas dos ossos de seu quadril. Cada pedacinho dele. Daquele corpo elegante e gracioso que eu conhecia.

Ele está olhando para o meu corpo do jeito que só Kit consegue olhar para as coisas, como se pudesse devorar o mundo com os olhos. O que tenho com ele vai além do desejo. Ele me ensinou a desejar. Isso seria o ponto fraco de qualquer um.

Passa pela minha cabeça que, se eu quiser transar com Kit — se eu *acabar transando* com Kit —, não quer dizer que eu o ame. Sexo não precisa envolver amor. As duas coisas nem precisam estar no mesmo ambiente.

— Ei — Kit comenta —, achei sua terceira tatuagem.

Pisco algumas vezes.

— Ah! — Minha mão vai automaticamente para o lado esquerdo do corpo. Parte dela está escondida pelo shortinho, mas minha terceira e maior tatuagem vai do quadril até o alto da coxa. — Pois é. Ficou foda, né?

Ele a examina sob a luz baixa.

— É uma cobra?

— Uma cascavel. — Chego mais perto para ele conseguir ver os detalhes da cascavel-diamante-ocidental envolta numa taça coupé. — E olha só, o coquetel dela tem uma fatiazinha de laranja de guarnição. — Quando ergo os olhos, Kit está segurando um sorriso. — Que foi?

— Nada. É só que... você disse que não era uma tatuagem na bunda.

— Ué... mas não é!

— Meio que é, sim.

— É uma tatuagem na coxa! Fica na minha... minha... minha anca!

A risada que ele solta é tão deliciosa que quero engoli-la por inteiro.

— Sua anca? Agora você é um pônei?

Talvez seja o calor, ou toda aquela pele à mostra, ou a risada dele ou os traços de sua caneta e as manchas de nanquim em seus dedos, mas, neste momento, quero descobrir o que ele vai fazer. Se está tão perto do limite quanto eu. Se vai dar para trás.

Pego a mão dele e a coloco bem em cima da pele tatuada.

— Isso parece minha bunda para você?

A risada dele diminui.

— Não. Não, acho que não.

Ele não tira a mão, mas também não a mexe. Ela só fica ali, a palma rente e quente sobre minha pele, a ponta de seu polegar quase roçando o elástico do meu shortinho. Os olhos dele continuam nos meus. Eu o imagino me puxando para o seu colo e entreabrindo os lábios, penso em seus dedos e em azeite e na polpa úmida e vermelha de um tomate cortado. Saliva se acumula em minha boca.

Ele não faz nada.

Empurro o ombro dele com força suficiente para fingir que foi tudo uma piada.

— Vai para lá — digo. — E fica do seu lado.

Ele solta um som gutural e rola na direção da parede enquanto deito na cama.

— Esse é o plano — ele murmura.

Apago a luz e entro embaixo do lençol, deixando uma perna cair para fora do colchão para me ancorar o mais longe possível dele. Atrás de mim, Kit se ajeita. Queria que meu corpo não reconhecesse o tom exato do colchão se afundando sob o peso dele.

— Boa noite, Kit — digo, em vez de gritar no travesseiro.

Um longo momento se passa antes de Kit dizer:

— Boa noite, Theo.

— — —

Estou no deserto.

Estamos na traseira do meu carro, com os bancos dobrados, o porta-malas aberto, nossas botas enfileiradas na terra perto do pneu traseiro. Esses dias no meio do verão do vale são muito longos, mas Kit queria esperar pela Via Láctea. Uma vez ele disse que era como se uma faca de manteiga gigante tivesse espalhado a galáxia pelo céu, turbilhões de estrelas esmagadas como geleia de amora.

Ele ergue a cabeça para trás e solta um gemido. Vejo estrelas no brilho do suor de seu pescoço.

As pernas dele estão ao meu redor. Estou apertando sua cintura e tocando uma para ele, meu quadril na parte interna de sua coxa, a boca dele já aberta quando me curvo para beijá-la. Ele é tão lindo assim, se desfazendo inteiro. O corpo dele segue o meu como um discípulo.

Às vezes, quando estou em cima de Kit, quando o estou fazendo suspirar e tremer e implorar — quando estou comendo ele desse jeito —, me sinto mais presente no meu próprio corpo do que nunca. Como se todas as peças se encaixassem. Eu me pergunto se alguém mais na galáxia de geleia de amora já sentiu um amor tão grande por outra pessoa que fez a própria alma parecer fixada ao corpo.

Então, num piscar de olhos, não estou mais no deserto.

Estou com Kit, mas estamos dentro de um restaurante com janelas de vitral. Estou em cima de uma mesa de madeira, no centro de um banquete, meu corpo cercado por pratos transbordantes de chocolate derretido e tomates maduros e frutas embebidas em xarope de especiarias. Kit está sentado numa cadeira entre minhas pernas entreabertas devorando um damasco, o néctar reluzindo em seus lábios e seu queixo.

Ele joga o caroço fora e coloca a boca em mim, e eu...

Acordo com um grito na rua.

Puta que pariu.

Eu estou... onde estou mesmo? Espanha. Barcelona. Num hostel perto de La Rambla. Numa cama de solteiro, ao lado de Kit.

Só que não estou mais ao lado de Kit. Estou nos braços dele, meu rosto em seu peito, meu braço ao redor da cintura dele, o braço dele ao redor dos meus ombros. E desconfio que, pela maneira como as coxas dele estão enfiadas entre as minhas, eu estava me esfregando nele enquanto dormia.

Caralho. *Caralho.*

A luz do sol cai sobre minhas pálpebras, mas estou com medo demais para abri-las. É isso que dá dormir com tesão — e comentar sobre nossos acampamentos, o que era basicamente uma desculpa para transar em locais novos e criativos. Foi só eu tirar uma de nossas memórias da cripta que de repente estou tendo sonhos eróticos.

Kit está respirando profunda e lentamente, então pelo menos ainda está dormindo. Se eu conseguir não o acordar, ele nunca vai precisar saber.

Com cuidado, aos pouquinhos, centímetro por centímetro, vou me soltando e viro para o outro lado da cama.

Bem quando penso que consegui, Kit solta um resmungo inconformado e se vira de lado, me puxando de volta.

Quando eu e Kit estávamos juntos, o corpo dele se tornou tão íntimo para mim que parei de sentir como se fosse separado do meu. Cada centímetro era tão naturalmente familiar quanto passar a mão na água. Agora, consigo sentir todas as mudanças sutis: os cabelos mais compridos dele roçando minha pele em lugares novos, a marca de uma cicatriz nova em seu joelho. Todas aquelas horas sovando pão e jogando sacos de farinha para cima e para baixo — e poetas também, ao que parece — adicionaram uma nova camada de músculo esguio em seu peito e seus ombros.

Ele roça o quadril em mim. Meu coração acelera quando me dou conta: ele está duro.

Ele não está, penso, duro por *minha causa*. É uma resposta física, tipo um calafrio, ou um espirro. Mas, se *estivesse* duro por minha causa, se acordasse agora e me apertasse e cravasse os dentes em meu pescoço, sei que eu não o impediria. Eu adoraria. Mandaria essa caminha rangente direto pro céu da Ikea.

Preciso dar o fora daqui.

Tento me contorcer para me desvencilhar dele, mas, cada centímetro que consigo, o corpo dele recupera por instinto. Está fazendo barulhos inconscientes de frustração, gemidos que não ajudam em nada a fortalecer meu ar resoluto. Toda vez que o sinto duro e latejando através de nossas camadas finas de tecido, preciso me concentrar em como ele vai morrer de vergonha se souber o que estava fazendo. Estou salvando tanto a dignidade dele quanto a minha aqui.

Pelo menos estou tentando, quando rolamos da beira do colchão e caímos no chão.

Kit acorda assustado, com um grito que pode ser tanto um misto de inglês e francês ou um monte de vogais espantadas. Ele aperta os braços por um momento ao meu redor e depois fica absolutamente parado.

— Theo?

— Oi.

— Ah. Ai, *não*. Ai, Deus, eu...?

— Não, não aconteceu nada, tá tudo bem — digo, quando Kit me solta e se arrasta para trás.

Ele está com cara de que preferia ter nascido uma lesma, o que obviamente é o que se espera depois de dormir de conchinha com alguém. Acho que eu talvez comece a rir.

— Não foi nada de mais. É tipo memória muscular, e acho que fui eu que comecei.

— Desculpa — ele diz, arrasado. — Foi sem querer.

— Tudo bem! — Estou rindo agora, soluços histéricos e irreprimíveis.

— Por que você tá rindo? Estou constrangido! Isso é constrangedor!

— Desculpa! — digo, sem fôlego. — Desculpa, é só que... estou feliz que não fui eu.

— *Theo.*

— Com quem você estava sonhando? Com o *chocolatero*?

— Eu... — Kit começa, mas é interrompido pelo toque estridente do alarme de seu celular.

Pego o aparelho da mesa de cabeceira e jogo para ele, secando uma lágrima enquanto ele o desliga.

— Acho que a gente já acordou — ele diz.

— Acho que sim.

— A gente pode, por favor, fingir que isso nunca aconteceu?

Olho para ele de olhos arregalados e encolhido de cueca contra a parede, o cabelo amassado e caindo em seu rosto lindo. Quero puxar o cabelo dele para trás. Quero continuar rindo para sempre. Quero fingir que nada aconteceu, mas só porque ele quer.

— Sim — digo. — Claro, Kit. Claro.

Ele olha bem pra mim com um ar consternado.

— Tá falando sério?

— Kit. Poxa. É só a gente.

Por fim, ele abre um sorriso fraco.

— É só a gente.

Ele se veste para subir para seu andar, já falando sobre a Sagrada Família, que leu um livro inteiro sobre o templo, mas que fotos não fazem jus. Depois que ele sai, olho pela janela. Meu reflexo é cheio de cor, meus olhos dilatados como se eu tivesse bebido demais. Lá embaixo, na rua, duas pessoas estão se beijando.

— — —

Não existem palavras para descrever a Sagrada Família.

Talvez, se desse para sintetizar tudo que uma pessoa pode ver e saber e vivenciar, cada rosto, cada sentimento, se fosse possível chegar ao limite do quanto uma coisa pode existir, seria essa igreja de mais de cento e cinquenta metros de altura. Milhões de detalhes em pedra povoam sua fachada. Figuras e folhagens e símbolos e dobras de tecido meticulosas. E sabe-se lá como, lá dentro, tem mais.

Cada centímetro tem uma geometria complexa e deliberada, nenhuma linha reta ou superfície sem adorno. Renques de colunas se elevam em espiral, se transformando de quadrados em octógonos a hexadecágonos e, então, em círculos, se repartindo numa cobertura saturada de estrelas. Vitrais imensos projetam um arco-íris de luz pelas naves, vermelhos e laranja flamejantes de um lado e azuis e verdes inundantes do outro, túneis de cor tão profundos que daria para nadar neles. Cada elemento é um detalhe em cima de outro e de mais outro, curvas estranhas e bordas irregulares e cantos encavalados que parecem impossíveis.

Somos guiados por caixinhas transmissoras penduradas em cordões, a voz de Fabrizio filtrada por fones metálicos, doce como sempre. Mas estou prestando atenção nos murmúrios ecoantes de centenas de vozes em centenas de línguas diferentes, os passos de sandálias no mármore.

Kit fica para trás, e me permito acompanhar seu ritmo. Os fones de ouvido dele estão soltos ao redor do pescoço. A expressão é de um fascínio puro, boquiaberto e cintilante.

Penso no museu em Bordeaux, no quadro da mulher sobre os escombros. Como eu tinha certeza de que ele responderia se eu perguntasse sobre a pintura.

— Ei — digo, baixinho, enquanto o grupo segue em frente sem nós. — Me conta o que você leu sobre este lugar.

Kit sorri.

Com a voz baixa e suave, ele me conta tudo. Que as colunas e as abóbadas ramificadas foram feitas para evocar a sensação de passar por uma floresta, o desenho duplamente torcido inspirado em galhos de espirradeira. Ele fala sobre Gaudí, o artista e arquiteto que dedicou quarenta e três anos para construir esta igreja, o único amor da sua vida e seu grande projeto inacabado, como ele morou na igreja e está enterrado na cripta para estar com ela para sempre.

Não existe pretensão em sua voz, nem arrogância, apenas alegria genuína e generosidade. Felicidade em explorar um mundo novo e compartilhá-lo comigo. Desvio o olhar para ele não me ver piscando as lágrimas que se acumulam subitamente em meus olhos. Saí daquela sala em Bordeaux justamente para evitar isto: o fato terrível, inegável e destruidor de quão bondoso ele é.

Quando tudo mais já desmoronou — os piores ângulos, as versões mais maldosas dos acontecimentos, as mentiras que me contei —, o que resta é apenas Kit. Apenas o grande amor inacabado da minha vida, e um piso sob o qual ainda estou jazendo.

— — —

— Você não pode usar um prato inteiro como se fosse um ingrediente! — Kit exclama, quase entornando o vermute. — Isso é trapaça!

— Nem se eu comprar já pronto e incorporar?

— Vai contra o espírito do exercício. Pensa rápido é para *materiais in natura*.

— Então você não pode usar chocolate. Teria que ir até a oficina e girar a manivela do moedor de grãos, bebê.

O sorriso de Kit se abre ainda mais, as bochechas corando. Ele sempre adorava quando eu implicava com ele de propósito para fins de entretenimento.

— Você sabe que não é a mesma…

— Você bate sua própria manteiga também? Tem um batedorzinho de manteiga parisiense chique? Tem um suporte nele para cigarrinhos parisienses chiques sem filtro?

— Tá! — Kit cede, erguendo as mãos. — Tá, pode usar o crema catalana para fazer ponche de leite! Então eu pego só a casca de laranja dele…

— Affffff.

— … e misturo com ricota para rechear cannoli e… — Ele vê a cara que faço. — Que foi?

— Você fez a sua própria ricota, Kit?

Ele parece a ponto de sair gritando, em parte frustrado, em parte se divertindo, mas Theo-e-Kit por inteiro.

— Sim, Theo, fui de bicicleta até a fazenda de ovelhas da vila e fiz um amorzinho gostoso com a esposa do pastor a noite toda para ela me deixar ordenhar as ovelhas, e aí carreguei o balde para casa e fiz a ricota.

— Então vou pegar as lágrimas salgadas do pastor de ovelhas cuja esposa o trocou pelo arrombado da vila…

Kit solta um "ah" teatral de indignação.

— *Arrombado?*

— … e usar para fazer um negroni salgado, com um toque de tangerina.

— Marmelada de tangelo com campari — Kit responde instantaneamente. — Cobrindo um bolo inglês clássico de tangelo e cinco especiarias.

— Então eu pego as cinco especiarias chinesas e infundo em rum, depois uso o rum para fazer um Cable Car.

Kit coloca sua taça na mesa, ainda sorrindo.

— Cable Car. Foi… foi o que bebemos naquela vez em que pegamos o carro para San Francisco no seu aniversário, não foi?

— Foi, naquele boteco em North Beach — respondo. — Só dava pra pagar em dinheiro vivo e a gente estava sem nada.

— E eu fingi te pedir em casamento pros nossos drinques saírem como cortesia.

Tínhamos apenas vinte e três anos na época e vivíamos fazendo piada sobre casar, como se fosse muito óbvio que não valesse a pena levar isso a sério. Eu ri quando ele riu. Mas depois ele me disse que casaria comigo naquela noite se eu quisesse. Que teria casado comigo na noite em que nos beijamos pela primeira vez.

— Eu definitivamente não vou conseguir te superar nessa, então — Kit diz. — Ele ergue o queixo para mim, e quero apertar ele. — Você venceu. Vou beber o absinto.

— *Discúlpeme, señor!* — Chamo o bartender. — *Una absenta, por favor!*

Estamos no Bar Marsella, o mais antigo de Barcelona, que dizem ter sido frequentado por Picasso e Hemingway. A noite úmida adere às paredes com painéis de madeira e descasca a tinta marrom, condensando armários de garrafas antigas e espelhos pendurados atrás de mesas bambas. Um candelabro no teto cintila, empoeirado, enquanto a sola das minhas sandálias grudam no piso de mosaico. O bartender serve uma taça de absinto verde-claro, uma garrafa de água gelada e um cubo de açúcar envolto em papel, e Kit começa a derreter o açúcar na taça com maestria.

No bar, um homem mais velho está sentado sozinho com um copo de cerveja clara e o tipo de livro que se compra em aeroporto. O short cáqui e a polo deixam na cara que se trata de um turista estadunidense. Quando vejo a capa, quase não acredito.

— Olha ali — digo. — Três cadeiras para lá. Aquele livro é do Craig, não é?

Kit avista a capa de brochura brilhante. *A casa no lago*, um romance de John Garrison.

— É sim. Aquele em que a esposa morre.

— Não são todos assim?

— Sim, mas nesse aí ela volta como um fantasma, o que ele só fez duas outras vezes.

Dou risada.

— *Aliás*, como seu pai está?

— Ele tá bem. Mudou para um sobradinho em Village. Ainda

trabalha como ghost-writer, obviamente. O último dele entrou para a lista por quarenta e sete semanas. *O anacoreta de Vênus.*

— Ai, meu Deus, era dele?

— O autor mais prolífico de quem ninguém nunca ouviu falar — Kit diz, olhando para o absinto, enquanto a nuvem de açúcar dissipa devagar. — Na verdade, não falo com ele faz uns... seis meses?

Não digo nada. Não preciso dizer. Nós dois sabemos como isso é uma coisa inesperada vindo dele. Giro minha sangria e espero.

— Lembra daquele livro em que ele estava trabalhando quando minha mãe morreu?

Penso naquele verão horroroso antes da oitava série, quando eu deitava na cama de Kit cinco noites por semana lendo *O Silmarillion* para ele em voz alta para que ele conseguisse pegar no sono. Ollie tinha acabado de tirar a carteira de motorista, então fazia as compras e Kit assava um bolo por semana de qualquer que fosse o sabor que Cora pedisse. E, todo dia, o pai dele ficava no escritório, preso num manuscrito que não podia atrasar.

— Era para ser o primeiro livro assinado com o próprio nome dele, né? Mas o editor odiou, não foi isso?

— É, essa era a história — Kit diz, com um sorriso triste. — Então, lembra que o Ollie agora trabalha para a editora do meu pai? Um ano atrás, ele almoçou com o editor do meu pai e perguntou o que ele realmente tinha achado do livro, e o editor respondeu que não fazia ideia do que ele estava falando. E aí o Ollie perguntou para o meu pai e descobriu que o manuscrito nunca existiu.

Franzo a testa.

— Como assim?

— Ele não escreveu. Não escreveu nada naquele verão. Só fingiu que estava escrevendo.

Penso em Kit, treze anos de idade, trançando o cabelo de Cora para ela.

— Puta merda — digo.

Ele continua, com aquele sorriso pequeno e triste:

— Depois disso, comecei a pensar em tudo. Sempre confiei que havia algum propósito nas escolhas que ele fazia por nós. Mudar para o outro lado do mundo porque estava entediado, mudar de país quando não queria mais morar na casa antiga. Ele sempre foi tão *impressionante* para mim, aquele gênio romântico que poderia nos levar pra qualquer lugar. Cada segundo da atenção dele era reluzente e importante.

Ele dá um gole de absinto, fazendo careta com o ardor.

— Mas tudo sempre se resumiu ao que ele queria — Kit conclui. — E ele não esteve presente naquele verão porque não quis.

Solto um palavrão sincero.

— Então você não fala com ele desde que Ollie te contou sobre o manuscrito?

— Na verdade, tentei conversar quando ele esteve em Paris alguns meses atrás. Sobre isso tudo. Ele meio que deu a entender que era bobagem, soltou um monte de palavras pra dizer que me ama, o que nunca esteve em questão. Depois disso, precisei dar um gelo nele para, sei lá. Processar. Entender que tipo de relação quero ter com ele como adulto.

— Puta que pariu — digo, depois de uma pausa longa. Minha vontade é moer o pai de Kit na porrada agora. — Kit, isso é... deve ser muita coisa pra processar. Que merda, sinto muito.

— Obrigado — Kit diz, abrindo um pequeno sorriso carinhoso.

Seu olhar se volta para a porta atrás de mim e, de repente, ele solta um palavrão em francês.

— Que foi?

— Meio que... esqueci que tinha convidado Santiago para me encontrar hoje.

— Quem?

— O...

— *¡Hola!* — diz uma voz suave, e reconheço o *chocolatero* bem quando ele aproxima o rosto do de Kit, dando um beijo.

Kit olha para mim com os olhos arregalados e arrependidos.

Não tem motivo para decepção aqui. Fui eu que disse para ele chamar o cara. Abro meu sorriso mais descontraído.

— Desculpa — Kit murmura —, eu...

— Não tem por que se desculpar — digo. O *chocolatero* vira para mim, um homem negro, bonito, de roupas simples em linho bege e dourado. Também dou um beijo nele. — *¡Hola, Santiago, qué bueno verte!*

— Você deve se lembrar da minha amiga Theo — Kit diz, e depois de todo o meu empenho nesse sentido, não era para doer tanto ele me chamar assim.

— ¡Sí! — Santiago diz com simpatia. — E essa aqui é a minha vizinha, Caterina.

Uma mulher surge ao lado dele, alta, graciosa e sorridente. Ela joga o cabelo para trás com a mão manchada de tinta.

— Caterina — digo. Olho de rabo de olho para Kit e o noto me observando. — Posso pagar uma bebida pra você?

— — —

Caterina é pintora. Cheira a flores de amêndoa e terebintina e acabou de terminar com uma holandesa que comanda passeios de barco ao pôr do sol partindo do porto principal. Ela mora num predinho estreito no Bairro Gótico, tão antigo que a porta tem uma aldrava de bronze no formato de uma mão segurando um caqui. No alto da escada, enquanto ela destranca o apartamento, eu a beijo atrás dos brincos prateados.

O apartamento dela tem de tudo. Flores secas penduradas no candelabro, fatias de frutas cítricas em todas as janelas. Pinturas pela metade apoiadas em poltronas de couro e mesas de canto lotadas de livros. Está tão quente aqui dentro quanto lá fora, então ela traz um jarro de água gelada e nos serve dois copos.

Quando coloca um em minha mão e me guia para uma mesa da cozinha, penso: *Não estou nem pensando em Kit agora.*

Não estou contemplando ele e Santiago à nossa frente na calçada do lado de fora do Bar Marsella, nem estou vendo como ele olhou para mim quando Santiago o puxou para dentro do predinho à frente do de Caterina. Não estou nem pensando em como ele olhou para mim ontem à noite na beira da cama, ou no calor da mão dele quanto tocou minha tatuagem.

Há tanta coisa para se gostar em Caterina. Gosto de como ela flutua pelo apartamento, esvaziando o resto do jarro em suas plantas. Gosto das manchas de tinta em suas mãos.

Ela pergunta:

— Como vai ser?

Abro bem as pernas, os pés plantados um de cada lado da cadeira. Todo o meu desejo insatisfeito vem à tona, carregado de suor sobre minha pele. Nossa, vai ser bom finalmente botar tudo isso para fora.

— Tira tudo que tem embaixo desse vestido e vem aqui.

Caterina faz o que mando, senta em meu colo e me beija. Retribuo o beijo, intensamente, a língua dela deslizando para dentro da minha boca, as mãos envolvendo meu queixo. Guio o quadril dela com as mãos até sentir que está molhadinha e sedenta em minha coxa sem eu nem ter tocado nela, o que é sexy pra cacete.

Tudo o que fazemos é sexy pra caralho, na verdade. Súbito e urgente, o calor entre nossos corpos se torna quase sufocante. Minha camiseta começa a grudar nas costas. Suor se acumula na curva do meu pescoço. Eu me afasto para recuperar o fôlego.

— Tudo bem? — Caterina pergunta, secando minha testa com o dorso do punho. — Precisa tomar um ar?

— Desculpa, sim. — A oscilação em minha voz me surpreende. — Será que a gente pode abrir uma janela?

— Tenho coisa melhor.

Ela vai até uma janela alta com vista para a rua e abre as cortinas finas, revelando um par de portas francesas estreitas.

— Vem olhar.

Quando chego perto, estamos numa das sacadas góticas que admirei ontem. Mal tem espaço pra gente com todas as flores e plantas que se acumulam ao longo das grades. Todos os prédios da rua têm sacadinhas iguais à dela, uma tão perto da outra que daria até para passar um cigarro para a pessoa ao lado. Quase dá para tocar as cortinas que esvoaçam pela porta da sacada em frente.

É quando puxo o corpo de Caterina junto ao meu que escuto. Uma voz próxima, mas um pouco abafada, tão familiar que chega a ser chocante. Um gemido suave, vulnerável.

— Hm, o... o Santiago mora nesse apartamento aqui na frente do seu?

— O quê? — Caterina desliza a mão por dentro da minha camiseta. — Ah, sim. Por quê?

Outro som, uma segunda voz dizendo algo baixo demais para

decifrar. A voz de Kit é áspera quando responde, mas, desta vez, consigo distinguir "sim" e "por favor".

Puta que pariu.

Caterina ri, o nariz batendo em meu ombro.

— Santiago vive fazendo isso — ela diz. — *Estoy acostumbrada a eso*. Te incomoda?

Existe um milhão de motivos para isso me incomodar, mas, neste momento, tudo que consigo sentir é uma necessidade vibrante, e tudo que consigo ver é o olhar de pena que Juliette me lançou naquela praia.

— Não — digo, e beijo Caterina.

Não perco mais tempo. Eu a encosto na sacada folhosa e enfio a mão por baixo do vestido para tocar o calor úmido entre suas coxas. Ela se esfrega na minha mão.

Um grito corta a noite e sinto satisfação por estar provocando aquilo até me tocar que não é Caterina, mas Kit. Ele é a única voz que ouço agora detrás das cortinas esvoaçantes, e consigo imaginar o que está acontecendo. Kit, deitado, se perdendo dentro da boca de Santiago.

— Puta que pariu — murmuro alto desta vez, sentindo que estou perdendo a sanidade. Fico de joelhos.

Vai rolar. Chupar uma mulher atraente sempre surte efeito em mim. Ver o prazer raiar no rosto dela, sentir os joelhos dela começarem a tremer, afundar mais e mais em seu gosto. Subo o vestido de Caterina, enquanto enfio a mão dentro da minha calça.

Concentro todo o meu esforço nos movimentos que faço nela com a boca, em meus próprios dedos, o sangue quente num turbilhão em meus ouvidos, os gemidos e suspiros que ela solta, o movimento de seu quadril. Dou tudo de mim até ela gozar, as mãos apertando meu cabelo, e recomeço.

Quero... na verdade, *preciso* muito gozar. Precisava há dias, *especialmente* depois de ontem à noite, mas... *não consigo*. Não consigo chegar nem perto. Não consigo perseguir aquele horizonte atordoante e enlouquecedor, o toque de alguém que não está aqui.

Escuto Kit gemer entre dentes de novo e sei, *sei* o que significa quando ele faz essa porra desse som.

Já fiz Kit gemer de todas as formas possíveis e imagináveis. Sei o tom baixo e imperioso que ele usa quando quer assumir o controle, o registro médio, arrastado e obsceno que usa quando está se sentindo indulgente, os palavrões esbaforidos que solta quando é levado ao limite de sua paciência. Quando a voz dele está áspera e arrasada como agora, significa que ele quer *ser penetrado*.

Chega a ser emocionante como ele fica lindo assim. Submisso e com os olhos vidrados, a cabeça jogada para trás. Se abrindo, se oferecendo para ser dominado e devorado, provocado e torcido até estar implorando, ofegando, quase chorando pela recompensa.

Um calafrio me percorre, então fecho os olhos e visualizo o rosto de Kit, seu olhar quando ele beijou Paloma na praia, como queria que eu ficasse olhando.

Me permito ouvir. Abro a caixa-forte.

Lá está ele. Lá estamos nós. A luz se derrama sobre nossa pele. Minha mão busca a dele e tudo se desdobra de uma vez.

No próximo movimento que faço com a língua, escuto três gemidos simultâneos: o de Caterina com o joelho apoiado em meu ombro, o de Kit do outro lado do beco sendo mamado por outro homem e o de Kit debruçado na bancada da nossa antiga cozinha com meu cuspe escorrendo pelas coxas.

Minha mão acelera para alcançar o ritmo da minha boca, o ritmo da respiração de Kit. Para ficar no mesmo ritmo da batida do meu coração numa noite de verão sobre uma toalha de praia em Santa Bárbara quando sentei nele. Do tilintar dos cintos de segurança enquanto ele me comia no banco de trás do meu carro. Do bumbo que ecoava nas caixas de som enquanto ele enfiava a mão dentro da minha calça jeans no meio de uma multidão. Da pulsação de Caterina em minha língua, da pulsação de Kit contra mim. Enfio dois dedos nela, sinto os dele entrando em mim e enfio os meus dentro dele.

Quando Kit goza, eu escuto e visualizo ele em nossa cama, os punhos imobilizados, as lágrimas brilhantes em seus olhos. Apoio a testa na barriga de Caterina — no ombro de Kit — e gozo, deixando escapar um grito rouco.

No silêncio que recai depois, reflito sobre qual parte da memória me levou ao clímax. Não foi a forma como Kit implorou pra mim naquela noite, nem como ele não conseguia andar direito na manhã seguinte.

Foi o intervalo, quando ele me disse o quanto me amava.
E é exatamente disso que eu tinha mais medo.

— — —

Não durmo na cama de Caterina.

A caminhada de volta ao hostel não é muito longa, mas, quando passo pelos coruchéus da Cathedral La Seu, estou correndo. Corro todo o caminho até La Rambla, passando pelo círculo imenso da Plaça de Catalunya e por todas aquelas estátuas peitudas, subindo os degraus da escada até o quarto onde acordei nos braços de Kit.

Quando a porta se fecha atrás de mim, pego o celular.

acho que estou me apaixonando de novo por kit

Sloane responde em menos de um minuto.

Isso seria tão ruim assim?

NICE
COMBINA COM:

Pastis e água gelada num copo de highball,
pain au chocolat

Nice

Isso seria tão ruim assim?

Nas planícies mais altas de Provença, na paisagem rural montanhosa sobre Nice, lavanda cresce que nem desgraça. Quilômetros de coisa roxa, anos de coisa roxa. Coisa roxa até dar no saco. Toda vez que respiro, sinto cheiro de lavanda, portanto, toda vez que respiro, sinto o cheiro de Kit.

Sault é um desvio panorâmico no caminho para Nice, onde vamos passar duas noites antes de fazermos o trecho da Itália. Todos parecem ter a ressaca curada pelo ar fresco da montanha, exceto Calum Ruivo, que está vomitando atrás de um curral de cabras. Até Orla desceu do ônibus para explorar os campos de lavanda.

Eu me curvo para tocar os pés, alongando as costas e os posteriores da coxa. Meus joelhos doem após quatro horas encolhidos junto ao peito para não esbarrar em Kit sem querer. Se ele sabe que o ouvi ontem à noite ou se me ouviu, está impassível. Cochilou o caminho todo enquanto cruzávamos a Espanha e voltávamos para a França, com uma aparência tão pitoresca que chegava a ser indolente, metido naquela calça jeans macia e numa camiseta cor de areia, os cílios estendidos serenamente sobre as bochechas.

Enquanto isso, mal consigo *olhar* para ele. A névoa daquela guerra de tesão se dissipou, mas ainda estou nas trincheiras. Estou lá embaixo, quase morrendo. Estou com pé de trincheira no peito.

Kit está andando com Orla agora, sabe-se lá como usando o chapéu de safári dela. Abre bem os braços, as palmas erguidas para o sol, e Orla ri.

Isso seria tão ruim assim?

O lance de amar Kit é que é objetivamente a melhor coisa que poderia acontecer com alguém. Não é à toa que acontece com tanta gente por acidente. Amar Kit é como ser o morango numa taça de champanhe. Apenas flutuando eternamente em bolhas espumantes, traçando círculos vertiginosos, se embebendo em complexidade e sendo sexy por associação.

Estar com Kit era diferente. Posso admitir agora: a única coisa melhor do que amar Kit era ser a pessoa que ele ama.

A vida com Kit era um sonho bom. Era simplesmente... inevitável. Fazia sentido. Eu conheci esse homem tão jovem e o amava fazia tanto tempo que tudo que aprendi sobre amor havia sido com ele, a ponto de eu não saber dizer onde ele terminava e onde começava o amor. Olhávamos um para o outro com um assombro constante, como se, por mais que nos beijássemos, não pudéssemos acreditar que aquilo estava mesmo acontecendo. E ele me fazia feliz ou, pelo menos, o mais feliz que eu conseguia ser naquela época. Era bom. Éramos bons.

Desde Kit, tive um monte de rolos temporários, mas nem digo que não precisei de algo real nesse meio-tempo. É que não quis. A ideia de começar do zero — o tormento de reconstruir algo que eu já tinha passado a vida toda construindo com outra pessoa — é exaustiva. É quase um maldito triatlo olímpico, só que exige uma vulnerabilidade que chega a ser constrangedora e, no fim, eu poderia nem gostar tanto da pessoa quanto gostava de Kit. Seria um alívio nunca ter que fazer isso de novo.

Também seria um alívio recuperar as partes de mim que viviam dentro dele. E ter um lugar para depositar tudo que é dele e vive em mim. São tantas as coisas que não deu para encaixotar, pedaços de nós que não tínhamos mais como acessar porque nunca teríamos como devolver. Eu ia gostar de estar com ele sem precisar me desfazer de nenhuma parte de mim.

E essa minha versão completa — Theo sem Kit —, eu gosto dela. Tem as melhores piadas, uma coragem gigantesca, as maiores ideias. Eu demoraria semanas para elaborar as receitas em que pensei rápido com Kit. Talvez eu nunca nem *tivesse chegado* até aqui, se não fosse pelo Kit. Nunca teria marcado esta viagem por conta própria e, se tivesse conseguido o reembolso, não sei se teria tentado de novo. Poderia nunca nem ter sentido o mundo se abrir para mim.

Isso seria tão ruim assim?

Logisticamente falando, seria idiota voltar a me apaixonar por Kit. Para começo de conversa, moramos a 9 mil quilômetros de distância. Ele ama o emprego e nunca o abandonaria, e eu nunca me imaginei, pra valer, fazendo nada além do que faço lá perto de casa. E, mesmo se morássemos na mesma rua, não faria diferença, a menos que Kit ainda tivesse sentimentos por mim. E tenho todos os motivos para acreditar que não tem.

Ele disse em San Sebastián: *Pensei que deveria deixar você ir. Então, foi o que fiz.*

Talvez algo mais do que amizade ainda brilhe entre nós — uma fricção, a tensão que rola entre duas pessoas que sabem que são a melhor transa uma da outra —, mas sei a diferença entre tesão e amor. Não sei qual dos dois ele sente quando chega perto de mim ou o que vê quando olha para mim. Já passou muito tempo, e não sou mais a menina com quem ele queria se casar.

— Theo!

Dou meia-volta. Kit está a poucos metros agora. Está ridículo aqui num mar de lavanda, um ramo entre o polegar e o indicador. Levanto.

— Você tava pensando em fazer alguma coisa agora à tarde? — ele me pergunta.

— Eu... hm, os Calums me convidaram para subir a Colina do Castelo com eles. — Olho na direção do curral de cabras. Calum Ruivo agora está deitado de costas, meio embaixo de um arbusto. Calum Loiro o cutuca com um graveto. — Mas tô achando que não vai rolar.

— Uma amiga da escola de confeitaria abriu uma boulangerie em Nice alguns meses atrás. Pensei em dar uma passada lá. Quer vir junto?

— Quero, sim — digo, afinal não há por que dizer não. — É, acho que vai ser legal.

Ele me olha de cima a baixo, como se estivesse aproveitando a primeira oportunidade que tem de me ver por inteiro agora de manhã. Minha calça cargo marrom-clara acinturada, a poeira nas botas, a gola aberta da camisa. Ele ergue a mão e coloca o ramo de lavanda atrás da minha orelha, o polegar roçando em minha pele.

— Você está um charme hoje.

Meu coração bate forte.

Eu poderia perguntar. Se existe uma moral da história no final de toda aquela fábula horrorosa que vivemos, é essa. Não aqui, não agora, mas talvez durante uma de nossas noites a sós num bar à meia-luz, eu poderia colocar a mão sobre a dele e perguntar se ele conseguiria me amar de novo. E, se ele disser que não, ao menos eu teria uma resposta.

Mas, se disser que sim...

Se ele disser que conseguiria se apaixonar de novo, eu diria que já me apaixonei.

— — —

Num cruzamento em Nice, uma moça está curvada sobre um batente embaixo de uma placa que diz BOULANGERIE em letras douradas. Ela está olhando para o fundo de uma xícara de chá como se a qualquer momento fosse começar a chorar dentro dela. Uma mancha gigante vermelho-rosa cobre seu avental e sua camisa e endurece seu cabelo loiro. Ela está péssima.

— Apolline? — Kit cumprimenta.

Ela olha para cima e vê Kit, os olhos exaustos se arregalando de surpresa.

— *Kit? Qu'est-ce que tu fais là?*

Ele responde, depois aponta para mim e diz, em inglês:

— Essa é Theo, a gente veio para ver a padaria, mas... você está bem? O que rolou?

Ela baixa os olhos para a mancha horrenda em seu peito e suspira.

— Framboesa.

Apolline, cujo sotaque sugere que tenha passado alguns anos na Inglaterra, está tendo um dia de merda. Todos os funcionários dela estão de atestado por intoxicação alimentar, que pegaram numa festa na noite anterior, então ela está cuidando do caixa e da cozinha sozinha desde cedo. Mal tinha assado metade dos pães do dia antes de abrir, e quase tudo está esgotado. Ela também esbarrou num pote de cinco litros de recheio de framboesa na prateleira superior do frigorífico e tentou segurá-lo com a cara, mas não deu certo.

— Abrimos para a tarde daqui a trinta minutos, e precisamos do dinheiro. — Ela olha para o relógio. — *Je ne sais pas quoi faire.*

Kit olha para mim. Faço que sim.

— Deixa a gente ajudar — ele oferece.

Lá dentro, limpo os restos do turno da manhã enquanto Kit e Apolline traçam estratégias em um francês rápido. Quando param de repetir sem parar as palavras *feuilleté* e *pâte à choux*, Kit a manda para casa trocar de roupa, enquanto ele vem para a cozinha.

— Beleza. — Kit empurra para o lado uma pilha de tigelas que parecem ter sido enchidas em pânico. — Vamos fazer oito coisas ao mesmo tempo. Apolline vai ficar no caixa, então preciso de você aqui.

Os olhos dele brilham com aquela determinação ardente de quando está numa missão. Tinha esquecido como é emocionante receber esse olhar. Sorrio para ele, e ele sorri em resposta, ferino e disposto.

— O que a gente faz primeiro?

Ele puxa um pote de massa, a superfície curva balançando.

— Preciso enrolar isso aqui — ele diz, virando a massa na bancada — daí depois cortar e montar... croissants, *pains au chocolat*, *pains aux raisins*, todos esses queridos. Enquanto tudo isso estiver descansando, faço o *pâte à choux*. Você dá conta dos glacês?

Encolho os ombros.

— Dou conta de quase qualquer coisa líquida se tiver receita.

— Perfeito. Vou confeitar as *chouquettes* e as bombas de chocolate, e você prepara os glacês. Daí a gente faz os pães nos intervalos de uma coisa e outra, e os recheios já estão prontos. — Ele está sovando a massa agora, apertando-a em um retângulo grande. — Deve ter umas lascas de manteiga no frigorífico, será que você poderia...?

Já estou abrindo a porta antes que ele termine.

— Que prateleira?

— A da esquerda, a segunda de cima para baixo.

— Achei. — Trago a manteiga, e ele tira uma fatia, que está separada das demais por papel-manteiga. Enrola a massa em volta dela, pega um rolo de abrir massa e o bate com tanta força que os pratos do outro lado da cozinha chacoalham.

— Desculpa! — ele diz em resposta ao meu grito de surpresa, batendo o rolo com um fervor que acho perturbadoramente sexy. — Depois fica mais fácil de enrolar! Tem um fichário de receita no armário em cima daquela bancada ali, será que você poderia ir até a seção das bombas pra fazer os glacês de chocolate escuro e de chocolate branco? Acho que os de pistache já estão prontos no...

— Estoque seco, estou vendo — digo, feliz pela distração. — Pode deixar comigo.

Pego o fichário e folheio as instruções, borbulhando de adrenalina. Depois de traduzir as frases que não sei, separo os ingredientes como faço quando preparo drinques de um jeito que consiga ver todos eles ao mesmo tempo.

— Belo mise en place — Kit elogia, olhando de soslaio.

Joga a cabeça para trás para tirar o cabelo dos olhos.

— Valeu. Tudo bem aí?

— Tudo, é só que... não tenho nada para prender o cabelo.

Solto um elástico de algumas luvas de copos para viagem e levo até ele, que olha para as mãos cobertas de manteiga e depois para mim.

— Você poderia?

Se eu poderia... se eu poderia passar as mãos no cabelo cheio e macio de Kit enquanto ele está ocupado manuseando uma massa com a agilidade calma de um profissional?

— Claro — digo com firmeza.

Subo os dedos pelas têmporas e junto os fios da frente num nó desarrumado, prendendo tudo. Eu poderia jurar que ele se arrepia com o toque, quase se entregando para mim. Quando dou uma puxada para confirmar se está firme, as mãos dele vacilam sobre o rolo. *Ah*.

— Ainda gosta disso, hein? — comento, com o tom leve, despreocupado.

— Não *provoca*. — Ele está tentando ser firme, mas sua voz fraqueja na segunda sílaba.

Minha mão ainda está em seu cabelo, e tenho o impulso irresistível de dar um beijo no alto da sua cabeça.

Em vez disso, chego perto da orelha dele e sussurro:

— A gente tá igualzinho ao *Ratatouille*.

— Puta que pariu, Theo.

Ele me acotovela para eu sair de perto, meio rindo e meio resmungando, enquanto grito a caminho da minha estação:

— Que foi! Estamos na França! — Mas guardo esse momento

dentro do avental, a respiração que ele prendeu antes de saber que eu estava brincando.

Kit passa a massa recheada de manteiga pelo cilindro quatro vezes, dobrando e virando, me deixando espiar as camadas finíssimas de laminação antes de cortar no formato. Ele enrola triângulos de massa até virarem croissants e enfia pedaços de chocolate e passas dentro deles com as mãos ágeis. Oito assadeiras de folhados vão para o forno, enquanto ele vai tranquilamente para o fogão ao meu lado para fazer massa choux. Tomo conta das panelas como se minha vida dependesse disso.

Apolline volta quando estou tirando os recheios das bombas da câmara frigorífica e Kit está confeitando as últimas porções de massa choux. Ela nos agradece com um beijo em cada bochecha, depois sai para reabrir a loja com os últimos folhados ainda na vitrine. Noto o fouet tatuado em seu tornozelo, igual àquele no punho de Kit e que provavelmente Maxine tem em algum lugar também. Me forço a lembrar do que aconteceu da última vez em que fiquei com ciúme de uma colega de Kit antes que eu perca a concentração.

— Está ficando bom — Kit diz, observando enquanto abro uma massa de baguete. — Muito melhor do que da última vez.

Me sinto útil e radiante por dentro. Voo de estação em estação, da câmara frigorífica ao estoque seco, até a frente da padaria com *chouquettes* e massas choux, e até os fundos para dizer a Kit o que falta. Passo tanto tempo sem ninguém trabalhando comigo na adega e no micro-ônibus que esqueci como mando bem na loucura organizada dos bastidores de um restaurante.

A padaria enche de moradores locais pegando uns lanchinhos da tarde e turistas enchendo caixas para levar para os próprios hotéis à beira-mar, e fazemos dar certo.

O fato de Kit ser extremamente bom nisso ajuda. Ele está tão profundamente à vontade que parece o Patrick Swayze em *Matador de aluguel* quando enfim consegue lutar tai chi. O treinamento da escola de confeitaria torna a técnica dele perfeita e as medições precisas, mas todo o resto vem dele mesmo. A virada de punho, o tom claro e decidido da sua voz quando pensa alto, um simples movimento do quadril, ou dos ombros, e já sei exatamente como seguir em harmonia.

Estendo a mão e Kit deposita um saco de confeiteiro; inclina o queixo e passo as luvas de forno. Se eu pudesse olhar de cima, veria dois corpos, dois aventais com as mesmas manchas estelares de farinha e canela, uma série de passos coreografados.

Nossos amigos diziam que dava para ver que crescemos juntos porque tínhamos os mesmos gestos e tiques, como se fôssemos duas partes do mesmo sistema nervoso. Além do sexo, acho que só senti isso nesta cozinha.

Me faz pensar em nosso antigo sonho. Fairflower. O restaurante que Kit achava que deveríamos abrir e que eu via como um sonho impossível. Se Kit tivesse me convencido, seria desse jeito? Será que ainda seria uma possibilidade, se eu perguntasse e ele dissesse que sim? Talvez ainda pudéssemos abrir nosso pequeno negócio em algum lugar, qualquer lugar. Criar cardápios novos todo fim de semana, voltar de bicicleta do mercado para casa com cestas de fruta, virar a noite acordados experimentando receitas. Virar a noite acordados fazendo várias coisas.

Kit ergue os olhos para mim por cima de uma assadeira fumegante de croissants, uma mecha de cabelo rebelde caindo sobre a testa. Quando sorri, vejo o sorriso satisfeito de um trabalho bem-feito, e reconheço o sorriso que ele dava com a cara entre minhas pernas.

— Só mais uma hora! — Apolline avisa.

A correria final vem num turbilhão de camadas de folhados e pérolas de açúcar, bombas de chocolate encaixotadas assim que terminam de ser polvilhadas de pistache. Às sete horas, quando Apolline vira a placa na janela da frente, estamos os três de camisa suada, mas conseguimos.

— *Mes sauveurs!* — Apolline grita, abraçando Kit para dar um beijo feroz em cada uma de suas bochechas.

Faz o mesmo comigo, e percebo que gosto dela, seus olhos flamejantes e a cor vívida em suas bochechas redondas e o cheiro de framboesa que continua nela. Também percebo que não tenho nenhum desejo de tentar dormir com ela.

Nos reunimos ao redor da bancada central e fazemos um banquete com os folhados restantes, e essa é a primeira vez que realmente tenho uma chance de experimentar as receitas de Apolline. São incríveis, perfeitamente amanteigadas, surpreendentes e complexas. Não acredito que eu e Kit fizemos isso.

— Tem alguma coisa para beber? — pergunto a Apolline.

— No armário perto da bancada, pega o que você quiser.

Saio da cozinha para buscar uma Perrier para mim e pego outra para Apolline e uma limonada gaseificada para Kit. Com as mãos cheias, preciso empurrar a porta da cozinha com o ombro, então não vejo a princípio. É só quando viro que me dou conta do que está acontecendo.

Kit está com a lombar apoiada na bancada. Apolline está grudada nele do peito ao quadril, a mão enfiada no cabelo dele. Eles estão se beijando.

Deixo cair uma das garrafas, pegando-a com o pé antes que espatife no chão. Ela bate com estardalhaço num dos fornos.

Kit e Apolline se separam de supetão.

— Desculpa! — digo, a voz mais alta que o natural. Tusso e compenso demais, usando um tom mais grave que o normal também. — Desculpa, eu... não quis interromper.

— Theo... — Kit começa.

— Está na cara que vocês têm muito papo para pôr em dia — digo. Porra, é isso que viemos fazer aqui? Kit tem um passado com ela? *Era um rito de passagem em nosso ano...* — Vou... já vou indo.

— Theo, não precisa...

— Não, não, tranquilo! Muito prazer em conhecer você, Apolline.

Largo as garrafas e saio correndo da cozinha, da boulangerie e da rua de Apolline.

— — —

Falta meia hora para a Colina do Castelo fechar quando chego, então subo dois degraus de cada vez. Por algum motivo, me parece certo me distanciar o máximo possível, num sentido topográfico mesmo, do que aconteceu hoje à tarde.

Eu não tinha nem considerado que Apolline pudesse ser uma das namoradinhas de Kit da época da escola de confeitaria ou que é por isso que ele queria tanto ajudá-la. Fiquei fantasiando sobre uma vida com ele na cozinha dela enquanto ele assava croissants para ela. Kit provavelmente ficou pensando nas vezes em que eles se pegaram na escola de confeitaria enquanto eu contemplava arrastá-lo para os fundos de um bar e perguntar se ele algum dia conseguiria me amar de novo. Isso é... patético.

Contemplo a torrente espumante do Riviera e me sinto a pessoa mais imbecil do sul da França. Portanto, faço o que costumo fazer quando me sinto assim: ligo para Sloane.

Ela me atende no set de filmagem, sentada numa cadeira de diretor com páginas de roteiro no colo, cheia de bobes no cabelo. Estreito os olhos para a tela: não me parece peruca.

— Olá, viajante do mundo — ela cumprimenta, mordendo um pedaço de cenoura. — Andou se reconciliando com algum antigo amor nos últimos tempos?

— Obrigaram você a pintar o cabelo?

— Ah, isso? — Ela aponta para o cabelo castanho-escuro, que estava no mesmo tom de loiro-alaranjado que o meu na última vez que a vi. — Fiz em legítima defesa. Perco menos tempo fazendo o cabelo e a maquiagem com Lincoln.

— Ficou bonito.

— Não, ficou não, vou raspar a cabeça quando isto aqui acabar. Por que você está com uma cara de que mijaram nos seus pinot gris?

Suspiro.

— Então, aquela mensagem que mandei ontem sobre o Kit...

Uma notificação aparece no alto da minha tela e me interrompe. É um e-mail da Noiva Schnauzer.

Sinto o pânico me atravessar entre as costelas. Eu não respondi a ela naquela noite em Barcelona, respondi? E no dia seguinte estava sem a menor condição, pensando demais no Kit para conseguir dar atenção pra isso e aí hoje teve toda essa coisa na boulangerie e...

O assunto do e-mail é "RESCISÃO DE CONTRATO <3", com um monte de emojis de brilho.

— Caralho! — resmungo, abrindo o e-mail. — Caralho, porra, cu, acabei de receber um e-mail ruim pra cacete.

— O quê? De quem?

Passo os olhos pelos registros que tenho no meu celular da Noiva Schnauzer, de todas as vezes que perdi uma ligação ou demorei tempo demais para responder um e-mail, finalizando com meus dois dias de silêncio depois da crise que ela teve por conta do problema com o frete marítimo. Meu coração acelera a cada tópico que vejo até chegar na última linha, em que ela me deseja sorte no futuro e exige sua caução de volta.

— Acabei de perder minha maior cliente da temporada, e... já estourei meu cartão de crédito pedindo todas as coisas para esse trampo, e nem fodendo que vou conseguir cobrir os custos agora. Caralho, eu sou tão... — Idiota, imbecil, inútil do caralho, desastre completo, fracasso patético. Cerro o punho e massageio a testa. — *Porra!*

— Ah — Sloane diz. — Nossa, que chato.

Baixo o punho e encaro o rosto dela na tela.

— É bem mais do que chato.

— Não, é mesmo — Sloane diz, parecendo mais sincera agora. Parecendo ter mais pena de mim. — E se a gente voltasse a discutir a opção nuclear?

— Não vou pegar dinheiro emprestado com você.

— Por que não? Eu tenho um mega talento pra ser agiota.

— Não tem graça.

— Tem sim — Sloane discorda, mordendo outra cenoura —, mas, como já te falei um milhão de vezes, não seria um empréstimo. Eu poderia ser sua investidora. Seria acionista do seu negócio. Posso mandar o advogado redigir alguma coisa e transferir os cinquenta mil amanhã.

Jesus.

— Cinquenta mil?

— Tudo bem, cem? Duzentos? De quanto você precisa?

— Eu não quero dinheiro nenhum, Sloane — insisto. — O lance todo do micro-ônibus era... é... quer dizer, é porque amo fazer aquilo. É um escape criativo, e as pessoas acham sensacional, mas é também...

— Para provar que consegue fazer tudo sem ajuda de ninguém — Sloane completa. — Eu sei. Isso não é segredo nenhum, Theo.

— Então você sabe por que não posso aceitar o dinheiro.

— Entendo por que você recusa o dinheiro da minha mãe e do meu pai, mas não entendo por que recusa o meu.

— Dá no mesmo.

Essa é definitivamente a pior coisa para dizer a Sloane em qualquer contexto, mas não estou no meu melhor momento.

— Mas não dá mesmo, Theo — Sloane retruca, ácida. — O dinheiro é *meu*. Você acha mesmo que… o poder deles me ajudou em alguma coisa?

Encolho os ombros.

— Assim, também não te atrapalhou, né.

— Deixa eu te lembrar que sou uma atriz *foda*. — A cara dela está muito séria, assim como fica quando estamos brigando de verdade, quando realmente consegui magoá-la. Uma pontada de culpa e autoaversão me atravessa. — Eu estudei. Fiz Shakespeare. Fiz workshops, porra, e sou muito cara e todos os diretores querem trabalhar comigo…

— Eu sei, eu sei, não foi isso que eu quis dizer…

— … e você sabe do que eu não preciso? Não preciso sair por aí mostrando os peitos se eu não quiser. Nunca precisei ser a Menina Chorando Número Dois só para ter meu nome numa mesa. Não preciso aturar merda nenhuma. E isso é porque sou talentosa pra caralho e *também* porque soube usar nosso privilégio, então você poderia ser menos esnobe quanto a isso.

— Não estou sendo esnobe — digo, soando horrível até para meus próprios ouvidos. — Eu sei que tenho meus privilégios. Mas não quero ser essa pessoa. Não quero ficar igual ao merda do Chet Hanks. Não quero ser só mais um desses herdeiros babacas que têm uma família famosa que arranja trabalhos constrangedores para eles em festivais de merda em Ibiza.

— Bom, é melhor do que viver sem um centavo de propósito para se sentir moralmente superior.

As palavras dela me atingem como um soco.

— Puta que pariu, Sloane, aí você pegou pesado pra caralho.

Sloane suspira. Os bobes em seu cabelo sacodem.

— Escuta, Theo, eu te amo. Mas você só dificulta a própria vida. Tem esse… esse ressentimento contra o nepotismo e fica dificultando as coisas ao máximo só para provar que não é quem você é. Mas você faz parte da família Flowerday. Tem privilégios pelos quais outras pessoas fariam de tudo. Só que também é nariz em pé demais para usá-los.

Odeio isso. Odeio não ter nem como responder.

— A oferta está de pé — ela diz. — Me avisa se mudar de ideia.

E desliga, me deixando sem mais ninguém na Colina do Castelo, me sentindo pior do que antes de ligar. E olha que eu já estava na merda.

Você só dificulta a própria vida.

Kit disse as exatas mesmas palavras para mim na briga que terminou nosso relacionamento. Parece até que consigo ouvir as turbinas do avião roncando, a embalagem de biscoito sendo amassada. Consigo ver a expressão dele quando pronunciou essas palavras, aquela pena gentil do caralho.

Às vezes eu me preocupo porque você só dificulta a própria vida.

É por isso que eu tinha que me manter longe: assim que olhei no fundo dos grandes olhos castanhos brilhantes de Kit, esqueci que tinha todo o direito de sentir raiva.

As consequências do nosso término podem até não ter sido culpa dele, mas isso não muda o fato de que o término foi sim. Kit fez o que fez e disse o que disse naquele avião porque pensou que poderia decidir como minha vida deveria ser.

É o que todo mundo pensa, né? Todo mundo achava que eu deveria seguir o negócio da família até acabar na frente de uma câmera. Todo mundo acha que precisa me salvar de mim, como se eu não soubesse que sou um zero à esquerda. Eu sei. Eu *sei*. Acordo todo dia na cidadezinha em que cresci, arregaço as mangas e suo a camisa para me dar bem em algumas coisas porque sei que estragaria qualquer coisa maior do que isso. Eu teria muito mais coragem se fosse alguém em quem eu pudesse confiar.

Mas de que adianta tentar não ser um zero à esquerda, se de qualquer jeito todos já pensam que sou? Se for para arruinar minha vida, há maneiras muito mais agradáveis de fazer isso.

Desço a Colina do Castelo e entro em bares, um após o outro, até encontrar um cara que se pareça o suficiente com Kit. Depois de algumas rodadas, eu o puxo para o banheiro e enfio as mãos em seu cabelo. Dou risada até deixar de ser da boca para fora.

Não vou pedir a ajuda de ninguém. E nem fodendo vou implorar pelo amor de Kit.

MÔNACO
COMBINA COM:

Champanhe roubado, um pêssego bem maduro

Mônaco

Sou o membro errado da família Flowerday para estar em Mônaco, mas, hoje, vou escolher ser o certo.

Tudo neste lugar, desde o palácio de mármore até os carros de luxo, são a cara da Este. Aquele ar de Grace Kelly, o brilho rosado de quem já nasceu em berço de ouro. Minha irmã caçula nadaria no Monte Carlo e riria tomando Dom Pérignon até alguém convidá-la para voltar à suíte VIP. Ela pegaria o arquiduque de qualquer principado inventado ao notar o boné de beisebol de caxemira da Loro Piana que ele estaria usando e acabaria almoçando em algum iate, o sol brilhando sobre aquele cabelo loiro-avermelhado dos Flowerday.

Mas foda-se. Eu consigo ser assim uma vez na vida.

Dormi mal pra caralho e acordei me sentindo como se tivesse andado de longboard depois de um longo dia de inventário: delirante, a pele coberta de suor, tudo acontecendo rápido demais, a cabeça nadando em línguas que não sei falar. No ônibus, cubro a cabeça com o chapéu para Kit não tentar falar comigo durante os trinta minutos de viagem entre Nice e Mônaco e, agora, estou à mesa de nosso brunch de quatro pratos regado a champanhe, fingindo não escutar Kit explicar a sobremesa para Dakota e Montana.

Observo o creme escorrer para fora do mil-folhas de morango sob meu garfo e penso que ele se parece comigo, como se mal restasse espaço para mim em meu próprio corpo. Sou só um esguicho no prato da vida. Se não sou nada, posso ser qualquer coisa. Posso ser o desastre que vivo tentando não ser. Posso ser só mais um dos nepo babies renegados em Mônaco.

Quando Kit lança um olhar para mim do outro lado da mesa, abro um sorriso enorme. Viro o champanhe num gole só e deixo o álcool tomar conta.

Depois do almoço, Kit aparece com um saco de salgados fritos e me segue até o porto. Está com uma sunguinha mostarda minúscula e uma camisa de seda azul-bebê incrível que tem uma padronagem de ondas azuis e amarelas e uma mulher nua montada num golfinho nos bolsos. O cabelo dele está solto, soprado pela brisa da água, e minha vontade agora alterna entre colocar as pernas em volta dele ou empurrá-lo de um píer.

— Camisa legal — digo. — Parece um desses caras que pagam boquete no Caesars Palace.

— Obrigado — ele responde, ajustando os óculos escuros. — Estava guardando para usar em Mônaco.

Minha camisa, por outro lado, é uma qualquer de linho, larga, multiúso, com um conjunto de lycra por baixo. Em parte por preguiça, em parte por necessidade de que Kit olhe meu corpo.

Não é porque me apaixonei de novo que o perdoei, e não é porque não o perdoei que parei de querer que ele me deseje. Pode ser até mais delicioso se ele me desejar agora. Sinto duas inclinações, de forças iguais, para rejeitá-lo ou transar com ele num ato autodestrutivo, e hoje essa imprevisibilidade tem um gostinho bom. Um gosto intenso de possibilidade.

Subo no parapeito de um píer e mordo um dos salgados em forma de meia-lua. Dentro da crosta folhada, tem um recheio de acelga e ricota.

— Comida típica — Kit diz. — Barbagiuan.

— Acho que toda cultura tem seu próprio bolinho.

Kit mastiga e engole, observando enquanto balanço sobre o parapeito.

— Ei, você está bem?

— Muito bem. — Abro bem os braços que nem Kit fez nos campos de lavanda, como se as pontas dos meus dedos pudessem tocar os Alpes. — Mônaco é bonita pra cacete, né?

— É, sim — ele diz, sem olhar para as montanhas. — Escuta, sobre o que você viu ontem…

— Ah, pois é, a gente precisa atualizar os números. Com Santiago e Apolline, você está em cinco agora, né?

— Então...

— E aí tenho Caterina e o cara de ontem à noite.

Kit amassa o saco de papel.

— Ontem à noite?

— Não perguntei nem o nome dele. Então está seis a cinco.

— Seis a quatro.

— Seis a... — Baixo os braços, contando de novo. — Não, é cinco.

Kit suspira e joga o último pedaço de barbagiuan na água. Os peixes sobem, formando bolhas enquanto comem.

— Não rolou nada com Apolline. Ela se... sei lá, se empolgou e me beijou, mas foi só isso. Depois que você saiu, eu a ajudei a fechar e jantei sozinho. O que você viu não significou nada.

A expressão dele não é diferente da cara que ele me fez naquela caverna em San Sebastián, mas não sei por que ele se importaria tanto em me convencer de algo agora. Ele definitivamente não se importou em nenhuma das outras vezes em que o vi com outra pessoa.

A menos que eu tivesse razão sobre que tipo de amigos eles eram.

— Então, essa foi a primeira vez que vocês se beijaram?

O segundo de hesitação que ele leva para responder confirma antes dele. Não consigo não rir.

— Teve... sim, a gente se pegou uns anos atrás, mas foi só uma vez, e eu não estava...

Desço do parapeito.

— Kit, eu não ligo.

— Não?

— Claro que não. Só que, sabe, se vocês dois já tivessem se pegado antes, ela estaria desclassificada da competição de qualquer jeito, que fique bem claro. Mas, ué, por que eu me importaria? Parece que estou me importando?

— ... não?

— Exatamente. Enfim, o que quer fazer hoje? Não dá para ir para Monte Carlo nessa sua sunguinha de vagabunda.

Ele baixa os olhos, para a sunga que termina logo abaixo da curva de sua coxa.

— Não é de vagabunda. É europeia.

— Para você, é a mesma coisa.

Não consigo ver o olhar que ele me lança quando ergue o queixo, mas suas bochechas coram de leve. *Você curte essa parada?*, é o que penso.

— Beleza, então o que *você* quer fazer comigo usando essa sunguinha de vagabunda?

Ah, ele curte.

— Quero... — digo, saboreando essas duas sílabas. Eu poderia ser qualquer coisa. Poderia ser atraente. Poderia ser um membro da família Flowerday que toma MD em barcos com pilotos de Fórmula 1.

— Quero ficar num iate.

— Num iate? — Kit repete, confuso. — Tá. Deve custar só uns duzentos e cinquenta mil para alugar.

— Não quero pagar — digo, apontando para todos os homens ricos andando por ali em seus barcos chiques. — Olha só pra esses caras. É como se estivesse rolando uma audição pro papel de Tom Wambsgans. Consigo convencer qualquer um deles a nos deixar entrar.

Passo os olhos pelo ancoradouro em busca do que chamaria a atenção de Este. Ela não perderia tempo com qualquer iatezinho pequeno que coubesse numa vaga. Então foco no monstro de quarenta e cinco metros na ponta do píer.

— Aquele — digo, descendo do parapeito.

— Theo, o que você está fazendo? — Kit pergunta, as sobrancelhas erguidas sobre os óculos escuros, mas já estou andando para trás, para longe dele.

— Acabei de falar.

— Não, quero dizer... o que você está *fazendo*?

— Estou correndo riscos! Está feliz?

Ao lado do plano inclinado que dá para o megaiate, um homem fala um francês animado com um garçom que passa, uma garrafa de vinho em cada mão. Consigo ver que o iate é dele pelo peso de sua camisa de linho puro e seu relógio Cartier, mas o que realmente me convence é o rótulo do vinho: Pétrus, a única vinícola do planalto de Pomerol situada inteiramente sobre um depósito de argila azul. Todo sommelier que conheço mataria a própria mãe para tomar um gole que fosse desse vinho, e ele está balançando as garrafas por aí como se fosse um Franzia.

— Qual é a safra?

O homem se vira ao som da minha voz. A luz do sol reflete numa corrente de ouro fina sobre os pelos cor de areia de seu peito.

Tenho uma grata surpresa ao perceber que ele é incrivelmente atraente, com uma beleza meio Cary Grant ou Marlon Brando, aquele ar dos tempos áureos de Hollywood e uma vibe meio bi. Queixo quadrado, lábios fartos, cabelo loiro-cinza, olhos do mesmo azul da baía. Os cantos enrugados de seus olhos e a barba rala grisalha me fazem pensar que ele está na casa dos quarenta.

— Dois mil e cinco — ele responde, uma curva curiosa no sorriso. — A gente se conhece?

— Sou Theo. Theo Flowerday, de Ted e Gloria Flowerday. Você conhece os meus pais? Onze Oscars ao todo? Se já passou por Cannes, tenho certeza que os viu em algum lugar.

Para o caso de nada disso ser o suficiente, aponto para Kit, que fez a gentileza de empinar a bunda para apertar a tira das sandálias.

— Ele está comigo.

— — —

Émile tem um sotaque absolutamente impossível de identificar. É parte grego, parte alemão-suíço, parte Ivy League dos Estados Unidos, e uma quarta coisa secreta, um tom suntuoso que me transmite gravatas de seda e vinho de sobremesa. Ele nos lembra de tirar os sapatos antes de subir na teca, depois nos apresenta o iate enorme num tour, parando na cozinha do chefe para experimentarmos um raminho de capim-limão para os canapés e para recebermos uma taça de champanhe cada. Depois nos guia até o convés principal, onde a festa está a todo vapor.

Modelos relaxam em espreguiçadeiras, tomando vodca com gelo e passando óleo de coco na pele. Pilotos do Grand Prix apostam euros numa partida de pôquer. Algumas pessoas nadam na piscina do convés enquanto outras pulam da popa do barco na água. Garçons trazem bandejas de aperitivos e taças de champanhe rosa. Música pulsa nas caixas de som, nuvens de vapor e fumaça de charuto sobem de bocas risonhas e todo mundo ali é extremamente gostoso.

— Fiquem à vontade — Émile nos diz, a mão roçando na cintura de Kit. Algo entre possessividade e excitação vibra em minhas veias.

Quando ele sai, Kit se vira para mim, incrédulo.

— Você conseguiu botar a gente pra dentro de um iate. E agora? Tomo meu champanhe e pego outro de um garçom que passa.

— Desabotoa a camisa — digo, já tirando a minha e jogando na cadeira mais próxima.

— Por quê?

— Quero ver se alguém topa tomar um shot do seu umbigo.

— Ah, claro — Kit diz com a voz sensata, obedecendo. Bebemos, dançamos e nadamos, e descubro, para minha leve irritação e para meu enorme prazer, que ser um membro renegado da família Flowerday até que é divertido. A filha do embaixador belga me ensina a comer pilhas de caviar do dorso da mão. Kit se encaixa à festa no iate como um peixe dentro d'água, vagando por ali em sua sunguinha amarela, flertando sem a menor vergonha com qualquer coisa que se mexa. Ele é de outro mundo. Quero dar uma mordida nele.

Em algum momento, Émile volta à festa e parece gravitar ao redor de Kit, ou de mim toda vez que alguém desvia a atenção dele. Kit também percebe isso, me lançando um olhar expressivo quando Émile coloca a mão na minha perna durante um jogo de cartas. A essa altura, já tomei pelo menos uma garrafa de champanhe e dei umas bolas no beque chique de não sei quem, então me permito curtir a sensação de Kit ver outras pessoas com tesão em mim. Também curto observar pessoas com tesão em Kit.

Quando estávamos juntos, tínhamos fama de levar marmita para casa de vez em quando. Não era um *relacionamento aberto*, mas às vezes curtíamos assistir de fora o outro sentir prazer, ou gostávamos de competir para ver quem conseguia fazer a terceira pessoa gozar primeiro ou... enfim, a gente curtia muita coisa.

Estou meio que começando a pensar que poderíamos gostar de ficar com Émile, uma desconfiança confirmada pelo tom da voz de Kit cochichando em meu ouvido:

— Acabamos de ser convidados para o convés privativo. Lanço um olhar para ele, tentando interpretar a energia, mas no fim percebo que estou mesmo é encarando os mamilos dele.

— Acha que devemos ir? — pergunto.

— Depende. Ele definitivamente está tentando fazer um ménage com a gente.

— Assim… Não seria nosso primeiro.

— Naquela época era diferente — Kit retruca, com um olhar que diz muito.

A gente também transava, só eu e você, naquela época.

— Não estou me preocupando com isso — digo, com a voz leve. — Você está?

Kit joga uma mecha de cabelo para trás.

— Ah, você me conhece. Problemas com o pai. Vontade de experimentar de tudo na vida. Está falando a minha língua.

— Até onde você está disposto a ir?

Ele olha para mim por um longo momento. E fica olhando.

— Até onde você quiser — ele responde. — Se for só eu, você vai ficar assistindo?

Eu me imagino numa banheira de hidromassagem enquanto Kit e Émile se pegam numa espreguiçadeira, os dedos competentes de Kit abrindo o cinto de Émile. Um calor lambe lentamente a base da minha espinha.

— Desde que você faça o mesmo — digo.

Sinto algo rolando, algo perigoso. Eu me pergunto se Kit também sente.

— E se ele quiser nós dois? — Kit pergunta.

Bom… nesse caso, acho que vou transar com Kit hoje.

— A gente usa a regra do dedão — digo, fazendo referência ao sistema que usávamos quando transávamos em algum lugar silencioso demais ou barulhento demais para perguntas verbais. Dedão no queixo significava sinal verde; dedão na orelha, vermelho. Kit concorda.

— Beleza. E como a gente vai contabilizar isso no placar?

— Ah, se for uma suruba em que nós dois estejamos envolvidos, acho que é empate — digo. — PEMDAS.

— Tá, então não conta ponto — Kit diz, fazendo a gentileza de permitir esse argumento. — Mas, se for só um de nós, tem que ter um bônus. Pontos duplos.

— Combinado.

— — —

No convés privativo, Émile estoura um champanhe de dois mil euros, e descobrimos que ele é uma companhia extremamente agradável. É interessante de um modo que apenas um homem muito rico consegue ser, cheio de histórias de paisagens impossíveis e retiros em iurtes e menus degustação de cinco dígitos em ilhas privativas acessíveis apenas por barco. Por muito tempo, ficamos apenas conversando — sobre arte e vinho e viagem, sobre Malibu, sobre o rancho de cavalos nas Dolomitas que ele construiu com as próprias mãos.

Para mim, ele vai ficando mais gostoso a cada segundo que passa. Convivi com muita gente rica, e são poucos os que se orgulham, como Émile, de fazer coisas com as próprias mãos. Ele sabe filetar um peixe, selar um bife, montar a cavalo e preparar um old fashioned excelente. Noto o olhar de Kit e me parece que ele também está enfeitiçado. Em certo sentido, Émile quase me faz pensar num Kit mais velho, um colecionador das melhores coisas e das experiências mais ricas.

Pensando bem, também vejo nele uma versão mais velha de mim.

— De que adianta ter tudo — Émile pergunta, lançando um olhar cheio de desejo para nós dois —, se não estiver aberto a *tudo*?

Agora sim. O que nos trouxe aqui de verdade.

Foi fácil planar pelos preâmbulos da coisa, testar até onde cada um estava disposto a ir, flertar. Não é a primeira vez de ninguém, e estamos todos relaxados e confiantes. Até que Émile diz que somos um casal lindo. E Kit responde:

— Não somos um casal.

Lanço um olhar fulminante para ele, que se recupera rapidamente.

— Quer dizer, não somos um casal *exclusivo*.

— Fico feliz em saber isso — Émile diz. — Estava curioso para saber se vocês me deixariam assistir.

De todos os cenários que discutimos, não considerei a possibilidade de Émile querer simplesmente nos assistir juntos. Olho de soslaio para Kit, querendo saber se ele vai dar para trás, mas ele parece calmo, então decido relaxar também. Levo a mão à travessa de frutas na mesa entre o sofá-cama de almofadas em que eu e Kit estamos sentados e a poltrona de couro de Émile.

— O que você gostaria de ver? — Kit pergunta.

A uva que estou segurando quase escapa dos meus dedos.

Émile gira o gelo dentro do drinque. Então volta o olhar para mim.

— Ele sabe te dar prazer?

Que pergunta mais besta.

Olho para Kit quando respondo, desafiando-o a manter a compostura.

— Sabe.

— Você me mostraria? — Émile pergunta a Kit.

Os olhos de Kit examinam meu rosto. Ele jogou essa bola pra mim, deixando que eu decida o que vai acontecer a partir de agora. Se o jogo é para ver quem é mais corajoso, não vou perder. Mas também não vou implorar.

— Prefiro que ele ensine você — digo a Émile.

Émile levanta e tira a camisa, revelando músculos esculpidos e bronzeados, incluindo o que poderia ser descrito inegavelmente como valetas de porra. Ele joga o linho elegante na poltrona e se vira para mim com a mão estendida, as unhas feitas de maneira impecável, mas as palmas grossas acompanhando os músculos de homem trabalhador.

Acompanho a reação de Kit enquanto deixo Émile me levantar. Ele se inclina para a frente e chupa a borda da taça de champanhe.

Quando Émile encosta os lábios nos meus, sinto o gosto de móveis de couro feitos sob medida e frutas embebidas em xarope. Ele beija com uma firmeza de quem já transou com mais gente do que conheci na vida inteira e com aquela cautela de um amante que ainda se importa em proporcionar uma boa experiência. Sinto que não vejo a hora de ele beijar Kit para trocarmos impressões.

Kit assiste a tudo.

Ele abre as pernas a pedido de Émile e tenho que conter meu reflexo de elogiar como ele obedece sem nem pensar. Na posição em que está agora, a sunguinha amarela não esconde nada, e consigo ver exatamente como ele está curtindo a experiência. Meus olhos perpassam sua barriga retesada, os planos graciosos de seu peito e as curvas suaves de seus bíceps e ombros e vai até sua boca, aberta de expectativa, e seus olhos escuros, fixos em meu rosto.

Toco meu queixo com o dedão. Kit faz o mesmo. Luz verde.

— Delícia — Émile diz, sem notar essa nossa pequena conversa.

Ele me deita entre as pernas arregaçadas de Kit, em cima do sofá-cama, minhas costas contra o peito dele, minhas pernas se abrindo contra as pernas de Kit, aquecidas pelo sol. Enquanto meus sentidos estão sobrecarregados por *toda essa informação*, ele se aproxima e beija Kit.

Está acontecendo a centímetros do meu rosto, tão perto que consigo sentir a vibração do gemido de Kit em meu peito e ver a língua rosada dele entrar na boca de Émile. Agradeço mentalmente pelo champanhe, por esse nosso despeito imprudente e pela torrente de água salgada que ouço, porque assistir a isso não dói tanto quanto poderia ter doído ontem. Me dá tesão.

Eles se separam e Émile volta até a travessa de frutas, todas macias de tão amadurecidas pelo sol. Baixo os olhos para minhas pernas abertas entre as de Kit, me perguntando o que vamos fazer agora e desejando o que quer que seja. O coração de Kit está batendo forte atrás de mim, mas suas mãos repousam no sofá, sem me tocar. O que aconteceu com o Kit que era incapaz de tirar as mãos de mim, que não conseguia passar três dias sem me chupar? Que tipo de Deus do Sexo tem tanto autocontrole? O que tenho que fazer para ele *encostar* em mim, caralho?

Arriscando, deito a cabeça em seu ombro, inclinando meu rosto na direção do dele. Observo suas pupilas se dilatarem, seus cílios vibrarem enquanto o olhar dele desce na direção da minha boca, do meu pescoço. Mesmo assim, as mãos dele ficam onde estão.

Émile se ajoelha entre nossas pernas abertas, o ouro ao redor de seu pescoço e os pedaços mais salgados de sua barba refletindo o sol enquanto ele vai se aproximando de joelhos. Segura um pêssego pela metade, a polpa úmida e dourada, uma abertura descarnada no centro onde ficava o caroço, e pede para Kit usá-lo. Para mostrar a ele do que eu gosto.

Puta que pariu.

Kit pega a fruta, examinando seus contornos, segurando a casca aveludada com as palmas das mãos. Começo a me perguntar se ele está enrolando, se acabou se esquecendo de como gosto que me toquem. Mas então ele acaricia com o dedão o centro vermelho e oval do pêssego num círculo largo, obsceno, apertando a fruta com mais força quando chega à pele mais escura lá no alto. Juro por todos os deuses que sinto o toque entre minhas pernas.

Sufoco um gemido.

Coloco a mão na perna de Kit para deixar claro que isso me dá tesão — um tesão do caralho — e, quando ele assente, sei que é mais para mim do que para Émile. Me sinto quase num sonho quando ele leva o pêssego à língua.

Eu e Émile assistimos, com uma atenção arrebatadora, enquanto Kit passa a língua pelo centro pálido do pêssego. A hesitação dele desaparece instantaneamente, sem o menor pingo de vergonha de lamber e chupar, um entusiasmo familiar, voraz. Sumo escorre por seu queixo. Mal consigo acreditar no que estou vendo, que estou podendo assistir a um show tão bonito proporcionado por ele.

Com a mão na lateral do meu pescoço, Émile se inclina para a frente e segue o exemplo de Kit até que a boca dos dois se encontre. Então eles se beijam, néctar e saliva escorrendo sobre meu ombro e meu peito. Kit fica *gemendo*, soltando pequenas lamúrias desesperadas, e está duro atrás de mim enquanto a língua de Émile fode sua boca; fico imaginando como seria colocar outra coisa na boca dele, imaginando Kit traçando um rastro de beijos pegajosos de néctar que vai da boca de Émile até a minha.

Então Émile está me beijando com a mesma boca que beijou Kit, suco de pêssego em sua barba rala e áspera, o gosto de Kit em seus lábios. Sei que Kit está olhando, então empurro meu corpo contra sua ereção, que conheço tão bem, e é tarde demais para parar. Minha mente está muito fodida, estou sob o efeito de muita bebida e sentindo um tesão catastrófico demais para ter vergonha. Tudo parece estar acontecendo através de uma névoa iridescente de irrealidade, e minha mão se move como que por instinto, deslizando por entre minhas pernas. Finalmente, *finalmente*, Kit toca em mim de propósito, os dedos dele roçando meu queixo, e respondo automaticamente, fechando os olhos, me entregando ao toque e...

De todas as coisas idiotas que poderiam acontecer, é uma maldita buzina de nevoeiro que interrompe as coisas antes que eu consiga descer a mão entre minhas pernas. O iate voltou pro porto. Mais convidados estão subindo a bordo. Eu sento e a mão de Kit desaparece do meu rosto.

— Ah — Émile diz, recuando relutantemente. Levanta, se espreguiçando de maneira atlética como se tivesse acabado de chegar de uma corridinha, e não tentado iniciar um ménage. — O anfitrião tem deveres a cumprir. Volto logo.

Ele beija minha mão.

— Quando eu voltar, espero que tenham começado sem mim.

E então vai embora como se fosse um deus da luxúria, todo vestido de linho, e ficamos súbita e inescapavelmente sozinhos. E de repente o efeito da bebida já não me afeta mais como dois minutos atrás.

Aquilo foi...

Nós estávamos...

Kit é o primeiro a recuar, mas recuo ainda mais intensamente.

— Theo — ele começa, ofegante e com os olhos escuros.

Uma coisa que você precisa saber sobre Kit é que o verdadeiro nome dele não é Kit. Os pais dele começaram a chamá-lo de Kit porque ele era rápido e astuto feito um filhote de raposa, e era mais fácil para seu irmão mais velho conseguir pronunciar, então pegou. Mas o nome dele de verdade é Aurélien. Que significa feito de ouro. Perfeito pra ele.

Quem é feito de ouro não comete deslizes bobos. Quem é feito de ouro não fica se remoendo por um amor perdido. Quem é feito de ouro não estava prestes a bater punheta na frente de alguém com quem teve um relacionamento e que ainda deseja só porque comeu caviar demais e precisava dar vazão a suas frustrações. Quem é de ouro é gentil, confiável, atencioso e tão indestrutível que nem isso poderia chegar perto de persuadi-lo a tocar em mim. Cacete, isso é tão injusto.

— Sabe o que seria engraçado? — pergunto.

Kit quase nem reage. Noto, com certa satisfação, que ele ainda está duro.

— O quê?

— Se eu fizesse isso.

Roubo uma garrafa de Dom Pérignon do balde de gelo na mesa e saio correndo.

Desço até o convés principal, passando pela festa para pegar meus sapatos e nossas camisas e, só porque me dá na telha, uns porta-copos que me parecem caros e, pouco depois, estou correndo pela prancha de desembarque e pulando no píer, as sandálias marretando furiosamente as tábuas. Kit está poucos segundos atrás de mim, tentando me alcançar, e sinto vontade de soltar uma gargalhada histérica bem alta. Sinto que estou voando. Também quero ser uma pessoa feita de ouro.

Corremos pelas ruas de Mônaco, nossas camisas esvoaçando e uma garrafa de champanhe na minha mão, e começamos a rir. Trombamos em paredes de becos, bêbados pela adrenalina, e estouro o champanhe. Bolhas escorrem por meus braços e pingam em meus pés até eu encaixar os lábios no gargalo e pegá-las com a boca. Passo a garrafa para Kit e canto a plenos pulmões:

— *Farewell and adieu all you fair Spanish ladies!*

Quase derrubamos a garrafa, tateando o ar entre nós até colidirmos um contra o outro para pegá-la. Minha sandália quase escapa, mas consigo pará-la na metade do pé, e Kit me segura antes que eu caia, apoiando meu corpo suavemente contra a parede mais próxima.

Sob a exuberância rosa de um pôr do sol de Mônaco, Kit está deslumbrante como sempre. Os movimentos agora são vagarosos, o riso ainda em nossos lábios, mas começando a dar lugar a respirações suaves e melodiosas. Minhas costas estão nos tijolos e as mãos de Kit estão em meus ombros.

Mordo o lábio e olho para ele, aqueles olhos escuros e aquela boca expressiva, todos os ângulos daquela face inesquecível. Eu amo ele. Não quero amar, mas amo.

Ele toca meu rosto do mesmo jeito que tocou antes, a ponta dos dedos roçando suaves em minha bochecha.

E então me beija.

O começo

(Versão de Kit)

Logo a nordeste de Lyon, com vista para o Ain, ficava uma vila medieval chamada Pérouges, cercada por muralhas de pedras douradas como mel. E, dentro daquelas muralhas, havia uma casa.

Era uma casa relativamente pequena e modesta, com floreiras que transbordavam de vinhas verdes sobre a fachada de pedras arredondadas como pigmentos de aquarela entornados. O jardim também era colorido por um verde exuberante impossível, e as colinas fora das muralhas da vila eram verdes e cor de âmbar, com todo aquele preto meio azulado, feito um hematoma na terra molhada. Não sei como, mas as flores nunca murchavam nem escureciam quando eu encostava o dedo em suas pétalas, embora me avisassem sempre que eu não deveria tocá-las quando estivessem em flor. Quando abria as janelas todo dia de manhã, o ar tinha gosto de íris e sálvia.

(Um dia, o amor da minha vida diria que isso explicava tudo o que se tinha para explicar em mim.` *Dá até pra tirar o menino do vilarejo de faz de conta, mas não dá pra tirar o vilarejo de faz de conta do menino.*)

Quando chegamos à Califórnia, nada era verde. Era tudo pó e areia, tudo rocha. Marrom e ardósia pálida, cascalhada e acidentada, parecendo mais com os planetas alienígenas sobre os quais meu pai escrevia histórias. As únicas coisas familiares ali eram as que tínhamos trazido de casa, as cumbucas e grandes colheres de pau, os fouets que demandavam a força das mãos, as bandejas de cerâmica onduladas que guardavam os ovos na prateleira mais alta da despensa. Quando eu ficava com saudades de casa, minha *maman* abria o livro de receitas de doces franceses e ficávamos lá, na frente do balcão da cozinha nova, preparando alguma coisa. Mesmo assim, eu sentia falta das cores.

Então apareceu Theodora.

Na primeira vez que a vi, ela era a coisa mais luminosa da sala de aula. O único ponto de saturação plena que eu tinha visto desde que fomos para o deserto. Um loiro-acobreado, um rubor rosa e sardas de canela, seus lábios de um vermelho furioso mordidos pelas pontas irregulares de dentes recém-crescidos. Os olhos dela pareciam com as colinas do Ródano, verde-azulados nas bordas e cor de mel no centro. Eu só acharia a palavra certa em inglês para descrevê-la na primavera, quando *mamam* nos levou para o vale Antílope para ver as explosões de flores silvestres sobre as colinas. Era a maior coisa que eu já tinha visto, maior do que o oceano pela janela de um avião ou que o fundo do meu próprio coração. Tão profundo e largo, tanta coisa acontecendo ao mesmo tempo. Tínhamos oito anos, e Theodora estava sorrindo.

Aprendi os nomes de todas as coisas que cresciam ali e que eu nunca teria visto lá na minha terra. Tremoço, amsinckia, grama-de--olhos-azuis, papoula-da-califórnia, Theo. Superfloração.

O amor fincou raízes em mim antes mesmo de eu saber o nome desse sentimento. Theo era uma superfloração. As pétalas ficaram.

O fim

(Versão de Kit)

— Kit — diz Thierry —, sabia que os papagaios sentem gosto na parte de cima do bico?

Meu tio está reclinado em sua poltrona favorita, lendo um guia do comportamento de pássaros alto o bastante para que eu ouça da cozinha. Não me importo. É gostoso, depois de tanto tempo, ouvir o sotaque lionês dele entremeado pelos baques suaves de manteiga gelada em farinha peneirada.

Acendo a luz do forno e pergunto:

— É mesmo?

— Diz aqui que a maioria das trezentas papilas gustativas do papagaio ficam localizadas no céu da boca. — Ele fecha o livro e o abraça, voltando o rosto para o sol sob as janelas cobertas de trepadeira. — Que criatura mais estranha e maravilhosa, não acha?

Do lado da família da minha mãe, do pai do pai do pai dela, herdamos duas coisas: um amor por todos os seres vivos belos e um *pied-à-terre* em Saint-Germain-des-Prés. É graças a este que Thierry consegue bancar um apartamento em estilo Haussmann no Sexto Arrondissement com um salário de ceramista de meio período, e aquele é o motivo para ele encher os parapeitos de todas as janelas de plantas folhosas.

Algumas das minhas memórias de infância favoritas aconteceram neste apartamento: me esparramar nos pisos ziguezagueados enquanto Thierry contava para *maman* sobre qualquer mulher por quem ele tinha se apaixonado naquele mês, acordar com os sinos de Saint-Sulpice, escrever cartões-postais para Theo. Eu não voltava ali desde a época do ensino médio, mas, quando recebi a carta da École Desjardins, decidi comprar uma passagem.

— Só trezentas papilas gustativas? Parece um pouco trágico, comparadas às nossas dez mil.

— Mesmo assim, eles conseguem sentir o gosto de muitas comidas. Têm até suas preferências! Constança diz que o cinzento gosta de manga. Que é o Benny, eu acho. Ou... não, a cinzenta é Anni-Frid. — Ele faz uma anotação na mesa de canto, determinado a se lembrar de qual dos pássaros de Constança foi batizado em homenagem a qual membro do ABBA.

Constança, a mais nova namorada de Thierry, mora em Portugal e odeia namorar à distância, portanto Thierry está se mudando do *pied-à-terre* para uma casa de dois quartos em Lisboa com uma coleção de aves. Admiro muito a devoção dele em acreditar que toda mulher com quem se relaciona é sua alma gêmea. Esse vai ser o terceiro país para o qual ele se muda por amor, depois da Bélgica por Lydia e do Japão por Suzu. Mas essa é a primeira vez que ele tem tanta certeza que até começou a pensar em vender o apartamento.

— Lisboa é gloriosa nesta época do ano — Thierry comenta. — Eu nem vou sentir falta de Paris.

— Acho que essa é a primeira mentira que você contou hoje.

— Não é. Eu menti também quando disse que não tinha comprado sorvete no mercado hoje cedo. Só não queria dividir.

— Não tem problema — digo. Tiro a torta do forno e a deixo descansar sobre um pano de prato, depois a levo para a sala. É uma *galette de Pérouges*, feita com a receita da minha tia-avó. — Fiz sobremesa para nós dois.

Thierry olha para a torta, depois para mim.

— E qual o motivo da torta?

— Não posso só fazer uma gentileza para o meu tio favorito?

— Você tem os olhos da sua mãe. E eu sempre conseguia ver quando ela queria alguma coisa.

— Bom — digo, levando a mão ao bolso —, sei que você está pensando em vender o apartamento porque não tem ninguém em Paris para quem passar para a frente. Mas e se tivesse?

Entrego o papel para ele e fico observando a reação. Nas primeiras linhas de texto, fica radiante.

— Tá falando sério? Está vindo morar em Paris?

Faço que sim.

— Ah, Kit querido. — Ele pulou para me abraçar, me girando como fazia quando eu era muito menor. — Ah, mas é claro, é claro que é seu. E Theo? Diga que Theo vem também.

Sorrio.

— Ainda não contei para ela. Mas tenho um plano.

CINQUE TERRE COMBINA COM:

Sciacchetrà e focaccia da Ligúria com manjericão fresco

Cinque Terre

Nos primeiros seis meses depois que Theo terminou comigo, vivi à base de sexo, croissants e uma coletânea de poemas do Rilke da estante de Thierry.

Eu me sentava à noite e traçava círculos ao redor das linhas que mais me faziam pensar em Theo, copiava as melhores até elas formarem um verso novo. *Sonho nos olhos, a testa como se estivesse em contato com algo distante.* E: *Não era verão, não era sol — todo aquele calor de você, a ternura radiante desmedida?* E: *Sozinho: o que devo fazer com a boca?*

Bom. Sexo e croissants, no fim é isso.

Foi Maxine quem, no fim de uma noitada longa que poderia ter sido um primeiro encontro se ela não tivesse enxergado a verdade em mim, começou a vasculhar meu caderno em busca de uma receita e encontrou a página em que anotei Rilke. Ela me perguntou: "Há quanto tempo você ama essa pessoa?". E eu disse: "Quase a vida toda". E ela soltou um *"Putain de merde"* e abriu sua cigarreira.

Aquela foi a noite em que viramos amigos, e foi a noite em que contei para ela sobre a excursão. No primeiro dia de todos os verões subsequentes, ela me perguntava se aquele era o ano em que eu resgataria meu vale e, todo ano, eu dizia que não conseguia porque estava esperando. Estava nutrindo a esperança de que um dia, de alguma forma, Theo voltaria.

Não é como se eu tivesse amado a mesma memória fria esse tempo todo. Uma vez Rilke escreveu: *Mesmo sua ausência é calorosa com você.* Estou apaixonado pelo calor residual de Theo, a marca que ela deixou e em torno da qual eu cresci. Todas aquelas pétalas vivas que nunca caíram.

Esta é minha vida na cozinha e no café e na *épicerie* todo dia de manhã, passando o dedão em cascas de laranja, noites olhando para cantos vazios do apartamento onde poderia caber um armário de bebidas ou um par de botas, manhãs acordando do lado esquerdo da cama. Deixo espaço para Theo ser algo que ainda me acontece.

Mas quatro anos é *mesmo* muito tempo e, este ano, quando Maxine pergunta sobre a passagem, digo que vou fazer a viagem como uma excursão de despedida. Vou levar minha carta não enviada até uma praia em Palermo e jogá-la ao mar, depois voltar a Paris e passar o resto da vida amando alguém que nunca mais vou ver de novo.

Mas aí Theo sai de um sonho e entra num ônibus em Londres, mais ardente e mais forte e gritantemente sexy do que nunca. Ela não suporta ficar do meu lado, mas quer tentar, então eu aceito porque vou continuar aceitando o que quer que ela me ofereça. Ela me chama de amigo no mesmo fôlego com o qual propõe transar com outras pessoas, e aceito essa outra coisa também porque parece uma boa distração. Porque, enquanto estivermos contabilizando, teremos algo sobre o que conversar, e senti falta do som da voz dela.

E ela fica olhando para mim enquanto toco outra pessoa, e aí estamos dormindo na mesma cama, e estou pensando nela toda vez em que penetro o corpo de outra pessoa, e ela está suspirando na palma da minha mão no convés de um iate. Não tenho mais espaço em mim para abrigar isso tudo. Precisa transbordar. Por isso, eu a beijo.

Eu beijo Theo porque estou apaixonado por ela. Sempre estive. Sempre vou estar.

— — —

Theo está muito diferente, ainda estou me acostumando.

Na última vez em que a vi, o cabelo dela estava um pouco abaixo dos ombros e descia pelas costas. Ela usava esmalte até lascar e pintava por cima, passava sombra nas pálpebras antes do trabalho para ganhar gorjetas melhores, usava saias nos finais de semana. Às vezes, eu percebia que ela corrigia a postura, como se pudesse suavizar a largura natural dos próprios ombros, tornar-se delicada.

Agora, ela anda com o peito aberto como se conhecesse mil maneiras de usar o próprio corpo e não tivesse medo de nenhuma delas.

O rosto está ligeiramente mais duro e anguloso, mas ainda mantém a simpatia natural e forte que faz estranhos contarem seus segredos a ela, e nunca há nada nele além de sardas. Ela usa botas utilitárias e macacões cargo e chapéus buckets feios, e o cabelo dela está tão curto que seu pescoço e queixo estão sempre visíveis.

Um mês atrás, eu teria jurado que nunca desejaria ninguém mais do que a Theo que eu conhecia. Então vi essa nova Theo e, de repente, desejar não descrevia bem o sentimento. Estava mais para *necessitar*.

Estamos em Monterosso al Mare, a vila mais ao norte das cinco agrupadas ao longo da curva da costa norte da Itália, Cinque Terre. Aqui, palazzos descem por falésias escarpadas até o mar Mediterrâneo. Fazendas terraceadas cercam montes verdes, cultivando azeitonas e limões-sicilianos e manjericão, e fileiras de guarda-sóis listrados lotam as praias pedregosas lá embaixo. O clima é mais selvagem e quente aqui do que na Côte d'Azur, mas o sal no ar é o mesmo, e as praias de veraneio são quase as mesmas, e por isso estou pensando — triste, sem conseguir escapar disso — sobre Mônaco. Sobre ontem, sobre necessidade.

Estou pensando em Theo entre minhas pernas abertas, nada além de suor seco e água salgada entre nossa pele. Sobre como ela se acomodou ali com naturalidade, disposta a tudo, enquanto eu precisei de todas as minhas forças para manter a voz firme e as mãos no lugar. O peso do olhar dela sobre minha boca, a pressão da mão dela em minha coxa, o cabelo molhado dela em meu ombro, toda a necessidade histérica que despejei em Émile para que Theo não a sentisse. Eu estava completamente disposto a fazer tudo que ela quisesse, mas com muito medo de que, no momento em que eu a tocasse, ela soubesse que aquilo significava muito mais para mim.

Eu me pergunto, enquanto a observo rasgar folhas de manjericão sem dó nem piedade, se aquela foi a última vez que vamos estar tão próximos.

Theo está de botas hoje — suas Blundstones surradas — e veste um short de trilha e a mesma camisa de linho de ontem, ainda cheirando a sal do mar e champanhe caro. Talvez ela as tenha escolhido para esta excursão matinal numa fazenda de manjericão porque um bom viticultor tem que estar sempre preparado. Ou talvez seja porque eu a beijei e ela vai me chutar para fora de um palazzo.

Seguro uma folha e a aperto até as fibras cederem, mas aquela marca nova e úmida me faz lembrar do brilho no lábio inferior de Theo num beco escuro. Da boca de Theo na minha cinco segundos antes de eu recuar e começar a pedir desculpas. Da risada fria que ela forçou quando jurei que estava bêbado e me empolguei com o calor do momento, que não tinha significado nada para mim.

Voltamos para o hotel em silêncio e ela não falou comigo desde então. Nem no ônibus até aqui, nem durante nosso tour pela fazenda, nem quando fomos deixados livres para colher nosso próprio manjericão, nem quando o fazendeiro velhinho e adorável nos ensinou a preparar pesto. Neste momento, ela está concentrada em esmagar as folhas com uma fúria justificada e ardente. A mesa range sob seu pilão e seu socador, frascos de azeite sacudindo nervosamente.

— Tudo bem aí, Theo? — Stig pergunta.

— Tudo excelente — Theo responde, radiante, o que significa que está brava e, quando está brava, quebra coisas.

Minhas mãos fazem movimentos grosseiros com o pilão, o gosto do arrependimento forte demais em minha boca para acertar os sabores. Levou bastante tempo para eu conseguir entender como tinha deixado Theo tão furiosa a ponto de me largar naquela época, mas desta vez é simples. Eu deveria ser amigo dela, mas a beijei. Todos os flertes e as piadinhas sujas, a nudez platônica e os quase ménages — dei um significado para tudo isso com o qual ela nunca concordou. Eu mesmo me chutaria para fora de um palazzo se pudesse.

Quando experimentamos o pesto finalizado de cada um, o de Theo é vibrante, complexo e perfeitamente equilibrado, com a cremosidade exata que deveria ter porque ela foi adicionando o azeite aos poucos ao final, em vez de jogar tudo de uma vez como metade de nós fez. Theo nunca encontrou uma habilidade simples e útil que não conseguisse dominar por pura força de vontade e instinto. *Pau para toda obra, bom para porra nenhuma*, foi o que ela disse uma vez. Nunca gostei de ninguém mais do que dela.

Mergulho um canto do pão em minha tigela e descubro que não tem gosto de nada. É a coisa mais deplorável e anêmica que já fiz desde a escola de confeitaria.

— Você não esmagou o manjericão direito — Theo observa, mordendo o lábio. Traça um dedo ao redor da borda da minha tigela, depois chupa o azeite e as ervas da ponta do dedo. — Está com um gosto fraco. Vai precisar fazer as coisas com mais intenção, cara.

Não tenho resposta para isso. Ela está certa, mas, mesmo se não estivesse, eu mereço sofrer bullying hoje.

Quando apertei a mão dela naquele penhasco em Dover, fiquei me perguntando se conseguiria dar a ela um motivo para aceitar fazer parte da minha vida de novo. Essa pessoa nova, que tem calos de carpinteiro na junta de cada dedo e também na palma da mão, que não precisa de muita bagagem e atravessa oceanos sozinha, a versão mais robusta e larga de Theo de cabelo curto — o que ela veria em mim?

Ela viu amizade, e tive sorte por isso. Eu não deveria ter pedido mais.

— — —

No trem que vai nos levar pela costa até as outras quatro vilas de Cinque Terre, Theo está sentada a minha frente, do outro lado da mesinha cinza, em silêncio. Coloca os fones, sua tatuagem de faca aparecendo sinistramente enquanto ela cruza os braços. Olho para ela e sinto saudades dela duas vezes, uma como namorada e uma como a amiga que eu tinha ontem.

Uma vez, Rilke escreveu: *Doçura sussurrante, que outrora nos percorria, agora está sentada em silêncio ao nosso lado com o cabelo desgrenhado.*

Durante todo o dia, vejo tudo dobrado. A vila seguinte, Vernazza, é cheia de degraus de pedra desgastada e turistas a caminho da praia. É o que vejo, mas também vejo San Sebastián. Vejo Theo ao meu lado na areia, nós dois ainda surpresos com a revelação de que, no fim, não tínhamos sido abandonados, o sol se pondo atrás dos ombros dela e eu desejando tanto ter pegado aquele voo seguinte em vez de chafurdado num apartamento vazio por uma semana escrevendo cartas dramáticas.

Mais para o interior, nas colinas de Corniglia, bebemos Vernaccia feito com uvas brancas locais. Fabrizio nos conta que Michelangelo escreveu, certa vez, que Vernaccia "beija, lambe, morde, bate e pica", ao que Theo responde: "Caramba, ela está solteira?". Penso em Bordeaux e numa barriga cheia de vinho, em parar diante de uma fonte e me atrever a ter esperança, na dor de ouvir Theo dizendo que nos perdermos foi uma coisa boa. Depois penso nas mãos de Theo no quadril daquele fazendeiro e me pergunto se a desilusão amorosa não poderia ao menos me dar um beijo antes de foder comigo desse jeito.

A vila costeira maior e mais movimentada de Riomaggiore me faz pensar em Barcelona, com suas igrejas góticas e barracas de rua vendendo lula calamar em cones de papel. Eu me lembro daquela segunda noite quente, implorando para Santiago me foder até Theo sair da minha cabeça por tempo o suficiente para eu recuperar o fôlego. De como eu a escutei do outro lado do beco e levantei a voz, sabendo que ela não devia estar escutando, mas fingindo que estava. Que esse pensamento me fez gozar tão forte que capotei e precisei pagar um café da manhã de desculpas para Santiago.

Quando o trem nos deixa em Manarola, estou meia-bomba, agoniado. Vagamos pelas estradas de terra até os vinhedos da encosta terraceada e subimos para jantar numa trattoria cor-de-rosa com uma vista espetacular. Fico achando que Theo vai procurar outra mesa e me largar, mas ela não está me *evitando* — está me ignorando agressivamente, o que pelo menos não é novidade para mim. Ela se senta na cadeira ao meu lado no terraço, na frente dos Calums.

Os Calums passaram o dia estranhamente quietos, e apenas a cumprimentam com a cabeça. Não passo muito tempo com homens tradicionalmente masculinos a menos que, pra ser bem franco, eles estejam me comendo, mas gosto dos Calums. Eles emanam certo ar inofensivo, aquela benevolência sincera e musculosa do Channing Tatum ou de uma vaca. Theo adora eles, claro, porque tenho certeza de que Theo, numa vida passada, foi um desses pais que foi membro de uma fraternidade na época da faculdade.

Garçons servem garrafas de vinho branco gelado e um cortejo de antepastos de frutos do mar: anchovas filetadas em salmoura de limão-siciliano e azeite, lula refogada na própria tinta, polvo com ervas. Então começam a chegar pratos de macarrão artesanal ao molho de tinta de sépia e cobertos de mexilhões e mariscos, e depois um *írio* de barriga gorda que brilha como se tivesse acabado de ser tirado do anzol.

É uma refeição incrível, e estamos em cima dela, mal conversando. Finalmente, Theo aponta o garfo para os Calums e diz:

— O que tá rolando entre vocês dois? Ficaram bêbados e acabaram transando ou qualquer coisa assim?

O rosto de Calum Ruivo se enrubesce e Calum Loiro fica subitamente fascinado por um camarão. Meu interesse é despertado.

— Ai, meu Deus — Theo sussurra, chegando mais perto —, vocês *transaram*.

— A gente não transou — Calum Loiro responde, voltado para seu camarão.

— É — Calum Ruivo concorda —, porque você estava ocupado demais usando seu pau para me apunhalar pelas costas, cara.

Ergo as sobrancelhas.

— Desculpa, fiquei confuso, vocês transaram ou não?

— Eu não apunhalei você pelas costas! — Calum Loiro retruca, virando para o outro Calum. — Eu só aproveitei uma oportunidade!

— Calma aí. — Theo ergue as mãos. — O que rolou?

Nenhum dos dois diz nada, de cara fechada. Finalmente, Calum Ruivo fala:

— Ontem à noite, em Mônaco, saímos com duas gatinhas e estávamos tentando... bom, sabe.

— Fazer o bom e velho tchaca tchaca na butchaca — Calum Loiro completa.

— Mas aí Calum levou as *duas* para casa enquanto eu estava no banheiro. E nem me *perguntou* primeiro.

— Foi ideia delas!

— Eu gostava dela!

— Você não conseguia nem decidir de qual gostava mais.

— As duas eram lindas!

— Você teria feito a mesma coisa se não tivesse ficado bêbado pra caralho — retruca Calum Loiro. — Já falei, você é fraco para champanhe.

— Posso dizer uma coisa? — intervenho, antes que Calum Ruivo exploda. — Pela minha experiência, sexo grupal com um amigo próximo às vezes é meio... — Visivelmente evito olhar para Theo, mas consigo sentir os olhos dela em mim. — Complicado, do ponto de vista emocional.

Calum Ruivo franze a testa.

— O que você quer dizer?

— Calum — digo —, é possível que, no fundo, você não esteja chateado pelas meninas, mas porque Calum fez um ménage e não convidou você?

Os dois Calums ficam em silêncio de novo. Theo fica em silêncio também, os braços cruzados, girando o vinho na taça.

— É por isso? — Calum Loiro pergunta para Calum Ruivo.

Ruivo cruza os braços.

— A gente combinou que, se um dia fizesse um ménage, seria junto.

— Mas isso quando a gente tinha quinze anos, Calum! Não era sério!

— Para mim era!

Theo cobre a boca com o punho. Os Calums trocam um longo momento de contato visual íntimo. Eu troco um longo momento de contato visual íntimo com o robalo na mesa, refletindo sobre a semana que tive.

— Não sabia que isso era assim tão importante para você — Loiro diz, delicadamente. — Juro, pensei que você não fosse ligar.

— Mas eu liguei.

— Foi mal, cara. É só que eu… me empolguei no calor do momento, acho. Não estava pensando direito.

— Em defesa de Calum — Theo intervém, se inclinando para a frente. Parece que a expressão "me empolguei no calor do momento" foi um gatilho para ela. — Acho que todos tomamos decisões questionáveis em Mônaco.

Ela olha diretamente para mim. Trinco os dentes.

— Tinha alguma coisa no ar, não tinha? — Calum Loiro diz.

— Com certeza — Theo concorda. — Sei lá, tipo, o Kit me *beijou*. Vocês acreditam?

Sinto meu coração afundar no peito.

— Não! — Calum Ruivo grita, radiante. — Safadinho!

Calum Loiro começa a rir, e me obrigo a entrar na onda e aceitar a alfinetada, mas meus seios nasais começam a arder, o que só pode significar uma coisa. Theo está analisando meu rosto com atenção por sobre a taça.

228

— É, muito engraçado, o que eu tinha na cabeça? — digo, empurrando a cadeira para trás. — Com licença.

Saio do terraço o mais rápido e discretamente possível, rezando para não acontecer nada até eu sumir da vista deles. Atravesso o salão, desço a escada, vou em direção à rua — e só paro quando chego ao cascalho, onde ninguém além de um velho sentado à beira da estrada em uma cadeira de cozinha vai ver se meu nariz começar a sangrar.

Na maioria das vezes, acho romântico e até relativamente sexy que, desde aquele táxi aquático em Veneza, meu nariz às vezes sangre quando sinto uma emoção especialmente intensa. É como se eu fosse a vítima de uma maldição numa tragédia grega ou a Satine em *Moulin Rouge*. Mas Theo não é idiota e, se isso continuar acontecendo, vou me entregar ainda mais do que já me entreguei.

Ergo a cabeça e me apoio numa mureta do jardim, esperando a sensação passar. Dá certo: quando passo o polegar em cima do lábio superior alguns minutos depois, está seco.

Solto um suspiro e considero ligar para Maxine ou até para Paloma, só para contar para alguém o que não posso contar para Theo.

Teve um momento, um mês depois que eu e Theo fomos morar em nosso apartamento em Palm Springs, em que as coisas começaram a mudar. Quando eu tirava os olhos da minha leitura matinal, flagrava Theo me encarando com um tipo particular de ternura nos olhos e, pela primeira vez em muito tempo, fiquei me perguntando se ela me amava como eu a amava. Se era assim que sempre tinha olhado para mim quando achava que eu não estava percebendo.

Apesar de todo o arrependimento, senti essa gota de esperança ontem à noite também. Durou apenas um segundo, uma expiração silenciosa saindo por seu nariz e, depois, um movimento suave de sua boca, como se ela pudesse ter me puxado com mais intensidade se eu já não estivesse cambaleando para longe. Mas eu seria um idiota de me apegar a isso depois de como ela falou à mesa agora, como se aquilo tudo tivesse sido uma *piada* para ela, como se...

A porta atrás de mim abre.

— Kit!

Theo vem correndo até a rua, o cabelo desgrenhado e âmbar esvoaçando ao vento forte do anoitecer.

As botas dela batem nas pedras e meu primeiro pensamento é *que bom*. Theo deveria andar sempre a passos pesados. Deveria deixar pegadas fundas aonde quer que fosse para que todos soubessem que ela passou por lá, feito um acontecimento histórico. Arqueólogos deveriam colocar fitas ao redor das pegadas dela e estudá-las com escovinhas.

Ela chega perto e pergunta:

— O que está fazendo aqui fora?

— Nada — respondo. — Eu só… precisava de ar.

— Nossa mesa é ao ar livre — Theo argumenta.

— Um ar diferente.

— *Por quê?*

Todos os dias durante esta viagem, eu quis falar com ela. E, todos os dias, me convenci de que era melhor não. Mas estou próximo demais dela, e tudo tem sido tão bonito, e já engoli palavras demais. Já devorei meu coração. Se ela continuar insistindo, tenho medo de que eu não dure.

— Theo, sei que fiz merda ontem à noite, e você tem todo o direito de ficar com raiva — digo, fechando os olhos —, mas precisava mesmo disso? Na frente dos Calums?

— Pensei que você não se importasse, já que disse que não significou nada para você.

E me escuto dizer:

— Significou.

Uma vez Rilke escreveu: *Quem nunca se sentou, trêmulo, diante da cortina do próprio coração?*

— Significou — digo de novo. — Desculpa por ter feito aquilo, queria não ter feito, porque estou adorando ser seu amigo de novo, mas estou perdendo a cabeça de tanto esconder isso de você, e aí no iate, quando pensei que a gente podia… quando a gente quase chegou a… foi *demais* para mim, Theo. E, de repente, eu não consegui mais continuar fingindo que não queria beijar você desde o momento em que te vi dentro daquele ônibus em Londres. — Respiro fundo. — Mas nunca mais vou fazer isso se você não quiser.

Theo me encara, os lábios entreabertos, o peito subindo e descendo. As árvores acima de nós balançando sob o vento.

— Eu *sabia* — ela diz, por fim. Eu estava preparado para muitas coisas, mas não para o triunfo furioso em sua voz. — Você também sente.

Meu coração bate forte. Ela não pode estar dizendo...

— Theo, o que você sente?

— Essa... essa... coisa entre a gente. Esse *problema*.

Ah.

Theo continua, começando a andar de um lado para o outro.

— A gente já transou, no passado — ela diz — e aí agora não estamos mais transando, mas ficamos falando de sexo o tempo todo e pensando sobre sexo e pensando sobre o outro fazendo sexo com outras pessoas, então eu pensei que isso fosse ajudar, mas está fazendo o contrário. Não transar um com o outro está deixando os dois idiotas. E acho que a gente precisa fazer algo a respeito. Tipo, tirar isso do caminho.

Coloco as mãos sobre os ombros de Theo, impedindo-a de continuar andando. Uma nuvem de poeira se assenta ao redor de suas botas. O rosto dela está a centímetros do meu, os olhos brilhantes.

— O que está querendo dizer? — pergunto. — Que a gente deveria transar?

— Não, ficaria parecendo que a gente vai reatar, e a gente não vai reatar — Theo diz, sem rodeios. — Isso está fora de cogitação. Né?

— Eu... — tiro as mãos dela. — Entendo que se a gente transasse, ficaria parecendo que a gente vai reatar.

— Pois é — Theo diz, assentindo com força. — Mas a gente precisa fazer alguma coisa porque... — ela inspira fundo e me imobiliza sob seu olhar firme. — Porque quero muito transar com você. Então, quer transar comigo?

— Theo. Mais do que você pode imaginar.

— Ótimo — Theo diz. As bochechas coradas, a respiração entrecortada como se estivesse prestes a sair correndo. Amo essa mulher. — Então, acho que... acho que é melhor a gente transar, só que, tipo... sem transar de verdade.

— Total — digo imediatamente. — Ou... sei lá o que você está querendo dizer, mas sim. Só me fala como.

— Tipo que nem eles fizeram em *Uma linda mulher*. Sem beijo na boca. — Ela pensa. — Mas também sem contato de pele com pele da cintura para baixo.

Concordo, sentindo o sangue correr até a ponta dos meus dedos. Até outros lugares. Eu consigo. Eu *quero*. Se isso é tudo que posso ter dela, vou aceitar com o maior prazer. E, se isso é tudo que ela quer de mim, é fácil oferecer.

— Mais alguma coisa?

— Acho que a gente não deveria transar no quarto de nenhum de nós dois — ela acrescenta. — Acho que... acho que seria um caminho sem volta.

— É mesmo — digo, por mais que eu fosse amar se a gente pegasse esse caminho. — A gente pode fazer o outro gozar?

— Não só pode como deve.

— Então beleza. Com certeza, sim. Quando?

Theo considera a pergunta por um total de um segundo.

— Agora?

— — —

Não temos um plano; escolhemos uma direção e voltamos a caminhar pelas trilhas do vinhedo. Fico com uma intenção vaga de encontrar uma clareira reservada ou uma alcova rochosa ou até uma brecha de tamanho razoável entre as videiras, mas é então que aparece. Um galpão de caseiro coberto por um carpete de hera como se estivesse abandonado já há um tempo.

Trocamos um olhar. A maçaneta da porta está completamente enferrujada. Acho que só precisaria de um bom empurrão.

— Serve? — pergunto para Theo.

— Serve — Theo declara, me empurrando porta adentro.

Está quase escuro. Uma faixa de sol poente que entra pela janela alta e estreita revela prateleiras bambas de vasos de planta, sacos de cascalho e uma bancada entulhada. Cheira a adubo e granito úmido, e bato imediatamente meu cotovelo em duas prateleiras diferentes.

— Ai, caralho — Theo xinga, empurrando algo ruidoso e metálico para fora do caminho.

Empurro para um lado um monte de arame de treliça e Theo

derruba um ancinho, e aí faz silêncio. Todos os obstáculos ficaram para trás. Estamos sozinhos, num bolsão de privacidade, nada entre nós além do ar.

Enquanto meus olhos se ajustam, distingo as linhas do rosto de Theo. A expressão dela é de foco total, a mandíbula se mexendo como se estivesse passando a língua pela ponta dos dentes.

Meu Deus, como senti falta dela.

— Não sei nem por onde começar — confesso.

— Por qualquer lugar.

E então pulamos um em cima do outro.

No começo, parece mais uma briga do que qualquer outra coisa. Duas pessoas que conhecem o corpo uma da outra melhor do que qualquer um jamais poderia conhecer, com anos para pensar em todos os pontos fracos. Ela empurra toda a força do corpo contra o meu, e faço o mesmo, chutando terra e cascalho pelo piso de lajes enquanto procuramos apoio. Ela se encaixa na minha perna e afundo o rosto na curva de seu pescoço, segurando-a. Pensei que seria mais difícil fazer isso sem nos beijarmos, mas usamos as mãos nos lugares onde nossas bocas iriam — a ponta dos dedos dela no canto da minha boca, meu polegar no seu lábio inferior. Soltamos palavrões, e gememos, e nos encaixamos como sempre fizemos.

Quando sonhava em tê-la de novo em meus braços, eu me imaginava não tendo pressa, despindo-a centímetro por centímetro, um beijo para cada noite que passamos separados. Que ideia merda. Eu deveria ter nos imaginado vorazes e delirantes de tanto consumir tudo mas na seca um do outro, sem nenhum autocontrole para nos bebermos de golinhos. Quero arrancar aquele pano da mesa e me banquetear. Quero que ela abra bem a boca, feito um animal, e arranque um pedaço de mim. Tudo que venho contendo desde Londres era apenas um aperitivo.

Toco os lábios dela e penso em como ela segurou o vinho na boca em Bordeaux e identificou o sabor de cerejas. Deixo um chupão em seu pescoço como eu queria ter feito debaixo daquelas luzes na pista de dança em San Sebastián, passo a língua pela clavícula dela como queria ter feito quando vi o decote que estava vestindo em Paris. Os dedos que roçaram minha pele na água perto de Saint-Jean-

-de-Luz, a voz áspera da sacada vizinha em Barcelona, as mãos hábeis daquela cozinha em Nice — eu me permito ter tudo aquilo, por ora.

Com um empurrão violento, Theo esvazia a bancada e me empurra para cima dela. Tesouras e espátulas caem com estrépito no chão. Um balde bate na parede com clangor. Meus joelhos cedem e, então, ela está sentando em mim. Aperta meu pescoço, fincando o polegar na pele vulnerável embaixo do meu queixo, respirando entre dentes. Minhas mãos arranham suas costas, puxando a camisa dela e a tirando.

Os dentes dela quase roçam meu lábio inferior, e eu lembro disso, daquela pausa antes do beijo, de como ela gostava de me fazer esperar até eu implorar ou eu mesmo beijá-la. É o que desejo mais do que tudo: um beijo bom, com vontade, o tipo de beijo que Theo merece. Em vez disso, inclino o quadril para cima para mostrar o que ela provocou.

A boca de Theo desliza para o lado, quase no meu ouvido, enquanto ela sente como estou devastadoramente duro e solta um palavrão.

— Isso aí é por minha causa?

— *Sim* — digo, e ela roça o corpo no meu, me entregando, ao mesmo tempo, o alívio da fricção e a agonia de não ser o suficiente. Minha voz soa sombria e fraca, como manteiga queimada no fundo do forno, mas não consigo conter a fumaça lá dentro com ela escancarando a porta desse jeito. Estou pronto pra dar o que ela quiser. Para deixar as paredes da cozinha pretas. — É assim que você… você me deixa. Sempre.

— Em Barcelona, naquele dia de manhã… — Ela prende a respiração, as unhas curtas riscando meu pescoço. Deslizo a mão para baixo da camisa dela e pego seu quadril. — Você estava de pau duro por minha causa também?

— Sim — digo de novo. Estamos nos mexendo ao mesmo tempo agora, ou é ela quem está se mexendo na direção em que minha mão a guia, ou talvez sejam as duas coisas. Talvez nunca tenhamos sido mais do que esse único ser contínuo e ofegante. — Eu estava sonhando com você.

— Me conta. Me conta o que fiz com você.

— A gente… a gente estava no bar, em Paris. Na cama. Mas eu

estava embaixo de você, e… — E ela estava me beijando, dizendo que me amava. — … você estava tocando uma pra mim. Me tinha na palma da mão.

Theo empurra o quadril para a frente.

— Posso te contar um segredo?

— Pode.

— Também sonhei com você naquela noite.

Contenho um gemido.

— Como? Onde?

— Sonhei que a gente estava naquele último restaurante em que fomos e que você me chupava em cima da mesa.

— *Caralho.*

Estamos nos movendo mais rápido, apertando nossos corpos um contra o outro com mais força. Theo beija meu pescoço uma vez e depois de novo, e um gemido escapa da minha boca toda vez. A virilha dela é tão *quente*, quente e dócil, mas forte, o zíper duro contra o tecido macio do meu short.

— Não consigo… venho pensando muito nisso — Theo diz. — Em você. Em você dentro de mim. Eu dentro de você. Você também pensa?

— O tempo todo — digo, sem nem pensar —, o tempo todo, Theo, é como se, porra, minha cabeça… minha cabeça só pensasse nisso, eu te quero pra caralho.

— *Ah*, puta que pariu… — E então um som desesperado de quem está à beira do precipício, entre um gemido e uma lamúria. Sinto a mão dela entre nós, a ponta de seus dedos entrando pelo cós do próprio short. — Posso…?

Eu já quase gozo bem ali, só pela maneira como ela está me pedindo. Mordo o lábio com tanta força que sinto aquele doce sabor metálico.

— Sim, por favor, pode se tocar.

A mão dela desce e sinto o movimento dos nós dos seus dedos contra mim quando a mão dela encontra o lugar, escuto seu suspiro de alívio e o suspiro que vem depois, de pura e renovada necessidade. Percebo que ela não vai durar muito tempo. Lembro de como ela desabrocha, onde ficam suas pétalas.

— Caralho, obrigada — ela diz, o quadril e os dedos se movendo, tão molhada que consigo *ouvir*. — Você também pode se tocar.

— Não preciso — admito, chegando mais perto do clímax, bem perto, perto até demais, só pelos sons e pela descoberta incrível do quanto ela também desejava isso. Do quanto ela me desejava. Caralho, ela *me desejava* esse tempo todo, e eu podendo tê-la desse jeito. — Só... continua o que está fazendo.

— Me diz de novo — ela ofega. — Diz.

— Eu te quero, Theo, eu te quero, eu te quero, por favor, por favor, eu...

... *te amo.*

Por alguma misericórdia divina, Theo chega ao clímax antes de eu pronunciar aquelas palavras. Vou logo em seguida, e ela envolve os braços no meu pescoço até o orgasmo terminar de me atravessar. Solta gemidinhos satisfeitos em meu cabelo. Não consigo acreditar. Theo já me fez gozar sem precisar tocar em mim antes, mas não assim — em *minutos*, sem nem um beijo na boca.

Ela beija meu queixo, pouco abaixo da minha boca, e começa a rir.

— Como se diz *meu Deus* em francês mesmo?

Minha voz embarga ao responder:

— *Mon Dieu.*

— *Mon Dieu*, Kit, quando foi a última vez que você leitou *dans your pantalons*?

Solto um grunhido e tento empurrá-la, mas ela resiste, apertando meu pescoço com mais firmeza, e me pego relutante a convencê-la do contrário.

— Não tem absolutamente nenhum motivo para o seu francês continuar tão horrível — digo.

Quando Theo se afasta, um dos primeiros raios de luar ilumina seu rosto e seus olhos. Ela é tão linda assim, rindo e satisfeita. Acaricio seu queixo com a beira do polegar e tento me convencer de que isso foi o bastante para mim também. Se isso é tudo que teremos de nós, é o bastante pra mim. Consigo aprender a tocar nela sem dizer tudo o que sinto.

(Uma vez Rilke escreveu: *Como impedir minha alma de tocar a sua?*)

PISA
COMBINA COM:

Garrafa inclinada de licor de avelã de lembrancinha
da Torre de Pisa e *torta di ceci*

Pisa

— Você disse que já deu uma olhada no radiador?

— Sim, já olhei.

— E no bloco do motor?

— Não é minha primeira vez, meu bem — Orla diz. Ela estreita os olhos sob o chapéu de safári, os cordões batendo ao vento toscano. — Parece que tá tudo bem com a junta do cabeçote também, então não queimou.

Theo coloca as mãos no quadril e franze a testa, muito séria.

Estávamos há meia hora de Manarola quando o ônibus começou a fazer um barulho bizarro de lata sendo chutada. Fabrizio usou as caixas de som para informar a todos que não era motivo para preocupação, para não nos inquietarmos com toda aquela fumaça, mas, só por curiosidade, alguém entendia alguma coisa de motores Volkswagen? E agora Theo está com Orla à beira de uma estrada italiana, encarando o motor do ônibus enquanto caminhões passam em alta velocidade.

Eu e Fabrizio estamos na escada, sem fazer nada além de olhar e transpirar em nossas camisas.

— Sabe, não fica muito longe daqui o lugar onde Gênova derrotou Pisa na Batalha de Meloria e iniciou o declínio da República de Pisa — Fabrizio conta, com a voz de quem está sucumbindo a uma insolação. — Talvez Pisa não queira visitantes da costa norte. Talvez tenham nos mandado *un piccolo fantasma*.

— *Un piccolo fantasma* — repito. — Um fantasminha?

— *Sì, bene* — Fabrizio confirma, acariciando minha bochecha com carinho.

Estou travando minha própria Batalha de Meloria, entre meu desejo de ajudar Theo contra a lembrança dela cavalgando em mim de um jeito bem erótico dentro de um barracão ontem à noite. A coisa menos útil que eu poderia estar fazendo neste momento é pensar se aquilo poderia voltar a acontecer. Mas ela está segurando uma chave inglesa e usando uma calça jeans desbotada, então meu império marítimo está vindo abaixo.

— Mas você sentiu aquele cheiro também, não sentiu? — Theo pergunta a Orla. — A fumaça era doce. Certeza que é líquido de arrefecimento. — Ela coça o queixo, pensativa, deixando ali uma mancha de graxa do motor. — Você tem um medidor de compressão de cilindro?

O que quer que isso signifique, Orla tem. Theo o monta, Orla sobe para ligar o motor e, depois de um minuto batendo e fazendo careta para algum tipo de medidor, Theo grita:

— É isso! Os parafusos do cabeçote estão soltos!

Aparentemente, é fácil resolver, porque Orla fica toda animada enquanto tira sua caixa de ferramentas. Observo, trêmulo e iridescente, enquanto Theo a revira com a confiança incerimoniosa de uma mecânica autodidata. Há quanto tempo ela sabe fazer isso?

— Kit! — ela chama. — Me dá uma mão aqui?

— Sua vez, meu bem — Orla indica, batendo na minha mão para passar a bola da vez para mim. Então senta ao lado de Fabrizio e me dá uma piscadinha indiscreta, e me arrependo de ter me aberto com ela sobre o que sinto por Theo quando estávamos passeando pelos campos de lavanda em Sault.

Theo sorri quando me aproximo, brilhando com suor e corando vigorosamente sob as sardas. Tento não lembrar do peso dela em meu colo.

— Está com seu caderno?

Então ela me diz que precisamos apertar todos os doze parafusos do cabeçote no cilindro, o que tenho certeza de que deve significar alguma coisa. Isso precisa ser feito numa ordem muito específica, que Theo memorizou por ter o mesmo problema com seu próprio micro-ônibus Volkswagen, mas não consegue explicar sem desenhar. Vamos revezar apertando os parafusos e lendo a sequência em voz alta, para confirmar se ela não pulou nenhuma etapa.

— Ah, e toda essa graxa vai deixar as coisas por aqui meio... lubrificadas — Theo diz, olhando para minha camisa de linho. — Talvez seja bom, sabe...

Para completar a frase, ela tira a própria camisa e a prende no bolso de trás da calça, para não manchar. Cada centímetro forte de seu corpo de nadadora só tem como cobertura, agora, uma camisetinha justa.

— Ah, claro — digo, perdendo a cabeça.

Tiro a camisa e a jogo para Orla, que a balança no alto feito uma faixa numa partida de futebol. Fabrizio aplaude. Sei bem que *tanto* eu *quanto* Theo ficamos bem sem camisa, e fico contente ao sentir o olhar de Theo pousar em meus ombros.

— Adoro essas paisagens toscanas, e você, Fabs? — Orla diz para Fabrizio.

— *Sì* — Fabrizio responde, lançando um olhar para a gente de um encanto sonolento.

Com o apoio de Fabrizio e Orla — parte torcida sincera e parte cantadas sugestivas —, consertamos o motor. Theo explica o torquímetro para mim e guia minhas mãos por sobre a ferramenta, mostrando a quantidade precisa de força a ser aplicada. É difícil, e é escaldante, e a pele de Theo está tão perto da minha, e esse lado novo, resoluto e dominante dela está me deixando zonzo, mas também parece natural, de certo modo. Depois da noite de ontem, eu estava com medo de que ela pudesse se afastar, mas há uma leveza aqui. Ela confia em mim para ajudá-la. Confio nela para me deixar ajudar.

Quando acabamos e Orla liga o motor, o ônibus comemora. Theo bate os pés e me dá um tapa vitorioso no peito. Se tudo fosse diferente, eu a beijaria.

Em vez disso, coloco a mão sobre a dela e a ergo gentilmente, apertando uma vez antes de soltar.

Seguimos para Pisa.

— — —

O glacê de manteiga francês tem uma cor muito específica. Os glacês de manteiga italiano e suíço têm aquele brilho característico de merengue de clara de ovo, mas o primeiro passo para fazer o glacê de manteiga francês não é bater as claras de ovo. É bater a gema até ficar homogênea e depois incorporar xarope de açúcar para fazer *pâte à bombe* antes de adicionar a manteiga. Ao fim, a aparência do glacê deve ser mais intensa do que a de seus irmãos, um tom de branco-dourado, indicando que o processo teve um grau a mais de dificuldade.

Eu descreveria a cor da Torre de Pisa sob a luz da tarde como o glacê de manteiga francês. Em fotos, parece estar sozinha, mas na vida real fica numa praça verde com uma catedral, um batistério e um cemitério no mesmo estilo. Formàm um belo conjunto. Fabrizio diz que chamam isso aqui de Piazza dei Miracoli — a Praça dos Milagres.

Antes de o grupo se dividir, Fabrizio nos faz formar uma fila para cada um tirar sua clássica foto da Torre Inclinada. Fico para trás com Theo para assistir. Lars posa como se estivesse segurando o campanário em um cone de gelato; os dois Calums fingem transar com ela.

— Não quer tirar uma? — pergunto a Theo.

— Não.

Para alguém que tem tanta certeza de que é uma gostosa, Theo nunca gostou de sair em fotos. Mas vejo como está observando e me toco de que, de todas as paisagens que visitamos, ela não tirou foto de si mesma nenhuma vez.

— Fazer coisas de turista não é brega, sabia?

Theo baixa os óculos escuros.

— Eu poderia te dizer a mesma coisa.

— Ah, você acha que eu não consigo ser brega? Porque eu consigo.

— Será que não vão revogar seu passaporte francês?

— Vamos ter que descobrir.

Pulo em cima de um dos pilares de pedra que impedem os visitantes de pisar na grama e faço todas as poses clichês e constrangedoras de turistas: segurando a torre, dando um chute nela, me apoiando de costas, até Theo parar de tirar fotos e começar a me implorar para parar, chorando de tanto rir de vergonha alheia. Mas funciona. Quando digo que agora é a vez dela, ela ri, suspira e diz:

— Tá.

Alinho o enquadramento: Theo com as mãos manchadas de graxa na frente de uma torre velha de oitocentos e cinquenta anos, ambas altas, maravilhosas e radiantes.

— Ah, nossa — ela diz, quando mostro a foto para ela. — Até que gostei bastante dessa aqui.

— Mesmo?

Ela toca minha mão ao devolver o celular.

— Mesmo.

Theo sempre foi assim com fotos, desde que tínhamos onze anos, quando ela ainda ia às estreias dos projetos das irmãs. Foi naquela estreia gigante, a do filme com Willem Dafoe em que tanto Sloane como Este atuaram, que Theo usou um terno azul com uma estampa de flores. Flores para Flowerday, segundo ela.

Nunca passou pela minha cabeça que isso seria um problema para alguém. Também não passava pela de Theo, e muito menos pela dos pais dela, que nunca se importaram nas vezes em que Theo pediu roupas e cortes de cabelo usados por meninos. Era só o jeito dela, sempre foi. Mas, por algum motivo, aquilo foi um problema para os repórteres do tapete vermelho, que escreveram artigos espantados sobre como era emocionante e progressista que duas pessoas famosas deixassem a filha usar um terno para um evento, e que ícone referência em questões de gênero Theo era. Transformaram em todo um lance. *Diversidade! Criança sai por aí usando roupas.*

Tabloides não chegavam na casa de Theo, mas, quando se vem de uma família famosa, uma hora ou outra acaba pesquisando o próprio nome no computador da família do seu melhor amigo. Tínhamos treze anos. Ela parou de posar para fotos depois disso e ficou anos sem cortar o cabelo.

Sempre achei que Theo ficava bem com qualquer roupa que escolhesse. Eu gostava tanto quando ela usava uns vestidos que pareciam mais uma camisola e brilho labial... mas também curtia as camisetas e cuecas boxer dela. Não me importava qual dos dois estilos Theo preferisse. Mas às vezes, quando ela chegava perto do espelho para passar batom ou afastava a blusa do peito, eu via seus olhos irem para outro lugar, como se não estivesse exatamente dentro do próprio corpo.

Na foto que tirei dela com a torre, vejo uma pessoa que preenche cada pedacinho de seu corpo. Vejo isso pela postura relaxada de seus ombros sob a camisa, pelo jeito como suas pernas estão levemente abertas, pela projeção de seu queixo, por seu cabelo curto caindo sobre a testa em ondas masculinas e rebeldes.

— Adoro seu cabelo nessa altura — digo, enquanto seguimos na direção da catedral. — Combina muito com você.

— Também acho — ela responde, preparando o ingresso para o guarda. Sua expressão é suave, pensativa. — É como se eu finalmente tivesse a aparência que sempre quis ter, sabe?

Entramos na catedral, entre colunas coríntias imensas encimadas por folhas de acanto e arcos romanescos com faixas de mármore preto e branco alternadas. Sobre a nave central fica um teto dourado, cada caixotão decorado com flores e rostos de anjos. Nos separamos no cruzamento entre a nave e o transepto, onde o domo ilustra a Virgem Maria em direção ao céu num turbilhão de nuvens douradas.

Quando me mudei para Paris, meu pai me falou para resguardar meu fascínio. Disse que o perigo de viver num lugar dos sonhos é que ele pode se tornar banal. As palavras exatas que usou foram: *Metade da novidade está no esplendor*, o tipo de coisa que antes me fazia pensar que ele era um gênio e agora me faz imaginar Theo simulando uma punheta. Mesmo assim, em algum momento durante as longas horas de trabalho fazendo a mesma *gelée* por três meses seguidos, perdi o apetite por admirar a vista no caminho para casa. Parei de notar toda a beleza que antes me maravilhava quando lia livros sobre ela.

Eu era cheio de fascínio quando estudava arte. Essa qualidade me fez escolher artistas renascentistas como foco de estudo, o que me permitiu escrever páginas obsessivas sobre a atenção que dispensavam à emoção e aos corpos humanos, uma parte de mim ficando tão encantada pelo barroco que Theo começou a me obrigar a colocar um dólar num pote toda vez que eu mencionava Bernini — e isso me abandonou não muito depois de Theo, mas bem mais discretamente. Só fui perceber que estou sentindo isso de novo em Bordeaux, quando saí do ônibus no château e senti o fascínio retornar como um velho amigo. A cada parada desde então, fui desabrochando, me abrindo para esse sentimento de novo.

Aqui, na abside da catedral, lembro de como era ter dezoito anos e me apaixonar pelo que lia no catálogo do curso de história da arte. Olho para as pinturas a óleo imensas e recito pigmentos da paleta renascentista — azurita e cinabre, verdete e guta. Lembro de quando aprendi o nome de todos eles, como me imaginava sendo um queijeiro em pleno século XVI e vendo a tinta emanar luz pela primeira vez. Não sei se é a Itália ou Theo que está trazendo tudo isso de volta, mas sou grato às duas.

Encontro Theo perto de um esquife dourado, lendo algo no celular.

— Estou pesquisando sobre este cara aqui — Theo comenta, apontando o queixo para o caixão. — É São Ranieri, santo padroeiro de Pisa. Acho que a gente podia ser amigo. Diz aqui: "Era um músico itinerante que tocava a noite toda e dormia o dia inteiro".

Sorrio, adorando como a mente dela funciona, e chego mais perto para ler a tela.

— "A vida dele girava em torno de comida, bebida e festas." Acho que já dormi com esse italiano em algum momento.

Ela rola a tela mais para baixo.

— Ah, mas depois ele entrou para um mosteiro e abriu mão de todas as suas posses. Mas, olha, um dos milagres dele foi multiplicar pão. Você adoraria fazer isso.

— Dependendo do pão. Vamos para o cemitério depois.

Seguimos andando até o longo campo-santo que se estende por todo o lado norte da praça. Sigo Theo pelos arcos e milhares de metros de afrescos, ainda pensando em meu queijeiro imaginário e naquelas tintas impossíveis e luminosas misturadas a óleo que ele nunca teria visto antes. É provável que olhassem para ele como Theo olha para mim agora.

Ao lado do cemitério fica o batistério redondo, seu teto abobadado parte de ladrilhos de terracota, parte de camadas de chumbo marrons e cinza. Li certa vez que o exterior foi finalizado quase dois séculos depois de ter sido começado, e isso dá para ver pela maneira como a estrutura evolui quase literalmente em termos de complexidade, começando por simples colunas bizantinas e terminando com arcos góticos pontiagudos ornamentados até o topo. O interior dele é quase todo de mármore cinza-branco liso, exceto pela fonte no centro do piso e pelo púlpito esculpido sobre ela. O resto é aberto, cercado por duas fileiras de arcos imensos que sustentam um teto alto e curvado.

— Kit, olha isso — Theo diz, apontando para uma placa que explica a matemática envolvida no teto do batistério. — O que você acha que quiseram dizer ali com "acusticamente perfeito"?

Antes que eu possa tentar adivinhar, uma guarda de crachá sai da sua estação e declara:

— *Silenzio.*

Os olhos de Theo se arregalam enquanto o murmúrio dos visitantes dá lugar ao silêncio. Detrás de uma das arcadas altas, vemos a guarda caminhar até a fonte, diretamente embaixo do ponto mais alto do teto. E então ela começa a cantar.

A princípio, segura uma nota longa e clara, um *ah* aberto que se estende até o teto cavernoso e se expande para o preencher. Então canta uma segunda nota, mais grave dessa vez, mas a primeira ainda paira no ar, ressoando entre as paredes de mármore como se ainda a estivesse segurando. Ela canta uma terceira nota, mais aguda. Os ecos se sobrepõem uns aos outros, tão altos e intensos que é como se um coro de fantasmas na lógia estivesse criando uma harmonia vocal com ela. Mas é o próprio som da voz dela que continua ecoando e ecoando, sem parar, criando uma harmonia consigo mesmo.

Uma expressão de admiração fascinada surge no rosto de Theo e, nela, vejo camada após camada, a versão antiga seguida pela versão intermediária e seguida pela versão atual, a Theo que conheci quando criança e a Theo que pude chamar de minha e a Theo que se apropriou do próprio corpo. Estão todas aqui, pairando no ar, criando uma harmonia entre si. Talvez sempre tenham estado. Talvez ultimamente ela seja tão familiar e tão nova para mim, em doses iguais, porque eu tinha ouvido a nota inicial, mas não o acorde completo. Conheci Theo antes de seus arcos terem pontas, antes de a tinta de seu acabamento ter sido inventada.

Que portento, que milagre: de alguma forma, ecos de Theo.

— — —

Temos ingressos para visitar o topo da torre, mas o calor nos deixou sonolentos demais para subir a escada. Compramos gelato de uma das sorveterias ao redor da praça e admiramos a torre da escada da catedral mais embaixo.

Theo ergue a cabeça para ver tudo, até o topo do campanário, todos os arcos romanescos repetidos formando um padrão de meias-

-luas parecido com fileiras de salgados deste ângulo. Ela coloca uma colherada de gelato de cereja-amarena na boca e solta um *hm*.

— Eu me sinto melhor do que imaginava em relação a ontem à noite — ela diz, com naturalidade.

Repouso a colher no meu copo de fior di latte. Não achava que conversaríamos sobre isso. Curvo a boca, esperando demonstrar apenas um interesse leve, e não um alívio óbvio e profundo.

— O que você estava esperando?

— Não sei. Achei que eu ficaria com mais raiva? — Ela solta uma risada. — De mim, por ter feito aquilo, ou de você, por me ter feito querer. Mas me sinto... bem. Com certo alívio, até. Acho que estou feliz por a gente ter feito.

— Que bom. Que bom, mesmo, porque eu... — Eu deveria me conter. Não deveria pedir mais. Mas acho que talvez eu morra se aquela tiver sido a última vez que ela tocou em mim. — Eu adoraria continuar fazendo.

Uma pausa. Theo espeta a colher na massa de gelato.

— Beleza.

— Beleza?

— Beleza, ué, foda-se, por que não? — O olhar dela deriva ao longe, onde colinas douradas encontram um grande céu azul, um tom perigoso e embriagado na voz que faz meu coração bater forte. — Tipo... nada nesta vida importa muito, só o que a gente tem vontade e o que é gostoso. Sabe? Experimentar de tudo, transar do jeito que a gente tem vontade, nada importa muito além disso. Entende o que quero dizer?

— Claro — digo. — Eu sou francês. Foi a gente que inventou essa ideia aí.

— Exatamente — Theo concorda. Então vira para mim. — Mas preciso te contar uma coisa, se for para a gente continuar se pegando.

Me preparo para ouvir que tudo isso não passou de uma pegadinha, que ela vai querer impor uma condição.

— Sou todo ouvidos.

— Então — Theo começa —, não sei você, mas depois que a gente terminou eu meio que não tinha mais certeza de quem eu era.

Penso em meu primeiro ano depois de Theo, chafurdando em poesia e folhados, despejando todo o meu amor em qualquer pessoa que encontrasse e acordando, depois, ainda cheio de amor, me perguntando se o problema sempre tinha sido eu.

— Sei como é.

Theo assente.

— Então, voltei lá pro início da minha vida. Tipo, pra estaca zero. E comecei a repassar tudo e entender onde as coisas se encaixavam. E um dos principais pontos que descobri é que... — Uma pausa, uma ruga de reflexão entre as sobrancelhas. — Acho que gênero sempre foi mais complicado para mim do que eu queria admitir.

Ah. *Ah.*

— Não me vejo necessariamente como uma coisa específica, estática — Theo continua —, mas, se eu tiver que escolher, a não binariedade talvez seja o que melhor me define, mais ou menos. Só sei que sou muitas coisas, mas nenhuma delas é mulher. Faz sentido?

Pra ser sincero, fazer sentido não deveria importar. Eu aceitaria qualquer coisa de Theo, mesmo se não estivesse de acordo com as leis deste mundo ou de qualquer outro. Mas, e o que é mais importante, faz sentido *sim*. Percebo que não se trata de uma revelação, está mais para uma explicação de algo que eu nunca tinha conseguido colocar em palavras sobre Theo, parecido com o dia em que aprendi o que era uma superfloração.

— Talvez nada do que você tenha me dito até hoje tenha feito tanto sentido quanto isso — digo. Theo ri como se eu estivesse brincando, mas mantenho o contato visual. — Estou falando sério. É claro que você é assim. É o que você tem sido desde sempre.

— Você acha?

— Theo, você é... você tem alguma noção do quanto é gigante?

— Sim, eu tenho quase um e oitenta.

— Não estraga o momento, eu estou sendo sincero — provoco, batendo o punho no ombro de Theo. — Você é uma pessoa... expansiva. Preenche todo o espaço. É você que aumenta o mundo para que consiga caber dentro dele. Então, não, eu não estou surpreso por você não se encaixar numa ideia única de gênero.

— Isso é... uma puta gentileza sua — Theo responde, a voz suave, mas firme, os joelhos erguidos à altura do queixo. — Mas... pois é, eu não conto para todo mundo com quem fico, mas, se for para isso virar uma coisa regular, acho que é importante que você saiba. Além do mais, eu venho querendo te contar.

Uma coisa regular.

— Fico feliz que tenha me contado — digo, com sinceridade. Então expresso a preocupação que vem martelando no fundo da minha mente há um minuto. — Posso perguntar... se estou usando os pronomes errados?

— Argh. — Theo suspira, a testa nos joelhos. — Não exatamente? Acho que ainda estou meio que indo aos pouquinhos. Já faz uns três anos que sou *elu* para todos os meus amigos, mas ainda não aposentei o *ela* por completo, porque às vezes não dá para evitar. Não quero ter que explicar isso para os meus pais e prefiro morrer a ver alguma manchete idiota sobre *A irmã de Sloane Flowerday, Rainha Não Binária!* Não quero ter que ficar corrigindo qualquer estranho que me chame de moça ou *mademoiselle* ou *señorita*. E, no trabalho, seria só... tipo, impraticável. Então, se eu mantiver o *ela* como uma opção por enquanto, essas coisas não vão me atingir tanto. Consigo enxergar de uma forma, na minha cabeça, que não me machuca. Como oferecer um Nebbiolo muito maravilhoso, complexo e aderente para uma mesa mas aceitar que o cliente prefere pedir o tinto da casa porque é familiar e ele não precisa pensar. *Tecnicamente* não está errado, mas...

— Você queria que eles tivessem tentado.

— Só acho que teria sido uma experiência mais rica — Theo diz, sorrindo um pouco. — Mas, enfim, as pessoas que me conhecem melhor dizem: "Essu é Theo, elu é minhe amigue". E gostaria que você fosse incluído nessa.

Minhas mãos vagam, como que por reflexo, em direção ao meu peito, sobre o coração.

— Essu é Theo, elu é minhe amigue — experimento. — É, fica muito melhor assim. Encorpado.

Elu começa a fazer careta, mas não consegue esconder o riso.

— Está avaliando a textura que os pronomes têm no paladar?

— É, ué, claro — digo, rindo também. — É uma safra muito boa. Tem um retrogosto forte. Notas de fantasia de Indiana Jones no Halloween da quinta série.

— Pelo menos as pessoas sabiam quem eu era. Todo mundo achou que você era o Abraham Lincoln de vestido.

— Como eu poderia saber que ninguém reconheceria Gustav Klimt? Eu tinha onze anos!

— Onde sua mãe achou uma bata druida infantil?

— Ela mesma costurou — digo, ainda rindo. — Nossa, às vezes eu fico achando que ela me apoiava até *demais*.

— Ela teria adorado nossos Sonny & Cher.

— Sim — concordo, com a voz mais suave. — Aquela foi uma noite boa.

Um grupo de excursão sai da torre e passa por nós em um silvo de saias leves e bermudas. Ficamos observando num silêncio confortável, ouvindo o guia deles recitar a história do campanário em mandarim até serem absorvidos pelo resto dos turistas que atravessam a praça.

— Meio que adoro que nós dois estávamos de drag na primeira vez que a gente dormiu junto — Theo diz, voltando a nossa conversa. — Sexo é melhor quando a pessoa com que você está entende você de verdade e entende como olhar para você.

Penso nisso por um instante.

— Se vale de alguma coisa… — Procuro o jeito certo de expressar o que estou pensando. — Sabe como a gente se sente atraído por homens de uma forma diferente de como se sente atraído por mulheres? Tem um sabor diferente ou vem de um lugar diferente.

Theo faz que sim; já conversamos muitas vezes sobre isso.

— Sei.

— Sentir… atração por você — digo, para não falar outra coisa — sempre veio de um lugar completamente diferente. Ou talvez de todos os lugares ao mesmo tempo. Mas nunca foi exclusivamente uma coisa ou outra.

— Gostei disso — elu responde.

O sol destaca o dourado nos olhos de Theo. Sinto que o momento fica mais tranquilo.

— Então… — digo. — Uma coisa regular?

Theo sorri. Estende a mão e, por um momento, entrelaça nossos dedos sujos de graxa, depois se levanta de um salto. Está quase na hora de encontrar Fabrizio.

— Isso — Theo diz. — Mas fui eu que fiz todo o trabalho da última vez.

— Ah, o *trabalho*?

— Agora é sua vez de tomar uma atitude. — Elu dá dois passos para trás, ainda sorrindo, balançando sobre os calcanhares. — Vou ficar esperando.

FLORENÇA COMBINA COM:

Campari spritz, *cornetti alla marmellata di albicocche*

Florença

Não deve haver nenhum tributo à Renascença tão verdadeiro, válido e digno quanto morrer de tesão nas ruas de Florença.

Filippo Lippi era um monge carmelita quando se apaixonou pela freira que posava para suas pinturas de Madonna. Botticelli desejava tão ardentemente sua musa, Simonetta, que a pintou como Vênus dez anos depois da morte dela. Donatello muito provavelmente abriu o próprio *doppietto* para Brunelleschi. Da Vinci queria fazer um sexo violento com Michelangelo, que, por sua vez, era tão obcecado pelo jovem Tommaso Cavalieri que se esculpiu em submissão entre as pernas nuas do lorde e chamou a peça de *Vitória*. Raphael praticamente morreu de exaustão de tanto pintar e foder.

E eu... eu estou sobre as pedras pretas na frente de uma *caffetteria*, observando Theo comer um folhado.

Theo está usando aquela calça cargo marrom-clara, que deixa elu parecendo que passou o dia todo operando uma máquina de impressão a vapor. A camisa marca os pontos mais largos dos ombros e se estreita na cintura. Quando elu morde o canto de um *cornetto*, franze a testa, e sua expressão vai da investigação ao prazer.

Estamos viajando com um terceiro elemento agora: a compreensão mútua de que vamos fazer sexo de novo. Que posso escolher quando e como. Sinto cada momento melado feito xarope de tanta intenção e expectativa, atingindo em cheio meu palato, o gosto de hora H.

Mas tenho um plano. Fiquei acordado até tarde na cama do hostel florentino traçando o momento certo, escolhendo o lugar ideal, e só vamos chegar lá daqui a duas horas, então é preciso esperar. Theo merece isso.

Me obrigo a olhar fixamente para os copos de café de papel que

Theo colocou em minhas mãos. Ambos são escuros, mas um é preto e o outro tem um tom mais claro. Theo termina de enfiar euros em sua pochete e pega o café mais escuro de mim, flocos de *cornetto* caindo pelo ar quente da manhã.

Enquanto atravessamos um beco estreito na direção do Duomo, pergunto:

— Você toma café preto agora?

— Desde que comecei a tomar café com meu sommelier todo dia — Theo diz. — É assim que ele toma. Tenho uma teoria de que é a fonte de todo o poder dele.

— O sommelier… ainda é o mesmo? Aquele com o rabo de cavalo e a tatuagem de um rato fumando charuto, e…

— Que tá sempre de macacão de couro, é.

— O chef confeiteiro também não mudou? — pergunto. Eu gostava do antigo.

— Mudou, contrataram um novo, mas que não é tão bom. Você ainda pede a mesma coisa, né? Pequeno creme, grande açúcar?

Sorrio. É uma piada antiga, algo que murmurei certa vez quando estava cansado demais para pensar em inglês, o tipo de coisa que pega.

— Pequeno creme, grande açúcar — confirmo. A boca de Theo forma um sorrisinho satisfeito. Elu dá outra mordida no *cornetto*, revelando uma geleia laranja no centro amanteigado. — O recheio é de quê?

— *Albicocca* — diz elu num sotaque italiano de Super Mario com a boca cheia. Engole e traduz: — Damasco.

— Toma café preto *e* fala italiano? Uau, a bourdainificação de Theo Flowerday — digo, fingindo que isso não me excita.

Eu treparia com Anthony Bourdain em todas as fases da vida dele e nós dois sabemos disso.

— Sim, igual ao Tony, eu aprendi a falar todas as comidas e os xingamentos trabalhando com alta gastronomia. *Vaffanculo!* — Um adolescente italiano que está passando se vira de repente. — Não você! *Scusa!*

Entramos em outra rua estreita, prédios com as mesmas paredes marrom-douradas e janelas verdes que a anterior e as anteriores a ela. Turistas, táxis e homens em cima de scooters lotam a rua e as calçadas altas de paralelepípedo, mas o que domina a vista é a estrutura imensa que se assoma mais à frente na abertura de uma rua, o lado da catedral tão larga e alta que ofusca o mundo à sua volta. Uma fresta do domo tijolado se entrevê como uma lua crescente vermelha.

Theo ergue o folhado que está comendo, comparando o formato de lua crescente dele ao do domo.

— Qual é a diferença entre isso aqui e um croissant?

— Na massa do *cornetto* vão ovos — digo. — Já a massa do croissant é pura manteiga. É por isso que os croissants têm mais camadas, e a textura do *cornetto* lembra mais...

— A de um brioche.

— Isso — digo, sorrindo. Maxine disse mesmo que elu é *un.e bon.ne étudiant.e.* — Posso experimentar? Ouvi dizer que damascos são mais doces na Itália.

Theo me passa o *cornetto*, e experimento, deixando que a compota se espalhe por todas as partes da minha língua.

— São *mesmo* mais doces — digo. Theo olha para mim com divertimento. — Quê?

Elu pega os óculos de sol no bolso da camisa e os coloca.

— Lembra que eu te contei que sonhei com você fazendo uma coisa?

O sonho em que chupei Theo em uma mesa de restaurante em Barcelona? Mais fácil eu esquecer como se faz uma baguete.

— Lembro.

— Então, no meu sonho, você também comia um damasco.

Theo sorri e sai correndo na direção da praça.

Quando me recomponho o suficiente para ir atrás, elu está parade na frente da catedral com a cabeça erguida. O sorriso virou uma risada silenciosa e incrédula, normalmente reservada apenas a sequências de ação particularmente boas da franquia Velozes & Furiosos.

— Essa deve ser a coisa mais legal que já vi na vida — elu diz.

Quando se passa quatro anos estudando arte e arquitetura renascentista com um foco especial no sul da Europa, não dá pra evitar nutrir um amor romântico pelo Duomo di Firenze — Cattedrale di Santa Maria del Fiore, a Catedral de Florença, o Duomo. Eu sonhava em estar aqui. Sabia, racionalmente, que ela seria quase três vezes mais alta que a Notre-Dame e uma vez e meia mais larga. Li sobre todos os detalhes elaborados, da arquitetura que Brunelleschi inventou para tornar o domo fisicamente possível até as centenas de milhares de painéis de mármore verdes, rosa e brancos intricados, colocados à mão para adornar o exterior. Mas mesmo assim, fico chocado.

Me faz pensar num bolo. Pasta americana para os detalhes do rendilhado das janelas, renda de açúcar para a folhagem sobre os portais, camadas precisas de *biscuit joconde* de baunilha, framboesa e pistache para as camadas policrômicas do mármore. Da mesma forma que na Torre de Pisa, só consigo entender o Duomo em termos de sobremesa.

— Não consigo nem acreditar que foram pessoas que fizeram isso — expiro. — Não acredito que estou tendo o privilégio de ver isso.

Theo se vira para mim.

— Você não… pensei que já tivesse vindo para a Itália.

— Só Veneza.

— Ah. Então, o resto dos lugares na excursão vão ser novos para nós dois?

Esqueci que elu não sabe.

— Todos foram novos para mim, tirando Paris, e fui para Nice quando tinha cinco anos uma vez — digo. — A gente combinou de visitar esses lugares juntos. Parecia errado ir sem você.

Theo morde o lábio, os olhos escondidos atrás dos óculos escuros. Penso na dureza súbita de seu tom de voz em Paris, quando elu disse que poderia ter viajado sem mim. Eu acreditei nelu na época, mas agora… *je ne sais pas.*

Por fim, Theo diz:

— Quer ver uma coisa interessante?

— Difícil imaginar alguma coisa mais interessante do que o que estou vendo agora.

— E se forem quatro pessoas dividindo um cone de gelato?

— Quê?

Sigo seu olhar até uma barraca de gelato onde os Calums, Dakota e Montana estão passando entre si um único cone de stracciatella meio derretido.

— Aah. — Franzo a testa em aprovação quando Calum Ruivo passa a língua pelo cone depois o estende para Montana experimentar.

— É o espírito italiano.

— Eu só faria algo assim se estivesse transando com a pessoa — Theo diz. — As duas meninas de quem eles estavam falando, aquelas que fizeram um ménage com Calum Loiro... acha que ele estava se referindo a Dakota e Montana?

Dakota lambe uma gota escorrida de chocolate da mão de Calum Loiro e preciso me segurar para não aplaudir. Quengas no topo.

— Se for, bom para eles. Parece que fizeram as pazes.

— Vai ver contabilizaram os pontos de cada um — Theo sugere.

— Talvez a gente não tenha sido os únicos a aprontar em Cinque Terre.

Achamos Fabrizio em nosso ponto de encontro na praça, disputando com outro guia num italiano veemente o melhor lugar na frente da catedral. Ele termina com fogo nos olhos e um gesto discreto de *vai se foder* com a mão embaixo do queixo, mas consegue o lugar que queria, o que o deixa instantaneamente de bom humor.

— *Buongiorno, amici!* — grita, batendo palmas. — Vamos começar nossa caminhada por Firenze? *Sì?* Acho que hoje, como temos muitos apaixonados em nosso grupo — juro que os olhos dele pousam nos meus de forma zombeteira —, vou levar vocês por um tour especial pela *paixão* da história florentina. Os casos secretos, as traições, os grandes amores, os escândalos. O que acham? Sim? *Andiamo!*

Começamos pela catedral, a voz de Fabrizio suave enquanto explica todos os painéis e detalhes projetados, as faixas contrastantes de mármore vermelho de Siena, verde de Prato, branco de Carrara. Aponta para cima, onde um canteiro rancoroso pendurou secretamente uma cabeça de touro com os chifres apontados para a alfaiataria do marido de sua amante. Depois, nos guia até o Palazzo Pazzi, um palácio rústico que foi lar da poderosa família Pazzi, que conspirou para matar os ainda mais poderosos príncipes Médici a punhaladas no altar do Duomo no meio da missa do domingo de Páscoa. Em seu exterior fica uma pequena porta que bate mais ou menos na altura do peito, uma janela do vinho que restou dos tempos da praga, uma curiosidade que Theo acha tão divertida que fica para trás para tirar uma foto boa para o sommelier.

A próxima parada é... uau.

Os velhos becos são tão fechados e sinuosos que a Piazza della Signoria parece se abrir do mais absoluto nada. Ela se estende num lago de pedra preta, grupos de turistas rodeando-a feito cardumes de peixes. Diretamente acima, água sai de uma fonte de mármore branco majestosa, decorada por estátuas de bronze de faunos e sátiros, uma escultura imensa e poderosa de um homem nu saído de uma carruagem em forma de concha em seu centro.

— A *Fonte de Netuno*! — Fabrizio anuncia com um floreio.

Já contemplei as nádegas de um monte de esculturas nuas, mas juro que essa é uma representação extraordinariamente sexy de Netuno. Talvez seja o tesão ambiente, mas a bunda redonda e musculosa desse Netuno é...

— Voluptuosa — Theo ofega, sem ar, depois de correr para nos alcançar. — Que bunda mais voluptuosa.

Eu me viro e vejo Theo corade de exaustão, a camisa ficando marcada de suor. *Buongiorno*, tesão ambiente.

— *Sì*, muito sexy! — Fabrizio diz. — Tão sexy que o escultor depois denuncia este Netuno e suas outras esculturas nuas por induzir as pessoas ao pecado.

— Isso é verdade? — pergunto.

— Mais ou menos — Fabrizio diz com uma piscadela.

Diante de uma estátua de bronze de um homem no dorso de um cavalo, Fabrizio nos diz que o grão-duque Cosimo I de' Médici ficou tão enfurecido quando seu mordomo vazou os planos que tinha de se casar com a própria amante que o apunhalou no peito com uma lança decorativa no meio do Palazzo Pitti. Estudamos as esculturas na Loggia dei Lanzi: as icônicas *Sabinas* de Giambologna, a carne da imagem parecendo terrivelmente macia e realista; um Perseu de bronze com a cabeça cortada de Medusa tão difícil de fundir que o ourives atirou desesperadamente as cadeiras e panelas da própria cozinha na fornalha como combustível. Aprendemos sobre o filho safadinho de Cosimo, Francesco, no pátio do Palazzo Vecchio, pintado em afresco com as paisagens austríacas onde se casou com Joanna, arquiduquesa da Áustria (uma pintura para fazer companhia a ela enquanto o marido comia a amante que havia instalado num palácio vizinho).

Depois da Galeria Uffizi, atravessamos o Arno pela Ponte Vecchio, onde homens da Renascença se comiam furtivamente em quartos nos fundos de açougues. Visitamos o palácio de Bianca Cappello, a amante que Francesco amava tanto que teria mandado matar a própria noiva austríaca, para então seu irmão (segundo dizem) envenenar os dois. Depois, no interior do Palazzo Pitti, onde a maior parte do acervo de arte da família Médici ainda está exposta, vemos quadros de Lippi e Raphael, e Fabrizio nos conta de que forma o desejo insaciável arruinou esses dois.

É tudo tão intenso, tão caloroso, tão saboroso que, quando o tour termina, nos Jardins de Boboli, eu me sinto empanturrado de Florença. Estou suando, mal conseguindo me conter. Theo está rosa e brilhando de calor. Estamos quase no lugar que planejei para nós. *Este*, finalmente, é o momento.

— Bom — Theo diz. Fabrizio nos diz que a programação da tarde já acabou, nos deixando ao lado de um lago arborizado com uma estátua nua do deus do mar no centro. — Voltamos pro começo. Pro Netuno gostosão.

Não consigo esperar mais.

— Posso te mostrar uma coisa?

— — —

Levo Theo por túneis sinuosos de azinheira até um lugar escondido à sombra do palácio, no canto norte do jardim. É silencioso e vazio, tão fora de mão que nenhum dos outros turistas se esforça para encontrar.

— Puta merda — Theo diz quando chegamos, tirando os óculos de sol. — O que é isso?

— A Buontalenti Grotto.

É uma obra arquitetônica estranha e fantástica, a fachada constituída em parte por pilares de mármore e em parte por estalactites floridas de concreto. Se fosse possível que uma vila fosse completamente engolida por alga marinha encantada, ou que a Terra ganhasse vida e retomasse seu sedimento, imagino que este seria o resultado.

— Li sobre isso uma vez — digo. — Francesco Médici encomendou essa.

— Não creio, o namorado safadinho de Bianca Cappello? — Theo pergunta. — O nepo baby original?

— O safadinho em pessoa — digo, rindo. — Vem.

Puxo Theo pelo portão destrancado para dentro da primeira câmara, onde as paredes são esculpidas como uma caverna natural, coral esponjoso, estalagmites e ramos floridos borbulhando em direção ao teto abobadado. Afrescos de natureza afluem da claraboia aberta em um segundo cômodo mais fundo com uma estátua de Páris e Helena nos braços um do outro.

— Será que Francesco chegou a trazer Bianca aqui às escondidas para dar uns pegas? — Theo pergunta.

— Ah, quase certeza.

A terceira sala, mais ao fundo da gruta, é redonda, com pintura de pássaros voando entre vinhas, rosas e íris. A peça central dela é uma fonte de mármore de Vênus se banhando esculpida por Giambologna. Como todas as mulheres que ele representava, essa Vênus foi esculpida em puro êxtase, as curvas de seu corpo fluidas e sensuais. Se Francesco e Bianca treparam em algum desses cômodos, foi aqui.

Theo circula a sala, examinando as folhas nas paredes.

— Sabe — elu diz — tenho a impressão de que os florentinos transavam pra caralho.

Sigo na direção oposta, passando por Theo perto de um dos nichos de mosaico.

— É disso que mais gosto na arte renascentista — digo. — É tudo sobre sexo.

— Mesmo quando é sobre Jesus?

— *Especialmente* quando é sobre Jesus. Quer desculpa melhor para pendurar quadros de homens pelados por todo o seu *palazzo*? Acho que a Renascença surgiu em Florença *por causa* do sexo. Todos aqui transavam ou estavam querendo transar ou, então, estavam tentando não transar para poder virar frei, e esse sentimento impregnou em tudo. É o ambiente perfeito para um despertar artístico. O sexo está em todas as coisas bonitas que já existiram, e todas as coisas bonitas podem se tornar sexo.

Theo ri.

— Você já se perguntou se talvez não leve sexo a sério demais?

— Sinceramente, não, nunca me perguntei se estou errado em aceitar o milagre da humanidade tenra em meu coração — digo, e minha piada tem um fundinho de verdade.

— Olha o pau no cu do Kierkegaard aqui — Theo responde.

Damos a volta um pelo outro, chegando mais perto da fonte a cada nova volta.

— O que é sexo para você, então? — pergunto.

— É... físico — Theo diz, os olhos traçando os seios de Vênus. — É sobre estar presente no próprio corpo, além de força, resistência, instinto e, bom, é meio que sobre vencer.

— Você não está falando de esportes? — comento, achando graça.

— Tá, beleza, é mais do que isso. É tipo...comer uma refeição gostosa. Prazer a curto prazo. É divertido e excitante, uma das melhores formas de perder uma horinha, talvez você experimente algo novo e descubra se gosta, e aí um dia vai olhar para trás e lembrar de como foi gostoso. Mas não precisa ser mais profundo do que isso.

Passamos de novo um pelo outro, cara a cara por um momento.

— É isso mesmo que você pensa?

Suor brilha na concavidade de seu pescoço, e desejo tanto Theo que colheria esse suor e deixaria que elu me visse chupá-lo dos dedos. Lamberia que nem cachorro.

— Bom... — Theo diz, se movendo e engolindo em seco. — Talvez seja mais como preparar uma refeição gostosa. Curiosidade, criatividade.

— Paciência.

— Às vezes.

— Toda vez.

Estamos quase na Vênus, o espaço entre nós acabando.

— Às vezes é só manteiga e uma frigideira quente — Theo diz, a voz sussurrada. — Ou um... um pêssego e uma faca bem afiada.

Elu me encara na frente do pedestal da fonte, dando as costas para a deusa do amor.

— Não sei não — digo. — A faca de que me serve se a madureza do pêssego eu não observe?

— Isso aí que você falou é um poema?

— Sim. Sobre impaciência.

— Eu te disse...

— Você me disse que me mostraria — digo. Sem tirar os olhos de Theo, seguro os punhos delu ao lado do corpo. — Então me mostra.

Meu aperto é tão leve que Theo poderia se soltar se quisesse. Espero elu demonstrar que quer — que se entregue, que entreabra os lábios. Então, me afasto um pouco.

Elu observa, a testa franzida em confusão, enquanto ergo um de seus punhos à boca e, deliberadamente, sem pressa, deposito um beijo suave do lado de dentro. Por um momento, elu fica imóvel, os olhos se arregalando. Então começa a rir e parte para cima, tentando tocar minha bochecha com a ponta dos dedos, estendendo a outra mão. Mas não deixo que me toque.

Não quero me apressar. Quero tomar cuidado, tocar nelu como elu merece ser tocade.

Levo as mãos de Theo para as costas delu, até a beira da fonte. Assim, segurando as palmas delu contra o mármore, envolvo seu corpo. Mais um centímetro e nossos peitos ficariam rentes, nossos quadris alinhados, então me esforço para nada disso acontecer quando beijo seu pescoço. Elu inspira de forma súbita e solta mais uma risada.

Continua rindo enquanto traço beijos por seu pescoço e seu queixo, sua bochecha e sua têmpora. Sinto a pele delu quente e salgada sob meus lábios, matizada por aquele aroma essencial característico de Theo de laranja-azeda e especiaria. Não demora para elu parar de rir.

— Vai *logo*. — O corpo delu se tensiona para a frente, mas me retraio, mesmo quando elu tenta pisar em meu pé.

— Paciência — lembro a elu.

Theo resmunga, mas não tenta pisar no meu pé de novo.

Passo para o outro lado de seu pescoço e o trato da mesma forma, e os resmungos e bufos de frustração começam a se dissolver em suspiros. Beijo, provoco e passo a língua até o corpo delu ficar mole, até eu me dar conta de que elu parou de fazer qualquer barulho.

Quando recuo para olhar para elu, há uma tensão em sua testa e nos cantos de sua boca. Conheço bem essa expressão, porque eu mesmo a faço quando não quero demonstrar o que sinto. É a cara de quem está sendo dominado por um sentimento, com medo de que ele estoure antes do que deveria.

Meus olhos falam por mim. *O que está escondendo de mim?*

Os delu respondem: *Por favor, não pergunta.*

Parte de mim quer continuar insistindo até Theo ceder. Mas uma parte muito maior quer ser gentil. Eu gostaria que elu tivesse pena de mim.

— Mesmas regras? — pergunto, em voz alta desta vez.

Theo assente.

— Sim. Mesmas regras.

— Me fala se começar a ficar exagerado.

Puxo o punho delu para virar seu corpo e colocar suas mãos na fonte de novo, de costas para mim, o rosto voltado para a Vênus para que eu não o veja. Por fim, encosto meu corpo ao seu, peito com costas, quadril com bunda, pernas entrançadas. Enfio o nariz embaixo da gola de sua camisa e mordo seu pescoço até elu gemer, jogar os quadris para trás e abrir ainda mais as pernas. Minhas mãos traçam seus antebraços, os músculos se flexionando enquanto elu aperta o mármore com as mãos, então passo para seu pescoço, para a pele macia e firme ali.

Com a mão em seu cinto, pergunto de novo:

— Mesmas regras?

— Mesmas regras, porra — Theo retruca, se esforçando heroicamente para manter o quadril parado.

Chegando, por fim, ao limite da minha própria paciência, tiro o cinto delu e aperto a frente de sua calça até a palma da minha mão encontrar a ondulação quente e macia entre suas pernas.

O primeiro contato atinge a nós dois com força. Theo solta um grunhido baixo e sufocado de desespero. Já estive na boca de outras pessoas esta semana, passei a língua entre as nádegas de um estranho, mas, mesmo assim, enfiar a mão dentro da calça de Theo — mesmo muito de leve, mal encostando — parece ser mais intenso do que tudo isso, mais íntimo.

Elu está usando o mesmo tipo de cueca boxer que tinha usado em Barcelona, fino o bastante para sentir o que fica dentro, largo o bastante para permitir movimento. Exploro mais, traçando o dedo médio por sobre a costura no centro, sugerindo uma abertura. Theo responde com um choramingo desesperado, os cadarços de suas botas riscando o chão de pedra enquanto elu estica o corpo todo.

Minha outra mão vaga até o pescoço delu, mas sem apertar, apenas segurando com os dedos relaxados e abertos, sentindo o movimento de sua respiração. Levo seu queixo para o lado, roço os dentes suavemente contra a articulação de sua mandíbula e, então, mais embaixo, em sua pulsação. A palpitação delu está mais rápida agora, e eu poderia me dissolver em gratidão por estar tão perto por tempo o suficiente para conseguir medir e comparar.

— Já fui paciente o bastante? — elu implora.

Assinto em seu cabelo, sorrindo com o tom irascível de sua voz, e, finalmente, dou o que elu pede.

Meus dedos encontram o destino que vinham buscando, inchado e óbvio mesmo através da barreira de tecido úmido, confirmado pelo grito curto e chocado de Theo. É fácil ajustar o punho e encontrar o ângulo certo, como me localizar em meu apartamento com as luzes apagadas, sem precisar ver para saber onde estão as coisas em minha própria casa.

Masturbo Theo como me lembro que elu gosta, forte, firme e incessante, e elu se entrega a cada movimento, fazendo barulho demais enquanto vai chegando ao clímax. Minha mão passa do pescoço para a boca; e elu me morde.

Quando Theo goza, é com um movimento abrupto do quadril e um grunhido furioso. Eu seguro seu corpo, até elu cuspir minha mão com uma risada leve e ofegante.

— Porra — elu expira. — Não sabia que eu conseguia gozar só assim.

— Viu? — digo, beijando a orelha delu. — Paciência.

— Vai se *foder*. — Elu tira a mão da fonte e se vira para mim, o rosto corado e saciado, estampando um sorriso entreaberto. — Quer que eu…?

Elu baixa os olhos. Estou meia-bomba, não por falta de vontade, mas não posso ter o que mais quero. Não aqui, não agora.

— Estou bem — digo. — Essa foi só para você.

Uma emoção complica a expressão delu, enrugando o canto de seus olhos. Mas desta vez Theo relaxa antes que eu consiga interpretar.

— Beleza, então — elu diz. — O almoço é por minha conta. Está com fome?

Com elu, sempre estou.

— — —

— Focaccia — Theo diz, no dia seguinte.

— *Schiacciata.*

— Focaccia?

— Isso é *schiacciata.*

— Pra mim não faz a menor diferença.

Aponto por sobre a cabeça dos outros doze turistas espremidos na All'Antico Vinaio com a gente para a pilha de *schiacciatas* marrom- -douradas e achatadas em cima da vitrine de recheios de sanduíche.

— Não está vendo que o pão é mais fino do que o que comemos em Cinque Terre?

— Não — Theo responde. — Explica de novo.

Os olhos delu brilham sob a luz do meio-dia que entra pela fachada da sanduicheria, e sei que elu vê diferença, sim. Só quer saber quantas vezes vou repetir. Nada estimula tanto Theo quanto uma prova de resistência.

— Então, embora *pareçam* semelhantes, a focaccia e a *schiacciata* têm texturas completamente diferentes. A focaccia é mais macia e leve, quase esponjosa. A *schiacciata* é sovada por mais tempo e fica descansando por menos, então é mais achatada e borrachuda.

— Hmm. — Theo bate o dedo no queixo, visivelmente contendo uma risada. — Não sei se acredito em você.

Um padeiro idoso sai dos fundos e empilha mais uma dezena de retângulos com as crostas torradas de *schiacciata* na bancada de preparação. Está suando e rindo, coberto de farinha até os cotovelos, e sorrio. Conheço bem esse tipo de padeiro. O tipo que se dá bem numa cozinha simples comandada por outra pessoa, contente em misturar e sovar e assar a mesma receita de sempre todo dia. São sempre os padeiros mais felizes. Eu o invejo.

— Próximo!

Peço mortadela e stracciatella com *crema di pistachio.* Theo pede salame toscano com alcachofra e beringela temperada. A fila se estende até o beco ao lado do Palazzo Vecchio, passando por uma máquina de venda automática cheia de camisinhas e anéis penianos, e indo quase até os degraus da Galeria Uffizi, mas, quando vejo meu sanduíche, finalmente entendo por que Theo insistiu na espera. É quase do tamanho da minha cabeça.

Nos separamos à tarde; eu vou para a Galeria Uffizi, para ver os Botticelli, Theo para o tour guiado de Fabrizio do *David* de Michelangelo. Fico para trás, perto de uma estátua de Lorenzo, o Magnífico, para terminar meu sanduíche, deixando o pessoal da excursão seguir na frente. Gosto de verdade dos suecos, mas passei a vida toda esperando para ver as pinturas desse museu, e quero fazer isso sozinho. Quero fazer disso um evento. Maxine diz que sou "preciosista demais", mas simplesmente amo um momento perfeito.

Quando as nuvens estão perfeitas, o retrogosto de pistache se assenta em minha língua e uma brisa quente sopra do Arno, deixo que a multidão me conduza escada acima e museu adentro.

Arte é o motivo por que estou vivo. Não no sentido figurativo, embora deva ser verdade também, mas no sentido literal, biológico.

Meu pai tinha trinta e um anos quando decidiu estudar em Paris. Conheceu meu tio Thierry por colegas da faculdade enquanto se debruçava na poesia romântica francesa com um visto estudantil e foi numa das festas artísticas nebulosas de Thierry no *pied-à-terre* que ele notou as pinturas em aquarela na cozinha. Ficou fascinado por elas. No fim das contas, a artista viria a ser ninguém menos que minha mãe, e Thierry estava planejando uma viagem a Pérouges caso meu pai quisesse acompanhá-los.

Meus pais juravam que tinha sido amor à primeira vista. Minha mãe era dez anos mais nova, morando e pintando no quarto do andar de cima dos meus avós a três casas daquela onde eu viria a crescer. Eles passaram a noite toda andando pela vila, apenas conversando. Ao nascer do sol, se beijaram e, antes de o sol se pôr, ele já tinha pedido ao antigo colega de apartamento em Ohio que vendesse as coisas dele porque não voltaria mais.

Quando eu era pequeno, ficava sentado com minha mãe enquanto ela pintava flores no jardim — ou, depois que nos mudamos, na estufa. Ela me contava sobre seus artistas franceses favoritos, tirava livros das prateleiras e me mostrava o que eles haviam pintado. Manet, Monet, Van Gogh. Cézanne era quem ela mais amava. Penso nela sempre que vejo um marmelo num quadro.

Depois que ela se foi, eu me sentava no lugar em que ela se sentava no jardim e pintava aquarelas para que seu cavalete não ficasse vazio. Pintava sumos de cereja e amora em massas de torta como ela havia me mostrado quando aprendemos a assar juntos. Em minha adolescência, em Nova York, eu passava horas vagando por museus, à procura de marmelos. E, quando tive a opção de ir para qualquer lugar para estudar qualquer coisa, escolhi história da arte para ficar perto dela e Santa Bárbara para ficar perto de Theo.

Terminei minha graduação cheio de curiosidade e inspiração e descobri que meu diploma só servia para trabalhar em museus, fazendo as mesmas coisas todos os dias e olhando para a mesma meia dúzia de obras. Eu queria continuar a descobrir, a criar coisas. Foi isso que me levou de volta à confeitaria e, agora, posso criar coisas todos os dias. Passo todos os dias na mesma bancada numa das melhores cozinhas de Paris, repetindo os passos das receitas que outra pessoa escreveu sem absolutamente qualquer desvio. E sou ótimo nisso, o que ouvi dizer que deveria ser gratificante.

Tudo isso para dizer que mal posso esperar para ver o que a Uffizi tem a me oferecer.

Vago por longos corredores decorados por caixotões e repletos de flores e querubins pintados à mão, me esforçando para saborear tudo. Os painéis dourados, a *Madonna* de Lippi, a duquesa e o duque do díptico de Urbino. Passo reto pelas salas com as pinturas de Botticelli, decidindo guardá-las para o final. Então vêm a *Anunciação* de Da Vinci, os mapas em afresco na plataforma no terraço do andar de cima, o *Doni Tondo* de Michelangelo e a *Vênus de Urbino*. Quando me dou por satisfeito, volto, passo por retratos a óleo de duques e duquesas cercando os corredores e entro nas salas de Botticelli.

Ao chegar, aprecio cada pintura individualmente, sem pressa. Eu até trouxe meu caderno, mas não há como capturar a maneira com que cada obra é etérea, a iluminação de cada uma, como o pincel de Botticelli conseguia capturar cada pétala de flor com uma precisão científica e ainda assim imbuir tudo com a graça diáfana de um sonho. Vinte minutos se passam enquanto contemplo *Primavera*, espantado pelas ondas finas das Graças, as flores saindo da boca da ninfa para se tornarem as mesmas que adornam o vestido da deusa, o rosto altivo, sereno e levemente sorridente da própria Flora.

Meu celular vibra com uma mensagem de Theo: uma foto granulada em zoom do pau e das bolas de *David*.

Delícia, respondo. Retribuo com uma foto da *Calúnia de Apeles*, uma pintura dramática de gente bonita metida em mantos esvoaçantes brigando em uma sala do trono ornamentada. É assim que imagino Númenor. Theo responde: nerd e <3 e então manda uma foto da bunda de *David*.

Finalmente, quando a multidão se dispersa, eu me aproximo, reverente, de *O nascimento de Vênus*.

Quando meu primeiro e tão aguardado olhar percorre o cabelo de Vênus soprado pelo vento, aquele tom acobreado icônico, me dou conta de que já vi aquela cor antes. Três vezes, na verdade, em Sloane, Este e Theo.

Vênus tem o ruivo-loiro dos Flowerday.

Parece estranho ver uma coisa que me lembra Theo numa representação do divino feminino. Nunca vi nenhuma mulher em Theo (neste ponto, elu diria: *na verdade, tecnicamente,* e mencionaria algumas das vezes em que levamos uma marmita pra casa), mas já vi outra coisa. Uma qualidade eterna e inefável presente nesta pintura. Vejo Theo na maneira como Vênus joga o peso do corpo para um lado e projeta o quadril para fora numa postura contraposta, o queixo e o maxilar de Theo no rosto de Vênus, o sorriso sutil de Theo no formato da boca de Vênus, a vitalidade risonha de Theo no cabelo de Vênus voando.

Entretanto, quanto mais eu a encaro, mais começo a ver partes de mim também. O olhar dela, a fluidez de seu corpo, a maneira como os dedos pousam sobre o próprio seio. Se Theo estivesse aqui, me reconheceria da mesma forma como eu reconheço elu? Ficaria se perguntando, exatamente como estou fazendo, como é possível que tenhamos nos encontrado aqui, num Botticelli, saindo da espuma do mar?

Fico imaginando Theo a algumas ruas daqui, embaixo do *David*, aquele monumento à beleza masculina, nos encontrando nele da mesma forma que nos encontrei em Vênus. Comparando as coxas delu às coxas dele, meus lábios aos lábios dele, os joelhos delu, seus ombros, minha cintura, nossas clavículas. Espero que Theo olhe para aquele maravilhoso mármore esculpido e veja os lugares onde o corpo delu abriga tanto do divino masculino quanto o de *David*. Espero que isso faça com que ele se sinta reconhecide.

Fico ali, na presença de Vênus, até dois minutos antes do aperitivo, relutante em tirar os olhos. Ela me enche de sonhos nos quais eu e Theo estamos numa praia coberta de pétalas, enche minha boca do gosto de sal marinho e água de rosas e flores cítricas. Então tenho uma ideia para um novo doce: uma madeleine bem leve e moldada em formato de concha, infundida em água de rosas e levemente salgada, um toque de um *crémeux* de limão-siciliano e coberta por prímula cristalizada. Anoto, embora não saiba para que eu usaria isso.

— — —

Na França, tomamos um *apéro* antes do jantar. Na minha família, era kir num copo de suco com um toque de Lillet Blanc. Creme de cassis, vinho branco, uma pitada de casca de laranja e mel. *Maman* sempre dizia que um *apéritif* deve ser doce para a refeição descer suave, embora eu desconfiasse que ela só gostava mesmo do sabor de Lillet.

Na Itália, o aperitivo normalmente é amargo. Vermute, Campari, Aperol. A filosofia é de que as ervas amargas chocam o paladar para transformá-lo numa tela em branco para quaisquer que sejam os sabores que venham na sequência. Pelo menos é isso que Fabrizio nos diz na frente de um café perto de Duomo, onde nos encontramos para tomar Campari spritzes em mesas frágeis de café que bamboleiam sobre as pedras da praça.

O sol de fim de tarde ilumina Theo por trás enquanto ele se recosta em sua cadeira. Observo elu rindo de Dakota, que descobre que um spritz é a única forma de conseguir um copo cheio de gelo na Itália e pede outros três seguidos. Theo faz anotações sobre sabores, passa os dedos no cabelo, se reclina em sua postura típica com as pernas abertas, pega uma bandana e a amarra ao redor do pescoço. Quando me mudei para os EUA, pensava que Theo talvez pudesse virar um daqueles caubóis dos livros estadunidenses que meu pai comprava para mim.

Caubóis, flores. David, Vênus, Theo.

Não sei como não desconfiei antes. Eu definitivamente pressentia muito antes de Theo explicar isso para mim usando palavras. Como elu poderia não ter sido sempre tudo que eu queria que fosse? Tudo pelo que me atraio, todos os aspectos do masculino e do feminino de que mais gosto. Não sei se amo Theo porque sou queer ou se sou queer porque amo Theo, mas sei que não existe nada nesse mundo que eu precise que elu não tenha para dar. Se sou um homem em uma busca constante pelo prazer, Theo é o orgasmo. O auge de tudo.

Fico me perguntando: se Theo nunca tivesse ficado só, será que teria chegado a se descobrir algum dia? Ou será que a segurança e a rotina teriam obrigado elu a se apequenar? Será que sempre haveria um limite ao quanto elu conheceria de si, ao quanto delu eu conheceria?

Que tragédia teria sido um amor confortável, redutor.

Sempre concordei com os franceses que uma refeição deveria começar pela doçura, mas estou começando a me questionar se na verdade quem acertou não foram os italianos — se, às vezes, a descoberta não exige algo amargo primeiro.

— — —

— *Theeee-oh, Theeee-oh, Theeee-oh!*

Foram os Calums que começaram o coro, mas a mesa inteira entrou na brincadeira, batendo os punhos até os pratos chacoalharem. Theo fica em pé, corade, mas claramente contente pela atenção.

— Tá, manda ver.

Fabrizio nos passa três taças vazias e Theo nos dá as costas enquanto sirvo um vinho diferente em cada uma delas. Quando acabo, elu volta a se sentar e todos se inclinam para assistir.

Theo pega a primeira taça e gira o vinho.

— Aí sim. Cor rubi-escura, vai clareando para uma borda granada. Reflete bem a luz. Já estou achando que Sangiovese é a uva principal aqui e, tipo, dã, toscana. — Elu leva a taça ao nariz. — Uau. Beleza, de cara, muitas frutas escuras. Cereja-preta com certeza. Amora, talvez romã. Pera aí. — Elu leva a taça aos lábios e fecha os olhos para degustar. — Hm. Tem muita coisa acontecendo aqui. Encorpado e intenso, e aquelas frutas estão preservadas. Sinto um toque de balsâmico, um toque de orégano, um toque de couro. Muitos taninos, mas suaves, como se tivessem tido muito tempo para pensar. Retrogosto prolongado. Parece tipo pegar uma freira gostosa. Deve ser Brunello, Riserva. Com cerca de dez anos. Ligeiramente cristalizado, na verdade, o que significa que é uma safra morna, e 2014 foi um ano mais frio, então talvez 2015.

— Dois mil e dezesseis — leio a garrafa, de queixo caído. — Mas sim, você acertou.

Montana contém um gritinho encantado e a mesa comemora. Calum Ruivo leva os dedos à boca e assobia. Theo faz uma pequena reverência boba.

Elu experimenta os outros dois e identifica corretamente um Chianti Clássico e um Carmignano, sob aplausos generosos todas as vezes. Um balão ridículo de orgulho se enche dentro de mim. Passei tanto tempo querendo que Theo se entregasse a algo do jeito que eu sabia que elu tinha capacidade de fazer, e aqui está elu, sendo excelente.

Uma vez eu li uma frase em *Mrs. Dalloway* que me tocou pela maneira como descrevia bem o lugar de Theo em minha vida. Clarissa vê Sally em seu vestido rosa de jantar e, depois de listar todos os outros visitantes e as atividades da casa, pensa: *Tudo não passava de pano de fundo para Sally*. Para mim, Theo está em primeiro plano pra sempre. Coloco elu no centro de qualquer ambiente. É gratificante quando o ambiente concorda.

A Trattoria Sostanza é toda nossa hoje à noite, reservada para um jantar italiano sem fim. Mal cabe o grupo todo de nossa excursão nela, mas isso faz parte da experiência. Garrafas de vinho e água passam de mão em mão, pratos de azeite e ervas de mesa em mesa, cestas de pães distribuídas igual à coleta na missa de domingo. Estou com as costas pressionadas contra as de Stig como se fôssemos dois viajantes do norte espremidos na mesma carruagem em um Grand Tour. Fabrizio está debruçado sobre a mesa ao lado, gritando para ser ouvido enquanto explica os pratos de uma refeição italiana.

— Essa é a graça, na Itália você não precisa escolher entre macarrão ou carne! Você come macarrão de *primi* e carne de *secondi*!

De *primi*, comemos tortellini feito à mão e cozido em manteiga a fogo brando e macarrão cortado de maneira rústica num molho de carne perfeitamente simples; daí então vem o *secondi*, que é o momento em que realmente nos banqueteamos. Fabrizio explica as sutilezas da culinária toscana que permitem que um prato típico como a bistecca alla fiorentina tenha um sabor tão complexo: como as brasas de carvão devem ser atiçadas até a temperatura exata, quentes o bastante para formar uma crosta perfumada quando a carne for deixada perto delas por alguns minutos, mas não tão quentes a ponto de cozinhar o centro vermelho-rubi marmorizado dela. Enquanto isso, uma frigideira de frango empanado e frito num centímetro de pura manteiga dourada não exige explicação alguma — é apenas delicioso para cacete.

Mas, enquanto nossos pratos são retirados para o *dolci*, penso que o prato que mais me surpreendeu é o *tortino di carciofi* — ovos misturados numa frigideira ao redor de um monte de alcachofras fritas para formar uma omelete fofa e perfeitamente redonda.

— Fabrizio — digo —, você conhece a história de Caravaggio e das alcachofras?

Ele não sabe, então conto que Caravaggio, um bissexual novinho, esquentadinho e desordeiro e um dos pintores italianos mais magistrais da história, foi jantar um dia com amigos numa osteria em Roma. O garçom trouxe a ele um prato de alcachofras, algumas cozidas em azeite e algumas em manteiga, e, quando Caravaggio perguntou qual era qual, o garçom disse para ele cheirar e descobrir.

— Aí o Caravaggio pegou e...

Uma mão desliza sobre meu colo e meus pensamentos se interrompem de repente.

Ao meu lado, Theo dá um gole inocente no próprio vinho, como se sua outra mão não estivesse enfiada no meu short embaixo da toalha de mesa.

— Continua — Fabrizio diz —, o que o Caravaggio fez?

— É, Kit — Theo incentiva, sorrindo. A *mão* delu sobe mais. — Continua.

Lanço um olhar suplicante a Theo, sabotado pela maneira como minhas pernas se abrem por reflexo embaixo da mesa.

— Aí o Caravaggio ficou furioso, pegou as alcachofras e aaa...
— A palavra evapora quando Theo me apalpa por inteiro. Disfarço com uma tosse, levo a mão à taça. — E jogou o prato inteiro na cara do garçom.

— Não! — Fabrizio perde o ar.

— Acertou ele bem no bigode.

— No bigode não — Theo protesta.

— *Non i baffi!* — Fabrizio concorda. — Mas e aí?

— E aí que... — Theo dá um apertão breve demais, a ponto de me deixar maluco, e tira a mão, me deixando só no tesão. Esqueço como a história acaba. — Aí ele pulou, roubou uma espada do cara da mesa ao lado e tentou atacar o garçom, e é *aí* que foi preso.

Fabrizio, encantado, me agradece por uma história nova para ele usar em Roma. Assim que é absorvido por outra conversa, cochicho na orelha de Theo:

— O que você tá fazendo?

Theo abre um sorriso angelical.

— Te avisando dos meus planos para hoje à noite.

— Ah. — Aceno. — Bom saber.

Depois disso, fico achando que vamos sair às escondidas quando o jantar terminar, mas cada um de nós recebe o braço de um Calum diferente pendurado sobre os ombros e, antes que possamos protestar, somos levados para as ruas de Florença. Stig também está com a gente, além de Fabrizio, Montana, Dakota e algumas das pessoas mais jovens do grupo da excursão. Vamos parar num barzinho escuro com mosaicos de vidro cintilante e bancos de couro vermelho e um peixe--espada na parede. Fabrizio manda Theo fazer o pedido para o grupo e o bartender nos abre duas garrafas de Brunello jovem.

Depois de tantos dias juntos, a conversa flui com naturalidade. Theo e Stig trocam impressões sobre fazer mochilão pelas montanhas Rochosas em comparação com a Jotunheim. Fabrizio e os Calums discutem suas praias neozelandesas favoritas. Apoio os cotovelos no balcão e imploro para Dakota e Montana me contarem mais sobre a viagem de trabalho que fizeram a Tóquio, onde tomaram ácido com um príncipe marroquino. Theo insiste em comprar mais duas garrafas para o grupo, desta vez um Morellino di Scansano mais suave e frutado.

Lá pela terceira rodada, Stig e Fabrizio estão gritando sobre a última Copa do Mundo, e Dakota e Montana estão chegando perto da orelha uma da outra, numa ponta do balcão, sussurrando atrás das próprias mãos. Na outra ponta, os Calums, sem enganar ninguém, fingem estudar o menu de drinques em vez de estarem escutando a conversa. Observo Theo aceitar uma taça de um bartender gato que fica olhando para elu com interesse, mas Theo já está girando o corpo na minha direção, batendo os joelhos nos meus.

— Tenho uma dúvida — digo.

Theo ergue as sobrancelhas enquanto bebe. *Diga.*

— Nossa competição ainda está rolando?

Elu engole.

— Sim, ué, por quê? Tá a fim de desistir antes de perder?

— Não, só queria saber como você vai fazer pra manter sua liderança se está ficando comigo.

Um momento se passa. Fabrizio continua falando mal da seleção portuguesa. Dakota parte para cima dos Calums.

— Então, aliás — Theo diz. — Tenho que confessar uma coisa. Meus números talvez estejam... um pouco inflados.

— Em que sentido?

— Eu não fiquei com a moça da barraca de frutas em Saint-Jean- -de-Luz.

— Mas... — Ainda consigo ver a intenção nos olhos delu quando me disse como poderia fazer Juliette gozar, consigo sentir aquele revirar quente em minhas entranhas. — Vi vocês se beijando.

— É, a gente se beijou, mas aí... meio que me distraí. Não queria contar pra você porque estava com um pouco de ciúme de você e Paloma. Então não está seis a quatro, está cinco a quatro.

Faço que não.

— Cinco a três.

É a vez de Theo franzir a testa.

— Quê?

— Também não dormi com Paloma.

Theo bate a taça com força.

— Como assim? Você foi embora com ela!

Mas é verdade. Assim que ela parou de me beijar, me deu um

tapinha na bochecha como se eu fosse um cachorro perdido e disse: "Acho que prefiro ser sua amiga". E me convidou para a casa dela por pura pena, e aí fiquei sentado na cozinha e contei sobre meu trabalho e perguntei como ela sabia que não queria fazer o que faço.

— Pois é — digo. — A gente fez crepes e conversou sobre a escola de culinária. Só isso.

Eu talvez também tenha confidenciado para ela, meio chorando, o quanto ainda amo Theo enquanto o tio-avô Mikel me fazia uma xícara de chá.

— Você... mas você disse que...

— Tecnicamente, eu nunca disse que dormi com ela — aponto.
— Só não contradisse você.

— Então, só para deixar as coisas claras — diz Theo, colocando as mãos planas sobre o balcão —, nenhum de nós dois transou em Saint--Jean-de-Luz.

— Não, nenhum.

— Caramba. — Elu se recosta, rindo com incredulidade. — Nossa, isso é mega constrangedor pros dois.

— Mas será que é mesmo? — pergunto, sorrindo. — Talvez a única coisa melhor do que sexo seja ter amigos na Côte d'Argent.

— Que sentimento mais nobre, vindo do Deus do Sexo da École Desjardins.

O... quoi?

— Vindo de quem?

— Ah, não seja tímido. — Elu revira os olhos. — A Maxine já me contou tudo.

Ah, não. Isso poderia significar qualquer coisa.

— O que, exatamente, a Maxine contou pra você?

Theo dá de ombros.

— Basicamente que você mamou e comeu a escola de confeitaria inteira e que todo mundo se apaixonou por você.

— Se *apaixonou* por mim? — repito, em choque. — Theo, será que você... será que chegou a cogitar que minha melhor amiga estava exagerando para me fazer parecer melhor pre minhe ex?

— Ahn... — Theo pisca. — Achei que ela fosse sua namorada, naquela época.

277

— Ai, Deus. Ai, Theo, não. — Passo a mão no rosto. Não consigo continuar nessa. — Quer a verdade sincera?

Theo hesita por apenas um segundo.

— Sim.

— É verdade que na escola de pâtisserie eu fiz... muito sexo — digo. Theo suga os lábios e eles formam uma linha, como se eu estivesse me exibindo. — E tenho certeza de que algumas pessoas nutriam sentimentos por mim porque eu... fiquei meio à flor da pele por um tempo. Meio que distribuindo amor para todos os lados, tentando, sei lá, tirar aquilo de dentro de mim. Porque você foi embora tão rápido e de forma tão súbita que eu não tinha como fechar a torneira.

O olhar de Theo vai do meu rosto para o guardanapo enrolado em seu drinque, a boca se suavizando.

— E embora essa até possa ser uma maneira excelente de levar uma pessoa para a cama, é uma forma terrível de fazer com que ela fique — continuo. — Eu estava um caco. Ninguém conseguia me aturar por mais de uma semana. Precisei aprender a escolher melhor as pessoas para não ter que dormir sozinho no apartamento que era para ser nosso. Só isso. Maxine é uma santa, mas também é protetora demais. Ela diria qualquer coisa pra você para melhorar minha imagem.

Uma pausa, exceto pelo barulho do bar ao nosso redor. Theo parece estar analisando essa informação. Passo o polegar pela base da taça que estou segurando na esperança de que elu não me ache patético demais.

Por fim, com a voz quase baixa demais para se ouvir, Theo pergunta:

— Então, foi difícil para você? Quando eu...?

Não deveria ser um choque descobrir que Theo pensava que a saída delu da minha vida tinha sido fácil para mim. Desde que a gente se conhece, o grande erro de Theo é supor que as pessoas não sentem falta delu. É difícil para elu acreditar que tem muito a oferecer, que as pessoas querem elu por perto e que pensam nelu com carinho mesmo à distância. Theo acha que ninguém se importa se elu for embora. Isso já nos afetou antes, algumas várias outras vezes — quando me mudei para Nova York, quando elu desistiu da faculdade, quando tínhamos uma conversa tensa e elu me evitava por dias.

Sob pressão, elu desaparecia, e tinha tão pouco amor-próprio que ficava surprese quando isso me machucava.

Em minha memória, vejo ume pequene Theo do lado de fora da minha casa no vale, deixade pelo motorista da família com uma mala recheada.

Mas Theo adulte continua:

— Meio que achei que você não tivesse mais pensado em mim depois que chegou em Paris. Pensei que tivesse encontrado coisas melhores com que se preocupar, e que eu era, sabe... coisa do passado.

Crescemos tanto desde que nos conhecemos, mas tem coisa que não muda.

— Theo, você nunca teria como ser coisa do passado — digo. — Pensei em você todos os dias. Queria passar o resto da vida com você, mas você desapareceu. E tudo pareceu tão... simples. Como se você nem tivesse hesitado ao tomar essa decisão. E isso acabou comigo.

Depois de uma pausa, Theo diz:

— Se vale de alguma coisa, acabou comigo também.

Por mais que me doa pensar no sofrimento de Theo, vale sim de alguma coisa. Ajuda, em certo sentido estranho e triste, saber que ele estava tão na merda quanto eu. Que eu estava sozinho nesse sentimento não porque ele não o estivesse sentindo, mas porque nunca me contou.

— Posso perguntar por que você fez isso, então? Sei o motivo de termos terminado, e sei que você achava que eu tinha terminado com você, mas ainda não entendo por que você nem me ligou quando chegou em casa.

Fico esperando que ele vá teimar, que vá responder com *Você também não me ligou*, mas tudo o que Theo faz é apoiar os dedos na haste da taça e refletir.

— Acho que sempre achei que você fosse me esquecer fácil — ele diz. — E parecia que finalmente tinha me esquecido. Senti humilhação, senti raiva... tanta *raiva*... e parte de mim só precisava vencer. Cortar relações com você foi como se eu estivesse *fazendo* alguma coisa, como se... como se estivesse assumindo o controle do que estava acontecendo comigo. Mas sabe, Kit, também não foi fácil para mim. Impossível, nunca seria.

Tento absorver isso, desejando que existissem palavras que fizessem Theo entender que ele não é alguém que qualquer pessoa conseguiria esquecer. Eu me contento em fazê-le sorrir.

— Quer dizer então que, tipo — digo, com a versão mais estadunidense do meu sotaque, apoiando o corpo no balcão. — Foi ruim assim?

Theo sorri.

— Cara, foi — ele responde, rindo como se estivesse falando de um acidente de longboard. — Naqueles primeiros seis meses, os únicos momentos em que eu não pensava em você era quando estava trabalhando no micro-ônibus, então fiquei, tipo, sabe, com bolhas em lugares que nem imaginava que dava pra ter bolhas. Meu estômago ficou zoado, minha barriga doía o tempo todo, eu dormia mal pra porra. Foi uma merda do cacete.

Aceno, sério.

— Sei como é.

— E, mesmo depois que o pior passou, eu não conseguia ligar pra você. Fiz tanto esforço pra me convencer de que você tinha ficado bem que no final acabei acreditando nisso, que eu era um atraso na sua vida.

Estendo a mão sobre o balcão até nossos mindinhos se encontrarem.

— Você nunca foi um atraso na minha vida. Espero que saiba disso agora.

— Estou tentando acreditar nisso de verdade — ele diz com um dar de ombros rápido. — Mas isso aqui ajuda. E ajuda ver você bem e saber que isso não precisa influenciar no quanto gosto ou deixo de gostar de mim.

Sinto uma pontada no peito.

— Também gosto de você — digo.

— Valeu! Gosto de *você*! — Theo declara, sorrindo. — Olha só pra gente, sentado aqui na Itália falando sobre nossa vida, e nem me incomoda que você esteja feliz e bem-sucedido em Paris! Estou feliz por você estar feliz. Isso sim é evolução!

— Pois é — digo. *Feliz e bem-sucedido...* eu sou, né? — Também estou feliz por você.

Ficamos assim, bebendo, conversando e gostando um do outro.

O resto do grupo vai embora e novos rostos os substituem. Assistimos com uma atenção arrebatada Dakota sair com um Calum em cada braço e, depois, com uma confusão encantada Montana puxar Stig atrás deles por uma de suas mãos enormes.

A gente deveria ir também, se ao menos conseguíssemos encontrar o fim da nossa conversa.

— Merda — Theo diz enquanto revira os bolsos para pagar por mais um negroni. — Meus euros acabaram.

Tenho certeza de que ainda tenho umas moedas no fundo da bolsa... só que não tenho. Não encontro nada.

— Vamos encerrar?

— A gente... poderia encerrar — Theo diz, brincando com um anel de ouro simples em seu indicador. Elu tira e o estende na palma da mão. — Ou sempre podemos tentar o Golpe de São Francisco.

O brilho malandro que vejo em seus olhos clareia minha memória: eu e Theo, tão apaixonados que nem precisávamos tentar vender um falso pedido de casamento. Qualquer um conseguiria ver que estávamos juntos pra vida toda.

— Você não vai — digo, em parte porque tenho medo que elu faça isso, em parte sabendo que essa é a melhor maneira de garantir que elu faça.

— Vou sim.

— Duvido.

Theo se levanta, batendo uma colher em um copo para chamar a atenção de todos. Quando já tem várias pessoas olhando, elu se ajoelha no chão do bar e ergue os olhos para mim, parecendo qualquer pessoa linda e jovem que estivesse passando por ali e tivesse vindo me tirar da vida no interior.

— Kit Fairfield — Theo diz, mostrando o anel que está segurando para mim —, você é a pessoa mais bonita deste bar. E é tão cheiroso o tempo todo. E gosto de você e senti muito sua falta. Você me daria a honra de passar o resto da vida comigo?

Eu daria absolutamente qualquer coisa para elu estar falando sério.

Abro um sorriso leve e respondo:

— Meu amor, pensei que nunca fosse pedir.

Quando a multidão começa a comemorar, eu me levanto e ajudo

Theo a se levantar. Elu coloca o anel em minha mão esquerda, e cabe. Ainda está quente da pele delu. Estamos rindo juntos, nos deixando levar pelo momento, apertando as mãos um do outro enquanto o bartender estoura uma garrafa de champanhe e alguém começa:

— *Bacio, bacio, bacio!*

— Querem que a gente se beije! — Theo grita.

— Então, seja convincente — eu digo.

Nesse momento, Theo me pega nos braços e me joga para baixo. Por um momento zonzo, tudo que vejo é o rosto delu, perto e perturbado por sentimentos, e tento dizer com os olhos para elu só me beijar logo de uma vez. Me beija, me assombra, me pega sem pensar.

Elu coloca a mão discretamente entre nossas bocas e beija o dorso dos próprios dedos. Os fregueses aplaudem; o bartender toca um sino. Sabemos fingir de maneira convincente.

— — —

No caminho até o hostel, entramos cambaleantes num beco, minhas costas contra a parede de reboco amarelo e a boca de Theo em meu pescoço. Estamos relaxados e zonzos de horas bebendo sem parar, cansados e pegando no corpo um do outro com aquele desejo de quem retorna para uma caneca abandonada de café. Antes estava quente e forte, mas agora o açúcar se assentou no fundo.

Abro os olhos para ver janelas verde-escuras à nossa frente, um gato deitado no parapeito atrás de Theo. É um daqueles pequenos detalhes que me fazem lembrar de que esses lugares são reais e pertencem a pessoas que raramente vamos encontrar quando estivermos só de passagem, que Florença vai nos esquecer mesmo se nos lembrarmos dela pelo resto da vida. Acho isso terrivelmente romântico, a evanescência da coisa.

Eu me esfrego sem pressa no aperto quente das coxas delu. Theo beija meu pescoço, meu maxilar. Estamos indo devagar, tão devagar que é difícil saber quando paramos de tentar transar e começamos a simplesmente nos abraçar.

Meus braços envolvem a cintura de Theo com força. A mão de Theo aninha minha nuca, os dedos delu apertando meu cabelo. Faz tanto tempo que ninguém me segura assim. Faz tanto tempo que não tenho Theo. Eu poderia chorar de alívio.

Ficamos assim, sem falar e sem nos soltar, até o gato na janela gritar para nós, e Theo me soltar, rindo. Faz uma piada com a voz trêmula e alta demais e sai cambaleante.

Mas senti a respiração delu hesitar em minha pele, e vejo o brilho estranho em seus olhos quando elu passa pela luz difusa da vitrine da loja de conveniência. Quando devolvo o anel, elu o coloca no bolso sem nem olhar. Sorri como se não fosse nada. Não sei se acredito muito nisso.

CHIANTI
COMBINA COM:

Chianti Riserva depois de um longo passeio de bicicleta, *pesche di Prato*

Chianti

Seguimos para o sul. Orla nos guia através das montanhas a caminho do Sena, passando pelas casas-torres de San Gimignano e pelos palazzos murados de Montepulciano, através de pastos de vaca e olivais e campos de trigo quadriculados. Ao longe, os morros acobreados e verdes se dobram uns sobre os outros parecendo roupas de cama amassadas numa cama larga como o céu. A estrada asfaltada termina numa saída para o leste na direção de estradas de cascalho ruidosas que nos chacoalham em nossos bancos até o ônibus estacionar na frente de um portão de pedra coberto de vegetação.

Theo, que pegou no sono no meio de uma frase antes de sairmos, acorda assustade em meu ombro e recomeça de onde parou.

— Meio que uma... — Um bocejo enorme, olhos esfregados. — ... uma coisa de círculos e quadrados. Ou, melhor, quadrados e retângulos. Todo Chianti Clássico é feito em Chianti, mas nem todo Chianti feito em Chianti é um Chianti Clássico.

— Claro — digo, ajeitando um fio rebelde do cabelo delu —, vivo dizendo isso.

Theo fecha a cara sonolenta.

— A gente já chegou?

— Chegou.

O lugar em que chegamos é a Villa Mirabella, uma vila toscana de séculos escondida nos arredores de Greve, em Chianti. Antes de pegar no sono, Theo estava explicando como esses dois detalhes são importantes — estava falando alguma coisa sobre contrabando e subzonas e a porcentagem de uvas Sangiovese, e que só é permitido, legalmente, que um grupo pequeno de nove comunas fabrique Chianti Clássico. Sei lá. Theo é uma pessoa brilhante e cheia de pensamentos interessantes, mas eu estava mesmo olhando para a boca delu.

— *Ciao a tutti ragazzi*, olá a todos! — Fabrizio nos chama. Então explica que nossas divisões de quarto vão ser as mesmas de sempre, ou seja, quartos compartilhados para os pares que tenham feito reservas conjuntas, de solteiro para viajantes solo, e que um jantar preparado com ingredientes frescos da fazenda vizinha será servido às nove, ou no horário em que a cozinheira estiver a fim. — O resto do dia é livre. Nadar, andar de bicicleta, comer, beber, fazer amor, a escolha é de vocês.

Começamos a sair do ônibus e descer pela calçada da frente e chegamos num terraço de cascalho cercado por sebes e sombreado por murtas, figueiras, limoeiros, macieiras, olmos, choupos-brancos, agrupamentos de arbustos de hortênsia com flores cor-de-rosa. Cadeiras com listras amarelas e mesas de bistrô estão dispostas lindamente debaixo de guarda-sóis amarelo-limão. Tudo culmina na vila em si, quatro andares de altura e duas vezes mais larga, a fachada de reboco branco devorada por hera e glicínia que se dependuram.

Uma mulher mais velha usando um vestido do mesmo tom de amarelo que o dos guarda-sóis nos espera diante do batente, portando um cesto de roupas de cama limpas e a autoridade de alguém no comando. Par por par, ela distribui chaves antigas enquanto Fabrizio lê nomes na prancheta, até eu e Theo sermos os dois últimos.

Depois de muitos cochichos em italiano, a *signora* se retira para dentro da casa e Fabrizio nos puxa de lado.

— *Amici* — ele diz — a *signora* Lucia me disse que houve um erro. Quando mandamos os nomes do grupo da excursão, deu... como se diz... um bug? Porque a reserva original de vocês é juntos, vocês têm o mesmo número de reserva. É muito raro que hóspedes reservem juntos e, depois, cancelem juntos e, depois, usem a reserva para a mesma excursão, mas não juntos... entendem como isso fica confuso para o homenzinho que trabalha lá no nosso escritório? E deixa eu falar pra vocês, tem um cara novo e não acho ele muito bom. Personalidade terrível. Estamos tentando mandar esse homenzinho para o escritório da Alemanha. — Fabrizio perde o fio da meada, o ar sinistro, provavelmente imaginando o homem terrível do escritório num traje alemão tradicional desconfortável. — Mas: o problema. Lucia colocou vocês no mesmo quarto.

— Ah.

Olho de canto de olho para Theo.

— Isso é...

— Perguntei se tem mais quartos, mas estão consertando a terceira *villeta*. Até falei da situação de vocês, mas...

— Tudo bem — Theo diz com firmeza. Fabrizio e eu hesitamos.

— A gente não se importa.

— Não? — Fabrizio franze a testa.

Ele olha para mim, depois para Theo, depois para mim de novo.

— Ah, *entendi*. — Um sorriso toma conta de seu rosto. — *Meraviglioso*, então, essa aqui é de vocês! É o último quarto no andar de cima. *Grazie mille!*

Ele nos entrega uma chave de latão com uma borla de seda verde e sai com uma piscadinha, cantarolando consigo mesmo.

— Ele tem certeza que a gente tá transando — digo.

O sorriso de Theo é malicioso.

— Por que não teria?

Quase todos deixaram as portas abertas, então conversas e risos abafados em inglês, holandês e japonês chegam às escadas rangentes enquanto subimos. A cada patamar, vislumbro, nos quartos, sofás azuis adornados com arabescos de flores brancas em tapetes vintages, pilhas de livros antigos em parapeitos de janelas e mesas de canto arranhadas e pintadas com botões de rosas cor-de-rosa. Fica parecendo que um baronete e sua família levaram os cavalos para visitar a vila ao lado e estão para chegar a qualquer minuto com fofocas novas sobre os preços do trigo.

No último andar, nosso quarto é bem iluminado e aconchegante, com uma cama estofada vermelha com as mesmas flores das cortinas ao redor das janelas abertas. O teto é de um quadriculado rústico de vigas de madeira e azulejos de terracota, e flores frescas repousam num vaso perto do guarda-roupa pintado à mão. Largo minha bolsa ao lado da de Theo no tapete felpudo.

— Que foda — Theo comenta. — Parece que a gente entrou num maldito filme do Guadagnino.

Embaixo das janelas, atrás da vila, uma escada de tijolos e trilhas de terra ligam terraços e jardins floridos para fazer do terreno um pequeno vilarejo tortuoso. O resto dos prédios, todas *villettas* feitas de argila, estão com as portas abertas para permitir que os hóspedes entrem ou para deixar os aromas de azeitonas prensadas e porco cozido saírem. Inspiro fundo e juro que consigo até ouvir uma trilha de piano romântica no ar.

— Tem razão — digo, saindo da janela. — É surreal.

Eu me viro para encontrar Theo ao pé da cama, tirando a camisa por sobre a cabeça com o mesmo movimento fluido que vi na estrada perto de Pisa. Mas, desta vez, não está usando nada por baixo.

Tendo passado a infância correndo pelado pelo interior da França e minha vida adulta estudando nus artísticos ou morando em Paris, nudez não me intimida. No entanto, eu me tornei um cavalheiro eduardiano por Theo, e apenas por Theo. Cada centímetro que me é revelado uma vez mais de pele faz meus dedos se flexionarem e meu coração palpitar no estômago, um vislumbre de ombro, umbigo ou axila com pelos cor de pêssego. Quando Theo colocou minha mão em seu quadril naquele quarto em Barcelona, precisei recitar os passos de massa choux na minha cabeça para não perder tudo. E, agora, isso, o peito delu subitamente nu sob a luz de uma manhã toscana.

Desvio os olhos para o caso de eu não dever estar olhando, mas elu joga a camisa para o lado e fica ali, imóvel, de frente para mim, casualmente sem camisa. Então, eu olho.

Vejo a mesma caixa torácica, com a mesma marca de nascença do tamanho de um polegar no canto superior esquerdo, o mesmo grupo de sardas descendo pela escápula. Os mesmos mamilos rosados. Sem nenhuma cicatriz nova, até onde consigo ver, mas noto que elu vem treinando o músculo para o peito assumir uma forma ainda mais sutil e masculina do que antes. O corpo de Theo é forte, esguio e proposital e belamente ambíguo, parecido com o *Baco* de Caravaggio.

— O quê... — engulo em seco. — O que está fazendo?

— Estou me trocando. Não viu a placa lá embaixo? Piscina? — Theo diz com sotaque italiano enquanto se agacha para tirar a roupa de banho da bolsa. — Tem uma piscina.

Fico contemplando Theo tirar o short logo em seguida. Tudo o que resta é a roupa íntima, os polegares delu encaixados sob o elástico.

Isso é tão diferente de como elu se despiu em Barcelona, tão descaradamente blasé, que percebo que Theo está se *exibindo*.

— Que foi? — elu pergunta. — Achou que eu queria...?

— *Não.*

— Porque usar o quarto pra isso seria contra as regras.

— Vou jogar na sua cara à noite que você disse isso — provoco, conseguindo me recuperar a ponto de tirar minha própria camisa. Theo odeia quando as meninas ficam todas eduardianas. — Vou com você.

— Legal, vai ser gostoso ficar de boa hoje — Theo diz com naturalidade. Elu tira a roupa íntima. — Meus pés estão tão cansados.

— Os meus também. — Meu short cai no chão. — E estou meio que catatônico por ter visto tantos Botticellis.

— Ah, nem contei sobre o tour de *David* de Fabrizio. — Theo se empertiga, completamente sem roupa. Não escondo a maneira como meus olhos percorrem o corpo delu, dos tornozelos aos bíceps ao lugar que toquei na fonte de Vênus. Elu ainda está sorrindo, ainda conversando. — Sabia que originalmente era para estar no topo do Duomo?

— Sim — respondo, assentindo. — E Da Vinci queria enfiar nos fundos da Loggia dei Lanzi, onde ninguém veria.

— Ele queria tanto comer o Michelangelo que chega a dar vergonha — Theo responde.

Tiro minha cueca, intensamente consciente do peso óbvio entre minhas pernas. Não tenho vergonha do desejo ardente que sinto por Theo. Mostraria muito mais, se elu pedisse.

Theo olha. Theo fica olhando.

— Andou fazendo agachamentos?

— Carregando sacos de farinha do fundo do estoque seco.

— Hmm.

Mas aí alguém bate à porta e o feitiço se quebra. Theo ri e diz "opa", escondendo-se atrás de um guarda-roupa, e coloco a sunga para aceitar uma entrega de uma funcionária simpática.

— Vinho de cortesia — aviso, examinando a garrafa de tinto que me foi dada. Theo sai de maiô enquanto viro o cartão com um monograma amarrado ao gargalo da garrafa para encontrar um bilhete escrito à mão. — Ah, é... da sua irmã? Ela deve ter ligado com antecedência. Que fofo da parte dela.

O cartão diz:

Theo,
Talvez eu tenha exagerado um pouco. Desculpa. Te amo.
— Sloane
P.S. A oferta ainda está de pé.

— Deixa eu ver — Theo diz, pegando a garrafa e o cartão. O rosto delu endurece um pouco ao ler, a boca ficando um pouco mordaz. — Ah, legal. Realmente, deve ser bem difícil imaginar outro lugar para achar um vinho igual a esse por aqui.

Elu abre o guarda-roupa e enfia a garrafa lá dentro. Quando se vira para mim, está sorrindo.

— Pronto?

Agora, isso... *isso* pareceu algo que eu não deveria ter visto.

— Deixa só eu pegar meu livro.

— — —

É claro que Theo é a primeira pessoa na piscina.

Depois da última *villetta* e de uma muralha de árvores, o terreno se desdobra num campo ondulado com uma piscina larga e vistas panorâmicas dos morros ao redor. Espreguiçadeiras com listras cor de limão se estendem sob guarda-sóis na grama, e me afundo em uma com a camisa aberta ao sol e o livro aberto no último lugar em que parei. O ar está quente e com perfume de glicínia e, além dos pássaros e das tesouradas do jardineiro, escuto as braçadas firmes e plácidas das voltas de Theo na piscina.

Logo vão chegando mais pessoas à piscina, e um homem de linho amarelo traz bandejas de antepastos e baldes de vinho resfriado. Casais em lua de mel saem para as colinas pilotando bicicletas emprestadas com cestos de vime. Uma cozinheira se debruça para fora de uma janela verde, chamando uma funcionária. A *signora* Lucia flutua de um lado para o outro, regando plantas com uma diligência amorosa que me lembra minha *maman*, o que é mais doce do que amargo em um lugar como esse.

— Posso me sentar com você? — diz Calum Ruivo, surgindo com uma toalha branca felpuda sobre o ombro.

— Claro.

Ele me estende uma taça de vinho âmbar fresco e fica com a outra.

— Como é que dizem por aqui? *Salute?*

— *Salute* — repito, achando graça.

— Dia de sombra para esse ruivinho aqui — ele diz, ajeitando-se na espreguiçadeira ao meu lado embaixo do guarda-sol. Pensei que estivesse corado de tanto beber ontem à noite, mas agora vejo que está exibindo uma bela queimadura florentina. Tira da bolsa a tiracolo um tablet e um diário de campo surrado. — Melhor assim. Muito trabalho para colocar em dia.

Ergo os óculos de sol para espiar as páginas do diário, cheias de anotações marcadas por data e hora, além de tabelas de dados traçadas à mão.

— O que você faz, Calum?

— Eu? Sou biólogo de vida selvagem.

— É mesmo? — Eu o imaginava mais como um bombeiro sexy ou um arremessador de peso olímpico. — Com que tipo de animais você trabalha?

— Mais tubarões-brancos, mesmo, no último ano, mais ou menos, mas me interesso por todos os predadores marinhos indo-pacíficos. Minha pesquisa é sobre o reconhecimento social quimiotático do polvo-de-anéis-azuis.

Não consigo imaginar uma resposta mais maravilhosamente surpreendente vinda de um homem que eu ouvi arrotando o alfabeto francês na semana passada.

— Espera, então você é doutor?

Ele sorri.

— Não deixa Calum ouvir você dizer isso, ele vai ficar puto. Ele é um doutor *de verdade*, na opinião dele.

Na piscina, Calum Loiro está plantando bananeiras, só as pernas e os pés de fora da água. Ele tem uma tatuagem na panturrilha de um camarão usando um chapéu de caubói.

— Aquele homem?

— Medicina de emergência — Calum Ruivo responde, com uma risada carinhosa, como se revelar isso fosse uma de suas atividades favoritas. — Você deveria conversar com ele sobre isso. Ele adora contar histórias de terror.

Água espirra nos meus pés e olho por sobre o livro. Theo está à beira da piscina, os cotovelos apoiados perto de uma bandeja suada de queijos e frutas.

— Vê se não molha os crostinis.

Theo corta um cacho de uvas e coloca uma na boca igual a um imperador romano.

— Não vai entrar mesmo?

Ergo o livro.

— Estou no último capítulo. Lucy vai admitir que está apaixonada por George.

— Ah, entendi — elu ajeita óculos invisíveis —, bom, se Lucy vai admitir que está apaixonada por George.

Elu sai batendo as pernas, as uvas erguidas sobre a cabeça, e sorrio.

Quando estávamos em Paris, fiquei olhando enquanto Theo andava pelo Boulevard Saint-Germain e imaginando se aquela cena seria o que eu estaria vendo se tivéssemos feito a excursão da forma como havíamos planejado. Comparei a imagem que estava vendo de Theo com a que viveu em minha cabeça todos esses anos, a de Theo em uma vida paralela que veio comigo para a França.

Mas aqui, em Chianti, consigo ver apenas o que está acontecendo, e não o que poderia ter acontecido. Nós, em dois arcos, curvados um para o outro. Theo dentro da água, eu contente em ficar sentado à beira da piscina com um livro e uma vista.

Pela primeira vez, sinto que as coisas estão melhores assim.

Continuo lendo, acompanhando Lucy e George reatarem, confessarem seu amor e voltarem a Florença para se casar. Quando chego à última página, a emoção formiga doce em meus seios nasais feito bolhas de prosecco. Uma gota de água cai sobre a página que estou lendo e fico pensando que cheguei a derramar uma lágrima de verdade até ouvir a voz de Theo sobre mim.

— Já acabou?

Elu está em pé ao lado da minha cadeira, fios de água escorrendo pelo corpo. Não notei que elu tinha saído, mas agora não tenho como parar de notar.

— Vem — elu diz, terminando meu vinho. — Quero ver o que tem para almoçar.

— Quase acabando. — Uma leve oscilação na voz. — Me dá só mais um minuto?

Elu baixa minha taça vazia para me olhar direito.

— Você está *chorando*?

— É uma história bonita!

— Ah, não, ele está chorando! — Theo cantarola, antes de subir na espreguiçadeira, chacoalhando cabelo molhado sobre as páginas do meu livro, pingando com más intenções. A pele molhada delu desliza pela minha, fria onde a minha é quente. Ergo o livro sobre a cabeça e o acomodo sobre o corpo de Theo com a mão em sua lombar. Elu acaba com o corpo meio curvado sobre o meu colo, os joelhos encaixados ao redor das minhas coxas, rindo.

— Não estou com vergonha — digo.

— Eu sei.

— Estou permitindo que a arte toque minha alma.

— Tudo bem — Theo responde, fazendo um gesto de punheta intelectual, ainda sorrindo.

— Estou sendo transportado. Estou vivenciando.

— Continua. — Theo puxa meu livro para baixo. — Vivencia.

Theo está tirando sarro, mas decido responder com sinceridade. Aliso a página com a mão livre e retomo a passagem final, a que Theo manchou com água de piscina.

— "A juventude os envolveu" — leio, em voz baixa. — "A canção de Fáeton anunciou paixão correspondida, amor conquistado. Mas eles estavam conscientes de um amor mais misterioso do que esse. A canção terminou à distância; eles ouviram o rio, carregando as neves do inverno para o Mediterrâneo."

Por um momento, Theo fica em silêncio. Depois se levanta, pega uma garrafa de um balde de gelo por perto e volta a encher minha taça antes de entregá-la para mim.

— Tá, isso até que foi bem bonito. — Os olhos delu estão um pouco suaves, distantes. — Quer vir almoçar comigo?

Seguimos a trilha de cascalho de volta à sala de jantar da vila onde um longo bufê antigo com vinhas e botões de rosa desenhados está coberto de montanhas de comida: prosciutto marmorizado, mozzarella em rodas de beringela, feijões enormes cozidos no alho, figos e caquis colhidos do pomar e fatiados de maneira que suas polpas brilham sob a luz do sol que entra pelas janelas abertas. Enchemos nossos pratos e os carregamos para o maior dos terraços externos.

Enquanto comemos, noto Fabrizio nos observando duas mesas à frente, claramente reparando a tranquilidade treinada com que Theo serve panzanella em meu prato. Comento isso com Theo, que no mesmo instante fica com aquele brilho malicioso no olhar. Depois de ter certeza de que Fabrizio continua olhando, coloca a mão em meu colo.

Desta vez, não tem toalha de mesa para esconder nada. Só nós dois em nossas cadeiras listradas diante do pano de fundo verde do jardim, a palma de Theo na parte interna da minha coxa num lugar em que qualquer um poderia ver. A ponta do dedo médio delu roça o elástico da minha sunga.

Parte de mim quer mover o toque mais para cima, mas penso no que aconteceu hoje cedo, quando elu escondeu a garrafa de vinho no guarda-roupa, como corou quando leu o cartão de Sloane. Fico me perguntando o que está tentando esconder por trás disso.

Gentilmente, pego sua mão e dou um beijo no centro da palma. Entrelaço os meus dedos nos delu, pousando nossas mãos na mesa entre nós.

Theo não tira a mão da minha e não ri. Perscruta meus olhos por um longo momento, como se estivesse me desafiando a agir como se também estivesse atuando. Quando não ajo, elu volta a colocar os óculos de sol e a comer usando só uma mão, como se nada tivesse mudado, mas corando sob as sardas.

Depois do almoço, pegamos bicicletas emprestadas e pedalamos até as colinas; elas passam por nós num borrão bronze-esverdeado enquanto tiramos os pés dos pedais e descemos a ladeira. Aqui, o sol está tão maravilhosamente redondo no céu quanto estava em Florença, mas não queima. É absorvido pelas colinas feito azeite em pão grosso e bem fermentado, e nos esparramos sobre elas como figuinhos felizes.

Está quase na hora do aperitivo quando voltamos. Levamos nosso *amaro* para trás da vila, até o bosque onde um jardineiro cuida de azeitonas muito verdes. Ele colhe duas diretamente do pé para experimentarmos e dá uma risada travessa quando nos engasgamos com o amargor. Theo brinca que esse é o aperitivo mais autenticamente italiano até agora.

O jantar é servido numa mesa longa entre o bosque e a vila, coberto por treliças arqueadas de hera e luzes piscantes. Vamos passando travessas pesadas de ragu de javali e nhoques macios com verduras e tomates fervidos. A comida aqui é forte e calorosa, como se tivesse sido pensada para preparar o corpo para colher plantações, em vez de relaxar com garrafas de um bom vinho sob um céu crepuscular.

Theo se senta à minha frente, bronzeade e fustigade pelo vento, usando aquela roupa de linho preto linda que estava vestindo na segunda noite que passamos em Paris. Luzinhas sarapintam sua pele por entre as folhas. Quero tanto tocar nelu. Eu me imagino usando a ponta do dedo para traçar o caminho que vai do centro de seu peito até o decote em v.

Deixo que elu flagre meu olhar. Viro o resto do meu vinho entre os lábios e exibo os contornos do meu maxilar, a maneira como minha garganta se mexe quando engulo. Elu morde o lábio.

Não demora para a magia doce e inebriada da vila nos arrebatar de um momento para o outro, e nos retiramos para uma sala de estar escura e aconchegante. A *signora* Lucia traz cestos de *cantucci* crocantes de amêndoa e Fabrizio serve um *vin santo* licoroso em tacinhas de cristal para mergulharmos os biscoitos antes de comer, à moda toscana.

Parece que também faz parte da moda toscana nos deitarmos em sofás antigos e contar histórias compridas em voz alta, porque é assim que passamos o resto da noite. Peço a Calum Loiro que conte as melhores histórias de medicina de emergência, sabendo que vou odiar a resposta na mesma medida que Theo vai amar. A que ele decide compartilhar é sobre sua primeira emergência, muito antes de começar a estudar.

Ele e Calum tinham treze anos, melhores amigos que nunca saíam para surfar um sem o outro, e foi precisamente por esse motivo que conseguiu agir tão rápido quando Ruivo mergulhou numa nuvem vermelha. Um tubarão-branco, dos grandes, tinha arrancado um pedaço de seu ombro, e ele teria se esvaído em sangue se Loiro não o tivesse puxado para cima de sua prancha, levando-o de volta à costa, e apertado uma toalha sobre o ferimento até o socorro chegar. Eu e Theo ouvimos com as mãos sobre a boca.

— Um brinde àquele tubarão maldito — Loiro anuncia, erguendo seu *vin santo* —, o motivo pelo qual faço o que faço.

— Digo o mesmo — Ruivo concorda, erguendo a própria taça.

— Uma criatura incrível. Não dá para culpar o coitado, né?

— Um brinde a isso — Theo diz. — Ei, o que vocês acham do filme *Tubarão*?

Um tempo depois, os Calums saem para seus quartos em horários estranhamente parecidos com os de Montana e Dakota, e Theo me puxa preguiçosamente para seu lado, soltando um suspiro demorado quando encosto minha cabeça no ombro delu. Escuto Theo contar aos suecos uma história sobre uma garrafa de vinho que a mãe do sommelier do restaurante deixou numa janela e, então, quando Lars pergunta como uma garrafa poderia custar tanto dinheiro, Theo pega seu celular e liga para o sommelier no viva-voz.

— Oi, sumida — diz a voz grave do sommelier no terceiro toque.

— Ei! — Theo responde, chegando mais perto. — Escuta, estou aqui em Chianti com um casal de suecos e estava contando para eles sobre o Romanée-Conti da sua mãe. Eles não acreditam que valia quarenta e dois mil. Pode me defender aqui?

— Teria valido, sim.

Lars abana a cabeça, sorrindo, incrédulo.

— Inacreditável.

— Valeu! — Theo diz. — Isso...

— Mas Theo — o sommelier interrompe —, acho que está esquecendo o final da história.

— Estou?

— Nós o abrimos, eu e meu irmão, e tomamos — ele continua — e foi o melhor vinho que já tomei na vida.

As sobrancelhas de Theo se curvam de leve, como se essa informação fosse uma ofensa, de certa forma.

— Eu tinha mesmo esquecido essa parte.

— Ei, por que você não me respondeu sobre aquele evento do distribuidor de Scottsdale? — o sommelier pergunta. — Você está estudando em Chianti? Está fazendo degustações? Não esquece de que foram as sub-regiões de Chianti que pegaram você na prova escrita...

— Eu sei, eu sei — Theo responde, os olhos arregalados de repente —, mas agora eu já decorei...

— É melhor ter decorado mesmo, se quiser passar desta vez.

Theo ergue o celular e encerra a ligação.

Os outros mal parecem ter notado, e Theo ri como se não fosse nada, mas não olha para mim. Vira a taça, murmura alguma coisa sobre cansaço e sai.

— — —

Só vi Theo chorar três vezes: quando caiu de uma árvore e quebrou o braço aos nove anos, na primeira vez que me viu depois que minha mãe morreu e no dia em que me mudei para Nova York. Não que Theo não sinta emoções fortes. Apenas as contém à força.

Aperta os olhos e franze o nariz, como se gastar energia com algo tão inútil fosse irritá-lu, e aí seu rosto relaxa e elu segue em frente.

Neste momento, está fazendo essa mesma cara.

Encontro Theo no andar de cima revirando a mochila para encontrar seu nécessaire. Está na frente da penteadeira do banheiro agora, tirando a roupa.

— Theo, tem... você está bem?

— Sim — elu grunhe, tirando o linho amarrotado e vestindo uma camiseta. — É só que de repente me bateu um cansaço.

— A gente pode conversar sobre isso, se quiser. Pode me contar.

Elu tenta abrir o nécessaire, mas o zíper está emperrado.

— Não — responde, com rispidez.

Com um puxão furioso, o nécessaire abre, e cai tudo no chão. Elu solta um palavrão e se ajoelha, catando frascos e tubos.

— Theo — digo, abaixando ao seu lado. Elu bate em minhas mãos para afastá-las. — Theo!

Por fim, elu fica imóvel. Senta sobre os calcanhares e ergue os olhos para o teto de terracota, apertando o protetor labial e a pasta de dente, o rosto num vermelho vívido e manchado.

— Eu sou... eu fiz merda.

— Tá. O que aconteceu?

— Não é nada que tenha acontecido. Acho que... acho que é mais uma coisa que eu sou. Eu sou um fracasso.

— Não, não é — digo, sem fazer ideia de onde isso está vindo. Relaxo os dedos delu com delicadeza, um por um.

— Sou, sim. Sou um fracasso e não consigo deixar de ser, por mais que cresça e por mais que me esforce, e olha que me esforço *pra cacete*... — A voz delu fica embargada. Theo sufoca as lágrimas. — Não consigo mudar isso. Faz parte de quem eu sou, o que quer dizer que vou continuar fracassando para sempre.

— Não é verdade. Você...

— Eu reprovei no exame de sommelier três vezes.

Isso finalmente desvia minha atenção do protetor labial que elu está segurando. Eu me recosto, observando um músculo se cerrar no maxilar de Theo.

— Venho mentindo para você. — A voz delu soa monótona, amargurada. — Não pretendia mentir, só *dar a entender*, mas você ficou tão impressionado quando achou que eu tinha passado, e vou refazer a prova quando chegar em casa, de qualquer forma, então pensei que, sabe, se ele me perguntasse daqui a um mês, seria verdade. Mas, sinceramente, é provável que eu encontre alguma forma nova de fazer cagada, então é melhor abrir logo o jogo.

— Entendi. — Pisco devagar, processando a informação. — Só... só isso?

Theo fecha a cara, como se essa fosse a coisa errada a dizer.

— O bar micro-ônibus está na merda também.

Ah, não.

— Na merda como?

— Chafurdado na merda. Sem dinheiro nenhum. No *negativo*. — Elu começa a pegar as coisas e enfiar no nécessaire. — Tenho um monte de ideias, torro meu orçamento todo em quincã em conserva artesanal e açafrão-da-pérsia importado para um maldito drinque, perco o controle dos e-mails do cliente e vai tudo pra merda. Perdi um frila grande que faria num casamento porque me distraí com *você*. — Os olhos delu faíscam; não sei dizer se é uma confissão ou uma acusação.

— E agora eu... não sei como não acabou ainda. Aquele frila me salvaria. Vou ter que vender o micro-ônibus para quitar meus cartões de crédito. Então, menti sobre isso também. Eu não sou nada do que disse a você. Pronto.

Elu termina de fechar o zíper do nécessaire, levanta e o joga na mesa de cabeceira. Depois se senta na beira da cama e puxa os joelhos junto ao peito como se estivesse furiose consigo mesme.

Suspiro e aperto a parte de cima do nariz.

— Por que... por que você mentiria para mim sobre tudo isso?

— Porque queria que você pensasse que estou com a vida nos eixos! — Theo responde, com a voz desolada. — Queria que pensasse que cresci. Queria que me visse pela primeira em quatro anos e ficasse impressionado.

— Isso teria acontecido de um jeito ou de outro.

Theo revira os olhos com muita ênfase.

— Não importa. Eu não queria que você sentisse pena de mim, e ainda não quero, então só... por favor, não me olha assim.

— Assim como?

— Como se achasse que sou melhor que isso — Theo diz. — Foi assim que Sloane olhou para mim também.

— Sloane? Ela... é por isso que ela mandou o vinho?

— Tentei conversar com ela sobre isso e ela meio que me atacou pelo meu, sabe. Meu complexo de nepo baby.

Franzo a testa.

— Seu...?

— Ela tentou me dar dinheiro. Chamou de *investimento*, como se não fosse caridade. E, quando eu recusei, começou a falar que dificulto minha vida de propósito só para provar que estou certe.

— Ah. E quando foi isso?

— Em Nice. Depois que deixei você lá com a Apolline.

As peças dos últimos dias começam a fazer sentido.

— Então, quando fomos para Mônaco, você estava...?

— Em pleno ciclo autodestrutivo, sim.

Levanto do chão e me sento na extremidade da cama. É isso que tudo o que a gente tem feito significa para Theo? Autodestruição?

Não sei que diferença faria se fosse. Importa se Theo está transando comigo para se autodestruir se eu mesmo estou me autodestruindo transando com Theo?

Passo os dedos pelo meu cabelo e me concentro.

— Como está se sentindo?

Theo responde depois de uma longa pausa, a voz baixa mas firme.

— Não posso construir uma vida fazendo parte da família Flowerday. Quero construir uma vida sendo Theo.

— É só não usar o seu sobrenome — digo. — Ou as conexões ou os favores... você nunca precisou de nada disso para ser incrível. — Escolho minhas próximas palavras com cuidado. — Mas, Theo... talvez você deva considerar aceitar o dinheiro.

Theo me lança um olhar fixo e severo.

— Você aceitaria, né?

— Aceitaria. E aí daria um sentido pra ele.

— Aí é que está o problema — Theo insiste. — Não vou fazer nada incrível com ele. Eu pegaria o dinheiro de Sloane e o torraria, e aí isso seria uma marca eterna entre a gente. Não posso correr esse risco. Ela é minha melhor amiga, e não posso... não posso...

A frase inacabada paira no ar entre nós: *não posso perder outro melhor amigo*.

— Não dá pra saber o que aconteceria, Theo.

— O histórico diz o contrário — Quero fazer todas essas coisas por conta própria, mas aí... eu só não consigo. Foi idiota pensar que conseguiria.

— Então usa o dinheiro para contratar uma pessoa para ajudar você.

— E desperdiçar o tempo de outra pessoa também? Já basta desperdiçar o meu.

Coloco a cabeça entre as mãos, chegando perto do limite da minha paciência.

— Nossa, Theo, às vezes você...

Elu se volta contra mim, os olhos úmidos.

— O quê, frustro você? Olha só que coisa, temos essa porra em comum. Você não acha que eu *adoraria* ser diferente, caralho?

— *Você não precisa!* — As palavras saem como azeitona amarga de uma prensa, esmagada além dos limites da minha pele. — *Je te jure,*

Theo, nunca conheci nenhuma pessoa com mais a oferecer ao mundo e menos autoconfiança. Você é uma pessoa brilhante, e magnética, e forte, e impressionante e... e *cheia de vitalidade*, e não consigo continuar ouvindo você falar de alguém que amo assim, então, por favor, pelo amor de Deus, *para*.

Theo fica em silêncio, os olhos arregalados, os lábios entreabertos de surpresa. Meu coração sobe pela garganta. Percebo tarde demais o que fiz: acabei de me declarar. Continuo antes que elu também perceba.

— Você está fazendo tudo ao contrário — digo. — É o resto que precisa ser resolvido, não você. Será que dá pra me escutar, por favor? Você foi competente a ponto de chegar até aqui. Vai ser competente para dar um jeito nisso tudo. E é competente para conseguir o que quiser, mas precisa acreditar.

Theo não responde. No quarto escuro, ficamos sentados em silêncio em pontas opostas da cama, travando uma luta com nosso próprio coração.

Devagar, o corpo de Theo começa a relaxar. Deita-se de costas com a cara voltada para o teto e estende um braço na minha direção, a palma da mão aberta. Também vou me deitando de costas, ajeitando os ombros até nossas cabeças estarem inclinadas uma na direção da outra. Coloco a mão sobre a sua, e os dedos delu se entrelaçam aos meus.

— Não sei nem por onde começar — elu diz.

Respondo:

— Começa de qualquer lugar.

Ficamos deitados de costas com as pernas e os braços estendidos como se estivéssemos em mar aberto. Theo respira lentamente, inspira e expira, até uma risada baixa e triste sair por sob seu fôlego.

Aos poucos, vamos chegando mais perto. O tornozelo de Theo cobre o meu. Meus dedos deslizam até a ponta delicada de seu pulso. Quando viro a cabeça, encontro seu rosto já voltado para mim, os olhos carregados de desejo e de alguma outra coisa enorme que não parece nada autodestrutiva. Parece ter raízes, como se fosse uma coisa viva e que estivesse crescendo.

— Quero mudar as regras — Theo diz.

— As regras?

— Nossas regras.

— *Ah*.

— Acho que — Theo diz — deveríamos poder usar nossos quartos. Acho meu sorriso impossível de resistir.

— Eu disse que jogaria na sua cara...

— Não seja escroto — Theo responde, com um afeto puro que aperta meu coração. — Sim ou não?

Fácil.

— Sim.

Nossas roupas caem no chão enquanto rolamos pela cama, pegando e roçando e lambendo pele. Theo empurra meus ombros sobre o colchão e sobe em cima de mim. Morde meu pescoço, deixa uma marca em meu ombro, esfrega a frente toda de seu corpo contra o meu como se nenhuma proximidade fosse o bastante. Ofego e gemo quando elu apalpa minha cueca, e elu range os dentes ao ouvir esse som.

— Eu estava com saudade — elu diz, igualzinho a como falou na última noite em Florença.

— Eu também — expiro.

Elu recua para se ajoelhar entre minhas pernas.

— Sabe do que também tive saudade? — elu diz.

Então encaixa as mãos atrás dos meus joelhos e me coloca numa posição que me faz perder o fôlego. É uma das nossas posições favoritas de antigamente: minhas pernas bem abertas, elu no meio, esfregando seu volume duro no meio de minha bunda. De um jeito que era bom pros dois. Às vezes, quando tínhamos tempo e nos preparávamos com antecedência, Theo metia em mim com um cintaralho grosso e lubrificado até eu sentir as fivelas da cinta nas minhas pernas. Às vezes, também elu me colocava para dentro e estocava num ritmo tão controlado e implacável que era impossível saber quem estava comendo quem.

Mas nenhuma dessas coisas está no menu hoje. Não importa que eu consiga sentir como a roupa íntima delu está molhada contra minha cueca ou que eu aceitaria tranquilamente o que quer que elu decidisse me oferecer. Sexo pode abarcar mil coisas diferentes além de penetração, e nossas regras permitem muitas delas.

Como se estivesse ouvindo meus pensamentos, Theo diz, com um distanciamento tenso e controlado:

— Quero propor mais um adendo.

— Estou aberto — respondo, igualmente tenso.

— Gostaria de pôr seu pau pra fora.

Algo parecido com um eclipse solar acontece dentro do meu cérebro. Olho diretamente para o sol e fico cego por um momento.

— Mas — elu continua — não vou tocar nele.

— Não...?

— Não, você é que vai. E eu vou dizer como.

— Achei... achei que isso já fosse permitido, tecnicamente.

— Para de ser tão pau no cu.

Sorrio, erguendo o queixo.

— Como se você não gostasse.

Sinto Theo apertar ainda mais a mão, mas sua expressão faz o contrário.

— Então isso é um sim?

— Sim. Porra... sim, mas vou precisar de lubrificante.

No mesmo momento exato, levamos a mão a nossos nécessaires. Paramos ao mesmo tempo e desatamos a rir.

— Qual é o seu? — Theo pergunta. — Alguma merda de óleo de coco orgânico não refinado?

Tateio dentro do nécessaire até achar o formato familiar da embalagem, jogando-a sobre a cama enquanto Theo joga o delu.

— Óleo de coco pode dar candidíase — digo. — Eu sou um amante cuidadoso.

Theo olha para o meu frasco de lubrificante de viagem de quinze mililitros.

— Tem pouco aí.

— Eu trouxe refil.

— Hm. — Elu acena, pensative, como se eu não estivesse dobrado feito um pretzel embaixo delu. — Sustentável.

Leio o rótulo do frasco azul-safira muito maior de Theo, me sentindo zonzo.

— À base de babosa? E você *me* chamando de burguês safado?

— Cala a boca — Theo diz, e calo.

Fiel a sua palavra, elu não toca em mim. Levanto o quadril depois de uma erguida instrutiva de suas sobrancelhas, e elu ajeita minha cueca para baixo até envolver a polpa da minha bunda, deixando-me pesado, duro e exposto à luz do abajur cor de mel e à brisa leve que traz uma conversa distante regada a vinho pelas janelas abertas. Elu olha fundo para mim, para o brilho úmido de expectativa já babado.

— Ainda fica tão bonito quando tá assim, todo animado — Theo murmura, como se não fosse para eu ouvir. Respondo mesmo assim, soltando um choramingo baixo no fundo da garganta para que o tome para si.

Theo ergue os olhos neste momento, passando a me encarar, e tira a mão.

— Mãos no travesseiro. Não se mexe até eu falar.

Mais uma vez, obedeço. Theo se ajeita, abrindo os joelhos, depois tira um objeto pequeno e grosso de dentro do nécessaire e o desliza para dentro da própria roupa íntima. Uma pausa — elu crava os dentes nos lábios num momento de concentração tão adorável que perco tudo — e então um zumbido baixo começa a ser emitido de seu pequeno vibrador.

Um breve *hm* escapa. Theo joga o quadril para a frente, usando meu corpo para concentrar a pressão onde precisa e, através da única camada de tecido que nos separa, a vibração ressoa dentro de mim, para dentro do músculo que elu antes traçava com os dedos.

— Ca-aralho — expiro.

Por um momento, me contento em apenas observar, atenuado pela beleza do corpo delu roçando em minha bunda, dando e recebendo prazer. Mas isso é quase como um *apéro*, um aperitivo chique de *huîtres gratinées*, intenso demais e substancial demais para preparar o paladar sem roubar a vez da refeição principal. Afino a voz e me esfrego no ar em vão, desolado por não estar sendo tocado.

— *Por favor* — digo. — Me manda fazer alguma coisa.

Theo beija a dobra de meu joelho e diz, generosamente:

— Passa lubrificante.

Minhas mãos pegam o frasco mais próximo, o de Theo, e solto um gemido com o choque do lubrificante frio na pele quente e sensível. Theo responde com um movimento do quadril, então faço o som de novo enquanto aplico o lubrificante por toda a extensão do meu pau.

— E agora, Theo?

Consigo sentir a expressão suplicante em meu rosto, como fiquei vulnerável ao desvelar prontamente meu pescoço e revirar os olhos para elu, e meu coração se enche com o pensamento de que estou seguindo suas ordens. Quero que elu se lembre de como consegue ser competente em algo quando decide ser, como consegue assumir o controle, fazer as coisas até o fim.

— Vai devagar. — Elu mantém a voz baixa e firme ao mesmo tempo em que acelera o movimento com o quadril, os músculos da barriga se flexionando. — Vai se tocando de leve para mim. Beleza?

— Sim. Tá, beleza.

Theo me dá ordens calmas e breves, e minha mão e meu corpo escutam. Elu me guia a cada mudança de pressão e velocidade, cada virada de punho e deslizar úmido da palma da minha mão. Empurra minhas pernas para cima até minhas coxas arderem, me relaxa até eu estar abençoado e preguiçosamente rendido, *Sei que você consegue, lindo, você aguenta mais*, me guia até a beira do precipício e aí me faz parar e assistir ao seu orgasmo. Depois recomeça.

Eu estaria gritando de frustração se não estivesse feliz pra caralho em assistir a tudo isso. Tão aliviado, tão orgulhoso. É *isso* que Theo consegue fazer. O controle, a força deliberada que vem de sua intenção e de seu desejo, estar habitando plenamente o próprio corpo, a puta *capacidade* de me foder melhor do que qualquer pessoa, o *poder* que isso confere a elu, a imensidão deslumbrante disso. Theo é uma catástrofe tanto quanto um terremoto, um ato dos deuses. É o ruir de um império e, ao mesmo tempo, o simples e imediato estilhaçar de um copo no chão para trazer boa sorte. É tudo, e é Theo. Theo singular, Theo perene, Theo, a superfloração.

Por fim, em algum momento desse vale, no desnível dos montes e em meio a videiras maduras e vermelhas, Theo beija meu rosto e fala, com uma voz que ouvi mil vezes no escuro do meu quarto vazio quando gozava sozinho:

— Vai, goza para mim, Kit, mostra pra mim. — E isso é tão fácil de dar a elu, porque a única coisa que quero mais do que gozar é que Theo esteja olhando para mim.

Quando chego ao clímax, por fim — finalmente, caralho —, gozo com um soluço entrecortado, minha mão emaranhada no cabelo de Theo, gozo escorrendo pela minha pele. Assistindo, Theo abre a boca quando um segundo orgasmo parece pegá-le totalmente de surpresa. Um som baixo e espantado escapa de seus lábios.

Por um longo tempo, fico apenas encarando seus olhos. Theo está com um ar maravilhado, e sinto o mesmo medo magnífico de hoje de manhã, como se estivesse vendo uma parte delu que não deveria. Quase desvio os olhos. Mas Theo me abraça e não solta, nem depois de pegar no sono.

Então eu me permito pensar que talvez, ao menos uma vez, quando ouvi a voz delu em meu ouvido no Sexto Arrondissement, Theo estivesse do outro lado do mundo ouvindo a minha.

— — —

O sol da manhã cobre o teto de madeira e terracota, conferindo a tudo uma cor pura e pálida de trigo e damasco. A vila está em silêncio, e o cheiro de pão assando vem da cozinha. O café da manhã não deve nem ter sido servido ainda.

Ergo a cabeça para olhar para Theo sob essa luz enquanto posso: o formato de sua boca, a ondulação de sua clavícula, a sombra leve projetada por seu nariz que se acumula, com sardas escurecidas, em suas bochechas. Faz tanto tempo que não acordo sossegado ao lado de Theo, e toda uma vida esperando para acordar com *essu* Theo.

Quando estou satisfeito, saio debaixo dos lençóis.

Em Paris, as horas de silêncio em que me visto são minhas horas favoritas do dia. Cuido das plantas, faço a lista de compras, conserto meias com agulha e linha ou penduro a roupa lavada para secar perto da janela. É o momento em que me sinto mais cheio de possibilidades, como se pudesse resolver qualquer coisa. Então, hoje de manhã, levo meu caderno de desenho aos jardins e contemplo como poderia ajudar Theo.

É só quando me sento encostado a uma fonte que percebo que tem outra pessoa andando pela propriedade: *signora* Lucia, cortando os arranjos de flores do dia com cuidado. Fico olhando em silêncio enquanto uma brisa sopra o vestido que está usando, cercada por cosmos e zínias, dálias e rosas. Ela me vê e sorri, acenando com a mão enluvada.

Ela me lembra mesmo a minha mãe.

Maman amava Theo como se tivesse saído de sua barriga, e Theo a amava como uma segunda mãe. Fora Ollie e Cora, não tem mais ninguém na Terra que saiba a forma, o sabor e o peso exato que tem perdê-la. Essa foi uma das dores mais fortes de perder Theo: perder essa parte vestigial da minha mãe também, o depósito de amor que ela havia deixado no coração delu. Tem sido bom poder falar sobre ela sem explicar nada.

A *signora* Lucia carrega as flores na direção da vila enquanto eu desenho e penso em Theo. Deve ser por volta das sete agora. Colheres de servir ressoam em travessas ao longe, conversas baixas ganhando vida nos terraços. Alguns hóspedes saíram para tomar café e comer frutas, mas muitos estão dormindo até tarde para compensar o horário em que foram dormir. Imagino que Theo vá fazer o mesmo.

Mas, minutos depois, elu vem descendo para o jardim de botas e calça jeans leve e uma camisa mal abotoada.

— Eu sabia que você estaria aqui — elu chama, fazendo a voz esnobe que usou na piscina para tirar sarro de mim por minha leitura —, fazendo seus exercícios matinais de taxonomia.

Sorrio.

— De que outro jeito eu cairia nas graças do vigário? Nunca aprendi pianoforte.

— Chupando ele — Theo sugere. — Ei, quer dar uma volta de bicicleta antes de irmos? Parece que tem uma trilha que passa por um castelo antigo. Vinte minutos de ida, vinte de volta. Deve ser tranquilo.

— A gente não vai embarcar em breve?

— Só daqui a uma hora e meia. E coloquei nossas malas no ônibus, então a gente não precisa mais subir. A gente vai rapidinho.

Passo o peso de um pé para o outro, deliberando. Meu celular está na mochila, então não vou conseguir controlar o horário. Vou ter que depender de Theo. Posso ver a esperança nos olhos delu, um brilho sutil e ensolarado.

— Beleza — digo. — Fica em qual direção?

ROMA
COMBINA COM:

Cardinale com gelo e gelato derretendo

Roma

Por sorte, a *signora* Lucia sabe dirigir um carro de câmbio manual.

Estamos na estrada em algum lugar entre Chianti e Roma, três no banco da caminhonete que Lucia costuma usar para buscar caixas de vinho de vinícolas da vizinhança.

Tudo que poderia ter dado errado em nosso passeio de bicicleta deu. Theo se perdeu, o pneu da minha bicicleta estourou, uma cabra nos perseguiu para fora da pista. Durante a primeira hora, foi uma desventura pastoral encantadora, até nossa briga de mentirinha virar uma briga de verdade e, quando Theo mencionou que o ônibus partia às nove, parei, encarei e disse que o cronograma dizia oito. Estávamos atrasados para um ônibus que já tinha saído e ninguém veio nos procurar porque Theo já tinha feito o favor de dar check em nossos nomes na lista quando embarcou nossas malas.

Quando conseguimos comunicar o que havia acontecido e pedir para um recepcionista ligar para a empresa da excursão — Theo nunca chegou a salvar o número de Fabrizio —, o ônibus já estava a uma hora de distância. Se voltasse, o grupo inteiro perderia o tour de Vespa pelos monumentos romanos marcado para hoje à tarde. Foi então que a *signora* Lucia chegou, pegou o fone e disse a Fabrizio que cuidaria disso.

E agora aqui estamos nós, a meio caminho de Roma, em uma caminhonete de fazenda meio enferrujada e com a fantasma italiana da minha mãe, que parece saber apenas duas palavras em inglês, as que correspondem a *olá* e *vaca*.

Eu e Theo estamos sentados de braços cruzados, tensos e distantes. Debaixo do barulho do motor e de uma fita cassete contendo os maiores sucessos de Patty Pravo, quase consigo ouvir Theo rangendo os dentes. Fixo o olhar nos retratos em miniatura de Maria e Jesus pendurados no espelho retrovisor e tento me lembrar de como foi gostoso acordar hoje cedo.

— Vaca — *signora* Lucia diz, com a voz entediada, apontando pelo para-brisa empoeirado para um rebanho pastando num campo. Ela apontou para todos os pastos de vacas pelos quais passamos no que parecia ser um passeio turístico agrícola meio indiferente. Eu e Theo respondemos com *hmm*.

Passamos por mais dois pastos antes de Theo finalmente descolar o maxilar e dizer, olhando para a frente:

— Por que não fala de uma vez o que está pensando para a gente acabar logo com isso?

Lá vamos nós.

— Não tem nada para falar — digo. — Eu deveria ter olhado a hora antes de sairmos. Deveria ter conferido se você havia contado para alguém aonde estávamos indo.

— Em outras palavras, você deveria ter imaginado que eu faria merda.

— Eu não teria colocado a gente nessa situação, não.

Theo responde com um aceno rígido e rápido.

— Certo, afinal você nunca comete erros.

— Eu sabia a hora certa.

— Claro — elu diz. — A culpa é toda minha, então.

— Por que você está com raiva de *mim*?

— Porque estou conseguindo ouvir a superioridade nesse seu tom de merda, Kit — Theo responde, finalmente se virando para mim. — Como se você estivesse achando que sou uma criança idiota.

Eu não acho isso, mas já tivemos essa conversa mil vezes antes, e não vai fazer diferença se eu disser que não acho. Ontem à noite deveria ter sido prova o suficiente, mas talvez o problema seja esse. Talvez elu não estivesse acreditando de verdade no que eu estava dizendo nem ontem à noite. Talvez eu só tenha colocado mais massa por cima dessa torta que rachou depois de hoje.

— Tem uma coisa que eu queria dizer, na verdade — arrisco. — Não acho que isso seja sobre o ônibus. Acho que você está um pouco à flor da pele por causa de ontem.

— Ah, legal, então seu papel aqui, *além* de me salvar de mim, é me explicar como eu me sinto — Theo diz, as bochechas ardendo, vermelhas. — Realmente, essa viagem está sendo uma volta ao passado. Nossa, eu ter sobrevivido todo esse tempo sem você é um milagre, mesmo, né?

— Não coloca palavras na minha boca — digo, com a voz firme. — Eu não acho isso.

— Parece bastante com o que você me disse naquele dia.

— Vaca — diz *signora* Lucia, apontando, e nós dois fazemos *hmm*.

— Naquele dia? — pergunto a Theo. — Que dia?

Elu não diz nada, e a resposta me atropela como se eu mesmo estivesse rolando estrada abaixo. Caindo de cabeça, esparramado no asfalto, quinze palavrões em francês diferentes colidindo em minha cabeça.

— Ah, você está falando do avião — digo. — Está querendo falar disso *agora*?

— Não, só achei engraçado — Theo diz, a voz tensa. Quando tira um fio de cabelo da frente dos olhos, a mão delu treme. — Porque, tipo, eu não estou colocando palavras na sua boca.

— Eu não me lembro de ter dito nada nem parecido — digo, um nó se formando em minha garganta.

O que me lembro é: meus ouvidos zumbindo enquanto Theo me chacoalhava para me acordar. O envelope na mão — elu tinha mexido em minha bolsa procurando algum lanche e encontrou aquilo. O ronco surdo dos motores enquanto passávamos por cima do oceano, o gosto amargo do sono na boca. Lembro de Theo estendendo as páginas e perguntando o que caralhos eram aqueles papéis, dobrados três vezes com cuidado. Minha carta de admissão e os documentos do nosso apartamento.

Tínhamos conversado muitas vezes sobre Paris. Eu sempre contava histórias sobre o *pied-à-terre* em Saint-Germain-des-Prés. Essa era a primeira vez que Theo cruzava o Atlântico, mas, quando ficávamos acordados até tarde assistindo a *Sem reservas* ou comprávamos Camembert da queijaria ao lado do Ralph's, jurávamos que Theo viria comigo para uma visita e eu lhe mostraria todos os lugares aonde Thierry e *maman* me levavam quando eu era pequeno, e comeríamos e nos beijaríamos e tomaríamos kir com um toque de

Lillet Blanc. E não seria engraçado, dizíamos, se a gente nunca mais fosse embora? Se ficássemos para sempre, começássemos toda uma vida nova, abríssemos o Fairflower em alguma esquina florida?

Theo sabia que eu tinha me inscrito em escolas de culinária em vários lugares, incluindo Paris. Portanto, quando passei na École Desjardins alguns meses depois de termos agendado a excursão, tive uma ideia: eu pediria para Thierry passar o *pied-à-terre* para o meu nome quando ele se mudasse. Na excursão, Theo veria Paris pela primeira vez, eu seria o responsável por apresentar todas as coisas pelas quais elu se apaixonaria e por fim faria uma surpresa. Tinha mudado o destino de nossas passagens de volta, saindo de Palermo, em segredo para uma escala de dois dias em Paris, e levaria Theo para o *pied-à-terre* e entregaria a elu nosso sonho num envelope. Uma casa florida em Paris, uma vida nova, tudo já preparado. Theo não tinha que se preocupar com nada, não tinha que resolver nenhum detalhe difícil e entediante. Tudo que precisava fazer era vir.

Ri e encolhi os ombros, *Lá se foi a grande surpresa romântica*, e a cor se esvaiu do rosto de Theo, que disse: *Pensei que fosse piada isso de se inscrever em Paris*. Foi então que tudo veio abaixo.

As primeiras perguntas foram todas sobre *como*, perguntas que eu não esperava ouvir porque pensei que nós dois saberíamos as respostas. Como eu faria para pagar pelos estudos de confeitaria em Paris? Pegaria dinheiro emprestado com o meu pai. Como faríamos para levar todas as nossas coisas para o outro lado do oceano? O *pied-à-terre* já estava todo mobiliado. O que eu esperava que Theo fosse fazer enquanto eu estivesse na escola? Elu poderia fazer uma imersão nos vinhos franceses que vinha curtindo nos últimos tempos, aprender tudo de que precisávamos para que Fairflower virasse realidade algum dia. Como Theo faria isso se elu nem falava francês? Eu ensinaria. Como seria do ponto de vista legal? Essa era a mais fácil: *Tenho dupla cidadania, é só a gente se casar*.

E Theo disse: *Não vai me dizer que é desse jeito merda que você está me pedindo em casamento*.

— Você ficou maluco? — Theo pergunta. — Como pôde planejar toda uma vida para mim sem nem me perguntar se era isso que eu queria?

Pressiono a testa, tentando conter toda a frustração e tristeza ali. Theo me fez a mesma pergunta quatro anos atrás, e minha resposta estragou tudo. Mas não mudou.

— Você não era feliz, Theo — respondo. — E eu tinha medo de que, se continuasse fazendo as mesmas coisas, nunca fosse.

O que você acha que te dá a porcaria do direito, Theo respondeu naquele dia, *de tomar esse tipo de decisão por mim?*

Achei de verdade que Theo adoraria a ideia de não pagar mais aluguel, não trabalhar mais em turnos duplos nem ouvir xingamentos na cozinha, não ficar mais alternando entre os únicos cinco restaurantes de que realmente gostávamos, não ter mais nenhum ex para evitar, não ter mais nenhuma pontuação de crédito para corrigir nem ter medo de não conseguir seguro quando fizesse vinte e seis anos. Uma vida sem limites na cidade mais linda do mundo, onde ninguém precisava saber seu sobrenome. E nós, juntos. Qualquer coisa era possível se estivéssemos juntos.

Theo *não* era feliz. Não desde que elu precisou parar com a natação e largou a faculdade. O trabalho no Timo arrancava seu couro sem dó nem piedade, elu sofria para conquistar cada cargo, de assistente de garçom a *barback*, depois a bartender, depois a gerente de bar, com suor, bolhas e noites longas que só pioravam seu ombro. Theo estava o tempo todo cansade. Desenvolvia interesses novos e os esgotava numa semana. E, às vezes, havia uma desconexão estranha e frágil em seu olhar, como se existisse alguma coisa dentro delu que não estivesse recebendo a atenção necessária, uma coisa tão essencial que poderia deixar em Theo um vazio eterno se morresse ou fosse negligenciada.

E a questão era que Theo nunca disse que eu estava errado nesse sentido. Mas abraçou uma convicção enérgica e obstinada de que tinha direito de ser infeliz.

Eu disse: *Não posso continuar vendo você desistir de si mesma.* Disse: *Posso ajudar.* Disse: *Às vezes eu me preocupo porque você só dificulta a própria vida.* Ao que Theo respondeu: *Você está percebendo que não para de falar da minha vida na primeira pessoa?*

— Eu podia não gostar — Theo diz, agora —, mas era a minha vida.

Depois, Theo me fez outras perguntas: fazia quanto tempo que eu estava planejando isso? Será que cheguei a me perguntar, em algum momento, se pedir a elu para abandonar a própria vida, mudar para outro continente, num país cuja língua elu não falava, e viver no *pied--à-terre* da minha família era mesmo romântico ou só controlador? Eu cheguei a sequer lembrar que Theo odeia surpresas? Mas aí pensei: *Será que eu sabia que Theo odeia surpresas?*

Lembrei a Theo de Fairflower, de todos os menus em que tínhamos pensado, todos os nossos sonhos, e Theo disse que, na visão delu, nunca tinha passado disso: um sonho. Uma coisa gostosa de imaginar, nada mais. Não era o que eu tinha entendido, e Theo não se surpreendeu por isso. Disse que eu sempre acho que sei mais do que todo mundo e nunca deixo espaço para elu corrigir os próprios erros, que vivo num mundo de fantasia e só escuto o que quero escutar. Disso eu também não sabia.

E ficamos dando voltas e mais voltas nessa história por horas naquelas poltronas estreitas de avião durante todo o serviço do jantar e encarando bandejas de plástico de lasanha morna, soltando tudo que estava guardado. Já tínhamos brigado uma vez ou outra na infância, mas ali estávamos descobrindo como é ter uma briga de adultos em um relacionamento. Não soubemos a hora de parar. Eu falei de todas as vezes em que tinha mordido a língua e deixado que elu fizesse as piores escolhas, e elu me disse que teria vergonha de deixar que seus pais bancassem a vida delu do jeito que eu tinha deixado os meus fazerem. Disse que eu só me importava com minhas próprias ideias de propósito e sucesso, e eu disse que pelo menos não tinha medo de me esforçar para conquistá-los. Eu tinha certeza de que conseguia enxergar o caminho direto que levaria Theo até a felicidade, mas elu se recusava a segui-lo.

Às vezes me pergunto se essa briga teria levado ao término se tivesse sido em casa. Se tivéssemos tido a oportunidade de arejar a cabeça, tirado uma noite para nos acalmar e nos encontrado na cozinha na manhã seguinte, talvez tivéssemos continuado juntos. Mas foi num avião a caminho de Londres, sem nada pra fazer além de implodir. As últimas duas horas rumo a Heathrow foram em silêncio, e eu não conseguia pensar em nada sincero que pudesse convencer Theo a não me deixar. Não fiquei surpreso quando me pareceu que elu tinha me largado.

— Você não sabia o que queria fazer — digo agora. — E achei que talvez eu pudesse ajudar você a descobrir e fiquei com medo do que poderia acontecer se eu não ajudasse.

— Você queria ir para Paris. Escolheu a vida que queria, a vida que tem agora e que, aliás, me parece que prova que eu nem precisava estar lá. Eu estaria só pegando carona.

Sinto vontade de colocar a cabeça entre as mãos.

— Theo — digo, soando cansado até para mim mesmo —, não sei como dizer isso de outra forma. Você *era* minha vida. Você sempre foi o objetivo de tudo o que fiz.

— Bom, não era para eu ser — Theo retruca. — Ninguém deveria ser o objetivo de ninguém, Kit, porque é assim que uma pessoa vira só uma coisa. Foi assim que você se esqueceu de me perguntar se eu *queria* ir para Paris.

Respiro fundo e digo:

— Eu sei.

A cassete de Patty Pravo chega ao fim, dando lugar à estática do rádio da caminhonete. A *signora* Lucia desliga o rádio.

Está silêncio dentro da caminhonete quando Theo diz:

— Como assim?

— Eu sei. Você tem razão. Então, por favor, será que a gente... será que a gente precisa mesmo continuar repetindo a briga toda? Já foi doloroso antes de eu saber que estava errado, então não consigo *mesmo* aguentar passar por isso de novo agora.

— Você... acha que tenho razão?

É estranho perceber que nunca falei isso para ele. É um fardo tão grande para mim que me esqueci de que nem todos conseguem ver que o estou carregando.

— Theo, essa história de Paris é o maior arrependimento da minha vida.

Theo olha para mim, os olhos tão concentrados em vasculhar os meus que não consigo encontrar mais nada neles. Então diz:

— Fala mais — o que é uma resposta tão Theo para um momento de vulnerabilidade silenciosa tão grande que preciso me esforçar para não abrir um sorriso.

— Você tinha razão — digo. — Quando encasqueto em realizar

um sonho, fico tão obcecado que não consigo enxergar nada além. Eu não enxerguei você. Estava tratando sua vida como um problema a ser resolvido, planejando tudo com base na versão de você que eu tinha na cabeça e que concordaria com tudo o que eu achava melhor para você, e eu tinha tanta certeza de que estava certo que me esqueci de que nunca nem cheguei a conhecer aquela pessoa. A maior merda é essa. Nunca amei a versão de Theo que teria entrado nessa comigo. A única pessoa que amo é você.

E mais uma vez, esqueço de usar o passado quando declaro meu amor. Fico me perguntando se Theo vai notar agora.

— Pois é, foi... — Theo responde, o olhar distante. Por um momento, fico achando que o comentário é sobre a última frase, mas aí Theo diz, com uma breve risada triste: — Foi *mesmo* a maior merda.

Também rio, não consigo evitar. Sai como um suspiro.

— Se eu não tiver dito ainda — digo —, me perdoa. Eu não deveria ter feito nada sem você.

Theo não diz nada, mas um silêncio tranquilo recai sobre nós. Elu acena e volta os olhos para o para-brisa, que vai revelando, aos poucos, os arredores distantes de Roma. Bares atarracados à beira da estrada, predinhos de argamassa, ciprestes pontudos. Observo tudo passar, uma sensação estranha dentro do peito que me lembra o momento em que uma panela borbulhante de açúcar se transforma em caramelo. Parecido com alívio, com um ponto de virada.

Depois de meia hora, Theo coloca a mão sobre a minha, e em mais meia hora, quando chegamos à cidade, finalmente abre a boca.

— Eu deveria ter conferido o horário do ônibus hoje cedo — elu diz. — Foi mal.

O ônibus acabou ficando tão distante na minha mente que isso me tira uma risada gutural de surpresa.

— Eu também poderia ter olhado — digo.

Theo aperta minha mão.

— E, para dizer a verdade — Theo diz, quando a caminhonete passa por entre casas arborizadas cor-de-rosa e amarelas em Flaminio —, tem *sim* dias em que a minha vontade é sumir com todos os meus problemas e recomeçar.

— Acho que todo mundo tem essa vontade, às vezes.

— De vez em quando ainda quero — Theo diz. — Mas, se eu começar a vida do zero, quero que ela seja minha.

— Eu sei.

A *signora* Lucia nos leva até um ponto de ônibus na beira de uma praça do outro lado do mercado, onde o grupo da excursão deve estar almoçando. Agradecemos com *"Grazie mille, grazie mille"* vezes e mais vezes até ela nos dar tchau e sairmos correndo.

Quando éramos pequenos, Theo ficava com muita raiva quando disputávamos corrida. Nós dois éramos rápidos, e Theo sempre teve a força e a ousadia a seu favor, mas eu tinha passadas mais longas e reflexos melhores. Elu estava sempre um passo atrás.

Agora, enquanto corremos pela praça, eu me mantenho para trás. Theo avança num ritmo estrondoso, como se na verdade estivesse desembainhando uma espada, em vez de só tirando o celular da pochete, o sol romano quente refletindo em seu cabelo como os louros no cabelo de um gladiador. A beleza delu é deslumbrante desse ângulo novo.

Theo olha por sobre o ombro para me encontrar um passo atrás e algo brota em seu rosto. Elu se vira antes que eu consiga identificar o que é.

— — —

Fabrizio nos abraça com um alívio ofegante na frente do Antico Forno Roscioli enquanto o grupo termina o almoço. Os abençoados Calums guardaram para nós alguns pedaços de pizza crocante cheios de colheradas de pesto e meia crostata, com os quais nos lambuzamos comendo em mordidas grandes que engolimos com a ajuda da Peroni morna de Stig. Foi por pouco, mas conseguimos chegar.

De seis em seis, somos divididos em grupos, passados para um motorista sorridente com um capacete brilhante pendurado nos dedos e guiados para longe do mercado para encontrar nossas frotas de Vespa. Eu e Theo estamos entre os últimos a serem designados, mas nenhum motorista aparece. Em vez disso, Fabrizio nos abre um sorriso vigoroso e diz:

— *Amici*, vocês vêm comigo!

Ao virar a esquina, somos aguardados por um grupo de motoristas e uma fila de Vespas vintages que formam um arco-íris de cores pastéis, parecendo que saíram de uma caixa de macarrons parisienses. Um homem bonito de meia-idade usando luvas sem dedos grita um cumprimento encantado para Fabrizio e dá um grande beijo em seu rosto dourado. Estou começando a desconfiar que existe uma pessoa apaixonada por Fabrizio em cada cidade desta excursão.

— Este aqui é Angelo! — Fabrizio diz. — Quando cheguei a Roma, foi com ele que consegui meu primeiro emprego como motorista neste tour de Vespa quando tinha apenas dezoito anos. Aprendi tudo que sei com ele. — Ele se vira para Angelo. — E eu era seu motorista predileto, não era?

— *Sì* — Angelo responde. — Todas as meninas queriam fazer o tour quando viam você. Muito bom para os negócios.

— E agora — Fabrizio diz —, quando minhas excursões visitam Roma, trago todos para você. E, como um agradinho, você me deixa dirigir como nos velhos tempos, *sì*?

Cada passageiro faz par com um motorista — um casal em lua de mel com dois senhores robustos idênticos a Lars, Stig com uma moça minúscula que usa muitos piercings no nariz e precisa ficar em pé no banco para colocar o capacete na cabeça dele, Dakota com Angelo. Conto as scooters e percebo que está faltando uma. A única que resta para mim e Theo é uma vespa amarelo-canário com um sidecar da mesma cor.

— Fabrizio, não — Theo diz ao se dar conta do que está prestes a acontecer.

— Fabrizio, *sì*! — Fabrizio responde, estendendo um capacete para cada um de nós. — Um de vocês vai no sidecar e um de vocês vai atrás de mim. Daquele jeitinho ali!

Ele aponta para Dakota montada na Vespa atrás de Angelo, as coxas encostadas nas dele e os braços ao redor da barriga. Um de nós vai ficar agarrado em Fabrizio enquanto o outro se agacha no sidecar feito uma ilustração de cachorro usando óculos de proteção num livro infantil.

Theo coloca o capacete na cabeça e se vira para mim.

— Vamos tirar na sorte?

— A gente podia revezar? Trocar nas paradas? — sugiro. Arrumo o cabelo para trás e coloco o capacete, e Theo começa a rir no mesmo instante. Franzo a testa. — Que foi?

— Olha só pra você! — Theo pega o celular para tirar uma foto e me mostra a tela, minha cara de confusão e os tufos de cabelo saindo por debaixo do capacete. — Nossa, tá perfeito.

— Eu fiquei chique — respondo. — Fiquei parecendo esses motoqueiros da costa Amalfitana.

— Na verdade, ficou parecendo que dispararam você de um canhão num circo para gente gay.

— Melhor ainda.

— Eu sei — Theo diz, como se surprese com a própria sinceridade.

Dou uma piscadinha e aperto a fivela do capacete no queixo, apontando na direção de Fabrizio, que já está sentado atrás do guidão.

— Vai primeiro. Esquenta Fabrizio para eu sentar depois.

E, prestando uma continência de só dois dedos, Theo monta na moto.

O sidecar não é tão apertado quanto parece e, depois que consigo colocar as pernas, é quase confortável. Theo, que continua achando que essa é a coisa mais hilária que já me aconteceu, tira uma dezena de outras fotos até Fabrizio acelerar e sair com a Vespa.

Os outros motoristas entram em formação enquanto entramos numa das ruas principais de Roma, Corso Vittorio, pelo que consegui ler numa placa que passou bem rápido. Prédios sobem ao nosso redor em blocos imponentes de marfim e creme, eminentes e cercados por balaústres de pedra, sustentados por colunas iônicas com volutas curvas no alto. O céu é de um azul escaldante, e as estradas se curvam para oeste, na direção da torrente verde do Tibre. O motor ronca e Fabrizio canta ao vento enquanto anda pelo trânsito romano e, do meu sidecar, olho para Theo.

Theo é cria do deserto e ganha vida com o sol e o calor. O sorriso delu vai ficando mais e mais largo conforme a manhã vai desaparecendo pelo retrovisor de Fabrizio. Theo entrelaça os dedos ao redor da cintura de Fabrizio e ergue o rosto sob o vento, contemplando Roma com uma admiração sincera.

Acho que, depois de tudo, agora que dissemos o que precisava ser dito, podemos sair dessa bem.

Cruzamos uma ponte arqueada rumo ao tambor cilíndrico de Castel Sant'Angelo, em cima do qual diz a lenda que o Arcanjo Miguel desembainhou sua espada para marcar o fim da grande praga de Roma. Carros buzinando competem conosco para ver quem chega primeiro à fachada de travertino do Palácio da Justiça e quem volta primeiro a Tibre, passando pelos formigueiros sinuosos de ruas estreitas de paralelepípedo na direção do Panteão.

Quando chegamos ao templo, Fabrizio se volta para Theo e grita mais alto que o motor.

— Quando acabarmos, voltem aqui, desçam essa rua e peguem a primeira à esquerda, depois a primeira à direita que dá para o beco, e vão encontrar o hostel entre as osterias, lá na ponta. Orla deixa as malas de vocês nos seus quartos no último andar.

— Uhum — Theo responde.

Elu está observando as colunas antigas do Panteão com fascínio, sem prestar atenção em nada.

— *Grazie!* — grito, contente em evitar que nada atrapalhe o momento de Theo.

Vou me lembrar disso por nós dois.

Entramos num beco com uma torneira antiga jorrando água cristalina. Li sobre elas — *nasoni*, torneira públicas abastecidas, em parte, pelos aquedutos romanos originais —, mas quase não consegui acreditar que existiam até agora. Pegamos água com as mãos em forma de concha e alternamos, segurando os bicos com os dedos, para fazer com que jorrem para cima igual a um bebedouro. Fabrizio vira a cabeça toda de lado e coloca a boca embaixo do fio, e flagro o olhar de Theo quando sigo o exemplo dele, tomando água fresca com a boca aberta até escorrer por meu queixo.

Depois, é minha vez de andar com Fabrizio. Enlaço os braços ao redor de sua cintura firme, aperto as coxas contra as dele, nossos shorts tão curtos que o suor dos dois corpos se mistura. Ele elogia a maciez da minha pele quando dá a partida e agradeço com meu sorriso mais sedutor. Theo observa com um desejo curioso e descarado do sidecar embaixo. Duas coisas que resistem à passagem do tempo: antiguidades romanas e o prazer que Theo sente ao me ver com um homem entre as pernas.

A excursão continua enquanto passamos por um borrão de pedras e heras, as ruínas da praça onde Júlio César foi assassinado, o parque gramado do Circo Máximo, outrora pisoteado por cascos de corrida e rodas de biga, templos a Hércules e Portuno tão bem preservados que um camponês romano poderia bem passar vendendo uma vaca no Fórum Boário. Terminamos no Arco de Constantino, que pouco mudou comparado a como era quando imperadores vitoriosos desfilavam setecentos anos atrás, ainda orgulhoso e imponente ao fundo do grandioso Coliseu.

Damos a volta pelo Coliseu a pé, nossos sapatos sobre as mesmas pedras que um dia foram pisadas por milhares de sandálias antigas. Fabrizio já está perdendo a voz enquanto recita uma história após a outra, reconstitui batalha após batalha. Depois voltamos a sair, passando pelas arcadas, e visitamos as ruínas da fonte onde os gladiadores lavavam seus ferimentos, nos dirigindo ao alto do monte Palatino e sua vista panorâmica do Fórum Romano.

Em uma excursão longa, os dias parecem gigantes, estendendo-se de maneira impossível para além da duração normal. Tantas coisas acontecem em tão poucas horas, uma após a outra, até parecer inimaginável que o dia tivesse começado num lugar completamente diferente. Como se cada lugar fosse único e o mais importante até chegarmos ao próximo lugar único e importante, essa fonte, e aquele bebedouro, e essa vidraça cintilante, cada uma delas marcada em nossa memória para sempre a partir de um acontecimento instantâneo, mas cada uma delas substituída imediatamente pela seguinte. Tudo perpetuamente fugaz, o corpo esgotado e o cérebro extasiado. É assim que o dia continua.

Fabrizio nos libera para explorarmos o Fórum Romano. Eu e Theo vagamos pela mesma rua onde senadores conspiraram e comerciantes venderam mercadorias e mulheres praticaram a profissão mais antiga do mundo, todos trabalhando ou rezando ou jogando ou espalhando boatos, e atravessamos o que ainda resta dos arcos triunfais.

Eu me imagino com Theo no mundo deles. Eu seria padeiro, assando pães de massa lêveda sob cinzas ardentes, folhas de oliveira no cabelo e farinha na túnica. Theo seria a pessoa que conduz bigas, com seu ar malandro, e que compra pão de mim todo dia de manhã, deixando as virgens vestais sem graça. Trocaríamos olhares, mas nunca nos tocaríamos exceto quando estivéssemos a sós, prensando o outro contra a parede em cantinhos secretos em templos, e, quando Theo enrolasse uma faixa de couro no peito para correr de biga, meu nome estaria gravado dentro das fivelas.

— É tão doido como dois mil anos atrás eles sentiam as mesmas coisas que nós — Theo reflete. — Só queriam ser amados, comer comida boa, fazer arte e transar.

— A condição humana — concordo.

Paramos na frente do templo mais impressionante, um com dez colunas grossas ainda sustentando o friso sobre o pórtico. Uma placa revela que, originalmente, foi construído como um templo dedicado à imperatriz Faustina, a Velha. O marido dela, Antonino, ficou com o coração tão desolado por sua morte que ordenou que a deificassem e esculpissem sua imagem em estátuas de ouro, gravassem-na em moedas e a consagrassem neste templo. Ele queria que o império todo a venerasse como ele próprio a venerava, e assim se espalhou a seita de Faustina.

— É meio romântico amar tanto sua esposa a ponto de criar uma seita — digo.

— Sei não — Theo comenta, uma curva irônica nos lábios. — Será que alguém chegou a perguntar pra Faustina se ela *queria* ser uma deusa?

Começo a rir, perfeitamente disposto a aceitar a alfinetada se isso significar que já podemos fazer piada do assunto.

— Tem razão — digo. — Muito presunçoso da parte de Antonino.

Ao sair do fórum, percebemos que nenhum de nós comeu o suficiente no almoço, e ainda faltam quatro horas para a reserva do jantar do grupo. Com fome e calor demais, entramos na primeira pizzaria que encontramos, em parte porque achamos o garçom gostoso e em parte pelo grande volume de vapor que vemos saindo de lá de dentro. Tudo, desde cadeiras a talheres, está ligeiramente úmido, cintilando com gotículas minúsculas de água fresca. Quando o garçom gato leva nossos menus embora, dois retângulos secos marcam o lugar em que estavam, em cima da toalha de mesa de papel pardo.

— Será que não é vapor demais? — Theo pergunta. — Parece que eu estou no Rainforest Café.

— Não, eu tô gostando — digo, observando uma gota escorrer pelo pescoço delu. — Estou me sentindo um pepino no mercado.

Eu bebo um limoncello spritz, Theo toma uma taça de Orvieto gelado e nós dois dividimos uma pizza. Quando acabamos, subimos a ladeira até a Fontana di Trevi, que está absolutamente inundada de turistas derrubando gotas de gelato derretido e dividindo *supplì* fritos crocantes, recheados de queijo e tomate. Encontramos um lugar perto da beira da fonte e nos sentamos juntos.

— E lá está, a nossa espera, o nosso amante, o Netuno Gostosão — digo, admirando a fonte. — A gente sempre acaba nele.

— Acho que talvez isso não tenha tanto a ver com a gente, e sim com o fato de que ele é um tema frequente para esculturas de fonte.

— Não, tem um lance rolando entre a gente.

— Hmm. Espera aí. — Theo observa a fonte mais de perto. — Eu conheço este lugar. Ele aparece no clássico das comédias românticas...

— *A princesa e o plebeu* — digo, ao mesmo tempo que Theo conclui:

— *Lizzie McGuire: Um sonho popstar* — e damos risada.

Olho para Theo, sardas à mostra, o cabelo desgrenhado pelo capacete e frisado pela névoa, ao meu lado em Roma, afinal. Minhe condutore de bigas. Theo construiu a própria vida, que trouxe elu até aqui, e tenho a sorte de poder assistir a tudo isso.

Penso em Faustina no fórum, Theo no avião. Quero fazer as coisas de uma forma melhor desta vez. Quero saber o que Theo quer. E, o que quer que queira, quero proporcionar a elu.

Então, desta vez, pergunto:

— Theo — digo. — O que você quer?

É uma pergunta aberta. Pode significar seja lá o que Theo queira que signifique.

Elu considera responder por muito tempo, assistindo à água cair dentro da bacia da fonte.

— Venho pensando nisso — elu diz. — Me pergunta de novo amanhã.

— — —

À noite, jantamos numa osteria em uma ruazinha lateral, uma empresa familiar, que só uma pessoa que realmente a conhece saberia encontrar. Não é nada especial aos olhos — simples e marrom em meio a todos os becos cobertos de trepadeira e estátuas heroicas —, mas a *sensação* é especial. As paredes são cobertas por uma profusão de retratos em preto e branco de bisavós, pôsteres de pizza pintados à mão, fotos granuladas de netinhos todos melados de molho e retratos autografados de cantores italianos. Toalhas de vinil axadrezadas em vermelho e branco cobrem todas as mesas, e pratos descombinados transbordam de massas em dezenas de formatos e cores.

Depois, eu e Theo finalmente vamos para nossos quartos. Para nossas duas noites em Roma, estamos hospedados num predinho residencial antigo transformado em hotel, nossos quartos no alto de cinco lances de escada de mármore tão íngremes que subimos o último ofegando e tiramos um tempinho para nos recuperar segurando os joelhos. Num patamar amplo e empoeirado, iluminado por cordões de luzes, Theo destranca a porta do próprio quarto e encontra nossas malas depositadas lá dentro.

Levo a mão à minha, mas Theo pega minha chave e diz:

— Você devia ficar aqui.

No quarto de Theo, revezamos em lavar o suor seco com banhos frios. Mesmo assim, ainda está quente demais para considerar vestir roupas e, desde ontem na vila — Deus, como pode ter sido apenas ontem? —, não há motivo para termos vergonha. Deixamos as toalhas molhadas no banheiro e nos deitamos pelados com as costas em cima do edredom, com cuidado para não nos tocarmos e dividirmos calor corporal. Nossas cabeças deixam auréolas úmidas nas fronhas.

Não estou olhando para Theo com nenhuma intenção real. Mas existe o fato simples e extraordinário do corpo delu ao meu lado: o afunilamento de seus antebraços do cotovelo ao punho, os sulcos de suas canelas e a nodosidade forte do osso de seus tornozelos, os pelos cor de gengibre que cobrem cada perna e se adensam entre elas. O peito delu é quase tão liso quanto o meu quando Theo se deita assim, ondas sutis num tom mais cor-de-rosa em cada mamilo. O que me pega não é apenas a beleza de seu corpo, mas a presença casual dele, a maneira como me é permitido me deitar ao lado daquele corpo num quarto em silêncio.

— Kit — Theo diz.

— Theo — digo.

— Você está de pau duro.

Fecho os olhos.

— Eu sei.

Theo abre os pés, apertando o lençol em dois pontos suaves sob os calcanhares. Uma de suas mãos, aquelas mãos fortes e adoráveis, desce por sua barriga até o ponto entre suas pernas. Então Theo a ergue sob a luz do abajur e me mostra a umidade cintilando sobre a ponta dos dedos.

É uma admissão e uma pergunta. Respondo as duas baixando a mão e metendo em minha própria palma.

E é assim que, deitados em uma cama em Roma, doze horas depois de acertarmos as contas, nós nos masturbamos juntos.

Teve outra vez que fizemos isso, quando tínhamos dezenove anos e estávamos chapados e consumidos de desejo. Uma noite até tarde em meu quarto, uma conversa infinita que chegou às pessoas com quem estávamos transando em vez de um com o outro. Por anos, fingimos não nos lembrar de como tínhamos ficado deitados sob a mesma coberta com as mãos dentro da calça, o farfalhar do algodão e o sussurro de pele, mas eu não conseguia me esquecer da sensação de descobrir o som do orgasmo de Theo.

Não pode ser possível que nossa história se repita com tanta exatidão a ponto de estarmos os dois deitados aqui se amando e mais uma vez sem dizer nada, mas fico pensando. Observo a mão de Theo se mover, solto um gemido com meu próprio toque e fico pensando.

— Kit — Theo diz e, por um momento denso, acho que está, na verdade, dizendo meu nome ao sentir prazer, até elu repetir: — Kit.

— Oi?

— Quero mudar as regras de novo.

— Tá — digo prontamente —, tá, tudo bem.

— Sem beijos, sem penetração — Theo diz —, mas qualquer outra coisa vale.

Minha mão congela.

— Qualquer coisa?

— Qualquer coisa.

— Tem certeza?

Theo se inclina na minha direção e traça a boca no canto da minha. Não é um beijo, mas chega tão perto de ser que sinto um calafrio.

— Por favor — Theo diz.

Nunca neguei nada que Theo tenha pedido com jeitinho.

No espaço de um segundo, pulo do colchão e me viro, usando o impulso para deitar Theo de costas e me encaixar entre suas coxas. Theo solta um grito que é quase uma gargalhada, as pernas já se erguendo.

— Caralho, você sempre conseguiu fazer isso?

Eu me mexo para a frente, já apoiando os ombros sob a curva firme de sua bunda.

— Eu descobri umas técnicas novas.

Theo abre um sorriso exuberante.

— Meu melhor aluno da escola de confeitaria.

— Seu — ecoo, um aperto no peito.

Caio de boca em Theo até ouvir sua respiração ofegante, até seu quadril se empinar e se elevar da cama, até suas mãos estarem afundadas em meu cabelo, apertando, puxando e esmagando meu rosto com tanta força que os contornos da minha visão se obscurecem deliciosamente.

Theo goza alto e, assim que recupera o fôlego, me puxa para cima pela raiz do meu cabelo e me joga de costas na cama, me encurralando até eu estar sentado com as costas na cabeceira. Lubrificante aparece de algum lugar — da mesa de cabeceira, talvez, não me importo — e Theo está passando na palma da sua mão e então... e então...

Theo me envolve em sua mão.

A textura da mão de Theo está diferente do que lembro — tem mais calos, mais cicatrizes —, mas o formato, a pressão de cada dedo e a inclinação de seu punho, a maneira como sua palma me acomoda, é tudo tão devastadoramente familiar que quase gozo ao primeiro toque. Lágrimas ardem nos cantos dos meus olhos e não sinto a menor vergonha por isso. Através da névoa, vejo o rosto de Theo, sua determinação firme enquanto espalha lubrificante em meu pau e entre as próprias coxas.

Então Theo sobe no meu colo, alinha o quadril sobre o meu e, por um segundo delirante, penso que vai abandonar as regras e me foder à moda antiga, e estou mais do que pronto para deixar.

Mas elu vira o corpo e senta de lado no meu colo. Prendendo meu pau entre as pernas, nossas peles escorregadias e macias.

Uma série de palavrões escapa da minha boca tão rapidamente que já nem sei mais qual língua estou falando. Línguas, talvez. Latim antigo. Estou tão completa e subitamente envolvido que mal consigo pensar, mal controlo como minhas mãos seguram Theo para que seu corpo fique exatamente onde está, sentade de lado, com o ombro em meu peito e as coxas apertadas com firmeza. Theo ajeita o quadril numa amostra de provocação e solto outro palavrão ao entender o que elu está oferecendo.

— Gostou, foi? — Theo diz, olhando no fundo dos meus olhos, vendo sabe Deus o que em mim.

— Amei — suspiro. *Amo você.*

Elu apoia as mãos atrás de si na cama para levantar uma fração do próprio peso do meu colo, deixando espaço para eu me mexer.

— Então me mostra que gostou.

Tudo — o quarto, o calor, o dia, o anseio em meu peito —, *tudo* se desfaz quando meto no espaço apertado e lubrificado entre suas coxas.

Na ausência de pensamento, meu corpo sugere: *glissando*. Um termo quase esquecido de composições clássicas. O deslizar contínuo de uma altura de som a outra, grave a agudo, baixo e depois alto. Uma evocação da magia, da emoção ou da graça composta em odes ao mar no verão. É *isso* o que está acontecendo entre nossos corpos.

É tão bom que não consigo imaginar precisar de mais nada até Theo se virar e eu sentir um calor novo e úmido encostando em mim, a forma familiar de seu sexo ainda molhado pela minha boca. Elu projeta o quadril, encontrando a fricção de que precisa, perigosamente perto de me deixar deslizar para dentro. Quando goza de novo, seu olhar pousa em meu rosto de maneira confortável, parecendo mais uma ordem, e gozo também. Estou irrecuperável.

Tão arruinado que só percebo mais tarde, num momento em que passo pelo sono no meio da noite, que quase quebramos as duas únicas regras que ainda temos.

— — —

Na manhã seguinte, acordo com a cabeça de Theo no meu travesseiro e três novas mensagens de Maxine no meu celular.

guillaume estava com uma cara abatida no café hoje cedo. acho que ele está com saudade de você. pelo menos de certas partes de você.

E: você me deve atualizações sobre o assunto theo. o que rolou depois de mônaco?? se estiver sofrendo por amor de novo, vou matar nós três.

E: jantar segunda à noite?

Desligo o alarme antes que acorde Theo e releio as mensagens de Maxine enquanto escovo os dentes, tentando entender a qual segunda ela pode estar se referindo. Até que me dou conta: ela está falando da *próxima* segunda. Ou seja, daqui a menos de sete dias. Ou seja, a excursão está quase no fim.

Por duas semanas e meia, tenho vivido nessa bolha fora da realidade, onde passo todos os dias comendo e bebendo e tocando e contemplando arte, zonzo de tantas línguas e de tão pouco tempo para dormir. Onde Theo está do meu lado, e somos amigos de novo, e dividimos um travesseiro e acordamos com o gosto um do outro na língua. Quase me esqueci de que minha vida em Paris está rolando sem mim e, agora, está tão perto que aquele jantar com Maxine no bistrô ao qual sempre vamos é algo que pode virar realidade em uma questão de dias.

Cuspo e enxaguo, mas a espuma de um leve pânico continua em minha boca. Conto o tempo que resta. Mais um dia e uma noite em Roma, daí Nápoles amanhã e depois uma conclusão de dois dias em Palermo. Faltam quatro dias e quatro noites para eu voltar para a França e Theo pegar um avião com destino à Califórnia. Sem nada para impedi-le de bloquear meu número de novo, se quiser. Tenho quase certeza de que isso não vai acontecer, não depois de tudo isso... mas e se acontecer?

Onde eu estava achando que isso ia dar, afinal?

Da cama vem o farfalhar de cobertas e um resmungo baixo de quem se espreguiça.

— Kit? — diz a voz de Theo, rouca de sono. — Você está aí?

— No banheiro.

Outro resmungo e o ranger de molas de colchão, e Theo entra no banheiro minúsculo vestindo uma camiseta ao contrário. O cabelo delu está desgrenhado, os olhos semicerrados, um fio de baba seca no queixo. Não sei como conseguiria sobreviver a perdê-le de novo.

— Pensei que tivesse ido embora, igual ontem.

— Na vila? Te incomodou que acordei cedo?

Elu faz que sim, levando a mão ao nécessaire. Coloco a mão delu no zíper antes que derrube o desodorante dentro da pia.

— Queria acordar junto com você — Theo diz, o que me deixa sem palavras por um momento. Elu apoia a testa em meu ombro, deixando que eu sustente seu peso.

Tento dizer para meu coração se acalmar, que Theo está sendo assim doce porque está meio dormindo, mas isso me pega mesmo assim.

Nossas mochilas estão encostadas na parede ao lado da cama, a minha arrumada e de zíper fechado, a de Theo virada em cima de um monte de roupas semidobradas espalhadas pelo carpete. Deixo escapar uma risada e começo a arrumar as camisas de Theo em uma pilha mais ordenada quando minha mão toca em algo sólido dentro de uma bola de meias.

Parte de um rótulo desponta, um que eu reconheceria em qualquer lugar. A garrafinha de uísque que dei para Theo em nosso primeiro aniversário de namoro, destilado no ano em que nos conhecemos. Aquela que tomaríamos no fim de nossa excursão juntos quatro anos atrás.

Theo a guardou. Pensei que já teria bebido a esta altura, ou jogado fora, mas, todo esse tempo, elu a guardou. E, quando estava escolhendo quais coisas colocar dentro da mala, arranjou espaço para esta daqui. Fez a escolha de trazer isso para cá sem nem saber que me veria.

— Aonde vamos hoje de manhã? — Theo pergunta do banheiro.

Volto a cobrir a garrafa com as meias e me afasto da bolsa de Theo antes que elu coloque a cabeça para dentro do quarto.

Minha voz está admiravelmente normal quando respondo:

— Galleria Borghese.

Uma hora e meia depois, Orla nos deixa nas Escadarias da Praça da Espanha. Fabrizio nos guia escada acima até a enorme extensão verde dos jardins da Villa Borghese, que já foram um vinhedo, até o cardeal Borghese os transformar num lugar para festas particulares no século XVII, porque um cardeal gay do mal tem todo o direito, mesmo. A coleção de obras de arte dele — algumas obtidas abusando dos fundos do papa, outras abusando da influência do papa —, ainda enche a vila no centro dos jardins. Agora, é um museu público.

Fabrizio nos guia através de um tour introdutório às obras mais famosas, depois deixa que exploremos por conta própria. Quando pergunto a Theo por onde começar, elu diz: "Me mostra seu Bernini favorito", então nos guio a *Apolo e Dafne* e, quando pergunto o que quer ver na sequência, Theo me diz para continuar sem elu.

É fácil imaginar este lugar como o destino mais popular das festinhas artísticas viadas do século XVII. O interior é o suprassumo do exagero, desde o trompe l'oeil do afresco que cobre o teto do salão aos milhares de floreios dourados na Sala dos Imperadores.

Abro meu caderno de desenho e vasculho detalhes para levar para casa: a carinha boba do unicórnio nos braços da *Jovem mulher*, de Raphael, os olhos da mulher toda enfeitada de *Amor sacro e amor profano*, de Ticiano, as pinceladas carinhosas que Caravaggio usou para o rosto de seu amante Mario como o *Rapaz com cesto de frutas*. Mas, toda vez que passo pela sala com *Apolo e Dafne*, Theo continua lá, sem sair do lugar.

Vagueio até o átrio de entrada, a escultura de mármore brilhante de uma mulher com os peitos de fora reclinada em uma cama de lençóis flutuantes, uma maçã na mão. Lembro de ter estudado essa. É *Venus Victrix*, e guarda uma semelhança escandalosa com Pauline Bonaparte, esculpida quando seu irmão, Napoleão, a casou com um Borghese. Ela é uma mulher interessante — uma das grandes bastiãs do que significa ser safada e francesa e, por isso, eu a admiro —, mas ainda estou pensando em Theo. Na noite passada.

Em minha cabeça, retraço nossos passos desde que nos tocamos em Cinque Terre. O nervosismo no tom da voz de Theo em Pisa, quando concordou em continuar se pegando, como se estivesse se jogando de um precipício perigoso. A emoção desconhecida a que estava resistindo na gruta em Florença e a maneira como apertou meu cabelo no beco. Aquela manhã depois de Chianti, aquele sorriso impetuoso e invulnerável e seu corpo nu sob a luz do sol, como elu tentou se proteger com sexo e piadas e então desabou em mim quando não conseguiu mais. A maneira como me puxou para seu quarto e sua cama ontem à noite. A garrafa que vi em sua bolsa.

A verdade é que não quero considerar seriamente o que tudo isso pode significar. Até agora, estive mais do que disposto a acreditar que Theo nunca iria me aceitar de volta porque, enquanto eu não tivesse material para alimentar minhas esperanças, não teria nada a perder. Theo não tem como me abandonar de novo se eu não pensar que elu vá ficar.

Mas estou começando a achar que existe uma possibilidade. Que existe, sim, uma chance de Theo ainda conseguir me amar.

Theo talvez me ame. Theo talvez *me ame*.

A excursão está quase no fim e, se houver uma chance de Theo sentir o mesmo que eu, não posso deixar que elu vá para casa sem me contar.

Se Theo me amar, então... então, pra mim, é isso. Quero tudo. Quero estar com Theo pelo resto da vida, seja lá que vida for essa, como quer que elu queira. Eu faria do jeito certo desta vez, daria um jeito de Theo não precisar abrir mão de nada para encaixarmos nossas vidas uma na outra. Nunca pediria para elu me seguir para lugar nenhum outra vez. Não espero que Theo abandone a Califórnia, e definitivamente não esperaria que se mudasse para Paris. Como eu poderia esperar, depois de tudo? Sabendo que nada disso me fez feliz?

Sabendo que...

Encaro Pauline e repito esse pensamento, testando o peso que ele tem. *Nada disso me fez feliz.*

Queria poder perguntar a opinião de Pauline. Será que Paris me fez feliz? Será que voltar para Roma *a* fez feliz?

É claro que não. Ela estava feliz na França, aplicando ruge nos mamilos e fazendo amor com homens que não eram seus honrados maridos, sendo pega com a saia erguida atrás de biombos. Ela posou nua para que essa obra fosse feita, a estátua encomendada para anunciá-la como esposa da sociedade romana, só pela emoção deliciosa que isso provocava, e o marido dela decidiu esconder a obra em uma caixa no sótão.

Não acho que minha vida em Paris tenha me tirado o fascínio, mas às vezes sinto que ele está armazenado numa caixa no sótão. Eu poderia tirá-lo de lá. Poderia mandá-lo para algum outro lugar, algum lugar onde Theo quisesse estar. Elu poderia me ajudar a arrombar a tampa. Elu é tão melhor com ferramentas.

Hoje à noite, digo a mim mesmo, respirando fundo. Hoje à noite, depois do jantar, vou chamar Theo para beber e vou declarar meus sentimentos. Vou perguntar se elu sente o mesmo. E, se sentir, vou dizer que vou aonde quer que elu vá.

— — —

— Theo — digo. — Tenho uma pergunta importante para você.

Já é noite, e estamos em Trastevere com a barriga cheia de macarrão, em uma mesinha de café num beco minúsculo, avaliando a carta de vinhos embaixo de uma cortina de hera. Na verdade, quem está avaliando a carta de vinhos é Theo, porque eu estou lendo os nomes de denominações italianas desconhecidas em voz alta só para ouvir Theo corrigir minha pronúncia.

Theo ergue o olhar do menu, as sobrancelhas paralisadas em uma ruga estudiosa.

— Pode fazer.

— Se você fosse uma uva de vinho — digo —, que uva você seria?

Theo relaxa com uma gargalhada.

— Sério? É essa sua pergunta.

— Você vive dizendo que cada uva tem suas próprias características e personalidade — digo —, então qual é mais você?

Theo pensa um pouco.

— Acho que eu seria uma branca da Califórnia.

— Bom, você é mesmo uma pessoa branca da Califórnia.

— Que piada mais original, vinda do branco do sul da França.

— *Merci beaucoup.*

— E *le* vai tomar no cu — Theo responde, alegremente. — Talvez eu fosse uma Viognier.

— Sinto dizer, mas isso aí parece francês.

— E é francesa mesmo, orginalmente, mas também é cultivada na Califórnia. Encorpada, de textura intensa. Pode parecer estranho, mas o vinho feito dela é meio licoroso. E acho que combina comigo. Mais robusto, que gosta de ficar lá sentado, curtindo, por bastante tempo.

— É, combina com você, mesmo. Tem gosto de quê?

— Quase que só de pêssego, mas também tem notas de tangerina e madressilva, e muitos outros florais. O que acho que combina comigo.

Pondero por um momento.

— Sabe, acho que eu imaginava que você seria um tinto, mas esse é perfeito para você também.

— Ah, Kit. *Você* é um tinto.

— *Eu* sou um tinto? Por quê?

— Ué, como assim por quê? Intenso, bondoso, imortalizado em um milhão de pinturas renascentistas, feito para ser entornado por entre as bandas da bunda durante um bacanal. Você é um tinto.

— Parece mesmo comigo — digo, concordando, pensativo. — Mas um tinto de corpo leve.

— Eu diria que um tinto de corpo médio, mas mais para leve. Delicadinho.

— Claro.

— Francês. Do entorno do Ródano. Se você fosse uma uva, seria a Gamay.

— Já ouvi falar dessa. Como ela é?

— Ah, em primeiro lugar, é versátil.

— Como todo mundo sabe.

— Tem notas de romã e framboesa. Terrosa. E de muitas flores também. Peônia, íris. — Com um olhar expressivo, Theo acrescenta: — Violetas, na verdade.

— Você leva muito jeito pra isso. Sabe disso, né?

— É estranho. Acho que eu talvez tenha quase... medo de levar jeito demais para isso?

— O que quer dizer com isso?

— Andei pensando numa coisa — Theo me diz. — Hoje, na Borghese, fiquei, tipo, e se eu escolhesse uma coisa nesta galeria e passasse o tempo todo com ela? Em vez de passar correndo pelo museu inteiro para receber cem doses de cinco segundos de dopamina, e se eu me prendesse a uma e deixasse que ela fosse a única que vou vivenciar?

— E como foi a sensação?

— Foi... desconfortável. Entediante. Mas aí comecei a ver coisas que não tinha notado antes, como os detalhes das folhas e as tiras das sandálias. E fiquei pensando em quanto tempo deve ter demorado para esculpir e desenvolver a habilidade para esculpir algo assim, daí pesquisei sobre o Bernini.

— *Você* pesquisou sobre o Bernini — repito, incrédulo. — Depois de ter *me* obrigado a ter um pote do Bernini.

— Pois é! Mas pesquisei, e ele começou a esculpir quando tinha oito anos. Oito! Ele também desenhava um pouco e chegou a fazer umas coisas em arquitetura, mas foi à escultura que ele dedicou a vida toda, até os oitenta e um anos. Daí pensei em Gaudí com a Sagrada Familia. E comecei a pensar nessa coisa de se jogar numa parada por inteiro, daí nas minhas irmãs, e nos meus pais, e que eles sempre tiveram isso, e nunca questionaram e sempre foram bem-sucedidos nisso. E fiquei, tipo, que parada será que é a minha?

Uma pessoa traz nosso vinho, um tinto que Theo escolheu. Ela apresenta a garrafa para Theo e deixa que elu experimente. Theo aprova, então ela serve.

— Continua falando — retomo, quando a pessoa responsável por nossa mesa já foi. — Sobre a sua parada.

— É mesmo, então, primeiro era ser ê filhe mais velhe e, assim, está na cara que falhei de maneira espetacular nisso.

Ergo as sobrancelhas.

— Falhou?

— Ai, sério — Theo responde com um revirar de olhos. — Sloane é tudo que um filho mais velho deveria ser. Corajosa, confiável...

— Uma pessoa que protege, lidera, dá exemplos? — sugiro. — Lembro claramente de você ser todas essas coisas para pelo menos uma pessoa. Para mim.

— Talvez — Theo diz, corando de leve. — Ou... é, acho que eu era mesmo. Mas mesmo assim. Eu... fracassei em ser a criança primogênita dos Flowerday. Não precisaram de mim. Eu não tinha os dons da família para oferecer. É isso que estou querendo dizer.

— Tá — digo, ainda descontente com essa descrição, mas curioso para ver aonde Theo está querendo chegar. — Entendi o que você quis dizer.

— Então, por algum tempo, minha parada foram as festas em casa, e todos sabemos no que isso deu, aí depois foi a natação, e era para essa ser minha parada mais importante, mas aí peguei pesado demais e fodi com meu corpo e perdi isso também. Depois, acho que fiquei com medo, então comecei a colocar um pouco de mim em muitas coisas em vez de tudo de mim numa coisa só. Tipo, se eu estiver sempre começando alguma coisa, posso ficar sempre naquele estágio inicial em que aquilo me empolga e é tudo novo e cheio de possibilidades, e aí, se eu nunca terminar nada, nunca chego na parte em que estrago tudo.

Em todos os anos em que desejei que Theo se dedicasse a ser feliz, nunca pensei em levar em conta esse tipo de felicidade, mas faz sentido.

— Tá, tudo bem, mas e aí — digo —, qual a conclusão disso tudo?

Theo dá um gole e pensa a respeito.

— Me faz uma pergunta diferente — Theo diz. — Me pergunta o que você me perguntou ontem.

Eu me recosto na cadeira.

— Theo. O que você quer?

— Acho que o que quero mais do que tudo — Theo diz — é... paz.

— Paz — repito, devagar.

— Acho que nunca me permiti ter paz. Eu pensava que ficar em um único lugar a vida toda me traria paz, mas talvez eu só vá experimentá-la quando escolher uma coisa que queira fazer e dedicar tudo de mim a ela e ver onde vai dar. Mesmo se eu estragar tudo de maneira irreparável, mesmo que passe vergonha e desonre minha família e tenha que sumir no mundo dentro de um barco de pesquisa de tubarão do Calum. Pelo menos, finalmente vou saber como é.

Quero segurar a mão de Theo e dizer o quanto esperei que elu decidisse isso por conta própria. Que acreditasse nisso. Em vez disso, eu me contento em me imaginar largando minha vida em Paris, correndo atrás de todos os sonhos que Theo escolher perseguir. Eu me imagino equilibrando o orçamento do bar micro-ônibus de Theo, ou beijando o cabelo de Theo enquanto elu estuda para a prova de master sommelier, ou ficando no lugar do novo chef de confeitaria no Timo de quem Theo não gosta. Eu poderia ser feliz lá, desde que Theo me quisesse ao seu lado.

Pergunto:

— Quer saber o que acho?

— Quero.

— Acho que você merece paz. E que é capaz de fazer o que quer que decida fazer. — Dou um gole e acrescento: — E que devia ter me deixado falar mais sobre Bernini.

Theo ri.

— Acho que sim.

— E, só pra constar — continuo —, o que quer que você decida, não precisa fazer isso sozinhe.

Theo absorve isso, depois se inclina para mais perto.

— Faz um tempo que venho querendo te perguntar uma coisa — Theo diz. — Pensei que tivesse ido para a escola de confeitaria para abrir seu próprio estabelecimento. Sua ideia era estudar gestão culinária também, não era? Por que está trabalhando na cozinha de outra pessoa?

A pergunta me pega de surpresa; preciso parar um momento para pensar numa resposta.

— Mudei de ideia — digo.

— Por quê?

— Conheci outros *pâtissiers* em Paris — explico da maneira mais simples que consigo. — Entendi como são essas coisas, tentar começar um negócio do zero numa cidade como aquela, e percebi que você tinha razão. Fairflower era uma fantasia.

A expressão de Theo se suaviza, algo estranhamente triste passando por seus olhos.

— Mas uma fantasia boa, né? — Theo pergunta. — Você ainda pensa nela?

— Claro.

— Eu também — Theo diz. — Às vezes, fico pensando se...

Theo perde a voz, seu olhar voltado para um ponto atrás de mim.

— Ah, uau.

— Quê?

— Aquele cara ali — Theo diz. — Por um segundo, pensei que fosse seu pai.

Olho para trás, passando os olhos pelas mesas na área externa do bar ao lado até avistar o homem a quem Theo deve estar se referindo: um cara de sessenta e poucos com uma barba desgrenhada e uma vaga semelhança com Victor Garber, escrevendo num caderno com uma caneta-tinteiro que aparenta ser cara.

— Ah, hm. Parece mesmo com ele, né?

— Seria a cara do Craig vir passar um verão sabático em Roma do nada e não contar para ninguém.

— Ah, sim. Ele vai ser contratado como escritor na Basílica de São Pedro e só vamos descobrir quando ele aparecer numa foto com o papa.

Theo ri e, quando leva a taça de volta aos lábios, acontece uma coisa terrível comigo.

O padrão do meu pai. Decidir que quer algo por um capricho romântico, apegar-se à fantasia, correr atrás de algo sem se preocupar em como isso vai afetar as pessoas que ele ama ou se elas sequer querem a mesma coisa. Foi isso que fiz com Theo naquela história toda de Paris.

Será que estou prestes a fazer isso de novo?

Eu disse que agiria de uma forma melhor desta vez, mas aqui estou eu, prestes a apresentar mais um sonho que eu mesmo projetei, tentando me convencer de que trocar minha vida pela de Theo é um plano melhor do que o contrário. Como se a minha ideia de romance significasse necessariamente abandonar tudo e desaparecer em outra pessoa. Theo nunca me pediu isso, nem naquela época, nem agora.

— Kit? — Theo chama. — Você ouviu o que eu disse?

Pisco para voltar ao presente.

— Desculpa, quê?

— Perguntei se quer que eu escolha outra garrafa ou se quer voltar para o quarto.

341

Vejo a promessa em seus olhos, e não há nada que eu adoraria mais do que saber o que Theo imaginou fazer hoje para superar o que fizemos na noite passada, mas não posso. Já declarei meu amor por acidente duas vezes, e quase me declarei de novo ontem na cama. Estou a uma taça de me declarar aqui mesmo, nesta mesa. Se eu tocar no corpo delu hoje, não vou conseguir me conter.

A excursão só tem mais uns dias, mas que ainda assim são dias. Se eu oferecer algo que Theo não vá querer, elu vai ter que aturar minha companhia há milhares de quilômetros de casa com um passaporte estadunidense. O que me dá esse direito? Eu ainda achar que sei mais do que todo mundo? O fato de eu ter me cansado de Paris, exatamente do jeito que meu pai disse que aconteceria, e querer um novo sonho para me salvar do tédio? Minha obsessão ridícula e incurável pelo amor?

Digo a única coisa que consigo pensar para desviar do assunto.

— Você lembra qual era nossa pontuação?

Por um momento, Theo não faz ideia do que quero dizer. Então, os pontos se ligam, e elu baixa a carta de vinhos.

— Cinco a três — Theo diz. — Por quê?

— Só... só queria saber se ainda estávamos contando.

— Estava pensando em recuperar o tempo perdido enquanto ainda estamos aqui fora?

— Não — digo —, estou cansado demais. Preciso de uma boa noite de sono.

Theo acena e, felizmente, não menciona mais o quarto

Preciso dar um passo para trás. Preciso me trancar em meu quarto hoje à noite e torcer para ter recuperado o autocontrole quando chegarmos a Nápoles.

NÁPOLES COMBINA COM:

Porção generosa de limoncello, cannoli

Nápoles

Fabrizio tem certo sabor, certa maturação bacanal, que ainda não consegui identificar. Tenho certeza de que, se eu perguntasse a Theo, elu conseguiria de imediato, porque as mesmas notas estão no vinho que estamos tomando.

— Corpo? — Theo me pergunta.

— Robusto — digo, sentindo o peso dele na língua, a intensidade de sabores.

— Doçura?

— Pouca. Meio que... uma fruta escura no começo. Talvez cassis? Mas é mais... salgado?

— Muito bom, salgado como?

— Hm — Penso um pouco.

— Não existe resposta errada — Theo diz —, a primeira coisa que vier à cabeça.

— Fumaça? Ou... terra? Pimenta-do-reino?

— Muito bom, muito bom real. Continua, fala do que vem depois dos primeiros sabores que você sentiu. O que tem no fundo?

— Lembra um pouco... carne, talvez? Couro?

Theo bate palmas, contente.

— Lembra *mesmo*. E você sente esse negócio que parece que está cobrindo o lado de dentro da sua boca, mais na parte da frente? Meio que grudando ali?

— Sinto — digo. — Isso significa que o vinho tem muitos taninos, né?

— Exato — Theo diz. — Então, este vinho aqui se chama Aglianico del Taburno. É feito com uvas Aglianico, que são cultivadas alguns quilômetros mais pro interior daqui, um lugar em que o clima é quente durante uma parte significativa do ano, o que permite que uma uva de maturação tardia como essa consiga se desenvolver, por isso tem sabores mais intensos de frutas escuras causados pelo longo período de crescimento, além do mais, uvas em climas mais quentes *também* têm cascas mais grossas, o que significa que soltam mais taninos no vinho, porque os taninos estão na casca e nas sementes, então se você gosta de vinhos mais tânicos ou salgados ou vinhos com sabores de frutas escuras, pode ser que goste de vinhos de climas quentes, e... estou com a impressão de que você não tá mais me escutando.

Abano a cabeça, percebendo que me esqueci completamente da minha taça. É difícil me lembrar de qualquer coisa quando estou observando Theo vibrar desse jeito. Mal consigo me lembrar de que não devo colocar a mão em sua cintura.

— Não, faz todo o sentido — respondo. — Uvas de climas quentes. Notas de carne, couro, maduras, robustas, mas estranhamente...

— Suave.

— Suave. Meio que lembra...

Bem nesse momento, Fabrizio aparece no canto da mesa, a camisa entreaberta esvoaçando sob o sol do fim de tarde, a voz lânguida de riso feito chocolate derretido, um sopro quente de brisa ondulando as curvas de seu peito.

— ... Fabrizio.

— Bom — Theo diz —, os dois são daqui.

Finalmente chegamos à cidade natal de Fabrizio, Nápoles, aninhada ao longo da costa no calcanhar da bota da Itália, e Fabrizio está à vontade em seu ambiente. É como se estivesse fazendo amor com vontade com seu ambiente. Transborda de elogios e beijos e petiscos históricos, invocando continuamente embrulhos de papel de comida de rua e recitando estrofes relevantes de poemas napolitanos. Ele ama esta cidade e suas ruas envelhecidas com uma intensidade irresistível. Quanto mais mergulhamos na presença dele, mais amo Nápoles. E, quanto mais amo Nápoles, mais Fabrizio me parece o filho predileto dela.

Nápoles existe de maneira ininterrupta há quase trinta séculos, e existe *muito*. Lojas e trattorias enchem as ruas antigas ao redor do Centro Storico, enfeitadas com varais de bandeirinhas e luzes e roupas secando, hera e cabos de antenas parabólicas cobrindo fachadas rochosas. Cada centímetro da cidade tem algo para admirar, riscos de grafite em reboco amarelo ou lintéis com folhas escupidas ou tijolos antigos revelados embaixo do reboco descascado. Fachadas de lojas transbordam com mesas de marionetes e bonecos, tamborins pintados à mão, flores de papel e óculos de sol baratos. Fermento e azeite permeiam o ar, trazidos por um milhão de sons ao mesmo tempo — scooters roncando, brigas, risadas, velhos tossindo fumaça de charuto, um acordeão na rua ao lado. É um festival áspero e glorioso de sobrecarga sensorial.

Já fizemos visitas guiadas por três igrejas impressionantes e fomos levados à Via dei Tribunali, onde Fabrizio nos ensinou as exigências legais rigorosas da pizza napolitana: que a massa só deve ser esticada à mão, que existe a temperatura certa para fermentá-la, que o sentido certo para espalhar o molho rústico de tomate é o horário e que o queijo só pode ser fornecido por produtores locais aprovados. Levamos garfos e facas a margheritas com marinara vermelho-sangue e manjericão com o centro pastoso, e esperamos em balcões de rua por pizzas embrulhadas em papel, conhecidas como *portafoglio*.

O que nos leva a onde estamos, o terraço de um bar de vinhos, todos bêbados pelos excessos. A exuberância de Nápoles nos arrebatou. Até Orla está mole em sua banqueta.

O dia hoje não é especial só por causa de Fabrizio; também é o último dia de Orla. Amanhã, vamos pegar a balsa para Palermo e Orla vai voltar com o ônibus para o terminal em Londres. Estamos todos devastados em nos despedir dela e, para agradecer por nos transportar, nós a convencemos a passar o dia conosco.

— O que você costuma fazer quando estamos fora? — Dakota pergunta, servindo mais vinho na taça de Orla.

Ela dá de ombros.

— Faço trilha. Vou pro spa. Ligo para minha esposa. Leio romances pornográficos.

— Acho que te amo, Orla — Theo diz. Orla ergue a taça e dá uma piscadinha.

No meio disso tudo, mal tive tempo de ficar a sós com Theo por mais do que alguns segundos, mas agora que elu está ao meu lado, falando sobre amar e me dizendo como usar a boca, voltei para aquele precipício.

Eu poderia tocar nelu. Quero tocar nelu. Colocar a mão em seu pescoço, encostar o joelho em sua coxa. Theo até *gostaria*. Mas tudo que eu não deveria dizer está logo abaixo da superfície, e vai escapar se ficarmos perto demais.

Eu me afasto alguns centímetros de Theo, encaixando a mão embaixo da minha coxa antes que perca o controle. O movimento não passa despercebido por elu.

— Ei — Theo diz, baixinho. — Tá tudo bem aí? Está com uma cara de quem está com medo de ter esquecido alguma coisa.

Sim, meu coração na Califórnia e meu pau num predinho de cinco andares em Roma.

— Só... fiquei pensando que ainda não comemos nenhum doce napolitano. — Viro o que ainda resta em minha taça e chamo: — Fabrizio!

Fabrizio vira seu rosto bonito na minha direção.

— *Sì, professore?*

— Onde posso experimentar *sfogliatelle*?

E, assim, Fabrizio me leva para longe de Theo na direção de uma *pasticceria* no quarteirão de baixo, onde posso me ocupar das camadas finas do doce e descarregar parte da minha frustração sexual nele. É sempre tão fácil flertar com Fabrizio. Ele leva numa boa e retribui de forma ainda melhor, pisca e ergue a sobrancelha e passa o polegar no meu queixo. Gosto tanto dele. Quase ajuda.

— — —

Para o jantar, Fabrizio nos leva a uma pequena osteria no Quarteirão Espanhol com paredes cobertas por azulejos em maiólica. Uma mulher mais velha sai da cozinha para nos cumprimentar com um vestido vermelho de gola branca, o cabelo escuro ondulado em um corte curto rente ao rosto e os olhos penetrantes sob as sobrancelhas fortes e inconstantes. Ela é gloriosa, e comanda o salão com o ar impetuoso e imperturbável de uma mulher que deve ter sido de uma beleza alucinante na juventude. Fabrizio deixa que ela dê dois beijos em cada uma de suas bochechas e a apresenta para nós como sua mãe.

— Demorei muitos verões para convencer a companhia de turismo — Fabrizio nos conta —, mas, hoje, jantamos em *il ristorante di famiglia*!

O menu é um tour simples pelos pratos napolitanos básicos: pappardelle em um ragu napolitano de oito horas, *pasta ala genovese*, braciola, lula assada, polvo cozido em vinho branco. Para o antepasto, a mãe de Fabrizio traz um prato após o outro de *involtini* de beringela e palitos de *mozzarella* frita. Devoramos mais macarrão do que qualquer humano deveria comer e seguimos os trabalhos com pedaços de carne suína e bovina cozida no ragu. É, singela e despretensiosamente falando, a melhor refeição que tive na Itália.

Talvez seja a atmosfera de uma *cucina* napolitana tradicional. Talvez seja o pai de Fabrizio suando sob a barba pesada na cozinha, mexendo tachos enormes de ensopado, comunicando-se apenas aos gritos pela janela da cozinha com aquela voz de um homem que deve conseguir ofertas incríveis no açougue do bairro. Talvez seja a mãe de Fabrizio, que coreografa suas entradas e saídas para entregar mais parmegiana a alguém ou apertar as bochechas de Fabrizio ou interrogar alguma outra pessoa sobre por que não limpou o prato. Ou talvez seja só porque Theo parece estar feliz aqui, quase chorando de rir das fotos de um Fabrizio adolescente e dos irmãos dele nas paredes.

Bem quando a mãe de Fabrizio está começando a importunar o filho pelo comprimento de seu cabelo, meu celular solta uma vibração longa no bolso.

Deve ser Cora, esquecendo de que estou na Itália e ligando para conversar sobre o que anda lendo, ou Maxine com uma pergunta sobre alguma receita que é mais fácil de explicar pelo telefone. Mas o nome de nenhuma delas aparece no identificador de chamadas.

Eu me levanto da mesa e saio pela porta da frente.

— Paloma? — atendo.

— *Bonsoir, mon petit américain* — diz a voz cristalina de Paloma pela linha. — *Ça va?* Onde você está?

— Estou bem. Estou em Nápoles.

— Ah, Nápoles — Paloma suspira. — Linda cidade. Peixe excelente. Está comendo bem?

— Muito bem — digo, massageando o peito onde consigo sentir a ameaça da azia iminente. — Talvez até demais.

— E eu não esperava menos que isso — Paloma diz. — E sua Theo?

Encosto os ombros na parede de tijolos do restaurante e apoio a cabeça para trás.

— Minha Theo está brilhante como sempre.

— Já confessou seu amor?

Cubro o fone com a mão, como se Theo pudesse ouvir de alguma forma lá de dentro.

— Paloma, não que não seja um prazer falar com você, mas você me ligou por algum motivo?

— Sim, liguei — Paloma diz. — Lembra a pâtisserie embaixo da minha casa? Aquela dos macarons e da velha?

— Lembro.

— Toda quinta-feira, levo um jantar para ela com peixe fresco, então ela gosta de mim e me conta seus segredos. Normalmente é algo sobre o vizinho do outro lado da rua, François, que ela acha muito bonito, mas hoje era sobre a pâtisserie. Ela quer fechar no ano que vem.

— Ah, não — digo, ainda sem entender por que Paloma achou que precisava me ligar para dar essa notícia.

— E — ela continua — ela quer vender o estabelecimento. Quer encontrar um jovem *pâtissier* que faça algo legal com o lugar e fique por aqui por muito tempo, do mesmo jeito que ela ficou. Ela perguntou se eu conhecia alguém e pensei em você de cara.

— Ah — digo. — Ah, nossa.

— E? O que acha?

Acho que parece um sonho. O tipo de sonho maravilhoso com fios de açúcar que nunca é tão fácil quanto parece ser na minha cabeça. O tipo de sonho que eu estava perseguindo quando perdi Theo, o tipo que minha cozinha em Paris arrancou de mim.

— É muita gentileza sua, Paloma — digo —, mas eu tenho um emprego, lembra?

— Sim, um emprego que você odeia.

— Não *odeio*.

— Mas também não gosta.

— Não quer dizer que eu possa simplesmente largar.

— Por que não?

— Porque dediquei todo esse tempo a ele — digo. — É por ele que me esforcei tanto.

É por ele que perdi Theo.

Paloma ri do outro lado da linha, um resmungo curto e sarcástico.

— *Crois-moi* — ela diz —, *ça ne veut rien dire, si cela ne te rend pas heureux.*

Isso não quer dizer nada se não te faz feliz.

Eu me pego sem resposta para isso.

A porta do restaurante se abre, e as pessoas saem em um emaranhado de risos e conversas embriagadas, todos corados pela alegria inebriante de uma refeição boa e simples, preparada por alguém que ama o que está cozinhando. Consigo ouvir os pais de Fabrizio lá dentro fazendo piadas com os cozinheiros e obrigando os últimos fregueses a levarem caixas de sobras. Parece uma vida boa. Uma vida bagunçada e abundante, possível porque a compartilham um com o outro.

— Pensa no assunto — Paloma diz.

Theo me encontra ao sair, com as sobrancelhas curiosas e os lábios de Aglianico, e me despeço às pressas de Paloma e desligo.

— Quem era? — Theo pergunta.

— Só Cora. — Guardo o celular no bolso. — Aonde todos estão indo?

— Lugares diferentes — Theo diz —, mas espera até ouvir para onde arranjei que a gente fosse convidado.

— Onde? — pergunto. A princípio, Theo apenas ergue as sobrancelhas e baixa as pálpebras daquele seu jeito que sugere algo ou muito bom ou ligeiramente ilegal, o que, no geral, também é bom. — *Onde*, Theo?

— Fabrizio quer saber — elu diz — se gostaríamos de visitar o apartamento dele.

Espero que me diga que é piada, mas não parece que vai.

— Está me tirando?

— Tô falando sério — Theo diz. — Ele mora a dez minutos daqui.

Disse que está ansioso para dormir na própria cama hoje e perguntou se queremos dividir uma garrafa de vinho.

— Nós dois?

— *Nós dois.*

Fico ali encarando. Apesar de todos os nossos flertes e da conversa sobre fazer amor tântrico com Fabrizio, nunca cheguei a pensar que nosso guia turístico nos proporia alguma coisa. Mas aí fico pensando no toque quente dele no lado do meu rosto, em como nos escolheu especialmente para andar com ele em Roma, em como ficou olhando enquanto a gente trabalhava no motor do ônibus.

— Então... então é isso? — pergunto. — Você acha que ele quer...?

— Eu senti uma vibe de que sim. Pelo menos um de nós. Talvez os dois. Parece que ele vê a gente como um pacote.

— Ai, meu Deus, talvez seja porque a gente fez ele pensar que estamos juntos?

— Não acho que *não* seja por causa disso.

— Bom. — Levo os dedos à boca. — A gente... a gente quer?

— Assim... — Theo diz. — É o Fabrizio.

— É o Fabrizio.

— Como não querer? Só se você... só se tiver um motivo pelo qual não deveríamos querer.

— Não, seria... seria sexy, se fôssemos os dois.

— E se for só um de nós?

A imagem passa pela minha cabeça. Theo viste da cabeceira da cama, as mãos largas sobre o quadril enquanto respira ofegante com a cara no travesseiro. Ou Theo com o corpo reclinado numa poltrona, descobrindo que treinei para evitar meu reflexo de vômito. Calor se revira em minhas entranhas.

— Então... — digo. — Quem vencer, ganha tudo?

Theo leva um segundo para entender e, então, seu rosto fica rosado de indignação.

— Como assim, depois que acabei com você em quase todas as cidades? Não mesmo. Se ele quiser só você, pode contar ele por dois, porque... sabe.

— É o Fabrizio.

Theo concorda, mordendo o lábio.

— É o Fabrizio. Mas, se forem os dois, regras de Mônaco. Um anula o outro. Combinado?

— Combinado.

— — —

— Não é tão difícil — Theo diz. — Escolhe logo de uma vez.

— É difícil, sim. — Passo os olhos pelas fileiras de caixas de cores diferentes através do vidro. — Não sei o que metade dessas palavras significa.

— Não temos tempo para isso!

— Então *me ajuda*, Theo — digo, sentindo que estou ficando um tanto zonzo. — É você que sabe um pouco de italiano.

— Sim, e por incrível que pareça, trabalhar para um restaurante não me ensinou a palavra para camisinha.

Estamos em um beco a alguns quarteirões do prédio de Fabrizio, iluminados pelo brilho de uma máquina de vendas da Durex. Nosso hotel fica do outro lado do Centro Storico, e não dá tempo de correr até lá para pegar algumas das nossas próprias provisões. Em vez disso, estou examinando caixas que dizem coisas como PERFORMA e PLEASUREMAX e, misteriosamente, JEANS, tentando decifrar qual vai trazer o menor elemento surpresa para o sexo a três com a pessoa que amo e nosso guia turístico sexy. Já atrasamos dez minutos do horário em que chegaríamos, e os turistas alemães atrás de nós estão ficando impacientes.

— Tenho quase certeza de que as camisinhas são aquelas em que tá escrito PROFILLATTICI — Theo diz.

— Sim, tipo profiláticos, isso eu imaginei, mas e o resto das palavras? Quais são as normais, sem nenhum sabor, nem formigamento, nem nada? E qual é o lubrificante, Theo? *Qual é o lubrificante?*

— Os que estão embaixo!

Theo aponta para a última fileira da máquina, que está cheia de tubos de plástico em cores vivas de líquidos com imagens de frutas. Estão todos rotulados como LUBRIFICANTE.

— Essas coisas que parecem aquelas balas líquidas azedinhas que a gente comprava na 7-Eleven quando tinha dez anos? Não vou usar isso.

Theo se agacha para examinar.

— Acho que essa máquina não vende lubrificante artesanal e produzido de forma ética para um cu parisiense delicado, Kit.

— Por que você acha que vai ser para *mim*?

Theo olha para mim com uma cara perfeitamente inexpressiva de quem me conhece e muda de assunto.

— Você acha que Fabrizio não tem camisinha na casa dele?

— Não podemos aparecer de mãos abanando, é falta de consideração — digo. — E se ele não tiver? Vai saber a última vez em que esteve em casa.

— Tá, tá. — Theo pega o celular. — Essa caixa diz "Settebello Classico", o que significa... — Digita, digita. — "Sete belezas clássico"? Quê?

— Só... só pega o lubrificante natural. — Suspiro. — O que tem folhas no tubo.

— E se for sabor de pesto ou alguma coisa assim?

— Acho que é um risco que estou disposto a correr — digo, enquanto Theo aperta os botões.

Chegamos à conclusão que as camisinhas Jeans têm esse nome porque são projetadas para caber de maneira discreta num bolso, então compro uma caixa e enfio duas no bolso da camisa, passando as outras quatro para os alemães para agradecer pela paciência. Depois seguimos pela rota que Fabrizio descreveu para Theo, passando pelos arredores do Quarteirão Espanhol e subindo a ladeira para uma região onde os prédios lembram os palazzos coloridos empilhados de Cinque Terre. Fabrizio mora perto do Castel Sant'Elmo, no terceiro andar de uma vila vermelho-rosada e estreita, com janelas amarelas e sacadas de ferro branco.

— Então — Theo diz, a mão pairando sobre a campainha. — A gente vai mesmo fazer isso?

Algo se enruga em seu rosto — não hesitação, mas uma preocupação gentil, talvez. Uma possibilidade de saída para o caso de eu precisar, e fico com medo de pesar demais o clima do que quer que Theo pense que eu vá pesar.

— Vai — digo, passando por elu para apertar a campainha.

O caminho todo escada acima, enquanto observo as botas de Theo pisarem em cada degrau, digo a mim mesmo que essa não é uma má ideia, como fiz com Émile em Mônaco. Vai ser sexy, e leve, e gostoso, do jeito que sexo deveria ser, e vou me esforçar para todos se sentirem bem. Igual nas vezes em que transamos com uma terceira pessoa quando estávamos juntos — apenas sem a mão reconfortante de Theo na minha, nem a certeza calma de que vamos voltar para casa um para o outro depois disso, nem o amor.

Theo bate, e Fabrizio… não é quem atende.

— Olá! — diz a que talvez seja a mulher mais linda do continente. — Bem-vindos!

Ficamos os dois embasbacados em cima do capacho e contemplando essa aparição inesperada de Vênus, com um cabelo curto escuro de franja reta e lábios pintados de roxo ameixa, um vestidinho fino caindo até o meio da coxa. Ela abre mais a porta, revelando Fabrizio com uma camiseta limpa e uma calça de moletom, radiante.

— Meus amigos! Vocês chegaram! *Benvenuti*, entrem!

Preciso cutucar o ombro de Theo para fazer com que elu se mova.

— *Amore, questo è Kit, e quello è Theo* — Fabrizio diz à mulher antes de se voltar para nós. — Amigos, essa é Valentina, minha esposa!

— Sua… — limpo a garganta. — Sua esposa!

Os olhos de Theo se arregalam tanto quanto os meus. Uma conversa inteira se passa entre nós na extensão de meio segundo.

Eu não sabia que ele era casado! Você sabia que ele era casado?

Porra, claro que eu não sabia que ele era casado, Kit, senão não teria imaginado que ele estava nos convidando para transar!

Ele chegou a mencionar que tinha uma esposa?

Acho que não? Isso é estranho? É estranho, né?

Ela é muito gata.

Ela é gata pra caralho.

— *Ciao, piacere!* — Theo diz, chegando perto para dar um beijo no ar em Valentina e me dando uma cotovelada discreta na costela.

— Muito prazer em conhecer vocês! — Valentina diz em inglês, com um leve sotaque. — Fabrizio falou com muito carinho de vocês!

Aceito um beijo de bochecha também, olhando ao redor em busca de algo para dizer. O apartamento é pequeno e aconchegante, cheio de tons pastel suaves e móveis de vime bem usados e sinos de vento pendurados. Velas estão acesas na mesa de centro baixa e, pelas portas abertas da sacada, consigo ver o monte Vesúvio ao pôr do sol no horizonte.

— Este lugar é incrível — digo a Valentina. — Obrigado por nos receberem.

Valentina sorri, tirando o cabelo da frente dos olhos. Considero a possibilidade de termos nos metido num swing, o que é provável que eu topasse depois de bastante vinho, até que Fabrizio grita:

— Orla! Nossos amigos chegaram!

Os olhos de Theo estão do tamanho e do formato de um *arancini*.

— *Orla?*

— Sim, não comentei? Sempre chamamos Orla para beber no último dia dela de excursão. É por isso que convidei vocês!

— Você... não comentou, não, mas... oi, Orla!

Orla sai pela porta segurando uma garrafa de vinho. Ela está sem sapatos, e suas meias têm estampa de pequenos coalas. Eu deveria ter reconhecido as botas de trilha dela perto da porta.

— Boa noite, queridos! Valentina, meu bem, onde você disse que ficava o saca-rolhas?

Valentina sai para mostrar para ela e Fabrizio diz:

— Venham, sentem aqui, temos espaço na cozinha para todos.

Eu e Theo trocamos outro olhar.

Tá tudo bem?

Tá tudo bem.

— Já vamos sentar! — digo, tirando os sapatos.

— Não do jeito que a gente imaginou que sentaria — Theo murmura —, mas sim.

E é assim que nos vemos ao redor da mesa de Fabrizio e Valentina numa pequena cozinha adorável com vistas para o mar e bancadas amarelas e prateleiras de chaleiras antigas recheadas de conchas do mar. Orla abre o vinho, Fabrizio serve e Valentina dispõe pratos de azeitonas marinadas e pão crocante na mesa. Sobre o forninho está uma foto enquadrada dos dois rindo com roupas de banho minúsculas, com água cristalina até as coxas perfeitas numa praia de areia branca. *Mon Dieu*. Ele realmente foi casado esse tempo todo.

— Então, Valentina — Theo diz, já recuperando seu charme numa força bruta de vontade —, o que Fabrizio te contou sobre nós?

— Ah, soube que você é especialista em vinho — Valentina diz —,
então espero que goste desse. Peguei da adega do restaurante dos pais
dele, mas nem sempre sei se a mãe dele tem bom gosto.

Fabrizio contém um gesto teatral e dispara um sermão em italiano;
Valentina o ignora.

— É perfeito — Theo diz, achando graça.

— E fiquei sabendo que você é um *pâtissier* em Paris, muito impressionante — ela continua, sorrindo para mim. — E que vocês têm
uma história de amor antiga e voltaram a se apaixonar na excursão de
Fabrizio!

Meu rosto, antes quente pela noite fresca e pelos elogios de Valentina, gela.

— Ah, nós não... — Theo começa.

— Somos apenas amigos — digo, antes que tenha que sofrer com
o resto da frase de Theo. — A gente terminou faz uns anos, isso é
verdade, e a excursão fez a gente se reencontrar, sim.

Eu me viro para encontrar os olhos de Theo alertas e penetrantes.

— Certo — elu diz. — Mas... como amigos.

— Ah, entendi — Fabrizio diz, com a voz desapontada. — *Col-
pa mia.*

Fixo a atenção nas azeitonas à minha frente, evitando cuidadosamente o olhar de pena de Orla.

— Bom, mesmo assim — Orla diz —, vocês são amigos de novo, e isso é lindo. Algumas das minhas melhores amigas pelo mundo
são ex-namoradas. Tenho uma em Copenhagen que empresta o
apartamento para mim e para minha esposa quando estamos a fim
de arenque.

— Ah, ouvi dizer que Copenhagen é uma graça — Valentina diz.
— Será que a gente não pode ir junto da próxima vez?

— Fabs, você ainda não levou essa menina na excursão escan-
dinava?

— Peço para a empresa nunca me mandar para a excursão escan-
dinava — Fabrizio diz. — Frio demais. Pouco sol.

— Ah, toma tento, é aí que você deixa sua mulher esquentar
você. Valentina, meu bem, eu te levo.

Theo ri, e eu também, e está tudo certo.

Conversamos por uma hora enquanto o sol se põe. Orla e Fabrizio contam histórias das coisas mais malucas que já aconteceram em suas excursões, e eu e Theo contamos sobre as pessoas mais estranhas que já encontramos em nossos empregos. Valentina nos conta que estava trabalhando em Roma como professora de inglês quando conheceu um guia de Vespa que queria aprender inglês para viajar o mundo, que eles se beijaram pela primeira vez na ponte mais antiga de Roma porque ele queria entrar com ela para a história. Orla nos conta que conheceu a esposa em Derry e esperou quinze anos para se declarar. É simples e caloroso, o tipo de coisa humana mágica que acontece em trânsito quando semelhante encontra semelhante.

— Minha mãe me falava para segurar a garrafa desse jeito — Fabrizio ergue o vinho pela parte de baixo, a palma na base com o braço totalmente estendido — e que quando eu fosse grande pra conseguir segurar assim e ainda tocar nos lábios, já seria grande para beber.

— E com que idade isso aconteceu? — Theo pergunta.

— Onze! — E desatamos a rir de novo.

Tudo está indo bem até eu me virar para encher a taça de Theo e uma camisinha cair do bolso da minha camisa em cima das azeitonas.

— *Ai, Deus* — Theo sussurra.

Tento interceptar antes que alguém note, mas a embalagem de papel-alumínio agora está coberta de azeite e escapa por entre meus dedos. Ela aterrissa com um pequeno *ploft* úmido dentro da taça de Fabrizio.

A mesa fica em silêncio.

— Desculpa mesmo por isso — digo. — Nossa, mas que... que falha de design, né? Se tem uma coisa que deveria ser fácil de pegar quando se está coberto de óleo...

Fabrizio bate palmas, encantado.

— Então vocês *estão* juntos de novo!

— Quê? — Theo exclama.

— Sim, claro, quando duas pessoas que se amam se reencontram, o sexo é o melhor da vida. Tudo que você quer é fazer amor, dia e noite. — Ele pega a mão de Valentina, iluminado pelo romance de um poeta, e planta um beijo na parte interna do punho dela. — Quando volto para casa depois de uma excursão, eu e Valentina...

— Fabs, querido — Orla diz. — Acho que eles não querem saber disso.

— Não estamos... — Theo diz.

— Não é para isso a camisinha — digo.

Fabrizio congela enquanto ergue o braço de Valentina.

— É para alguma outra coisa, então?

E foi um dia tão longo, com tanta coisa para processar, que não consigo pensar em nenhuma outra desculpa.

Um brilho aparece nos olhos de Fabrizio.

— *Ahhh*. Achavam que eu tinha convidado vocês aqui para... ah, eu esqueço a palavra pra isso na língua de vocês. — Ele se vira para a esposa. — Sexo com três pessoas?

Valentina responde com doçura:

— Ménage, *amore*.

— Menageamore.

— Não, *amore*. *Ménage*.

— Ah, isso. Ménage.

Eu e Theo nos encaramos.

Contamos para ele?

Porra, claro que não.

— A gente... — começo.

— A gente não...

— Eu não diria que nós...

— Quer dizer, eu talvez tenha ficado com a impressão de que...

— A gente só... a gente... — Estou perdendo o fio da meada. — Pode ser que nós...

Theo olha de canto de olho para mim, os olhos arregalados.

— Acho que *talvez* a gente...

— Nós... — Foda-se. — *É*. Foi isso, a gente pensou que você queria transar com nós dois.

Depois de um segundo, Theo acrescenta:

— Com todo o respeito.

Orla se recosta e dá um gole generoso de vinho.

— E mil desculpas por termos presumido — digo. — E a você também, Valentina.

— Ah, não precisa se desculpar — Valentina diz. — Isso acontece, às vezes, quando ele tenta fazer amizade. — Ela pega o rosto de Fabrizio entre as mãos e o balança de um lado para o outro. — Olha para esse homem aqui, quem é que poderia resistir a você?

— Vivo dizendo que ele precisa parar de flertar tanto com os passageiros — Orla diz —, mas acho que ele não sabe parar.

— É que eu tenho tanto amor pra dar — Fabrizio diz, com fervor — e também sou tão bonito. É um fardo.

— Vocês não acreditariam em quanta gente termina esta excursão pensando que poderia ter dormido com Fabrizio se tivesse tido a oportunidade — Orla continua. — Acho que dava até pra vender umas camisetas. *Quase transei com Fabs: A excursão europeia.*

— Eu ofereço experiências inesquecíveis para os clientes!

Orla solta uma risadinha e diz:

— Meu bem, não tem problema gostar da atenção. Você usaria aliança se não gostasse.

— É, para falar a verdade, eu não fazia ideia de que você era casado — Theo intervém. — Desculpa de novo, Valentina.

— Nada, essa ideia foi minha, na verdade — Valentina diz, soltando o marido. — Uma vez, não muito tempo depois que nos casamos, ele esqueceu a aliança em casa e voltou da excursão com o dobro de gorjetas, então agora falo para ele deixá-la comigo. As pessoas dão mais gorjetas quando pensam que ele está disponível.

— Especialmente os americanos — Orla acrescenta.

— Ai, meu Deus. — Afundo o rosto entre as mãos. — *Eu* agi igual a americanos.

— *Professore*, não! — Fabrizio diz. — Com vocês, não é só pelas gorjetas.

Quando ergo a cabeça, Fabrizio está olhando para mim e Theo com a mais pura e franca sinceridade.

— Em toda excursão eu gosto das pessoas, mas, em algumas, encontro pessoas que acho que poderiam ser minhas amigas — Fabrizio diz. — E quero trazer para casa e apresentar para minha esposa porque torço para, depois da viagem, podermos continuar em contato, se quiserem. Espero que a gente mantenha contato depois de Palermo.

Tem alguma coisa muito admirável na franqueza dele. *Gosto de vocês. Fiquem na minha vida.* É perfeitamente simples quando ele coloca as coisas desse jeito.

Eu me viro para Theo e vejo o sorriso no rosto delu.

— A gente adoraria manter contato — Theo diz.

— *Che bella!* — Fabrizio diz, erguendo a taça. — Então, um brinde a isso! À amizade!

Valentina acrescenta:

— E ao amor!

— — —

— Tenho uma pergunta para você — Fabrizio me diz, depois que terminamos o vinho.

Estamos sozinhos na cozinha. Theo saiu para a sacada com Orla e Valentina, os risos que soltam sendo soprados, às vezes, como brisa marinha pela porta entreaberta. Toda a salmoura da azeitona nos fez querer algo doce, então me ofereci para fazer sobremesa com o que quer que eles tivessem na despensa e, agora, Fabrizio está fazendo às vezes de sous chef enquanto improviso um *gâteau au yaourt* — um bolo de iogurte francês, o primeiro doce que aprendi a fazer.

Estou com as duas mãos enfiadas em uma tigelona, porcelana branca e azul-celeste herdada da lua de mel dos pais de Fabrizio em Seina. Um monstro marinho deliciosamente estranho está gravado na base. Fabrizio diz que era para ser um golfinho, o símbolo de um dos dezessete *contrade* de Siena, mas tem escamas e sobrancelhas. Benza Deus pela zoologia medieval.

Enquanto massageio as raspas de limão-siciliano no açúcar com a ponta dos dedos, percebo que não parei nenhum momento para pensar no próximo passo. Estou fazendo a receita de cor, dando meus melhores palpites e fantasiando em finalizar com a marmelada de damasco caseira de Valentina, em vez do glacê de limão-siciliano tradicional. Esse deve ser o momento de maior prazer que estou sentindo ao fazer um doce desde minha primeira semana de emprego.

— Que pergunta? — pergunto a Fabrizio.

— Você está apaixonado pela Theo, né?

Quase derrubo a tigela.

— *Fabrizio.*

— Ah, não dá para ouvir — Fabrizio me tranquiliza com um aceno do fouet. Eu o deixei encarregado dos ingredientes secos. — Barulho demais da rua.

Suspiro.

— Está tão na cara assim?

— Para ser sincero, sim. Mas soube por Orla.

— *Orla.* — É isso que mereço por supor que todas as mulheres de chapéu de safári são de confiança.

— Você deve imaginar que conversamos sobre tudo. A excursão é a mesma toda vez, mas as pessoas são diferentes. Os passageiros são nosso entretenimento.

Satisfeito com a quantidade de açúcar, levo a mão ao potinho de vidro de iogurte que Valentina tirou da geladeira e o adiciono.

— Bom, espero que tenhamos dado um belo show — digo, com sinceridade.

— Acho que, neste momento, está mais para uma tragédia. Mas me conta, por que vocês não estão juntos? Por que não confessa seus sentimentos? — Ele observa meu rosto, depois baixa o fouet em desespero. — *Por que, professore?*

— Porque não sei se mereço.

Quebro os ovos e adiciono baunilha e, enquanto bato tudo junto, conto a Fabrizio a versão mais simplificada da nossa história. Nossa vida junta, erros em Paris, o término, meu pai, a forma como eu nunca consegui me esquecer de Theo, o que quase fiz ontem à noite em Roma antes de me segurar. Quando acabo, peço para Fabrizio polvilhar a farinha, o fermento e o sal em minha tigela enquanto continuo batendo.

— Entendo — Fabrizio diz. — Você ama Theo. Não quer um amor egoísta para Theo, que tira o poder de escolha.

— Isso.

— Por isso, está tirando o poder de escolha de Theo de estar com você.

— Eu... — Minha mão hesita no fouet. — Não, não é isso que...

— É exatamente isso, do meu ponto de vista.

— Eu... só quero fazer a coisa certa por Theo.

— *Sì*, e só você sabe qual é a coisa certa? — Ele está na despensa, procurando pelo último ingrediente, um óleo de sabor neutro. O tom que usa comigo é *en passant*, como se soltasse lições reveladoras desse jeito casual para todos os seus convidados. — Ah, minhas previsões estavam corretas. Só tem azeite de oliva. Tudo bem?

— Hm... claro — digo, mal dando ouvidos.

Ele coloca o azeite ao lado da tigela da mãe e observa minha expressão, depois estende a mão com um afeto tranquilo para acariciar minha bochecha.

— Quando conheci Valentina — ele diz —, tinha outro homem que a amava. Era filho de um homem rico, com um bom emprego perto de casa, e a mãe dela gostava muito dele e nada de mim, então pensei que ela seria mais feliz com ele. Então, quando ela me conta que ele a ama, ela diz para mim: "Fabrizio, o que eu respondo?". No que eu falo: "Quero que você seja feliz". E, quando ele pede para ela se casar com ele, ela me diz: "Fabrizio, o que eu respondo?". E falo de novo: "Quero que você seja feliz". Aí, na noite antes do casamento dela, ela aparece na minha porta e diz: "Fabrizio, o que *é que eu vou fazer*?". No que eu falo de novo: "Quero que você seja feliz". E ela me diz: "Fabrizio, *idiota*, tudo que quero da vida é ser feliz com você".

O forno apita, preaquecido.

— O que quero dizer é: se declaro meu sentimento antes, o pai de Valentina não precisa explicar para o padre por que a filha não vai para o casamento — Fabrizio diz com um sorriso largo. — Eu não tinha que proteger Valentina do meu coração. Tinha só que deixar que ela visse meu coração e decidisse se queria ficar com ele.

Ele vira o azeite na tigela e tira o fouet da minha mão, substituindo-o por uma colher de pau bem usada. Eu deveria começar a mexer a massa para dar ponto. Mas estou paralisado, dominado pela verdade simples. Talvez a questão não seja se mereço contar para Theo. Talvez seja que elu merece saber.

Da sacada, o som das risadas aumenta. A porta se abre.

— Vou te dizer só mais uma coisa — Fabrizio acrescenta, baixando a voz. — O jeito que Valentina olhou para mim na noite antes do casamento... é como Theo olha para você.

— — —

Perto da meia-noite, cheios de vinho, azeitonas e bolo, eu e Theo pedimos um táxi de volta ao hostel. Não leva nem dois quarteirões para começarmos a nos dissolver em uma gargalhada incrédula que seguramos por tempo demais.

— Não acredito no que acabou de acontecer — Theo diz, secando os olhos.

— Acho que agora a amizade virou eterna? Com Fabrizio? Sabe-se lá como?

— Que foda. — Theo passa a mão no rosto. — Nossa, essa coisa de competição foi tão... besta. A gente está sendo besta, né?

— Está longe de ser meu melhor trabalho — digo. — Sexualmente, sim, mas intelectualmente não.

— É tão besta — Theo conclui. — E imaturo. Somos *adultos*.

— Pelo que me dizem, parece que sim.

Theo abana a cabeça.

— Mas, quando vi você em Londres, foi como se eu voltasse a ter a insegurança dos meus vinte e um anos.

Desde que Theo caiu em cima de mim naquele primeiro dia, eu fico me perguntando o que elu sentiu ao me ver. Não queria que tivesse sido isso, mas já fico feliz em saber que ele nunca me odiou. A consideração que tinha por mim ainda chegava ao ponto de se importar com o que eu pensava delu.

— Quando vi você, pensei que estava sonhando — confesso. — Não conseguia acreditar na minha sorte.

Theo franze a testa como se não entendesse.

— Sorte?

— Pensei que nunca mais teria uma chance de consertar as coisas — digo. Com medo de me dar crédito demais, acrescento: — E não sei nem se cheguei a consertar, mas...

— Acho que chegou — Theo me interrompe com um pequeno sorriso. — Quer dizer, é um processo, sei lá. Mas não tenho mais raiva de você. Não foi culpa de ninguém.

— Que bom — digo, um calor crescendo em meu peito. Queria que Theo pudesse mergulhar os dedos dentro de mim e deixar que elu o sentisse. Eu me conformo em confessar outra coisa, me abrindo um pouco. — Sobre o negócio da competição... quando você sugeriu, eu concordei porque era uma desculpa para continuar falando com você. Era tudo que eu realmente queria. Embora eu tenha gostado do sexo.

— Eu... não tinha entendido isso ainda quando começamos, mas acho que queria provar que tinha superado você — Theo responde. — Para você, e para mim também. E talvez minha outra intenção fosse te deixar com ciúme.

— Por quê?

— Por causa dessa sensação que tenho de que preciso vencer o término, o que percebi que não faz sentido. Não abre espaço para eu me importar com você como pessoa. Não quero não me importar. Quero que você seja feliz.

Observo as luzes do semáforo mudarem no reflexo dos olhos de Theo e penso na história de Fabrizio. *Tudo que quero da vida é ser feliz com você.*

— Estou feliz agora — digo.

Theo acena.

— Fico feliz que você esteja feliz.

Sinto no fundo do peito: Fabrizio está certo. Preciso dizer. Theo precisa saber que tem uma escolha.

Amo Theo. Preciso me declarar. Vou me declarar em Palermo.

— Então, vamos cancelar? — pergunto. — A competição?

— Sim. — Theo concorda. — Deixa isso para lá.

— Certo. — Desço a mão sobre o rosto como se tirasse uma máscara invisível e a jogasse para longe. — Feito.

Theo franze as sobrancelhas ao reconhecer.

— Era aquele negócio que eles fazem em *A outra face*?

Sorrio. Sabia que elu curtiria.

365

— Era aquele negócio que eles fazem em *A outra face*.

— Nossa — Theo suspira, sorrindo, jogando a cabeça no encosto. — Um clássico.

— E como nós dois sabemos, eu consigo *mesmo* comer um pêssego por horas.

— Falando nisso, que fique registrado que eu estava na liderança e teria ganhado.

— *Acabou*, Theo.

— Só. Dizendo.

PALERMO
(DIA UM)
COMBINA COM:

Amaro amargo, *sfinci di San Giuseppe*

Palermo

Na primeira vez em que quase declaro meu amor a Theo em Palermo, estamos no Mercato di Ballarò.

— *Quanto* — Theo diz, enunciando. — Não *quando*, isso seria "quando". *Quanto* é que significa "quanto custa".

— *Quanto* — repito.

— Isso — Theo diz. — É a única palavra que você precisa saber.

"*Quanto?*", perguntamos a uma senhora com a pele escamosa que grelha *stigghiola* sob uma nuvem densa de fumaça, e ela nos vende espetos de tripa de cordeiro por dois euros. *Quanto* para os *panelle* (bolinhos fritos de grão-de-bico) e *quanto* para os *pani ca'meusa* (sanduíches de baço de cordeiro). E assim por diante através da feira livre barulhenta e sem fim, para carrinhos bambos e tonéis cobertos por tecidos xadrez, entre caixas pungentes de peixes recém-pescados e barracas de hortifrútis tão superlotadas que folhas de alcachofra caem em cascata no chão. Experimentamos tudo que dá. Em algum lugar lá no alto, o Pinóquio balança em cima da multidão como nossa pequena e alegre Estrela do Norte.

— Sinto tanta pressão para escolher o melhor arancino — digo, olhando para mais um carrinho que os vende. — É que, tipo, só temos uma chance de comer nosso primeiro arancino na Sicília.

— Acho que todas as bolas de arroz fritas são presentes preciosos de Deus — Theo diz. — Aah, mas aquelas são *muito* grandes, puta merda... *Ciao! Quanto?*

Uma vez, quando fomos morar juntos, matei meu pé de tomilho por acidente. Tinha caramelizado cebolas e figos e feito massa folhada do zero para uma galete perfeita e, quando fui colher alguns raminhos para o toque final, derrubei a planta pela janela. Enquanto eu sofria pela perda do meu tomilho explodido na calçada, Theo o substituiu por uma colherada de pimenta-de-alepo em flocos sem nenhuma consideração por minha visão. Improvisou por puro instinto e deixou até melhor.

Amo ingredientes porque eles carregam memórias. Histórias, fatos, personalidades. Um pêssego guarda a memória de todos os dedos que já o tocaram. Uma fava de baunilha é curada por meses. Às vezes, quando dou uma primeira mordida, tento identificar cada ingrediente individual, encontrar o jardineiro que podou a árvore que produziu as azeitonas para o azeite que cobre essa panela específica nessa cozinha específica supervisionada por esse cozinheiro específico, que veio trabalhar pensando na frigideira da mãe em sua terra natal.

Theo também se importa com tudo isso, mas o paladar delu é movido primeiramente pelo instinto. Elu entende os ingredientes como velhos amigos que não precisam trazer nada quando chegam para te visitar. Theo sabe quando usar seu conhecimento e quando precisa me lembrar de pensar menos e simplesmente abrir a boca. Me questiona, me surpreende, me desafia. Sentir gosto é minha fonte de renda; e Theo me torna melhor nisso.

Theo compra um arancino do tamanho de uma toranja e o parte ao meio, admirando-se ao revelar um centro de arroz amarelo condimentado e ragu escuro. Quando a comida toca sua língua, Theo fecha os olhos e sacode os ombros de prazer.

Quase digo neste momento. Fica tão claro em minha mente. *Estou apaixonado por você.*

O homem mergulhando polvos inteiros em uma panelona imensa de água fervente grita, do alto de seus pulmões: *"Polpo, polpo!"*. E o momento passa.

— — —

Na segunda vez, quase escapa em uma risada.

Estamos na escada do Teatro Massimo, a casa de ópera perto do centro da cidade, fazendo a digestão entre um passeio e outro pela feira. Theo conta os degraus, encontra um lugar e depois deita o corpo comprido.

— O que está fazendo?

— *O poderoso chefão III* — Theo diz, como se fosse óbvio. Elu fala com a cara voltada para o céu, a cabeça quase pousada na pedra.

— É aqui que Mary morre no final.

— Como eu poderia esquecer. — Subo e baixo os olhos para Theo. Os óculos de sol delu escorregaram para a testa, e suas sardas estão gloriosamente expostas. — Sabe, não achei que Sofia Coppola foi *tão* ruim assim.

— Isso é porque você tem coração mole e gostou de *As virgens suicidas.*

Estendo a mão para elu, que me lança aquele olhar que já conheço, os olhos estreitados, a boca tensa nos cantos como se dissesse: *Se eu disser uma palavra, vou matar nós dois de tanto rir.* Esse olhar fez nossos professores da escola pararem de distribuir lugares pela ordem alfabética para nos manter separados.

Theo pega minha mão e, em vez de deixar que eu ê puxe para cima, elu me puxa para baixo ao seu lado.

Ultimamente, quando as pessoas me conhecem neste estágio da vida, pensam que sou uma pessoa séria. Veem um bacharel de artes tomando espresso numa cozinha parisiense e imaginam um gourmand que lê Nietzsche. Mal sabem eles o quanto minha risada pode ser alta, nem como me comprometo com uma piada até o fim, nem as obscenidades que eu e Theo aprendemos em élfico para usar na feira medieval quando tínhamos treze anos. É uma pena, porque gosto disso em mim. Minhas partes favoritas de mim mesmo são aquelas que Theo traz à tona, que cresceram para combinar com as delu.

Quase sai enquanto estamos rindo juntos na escada. As pedras refletem o sol do mesmo jeito que refletimos um ao outro, e penso: *Eu te amo.*

Theo diz:

— Aquele cara ali está se engasgando com uma linguiça?

Respondo:

— Quê?

Dito e feito, tem um turista na calçada se engasgando com um pedaço de carne de rua. Nós nos empertigamos enquanto Calum Loiro entra em ação, empregando uma manobra de Heimlich hábil à perfeição. A multidão reunida comemora, e o turista dá um abraço agradecido em Calum. Ele é um herói. O momento não é mais nosso; é de Calum.

— Caramba — Theo diz, quando Calum é envolvido por seis braços: de Dakota, Montana e Ruivo. — Alguém vai dar para ele hoje.

— — —

Na terceira vez, as palavras se grudam em meus molares feito casca de laranja cristalizada.

Escondida no mosteiro atrás da Chiesa di Santa Caterina fica uma *dolcería* minúscula que vende doces feitos com as receitas de freiras. Aprendi em Veneza que a maioria dos doces famosos da Itália se originaram em cozinhas de monastérios, elaborados por monges e freiras sem quaisquer outras graças concedidas além de açúcar e farinha. Essas freiras fazem o cannoli preferido de Fabrizio em Palermo.

Na praça entre a igreja e o *monastero*, todos ainda vibram pelo heroísmo de Calum. Theo está ajudando Montana a arrumar a alça quebrada de um vestido com alfinetes e fica alternando o olhar entre Montana, os Calums e Dakota num movimento cíclico, observando tudo.

Nossos olhos se encontram.

Estou coletando informações valiosas, vai buscar cannoli e te conto o que eu descobrir.

Dentro da *dolcería*, cada doce sugere a simplicidade de uma cozinha com poucos ingredientes e a obsessão de uma freira completamente enclausurada. Pasta de amêndoa moldada na forma de conchas e recheada com creme e geleia de damasco ou esculpida e pintada para formar figos e peras e pêssegos realistas e acetinados. Alguns bolos extravagantes são cobertos por ondas confeitadas de cobertura branca e pilhas de frutas açucaradas — uma placa declara que são OS TRIONFO DI GOLA — O TRIUNFO DA GULA. Nossa, se eu pudesse escolher o título da minha autobiografia...

Peço cannoli para dois, o de Theo com pedaços extras de pistache e laranja cristalizada. Lá fora, sob a fonte de San Domenico, Theo não consegue acreditar no tamanho deles.

— Jesus, parece um burrito. — Elu pega seu cannoli sem ter que perguntar qual é qual, depois nota o prato em minha outra mão. — O que é isso?

— Pedi mais uma coisa para você — digo, mostrando um pequeno bolo arredondado com cobertura branca e encimado por uma cereja cristalizada.

Theo inclina a cabeça.

— A ideia disso aí era parecer... — Elu ergue os olhos para o santo da fonte antes de sussurrar — ... uma teta?

— Sim, chama Seios de Santa Ágata — digo. — Quando eu bati o olho, soube que você precisava ver também.

— Nossa, e como — Theo diz, aceitando-o com felicidade. — Ah, e por falar nisso...

Elu relata a situação do polígono sexual de Calums-Dakota-Montana, que é que cada lado já foi consumado tirando Calum-e-Calum, mas a exibição inesperada das habilidades de Loiro de salvar vidas pode ter despertado uma chama nostálgica em Ruivo. Montana e Dakota estão fazendo o possível para estimular isso, porque Montana gosta de ir até o fim com as coisas. Escuto isso com a boca cheia de mascarpone denso e açucarado e me pego torcendo ainda mais pelos Calums. Parece um desperdício não transar nunca com a pessoa que salvou você da boca de um tubarão.

Por sobre o ombro de Theo, Calum Ruivo tira um pouco de mascarpone do queixo de Loiro com o polegar. Fico me perguntando se ele passou a vida do mesmo jeito que eu, encontrando pequenas formas de cuidar da pessoa que nos salvou quando éramos menores. Espero que ele se sinta tão feliz com isso quanto eu.

— Cannoli incrível, aliás — Theo diz, mordendo um pedaço da laranja. — Você é ótimo escolhendo o que eu vou comer por mim.

Meus olhos encontram os de Theo. Elu deve ver a suavidade em meu rosto, como é doce o sabor de ouvir que cuido bem delu. Rosa cora suas bochechas. Essa é a parte que elu sempre esteve menos a fim de ver, como cuidar delu é algo que *quero* fazer e algo que elu pode se permitir ter.

Theo não desvia o rosto agora. Ergue o queixo e encontra meu olhar. O momento cai sobre nós como uma rede no mar.

Vou dizer assim que encontrar as palavras certas. *Estou apaixonado por você. Amo cada parte de amar você, mesmo as partes que você acha que não merece. Você é o amor da minha vida.*

Começo a dizer:

— Eu...

O celular de Theo toca. É Sloane, que voltou a falar com elu faz pouco tempo, então Theo precisa atender.

— Claro — digo. — Claro.

— — —

Na quarta vez em que quase declaro meu amor a Theo, estamos embaixo de uma abóbada de estrelas.

A Martorana tem quase mil anos de idade, e parece um lugar suspenso no tempo. É um registro físico da história da ilha, com sua fachada de barroco espanhol e seu campanário romanesco enxertado sobre o domo bizantino original e se dividindo em nichos islâmicos. Dentro da basílica, mosaicos gregos dourados cintilam do chão aos tetos abobadados.

Eu me lembro da noite em que Theo nos levou de carro até o deserto e me abraçou embaixo da faixa de amora da Via Láctea. Me beijou com a intensidade do céu, cada ponto de contato tão forte e quente quanto uma estrela. Me mostrou a galáxia, depois me fez senti-la. Esse é um dos dons naturais de Theo, a maneira como a beleza se move através delu como num vitral. Ela ê ilumina, e elu a transforma em resposta.

Elu ocupa esta igreja luminosa e ergue os olhos para o teto da nave, que se arqueia para cima num céu de azulejos azul-escuros e estrelas douradas flamejantes. Mais uma galáxia para Theo.

O que quero dizer é: *Você sabe que tem a capacidade de refratar a luz?* Mas *eu te amo* pode significar quase isso, se eu disser do jeito certo, sussurrado em reverência sob um céu em mosaico.

Dou um passo na direção delu.

Um sino toca; a igreja está fechando por hoje.

Na quinta vez, acabamos de comer uma das refeições mais interessantes de nossas vidas.

O primeiro restaurante de Palermo com uma estrela Michelin fica dentro das arcadas de pedra do que antes costumava ser o ateliê de escultura do renascentista Antonello Gagini. De certo modo, continua sendo a oficina de um artista. Moleja de vitela coberto por um glacê de laranja-sangue e acompanhado por erva-doce confitada, anêmona-do--mar com ricota salgada e molho Choron: se isso não é arte, o que é?

Ao longo do jantar, Theo faz um uso rápido e rasteiro da carta de vinhos para cair nas graças do sommelier, anotando observações e ideias num guardanapo enquanto trava uma conversa com os suecos. Elu está em sua melhor forma, puro caos e intenção, um toque bruto e um resultado suave. Isso me fez lembrar que o Timo ainda não tinha sua estrela Michelin quando fui embora da Califórnia. Theo os ajudou a conquistar.

Me lembro do que Theo disse em Roma, que ainda sonha com Fairflower. Posso até não acreditar nisso sozinho, mas... para nós dois? Termos um futuro doce no qual Theo pode fazer o que faz de melhor e eu também, e descobrimos que, em todos os anos que passamos separados, aprendemos o que precisávamos para realmente sermos capazes de termos um restaurante?

Talvez não tivesse funcionado naquela época, mas talvez funcione agora. Não sei onde nem quando. Mas talvez, quando Theo acreditar em alguma coisa e dedicar todas as forças a ela, tudo possa acontecer.

Estamos num beco ao lado do restaurante, e Theo e o bartender estão tendo uma conversa casual na pausa para o cigarro dele enquanto eu os observo da calçada. Theo é tão... Theo é *descolade*. Eu me orgulho tanto delu, de ter o privilégio de ser importante para uma pessoa como elu. Quero estar ao lado delu para sempre. Quero construir algo com elu. Algo novo, algo que só conseguiríamos fazer agora. Quero inventar algo com elu e confiar isso a elu.

Elu volta com um saco de papel, que estende na minha direção.

— Pareceu que esse aqui foi seu favorito.

Dentro está uma pequena porção para viagem de panna cotta de açafrão que comemos de *dolci*. Sei o que isso quis dizer quando fiz por Theo em Paris, torcendo para demonstrar que estava arrependido por tê-le magoado, que ainda me importava e queria fazer as pazes.

Ergo os olhos para encontrar o rosto lindo e resistente de Theo, que está passando o polegar pelos nós dos mesmos dedos que já machucou por mim quando éramos crianças. Eu conheço Theo. Conheço essa pessoa melhor do que qualquer coisa, melhor do que Bernini ou a Terra Média ou a importância da manteiga de qualidade. E elu me conhece, e ainda está me encarando.

Acho que este é o momento, finalmente. Aqui, na tão aguardada Palermo, no fim do dia, de barriga cheia. Estava definido que seria aqui.

Pego a mão delu, entrelaço os dedos nos seus com delicadeza.

— Theo.

Elu não escuta. Outra pessoa pronuncia seu nome ao mesmo tempo que eu, duas vezes mais alto, chamando-nos para beber. Theo me lança um olhar, e sei que quer ir. Sente curiosidade pelo que pode acontecer, medo demais de ficar de fora do que quer que seja.

Desentrelaço nossas mãos.

— Vamos.

— — —

Passamos de bar em bar, de terraço a balcão grudento e depois à pista de dança, através da névoa densa da noite siciliana. Tomamos shots de *amaro* amargo e pedimos negronis com prosecco. Fico esperando por mais uma abertura, por mais um momento tranquilo com Theo, mas tem muita coisa acontecendo. Coisas explodem constantemente ao nosso redor, bebidas derramadas, beijos roubados e chamas acendendo nas pontas de cigarros.

Perdemos nossos amigos num bar escuro lotado com música ao vivo, uma mulher tocando um contrabaixo e um homem no saxofone, a plateia densa, cada vez mais animada e cheia de aromas. Theo está segurando um drinque com espinhas de peixe, reclamando que minha tolerância a álcool não faz nenhum sentido, que eu deveria estar mais bêbado. Mal conseguimos nos escutar, então balançamos em silêncio, movidos pelos corpos ao nosso redor, flutuando numa maré incandescente.

A banda começa uma música nova, e reconheço os primeiros acordes. Mesmo com a letra em italiano, eu a reconheceria em qualquer lugar.

— Espera, é... — Theo grita. — É sério que estão tocando...

— "Can't Stop Loving You" — confirmo.

Phill Colins, num boteco em Palermo. Estamos sozinhos na plateia, encarando um ao outro com os olhos arregalados, balançando de maneira impossível ao som de uma música que cantamos juntos uma centena de vezes sem nunca saber que seria a história de nossas vidas. Nada poderia me convencer de que isso não é algum tipo de sinal.

Theo chega perto do meu ouvido e diz:

— Será que você poderia...?

Não consigo discernir o fim da frase.

— Quê?

Elu tenta de novo.

— Você poderia, por favor...?

— Não consigo te ouvir!

A música muda, descendo para o fim da primeira estrofe, mais quieta agora: *I could say that's the way it goes, and I could pretend and you won't know...*

Desta vez, escuto a voz de Theo quando elu olha em meus olhos e diz:

— Me beija.

Elu está com a cara de que talvez vá ter o coração partido, como se estivesse pedindo misericórdia por uma causa perdida, quando estende as mãos para envolver meu rosto.

— Eu só quero um beijo, e aí nunca mais te peço de novo — Theo diz. — Vou superar a gente um dia, juro, e podemos ser amigos, mas eu... eu só preciso de um beijo melhor para guardar de lembrança.

A multidão nos empurra um na direção do outro e sinto como se o lugar em que eu estivesse fosse outro, como se estivesse em todos os lugares, como se todos os corações do salão estivessem em sincronia com a batida do meu.

— Lembrança do quê, Theo?

E elu responde:

— De como é amar você.

A banda entra no refrão. A bebida de Theo cai no chão quando puxo seu corpo junto ao meu.

— Não acredito que foi você quem disse primeiro — digo, mais alto do que a música.

Os lábios delu se entreabrem.

— Você está... você...?

— Nunca parei — digo, finalmente. — Theo, *nunca parei*.

Quando elu sorri, é um horizonte dourado, morros verdes ondulantes, um país de possibilidades infinitas, o alívio da última curva antes de chegar em casa. Puxo a cintura delu e beijo seus lábios com todo o meu ser, com tudo que fizemos um do outro, minha boca em sua boca como se as tivéssemos esculpido com nossas próprias mãos para este momento em específico, e Theo segura meu rosto entre as palmas de suas mãos e retribui o beijo, intenso e firme.

Entendo, por fim, no calor de sua boca. Elu me ama. Eu ê amo. Sempre foi simples assim.

— — —

Faltavam duas regras. Sem beijo, sem penetração.

Começamos por nos beijar.

Nós nos beijamos na rua movimentada na frente do bar, um entre dezenas de casais se jogando contra paredes de pedra áspera sob cordões de luzes quentes, a língua de Theo em minha boca e minhas mãos em seu cabelo. Nós nos beijamos no caminho que fazemos de volta ao hostel, meu lábio preso entre os dentes de Theo. Nós nos beijamos na escada que sobe para nossos quartos e depois de novo no corredor estreito e úmido, ofegando de boca aberta, nossas mãos passando pelo corpo inteiro um do outro. Nós nos beijamos como se estivéssemos inventando esse conceito, como se tudo que fizemos juntos desde que chegamos à Itália fosse casto e *isto aqui* fosse sexo.

Jogo Theo contra a porta do meu quarto e lambo o interior de sua boca, engolindo o gemido que elu solta como se fosse *vin santo*: pesado, doce e persistente.

— Já que a gente tá nessa de sinceridade — digo, sem ar, afastando o corpo por tempo o suficiente para pegar a chave do quarto —, quero que você *me coma*.

— Eu estava prestes a dizer o mesmo para você — Theo ofega.

Então entramos no quarto, nos atracando pela parede, arrancando as roupas um do outro. Paro meio segundo para agradecer à Itália por nos inspirar a abotoar menos as camisas, porque conseguimos tirá-las em questão de segundos, arrancadas por sobre a cabeça para que encostemos peito com peito, pele com pele, lábios deslizando, úmidos e inflamados em mais um acesso de beijos furiosos. Milagrosamente, consigo abrir o short de Theo sem olhar, e Theo puxa os barbantes do meu short, e aí estamos quase pelados.

Por um momento, nossos olhos se encontram e ficamos imóveis sob a luz noturna âmbar de Palermo que entra pela janela, capturados pela intensidade da atenção um do outro.

E é aí que Theo sorri e é a coisa mais bonita que vi na excursão inteira.

— É tão estranho quando seu rosto fica sério assim — elu diz.

— O seu também.

— Tipo, quem somos nós?

Rio e digo, só porque posso:

— Eu te amo.

— Eu te amo — Theo responde. Elu me ama.

Elu leva a mão ao short no chão e tira algo brilhante e dourado do bolso — penso que é uma daquelas benditas camisinhas Jeans da noite passada, mas, em vez disso, elu me estende um único euro.

— Vamos tirar na sorte?

Quando estávamos juntos, era assim que decidíamos quem comeria quem quando os dois queriam a mesma coisa. Cara para Theo, coroa para mim.

Jogo a moeda pro outro lado do quarto.

— Eu quero tudo.

Os olhos de Theo ficam mais intensos.

— Tudo?

— Tudo.

Theo me puxa pela curva do maxilar e grava minha boca com um beijo, empurrando meu corpo na direção da cama.

Consigo ver a mente delu trabalhando por trás das pupilas dilatadas, criando estratégia, traçando planos para mim. Eu já estava duro, mas o olhar que elu me lança me faz *arder*.

— De quatro.

Um calafrio quente me atravessa e obedeço. Theo sobe na cama atrás de mim, me deixa pelado e começa a trabalhar com a boca de imediato.

Há muito tempo acredito que ser chupado por Theo Flowerday é o suficiente para fazer uma pessoa entender por que os escritores eróticos, ao longo da história, chamavam um orgasmo de crise. A dedicação, a habilidade, a resistência, o entusiasmo desinibido, o controle de respiração de uma pessoa que já nadou competitivamente — sou deleitado por isso, lambido e provocado e tocado por sua língua até estar gemendo e me afundando em meus cotovelos, abrindo mais as pernas e rebolando o quadril.

— Muito bem — Theo diz, o hálito como um choque frio em minha pele úmida. Mais um gemido me escapa. — Você está indo muito bem. Quer mais?

— Por favor — digo, a voz já arrasada. Mal começamos.

Guio Theo até o lubrificante em minha bolsa e observo por cima do ombro enquanto elu lubrifica os dedos com a confiança rápida de um especialista. Não consigo deixar de pensar, lá no fundo da minha cabeça, que Theo deve ter transado muito desde a última vez que transou comigo e, conhecendo Theo, elu deve ter encontrado um milhão de formas novas de mandar bem. Elu já era a melhor foda que tive e, agora, deve estar ainda melhor.

Talvez hoje eu acabe igual ao Raphael nesta cama de hostel. Theo pode acabar me matando.

Elu me abre com uma determinação suave e calculada. Não deixo ninguém me penetrar assim desde que saí de casa, mas Theo é paciente, como prometido. Beija minha lombar e vai entrando até que a sensação da minha pele esticando se torna mais prazerosa do que dolorosa, e aí atinjo um estágio depois do prazer, uma plenitude de tirar o fôlego, como se uma parte perdida de mim tivesse retornado, por fim. E então a ponta dos dedos delu roça o feixe de nervos dentro de mim.

— *Pura que pariu* — digo, sem ar, minhas costas arqueando com o choque da sensação. Theo sorri em minha pele.

— Bem onde paramos.

— Continua. Por favor.

Theo mete de novo, roçando o mesmo ponto, e um som dilacerado me escapa. Meus ombros finalmente cedem. Puxo uma almofada para baixo de mim, apoiando o queixo em meu ombro, desesperado para assistir enquanto Theo se equilibra sobre os joelhos e alinha o quadril atrás de mim. Os dedos delu estão tão afundados que a palma de sua mão aperta minha bunda e, quando nossos olhos se encontram, elu estende a mão esquerda lubrificada e — Jesus, *cacete* — coloca a mão em volta de mim.

— Vou foder você assim — Theo me diz, a voz áspera, mas determinada — e aí, quando você estiver perto de gozar, quero que você me fale. Daí a gente troca e você me come até nós dois gozarmos. Combinado?

— Combinado — consigo dizer. — Caralho, porra, sim, parece perfeito. É o que eu quero.

— Até lá — Theo diz —, quero que você seja um bom menino e aguente firme.

— Sim — digo, mais excitado do que devo ter me sentido em toda vida. — Sim.

Theo apoia a pelve contra a parte de trás da própria mão e me fode como disse que faria, usando o movimento contínuo e incessante do quadril para guiar os dedos para dentro e para fora do meu corpo, a ponta dos dedos deslizando sobre aquele ponto sensível dentro de mim. A outra mão delu acompanha o ritmo, de modo que toda vez que Theo mete em mim, seu quadril me empurra para dentro do círculo apertado de seu punho. Eu estava certo: elu nunca me fodeu assim, nunca me imobilizou entre dois pontos de prazer e me segurou ali com toda a força. Theo está mais forte, mais segure, e me sinto bem *pra caralho* embaixo delu.

— Nossa — Theo geme. — Você é tão vagabundo às vezes.

Meu peito se aperta, um som frágil e grato se soltando.

— Gostou? — Theo pergunta. — Você gosta quando eu te chamo assim?

— Sim, sim, eu amo... pra cacete. É gostoso. Parece um... elogio.

— É pra ser mesmo — Theo diz, com a voz grave e gentil. — Você é tão gostoso. Tão fofo. Um vagabundinho tão perfeito para mim.

Deixo a boca aberta para que Theo consiga arrancar todos os sons de mim enquanto me fode, uma das minhas mãos apoiadas na cabeceira da cama para que elu consiga entrar melhor. É tão gostoso assim, tão bom quando sinto isso com Theo, tão bom estar em casa, em mãos habilidosas. O pensamento complexo evapora em um firmamento cintilante no céu e, bem embaixo, mordo a fronha e quero apenas coisas muito simples, ser abraçado e fodido e ouvir que sou bonito, ser bom para a pessoa que amo.

— Theo — balbucio, mal conseguindo me segurar. — Theo, estou... estou quase.

— É?

A última coisa que meu corpo quer é que Theo pare de me masturbar, mas encontro a força de vontade para estender o braço entre as pernas e tirar a mão delu, guiando-a para a umidade que estou escorrendo continuamente nos lençóis.

— É.

De repente, as mãos e o corpo de Theo param de encostar em mim.

As minhas partes que tinham ficado maleáveis e derretidas esfriam no mesmo instante, feito rocha vulcânica. Duro de necessidade, de intensão, de um desejo fulminante de soltar tudo que ficou trancado dentro de mim por muito mais tempo do que estivemos nesta cama. Eu me recomponho, querendo usar minha força. Agora quero ser quem proporciona. Quero ouvir Theo implorar por mim como implorei por elu, quero...

Algo leve acerta a lateral do meu rosto.

Baixo os olhos para a cama. É uma camisinha. O papel-alumínio diz: JEANS.

— Pensei... pensei que a gente não tinha guardado nenhuma dessas.

Viro e encontro Theo sem roupa em cima dos lençóis, apoiando-se sobre os cotovelos com um joelho dobrado, as bochechas sardentas vermelhas de exaustão e uma linha de suor sobre a sobrancelha. Elu está sorrindo, contente com a performance até agora e com o timing perfeito.

— Fabrizio me deu uma antes de sairmos — elu diz. — Vem, quero olhar pra você.

Em um segundo, meus pés estão plantados no chão e estou puxando-ê para o pé da cama pelos cotovelos enquanto elu solta uma gritinho risonho de surpresa.

— É isso que você estava chamando de pegar de jeito naquele dia?

— É — respondo, parando entre suas pernas, puxando seu quadril até a beira da cama. — Vem cá.

— *Zut alors*, eu tô me sentindo um saco de farinha... ai, *caralho*.

Interrompo a fala delu com um toque, o polegar traçando um círculo brusco e pegajoso do jeito que Theo gosta, do jeito que fiz com aquele pêssego em Mônaco. Contenho um palavrão quando sinto como elu está molhade, embora essa seja a primeira vez que toco em Theo hoje. Toda essa maciez líquida só porque elu curtiu me foder. Antes que consiga me conter, já estou ajoelhado, metade fome, metade súplica.

— O que você está fazendo? — elu questiona, olhando para mim.

— Era para você me foder.

— Deixa eu experimentar primeiro — digo. — Por favor.

E Deus sabe que Theo nunca me negou uma refeição.

Encho a boca com aquela sua doçura ácida, inata e vital, passeio por ali com os lábios e saboreio. Minha língua mergulha brevemente, com indulgência — Theo geme — e decido que isso basta para satisfazer o desejo urgente.

— Obrigado — digo, adorando a ruga de irritação que se forma entre suas sobrancelhas quando me levanto. Aperto seu quadril, sem tocar exatamente onde elu quer. — Queria que eu tivesse continuado?

— Você gosta de provocar, hein, caralho — elu choraminga. Meu coração canta. — Faz *alguma coisa*, por favor.

— Vou fazer, se você se comportar igual a... — Hesito. — Do que vou te chamar?

Theo pisca, aturdide, como se eu tivesse pedido para elu responder uma charada bem no meio do sexo.

— Hm... de boa garota não.

— Não, óbvio. Menino?

— Às vezes — Theo diz. O olhar delu desce para o ponto onde nossos corpos quase se encontram, mordendo o lábio ao nos ver. Numa voz baixa e rouca, responde: — Posso ser passive, pra você, se quiser.

Meu corpo responde por mim, pulando de prazer visivelmente.

— É? — suspiro. — Quer que eu seja seu ativo?

Theo ergue os olhos arregalados, algo selvagem e novo neles. Então elu assente rápida e intensamente.

Aperto a embalagem da camisinha em seu lábio inferior.

— Então seja ume passive bem boazinhe pra mim.

Sem mais instruções, Theo abre a embalagem com os dentes.

Quando estou pronto, guio as mãos delu até a parte de trás das próprias coxas, erguendo os joelhos na direção do peito, e Theo também entende isso bem rápido. Um rubor vulnerável transborda como vinho por sua garganta, mas elu não desvia o olhar. Encara o meu e se abre para mim.

— Isso — digo, puxando a cintura delu, a voz tremendo. — Caralho, eu venero você.

A facilidade da primeira estocada tira um gemido surpreso de nós dois, como se o corpo delu tivesse guardado o meu espaço por todo esse tempo. Com um movimento do quadril, meto até o talo, e estamos juntos, fluidos e envolvidos e *reconhecidos*.

— Me fode — Theo implora. Então eu fodo.

É furioso e desesperado e intenso, os sons de nossos corpos enchendo o quarto pequeno na penumbra. Theo me recebe de maneira linda. Mantém a cabeça erguida o máximo de tempo que consegue para assistir, os músculos da barriga tremendo pelo esforço, o lábio preso entre os dentes, o cabelo balançando sobre a testa. Quando se afunda na cama, cai para trás numa entrega deliciosa. Estou quase sem controle sobre o meu corpo, mas me sinto ocupando o delu inteiramente, consciente de cada um de meus nervos, cada toque ondulante, tirando o máximo proveito de tudo.

Sempre amei como nossos corpos eram semelhantes, como tínhamos quase a mesma altura e o mesmo tamanho, como se fôssemos tão ligados que crescemos para refletir um ao outro. Eu adorava como era fácil me tocar e fingir que estava tocando Theo, como tínhamos o mesmo apetite insaciável. E, nesta cama, em nossos corpos, sou dominado pela compreensão de que nunca paramos de refletir um ao outro. Nos tornamos o par ideal, dois amantes com igual capacidade e igual desejo de comer e ser comido.

Pulo em cima da cama, abrindo as pernas de Theo enquanto esmago nossas bocas uma na outra.

— Eu te amo — digo, tremendo inteiro, nossos rostos perto o bastante para compartilharmos a mesma lufada de ar.

Theo abraça meu pescoço e aperta a testa na minha.

— Eu te amo — elu responde. — *Eu te amo pra caralho.*

Isso é tudo que basta para me levar ao clímax. Eu me seguro só até observar a boca delu se abrir com a primeira onda e, então, sou arrebatado pelo mar junto com Theo, mergulhado nas profundezas e envolto pelo abraço delu, lágrimas quentes nos olhos. Nunca gozei tão intensamente. Nunca me senti mais grato por nada na vida. Nunca amei Theo mais do que amo neste momento.

O amor fincou raízes em mim antes de eu descobrir o nome desse sentimento, e estou há muito tempo sentado à sombra dele sem comer de seu fruto. Sinto como se finalmente tivesse pegado um pedaço da fruta nas mãos e a aberto. É tão doce por dentro.

Amarga também, um pouco verde — mas tão, tão doce.

PALERMO
(DIA DOIS)
COMBINA COM:

Granita e brioche, uísque catorze anos

Palermo

Quando chegamos à Sicília, Fabrizio nos contou o mito da criação da região. Que três ninfas dançaram sobre a terra, colhendo o melhor de tudo, o solo mais fértil e a flora mais perfumada, as frutas mais maduras e as pedras mais lisas. Elas se encontraram na parte mais azul do Mediterrâneo, onde os céus eram mais luminosos, e ali dançaram, lançando seus tesouros ao mar e formando, assim, a ilha.

Enquanto caminho com Theo para a Palermo Centrale sob a luz de uma manhã siciliana quente, dividindo granita di caffè com uma colher, fico pensando que deve ser verdade.

Hoje é o último dia da excursão, e estamos finalizando com uma viagem de um dia a Favignana, uma das pequenas ilhas perto da costa noroeste da Sicília. Encontramos o grupo do lado de fora da estação ferroviária com passagens na mão para o porto de Trapani, onde vamos pegar um barco para a ilhota. Montana acena quando nos vê, os óculos de sol reluzindo com glamour sob o sol.

— Ei, a gente se perdeu de vocês ontem à noite! — ela diz. — Para onde vocês foram?

Eu e Theo nos entreolhamos, sem conseguir esconder o riso. O olhar de Montana desce para nossas mãos, os dedos entrelaçados.

— Ai, meu Deus, não creio! — ela exclama. — Ah, nossa, estou tão feliz por vocês!

Theo arqueia uma sobrancelha surpresa.

— Está mesmo?

— Dã, todo mundo sabe que vocês são, tipo, caidinhos de amores um pelo outro.

— Todo... todo mundo sabe?

— Sim, Calum e Calum vivem falando que torcem para vocês

se entenderem — ela diz, como se isso fosse senso comum. — Ko, vem ver!

Dakota chega, olha para nossas mãos e diz, sem expressão:

— Arrasou.

Quando nosso trem chega em Trapani, parece que todos os outros da excursão ficaram sabendo que estamos juntos de novo. Esperamos do lado de fora de uma *gelateria* do outro lado do píer, comendo bolinhas de brioche fresco recheadas de gelato e achando graça enquanto observamos as pessoas fingirem que não estão olhando pra gente. Os suecos estão fofocando em um sueco rápido. O casal em lua de mel que deu instruções para Theo em Chianti está cochichando. Até Stig parece interessado em nossa saga.

— A gente tá... famoso na excursão? — Theo me pergunta.

Abano a cabeça, espantado.

— Acho que somos os Calums deles.

— Vamos dar um show, então.

Chego perto e dou um beijo firme e intenso em Theo. Elu tem gosto de café, pistache e protetor solar, gosto de amor da minha vida.

A bordo da balsa, eu e Theo encontramos um lugar na popa do barco e ficamos observando enquanto Trapani encolhe ao longe e as águas azuis vão ficando mais vastas. Nós nos encostamos um no outro, um apoiando o peso do outro, o vento soprando nossos cabelos em um turbilhão de castanho e ouro rosa. O sol beija nossos ombros.

Fecho os olhos e nos embebemos no ar do mar, como se fosse possível carregar esse momento em meu corpo para sempre.

— Você trouxe o seu, né? — Theo pergunta.

Abro o zíper da bolsa e mostro o que prometi trazer para Favignana conosco: o envelope contendo minha carta não enviada de quatro anos atrás, a que eu pretendia enterrar no mar no último dia da minha viagem solo.

Em resposta, Theo abre sua pochete para me mostrar a carga prometida delu: a pequena garrafa de uísque do nosso aniversário.

— *Amici!* — A voz de Fabrizio é calorosa atrás de nós. Nós nos viramos para encontrá-lo atravessando uma multidão esparsa de passageiros, os braços bem abertos. — É verdade o que ouvi falar? Vocês estão juntos, por fim?

Theo me abre um pequeno sorriso íntimo, o que é resposta o suficiente para Fabrizio. Ele nos envolve em um abraço, dando beijos de parabéns em nossas bochechas. Promete pedir prosecco extra no jantar de hoje à noite e sai andando, radiante pela alegria do romance renovado.

Theo toca a bochecha, ainda sorrindo.

— Não tenho coragem de contar para ele — elu diz.

— Não — digo. — Não acho que ele precise saber.

— — —

Ontem à noite, depois que nos lavamos e voltamos a deitar juntos na cama, não conseguíamos pegar no sono. Estávamos acelerados demais um pelo outro, inquietos demais pelos toques atrasados e cheios de coisas que queríamos dizer um para o outro. Theo queria ver meus cadernos de desenho, então os tirei e folheei com elu sentade atrás de mim, enchendo minhas costas nuas de beijos.

No alto do meu ombro, Theo hesitou.

— Ah.

Só me dei conta que elu tinha chegado na minha tatuagem quando passou o dedo sobre ela.

— "*Supera todas as pedras preciosas*" — Theo disse, com uma voz baixa. — Acabei de me lembrar de por que conheço isso.

Quando me virei para seu rosto, vi lágrimas em seus olhos.

E, de repente, estávamos numa cama diferente. Não éramos dois adultos que se reencontraram; éramos duas crianças de olhos arregalados num quarto com estrelas no teto, durante o pior verão da minha vida.

Aconteceu de uma forma que acho que minha mãe teria adorado. Quase um conto de fadas. Uma maldição silenciosa de um jardim encantado, um sono eterno. Por muito tempo, eu me apeguei a essa ideia para fazer a morte dela parecer menos absurdamente cruel, mas, no fim, foi um acidente simples e idiota. Ela escorregou e bateu a cabeça na estufa, foi dormir certa de que não tinha se ferido gravemente e nunca mais acordou. Não houve nenhuma doença, nenhum acontecimento terrível. Um dia estava lá e, no outro, não, e a vida que eu conhecia se foi junto com ela.

Eu tinha treze anos. Ollie tinha dezesseis, e Cora, dez. Nenhum de nós sabia o que fazer, nem mesmo meu pai... muito menos meu pai. Mas Theo, sabe-se lá como, sabia.

Elu tinha proximidade o suficiente com a minha família para saber do que cada um de nós precisava e distanciamento suficiente para fazer as coisas que nenhum de nós conseguia fazer. Durante o verão todo, percorreu três quilômetros de skate da casa delu até a minha. Perguntava nossas refeições favoritas, escrevia listas de ingredientes e encarregava Ollie de fazer as compras. Sabia que eu adorava cozinhar e que Cora adorava bolos, mas que não dava para usar as receitas de *maman* por enquanto, então pegava livros de receitas emprestados da biblioteca e furtava edições de *Good Housekeeping* da drogaria. E, quando eu não conseguia pegar no sono por dias, subia na cama comigo e lia em voz alta meu livro favorito, *O Silmarillion*.

—*Maman* leu para mim quando eu tinha seis anos — eu disse.

— Em francês, né? — Theo perguntou daquele seu jeito simples e direto. — Bom, vou ler em inglês, então vai ser meio diferente.

Àquela altura, fazia anos que eu já sabia que amava Theo. Mas, em minha cama no deserto naquele verão inimaginável, eu soube que, o que quer que acontecesse entre nós quando fôssemos mais velhos, elu sempre seria a pessoa que fez isso por mim. Que sempre importaria mais do que qualquer coisa.

Nunca consegui encontrar as palavras para dizer para elu o que isso significou para mim, mas, quando chegou o aniversário de treze anos de Theo naquele outono, tentei explicar num cartão. No verso, escrevi algumas frases do meu capítulo favorito de *O Silmarillion*: a história do homem mortal Beren e da princesa elfa Lúthien. Beren, depois de longos anos sofridos na floresta, viu Lúthien dançando sobre as clareiras de Doriath sob a luz do nascer da lua e se apaixonou.

Para Theo, escrevi uma frase do discurso de Beren para o pai, o rei: *E aqui descobri o que de fato não procurava, mas, ao encontrar, quis possuir para sempre. Pois está acima de todo ouro e toda prata, e supera todas as pedras preciosas.*

Nunca contei para Theo, mas fazia anos que eu pensava em fazer uma tatuagem das últimas palavras desse trecho. Fiz finalmente um ano depois do término. Eu ainda tinha vontade. Ainda significava algo para mim. Eu tinha recebido a dádiva de ser amado até o centro da alma duas vezes na vida e, embora essas duas pessoas não estivessem mais presentes, o amor tinha estado. Ainda estava, já que me moldou no que eu era.

Quando Theo tocou a tatuagem no mar perto de Saint-Jean-de--Luz, tive certeza que elu tinha deduzido tudo. Não conseguia decidir se estava desapontado ou aliviado quando elu não deduziu nada. Mas ontem à noite, quando reconheceu, quando fui lembrado do que aquela frase significava para mim, olhei em seus olhos e soube. Simplesmente soube.

— Eu te amo mais do que qualquer coisa — eu disse. — Mas não consigo fazer isso.

Essa era a última coisa que eu queria dizer e a única que poderia ser dita. Perdi Theo uma vez correndo atrás de um sonho sem considerar o preço que me cobraria. Não posso correr esse risco de novo, nem mesmo se o sonho for elu.

O problema é: não posso prometer que não vou cometer os mesmos erros de novo. Não tenho como saber se o que estamos começando vai terminar, nem quando, nem como, e não tenho como saber se vamos reatar de novo caso terminemos. Se existir uma chance de um dia eu nunca mais voltar a ver Theo, e eu tiver a possibilidade de mudar esse destino ao nunca correr esse risco, prefiro parar por aqui. Aceito a barganha.

Theo fica em silêncio por um longo tempo, a bochecha delu pousada em minha escápula.

Finalmente, diz:

— Eu também não.

Vivemos em continentes diferentes, elu disse. Temos vidas diferentes.

Uma das verdades essenciais sobre Theo é que, quase todas as vezes, elu vai sacrificar o que quer para proteger o que já tem. Nossa amizade é algo garantido, e elu escolheria essa coisa garantida em vez de qualquer outra coisa.

— Mas ainda te amo — elu disse.

— É — concordei. — Ainda te amo.

Nós nos beijamos e choramos, e dissemos um ao outro que estávamos fazendo a coisa certa. Que esse é o tipo de escolha dolorosa que adultos aprendem a fazer para manter algo para sempre. Um dia, não doeria mais tanto, e ficaríamos gratos por termos feito essa escolha.

Aí Theo disse:

— E agora?

A beleza delu naquele momento era de partir o coração, de cabelo desgrenhado e chupões na clavícula, os olhos úmidos e avermelhados. Eu precisava deixar elu partir. Mas pensei que algo dessa magnitude merecia uma despedida de verdade.

— E se ficássemos juntos neste último dia — eu disse —, só para ver como é?

— — —

— Você arranjou um *barco* pra gente?

— Assim — Theo diz no píer, baixando os olhos para a embarcação, as mãos no quadril igual a um comandante observando seu navio —, tecnicamente, é um bote.

Admiro o barquinho flutuando sobre a água cristalina que cerca Favignana. As paredes arredondadas e infláveis dele brilham num branco imaculado, parecendo merengue italiano sob o sol. Tem duas fileiras horizontais de bancos, um motor tão pequeno que chega a ser adorável na parte de trás e, graças a Theo, é nosso por um tempo.

— Você *arranjou um barco pra gente.*

Theo desce até o convés do bote com pernas firmes de marinheiro. Os sanduíches nas minhas mãos estão começando a escorrer gordura para meus punhos através do papel de cera, mas mal presto atenção.

— Você disse: "Vai comprar sanduíches para a gente que vou arranjar alguma coisa para beber" e voltou com um *barco.*

— Ah! Trouxe bebida também! — Theo pega uma sacola de compras debaixo de um banco e me mostra uma garrafa transpirante de vinho branco. — Não está mais tão gelado, mas é um dos bons.

— Theo, *como?*

— Fiz amizade com um cara lá na enoteca, relaxa — elu diz, como se fosse bobagem, como se convencer um estranho a emprestar um barco numa ilha mediterrânea remota fosse algo que qualquer um conseguisse fazer. — Vem, a gente só tem duas horas com ele. Me passa os sanduíches e entra.

Quando eu tinha dezesseis anos, em Nova York, invejava todas as pessoas do vale que tinham podido testemunhar a carreira de Theo como rei das festas em casa. Queria tê-le visto assim, andando com o ar presunçoso de um jovem James Dean, invocando magicamente o objeto de desejo de qualquer pessoa. Até agora, vinha achando que nunca mais veria o retorno daquela versão de Theo.

— James Dean, porra — digo baixo para mim mesmo, e faço o que Theo pede.

Cada lugar em que paramos nesta excursão foi muito singular, mas Favignana é, de fato, diferente de qualquer outro. A ilha é formada por rocha bege descorada pelo sol, de uma cor tão uniforme que até as casas atarracadas que cercam suas ruas têm o mesmo tom de casca de ovo. As praias são silenciosas aqui, bolsões naturais de areia branca entre costas rochosas irregulares e tufos de grama verde-amarelada desgrenhada. E a água… a água é tão translúcida que os barcos parecem flutuar magicamente em pleno ar.

Como a ilha é pequena demais para que a gente se perca, temos tempo para explorá-la sozinhos. Eu e Theo já passeamos por quase todas as ruas poeirentas de mãos dadas, passando por casas com todos os batentes de janelas e portas pintados num tom idêntico de azul-marinho, passando por terraços cercados de cactos onde velhas penduram lençóis em varais e velhos abrem mexilhões. Depois de um tempo, fomos voltando para a costa, onde nos dividimos para buscar o almoço.

Vou admitir: eu estava me sentindo um pouco pela comida que tinha descolado pra gente. Encontrei um trailer amarelo perto de uma enseada onde vendiam peixe fresco e pedi dois sanduíches bem recheados de kebab de atum e tomate, pingando de *agrodolce* de cebola e gotas de limão-siciliano entre pães oleosos esfregados por ervas. O cheiro é incrível, mas não é um barco. Theo ganha essa rodada.

Quando subo a bordo, pergunto:

— Você sabe pilotar esse negócio?

Theo dá de ombros, segurando confiante o manete de aceleração.

— Tenho certeza de que vou descobrir. Sou foda.

— Você é o quê? — pergunto, mas o som é abafado pelo ronco do motor.

Como em quase tudo a que Theo se dedica, leva apenas alguns minutos de tentativa e erro para pegar o jeito. Não demora para estarmos saltitando como uma pedra pela baía turquesa, seguindo a curva da ilha.

Estou me esforçando muito para não pensar que, a essa hora, amanhã, vou estar voltando para Paris e vamos nos separar, e não sei quando vou ver Theo de novo. Em vez disso, memorizo cada detalhe do momento que estamos vivendo. A luz do sol sobre as ondas, o zumbido do motor e o sopro do vento, os peixes prateados pulando sob nós. Theo, com sua tempestade de areia de sardas, o cabelo ao vento, o sorriso radiante.

Theo vira na direção de uma enseada reservada entre paredes íngremes e curvadas de rocha e lança a âncora. Lá, flutuamos, comendo, conversando e revezando entre goles da garrafa.

— Puta que pariu — Theo geme enquanto mastiga. — Por que esse é, tipo, o melhor sanduíche que já comi?

— Eu tenho uma teoria sobre isso — digo. — Chamo isso de sanduíche contextual.

— Sanduíche contextual?

— É — digo. — Às vezes, um sanduíche perfeito não tem a ver apenas com o sanduíche em si, mas com o *ambiente*. A *experiência* de comer o sanduíche. O contexto pode elevar um sanduíche a uma experiência espiritual.

— Acho que entendi — Theo diz, acenando com a cabeça e assumindo um ar pensativo. — Acho que é isso e também o *agrodolce* de cebola.

— O *agrodolce* de cebola é tudo — concordo. — Quero ter um filho com ele.

— Aah. — Theo se empertiga, inspirando fundo. — *Agrodolce* de cebola, pensa rápido.

— Ué, eu acabei de falar, eu pegaria o *agrodolce* de cebola e faria um filho nele.

— Algo que dê para comer, Kit.

— E por que não comer o bebê? Igual Saturno devorando o pró-prio filho.

— Kit devorando seu filho-cebola — Theo imagina. — Já tô até imaginando o quadro.

— Os historiadores da arte o odiariam.

— E com razão.

— Mas, falando sério... — Mastigo e dou mais uma mordida, pensando na pergunta que elu me fez. — Acho que eu faria uma coisinha simples. Assaria em uma bela focaccia. Deixaria que ele desse esse charminho sexy.

— Hm. Na focaccia vai muito azeite, né?

— Aham.

— Tá, então eu pego o azeite e emulsifico com uma clara de ovo — Theo diz. — Adiciono suco de limão-siciliano, xarope de açúcar de manjericão, Gin Mare e um pouco de soda. Um gin fizz mediterrâneo.

Imagino uma mesa de bistrô em algum lugar perto do mar, servi-da com os dois. Uma focaccia macia com cebola agridoce em um pires lascado, um copo alto de fizz com uma única folha de manjeri-cão fresco encomendado de uma fazenda em Cinque Terre. Percebo que não quero pensar no próximo prato; quero me sentar e apreciar esse par complementar.

— Você já pensou — pergunto a Theo — em como é incrível que uma bebida ou um prato de comida possam ser tão bons separa-damente, mas, se você os juntar, passam a ser uma experiência?

— Ué, já — Theo diz, girando o vinho. — Essa é a função do sommelier.

— Hm. É mesmo, né? Você é a pessoa que cria experiências.

— É, sou — Theo diz, envaidecendo-se um pouco. Amo ver isso. — Acho que é o que mais gosto em tudo que faço, seja o lance do micro-ônibus ou de ser sommelier ou sei lá. Gosto de criar uma experiência. Gosto de experimentar, de cheirar e de sentir coisas, e de ouvir o que é importante para uma pessoa e tentar destilar tudo isso num copo.

— O que você achou das harmonizações de vinho naquele pri-meiro jantar em Paris?

— Nossa, cacete. Aquelas foram inspiradas. O Châteauneuf-du-

-Pape que harmonizaram com o *gigot d'agneau*? — Theo geme com a lembrança. — Para falar a verdade, acho que aquela talvez tenha sido minha refeição favorita da viagem toda.

— Mesmo? A gente teve tantas refeições incríveis depois.

— Eu sei. Talvez eu tenha um fraco por comida francesa.

— Ah, é? — digo, sorrindo. — Algum motivo em particular?

Estou todo saidinho, dando de bandeja a oportunidade para que faça uma piada safada sobre como a comida de um francês é boa, mas Theo diz apenas:

— Provavelmente porque te amo.

Falamos isso tantas vezes ontem à noite, mas meu coração se aperta mesmo assim.

— E você? — Theo pergunta. — Qual foi a sua refeição preferida da viagem?

Penso nisso por um momento.

— Talvez o jantar no restaurante da família de Fabrizio em Nápoles. Aquele ragu, *nossa*.

— Aah, aquele foi gostoso mesmo — Theo concorda. — Mas meu drinque favorito... talvez seja o Pomerol que tomamos no château em Bordeaux.

Sorrio com carinho.

— Ah, Florian.

— Ah, *Florian* — repete Theo.

— Fala a verdade: ele levou madeirada melhor do que eu?

— Eu não diria que melhor — Theo diz, de maneira justa. — Mas levou gostoso.

— Quem sabe não volto para Bordeaux um dia.

— Me manda um vídeo se voltar.

— Vou perguntar para ele se posso gravar — digo, mais intrigado pela ideia de Theo querer vídeos de mim do que pela ideia de ser o ativo trepando com aquele lavrador perfeito e divino. — Minha bebida preferida foi o *vin santo* que tomamos em Chianti, com os *cantucci*.

— Escolhendo a única bebida que vinha com um biscoito — Theo provoca. — Qual foi seu ponto turístico favorito?

— O Duomo em Florença — digo. — Sem dúvidas. E o seu?

— O Fórum Romano está bem alto na lista. Mas acho que o primeiro lugar é da Sagrada Família. — Theo termina o sanduíche e embala os restos de volta no papel. — Posso te contar um segredo?

— Todos, sempre.

— Acho que — Theo diz — estar na Sagrada Família com você, ouvindo você me falar sobre aquele templo... foi quando comecei a me tocar que ainda te amava.

A maré balança suavemente contra as laterais do barco, balançando--nos de um lado para o outro.

— Foi?

Theo faz que sim.

— Foi.

— Uma aula de arquitetura fez você se tocar que ainda me amava?

— Foi aquela história do Gaudí, cara — Theo diz, rindo. — Me pegou.

— É romântica, né?

— O cara amava demais aquela igreja. — Theo está com os óculos de sol no cabelo e seu olhar encontra o meu enquanto me devolve a garrafa. — Também foi porque... eu soube que te amava quando ouvi você falar sobre algo que ama. Não sei se você sabe como é bonito o jeito como você entrega todo o seu coração ao que te move. Você está sempre procurando motivos para amar as coisas e, quando ama, nunca é pela metade. Sempre amei isso em você.

— Theo — digo, com a voz suave. Coloco a garrafa no chão do barco e pego a mão delu. — Preciso te contar uma coisa.

— Conta.

Respiro fundo e digo:

— Meu nariz vai começar a sangrar.

— Seu...?

— Meu nariz, é.

— Como... ah, puta que me pariu, começou.

Theo tira a mão, crispando-se quando o calor úmido começa a pingar sobre a inclinação em cima do meu lábio superior. Eu ficaria envergonhado, se ainda tivéssemos alguma razão para ficar. Agora, porém, tenho que segurar o riso para que não transborde e entre em minha boca.

— Cara, você tá bem? — Theo pergunta, passando um guarda-napo de papel para mim. — Acontece sempre, assim mesmo?

— Antes de eu ver você em Londres, fazia mais de um ano que não acontecia — digo. — Mas, desde então... duas vezes por semana? Talvez três?

— Por quê?

Sorrio, uma gota de calor escorrendo sobre meu lábio. É tão ridículo. As sobrancelhas de Theo se erguem.

— Por *minha* causa? São sangramentos nasais de... *amor*?

— Sim — respondo, assentindo. — Sempre foram.

— Que *nojo* — Theo retruca, partindo para cima de mim e colocando uma mão em meu cabelo.

Theo traça a língua sobre meus lábios e a enfia em minha boca, e bebemos nossos sabores misturados: o ardor ácido de uvas verdes e vinagre, uma combinação inebriante de laranja-azeda e lavanda e sangue acobreado, que ficou doce e maduro feito uma romã na palma da mão de Proserpina.

Puxo o corpo de Theo para o meu colo e elu empurra nossas roupas de banho para o lado e me recebe aqui mesmo, flutuando em nossa enseada azul secreta sob o sol mediterrâneo. Abro os dedos para tocar todo o corpo delu que consigo alcançar, para que, quando elu se for, eu não tenha que imaginar nada. Só vou ter que fechar os olhos e reviver este momento, o quadril delu rebolando, o cheiro de verão em sua pele, o corpo delu vivendo para sempre na memória do meu.

Rilke uma vez escreveu: *Ele faz morada em seu coração família, lá finca raízes e se recomeça.*

Depois disso, ficamos só com a parte de baixo das roupas de banho, nossos peitos nus sem cerimônia, e pulamos. Vago pela água enquanto Theo nada ao meu redor, reverberações de luz deslizando sobre elu. Conto suas braçadas eficientes. Elu sabe exatamente o que está fazendo.

———

Em um restaurante à beira-mar, perto da parte mais movimentada de Favignana — isto é, uma das travessas onde não passa rebanho —, todos parecem relutantes em terminar a última refeição da excursão.

Mesmo depois de todos aqueles dias num ônibus e noites em camas estranhas, todas as bolhas causadas pelas longas caminhadas urbanas e queimaduras de sol florentino e fracassos diários de tradução, sempre parece que a volta para casa poderia esperar mais um dia. Não sei se algum dia vou estar pronto para dar meu último gole de vinho usando sapatos que contemplaram um Botticelli poucos dias atrás. Não consigo me imaginar entrando em meu apartamento e os descalçando para jogar na pilha com os outros.

Ao redor de mesas cheias de frutos do mar frescos, os estranhos que conhecemos três semanas atrás falam e riem e se banqueteiam de formas já familiares. Os casais em lua de mel dão as mãos sobre a toalha de mesa. Os suecos comem os vegetais primeiro. Dakota e Montana fotografam cada prato de uma dezena de ângulos dinâmicos diferentes antes de baixarem os celulares e atacarem. Os Calums riem alto demais — embora, hoje, estejam sentados mais perto do que o normal. Um chupão visível no pescoço do Loiro parece do tamanho de uma boca masculina. Quando Theo encontra os olhos de Montana, ela dá um joinha para elu, e eu e Theo erguemos nossas taças. Montana sorri com ar vitorioso, passando os dedos pelos cabelos loiros de Dakota.

Entre o *primi* e o *secondi*, Fabrizio se levanta e propõe um brinde.

— Já faz nove anos que faço essa excursão — Fabrizio diz, erguendo a taça de prosecco no ar. — Desde que eu tinha vinte e cinco anos. Para ser sincero, às vezes mal posso esperar por esse jantar. Às vezes as pessoas não são tão legais, e o tempo não ajuda, e quero chegar em casa o quanto antes. Mas às vezes, este jantar parte meu coração, porque as pessoas são tão gentis, e o céu é tão azul, e o vento é tão quente, e o amor em meu coração pela comida e pelo vinho e pela história se reflete em todos vocês e volta para mim, e não quero me despedir. Hoje, *amici*, meu coração está partido.

As pessoas suspiram. Meu coração dói. Por baixo da mesa, Theo pega minha mão.

— *Grazie mille, ragazzi* — Fabrizio diz, com um brilho nos olhos —, obrigado por entrarem nessa comigo. Espero que se lembrem de mim com carinho. *Salute!*

— *Salute!* — o salão grita em resposta, e bebemos em homenagem ao nosso querido, delicioso e devastador Fabrizio.

— — —

Antes do fim do jantar, saímos às escondidas para a praia menor e mais vazia que conseguimos encontrar por perto. Paramos debaixo do sol poente e pegamos o uísque, como dissemos que faríamos. Theo tem mais um dia e meio sozinhe, mas eu viajo logo cedo, então esta é a última chance que temos. Curiosamente, Theo vai fazer uma escala em Paris.

Enquanto bebemos, Theo pergunta:

— Qual foi sua cidade favorita?

Penso nessa resposta por muito tempo.

Finalmente, admito:

— Não consigo parar de pensar em Saint-Jean-de-Luz.

— Eu também ia falar essa — Theo diz. — Em todas as outras, senti que estava visitando, mas em Saint-Jean-de-Luz eu me sentia em casa, sabe? Mas tipo... acho que talvez você se sinta em casa em Paris, então talvez não.

— Não, eu entendi o que você quis dizer — digo. — Tinha algo ali, uma certa...

— Paz — Theo completa para mim.

Concordo com a cabeça, deixando a maré subir até meus tornozelos. Theo me passa o uísque, e saboreio o ardor na língua.

— Acho que essas devem ter sido as três semanas mais importantes da minha vida — Theo diz. — Fiz tanta coisa que eu nem sabia que era capaz até estar fazendo. E nunca saberia se não tivesse vindo. E agora, quando olho para vida que levo lá em casa, sinto que consigo olhar pra ela daqui com uma clareza de verdade, sabe?

— Aham, entendo total o negócio da clareza — respondo. — Sabia que fazia uns dois anos que eu estava tentando ler *Um quarto com vista*?

Theo faz que não.

— Sério? Você?

— Pois é. Eu estava desse jeito com várias coisas. Fazer doces para mim mesmo, criar receitas, pintar ou desenhar. Não tinha mais forças dentro de mim. Trouxe aquele livro e todos aqueles cadernos porque estava torcendo para algo aqui trazer isso à tona. E agora sinto que, tipo… que estou começando a voltar à vida. Como se eu fosse uma planta e alguém tivesse lembrado de me regar, finalmente.

Depois de um longo momento de reflexão, Theo diz:

— Você sempre fazia uma cara quando estava fazendo doce… um *sorriso*, tipo como se estivesse exatamente no lugar em que deveria estar.

Penso nisso por um minuto, as diferenças entre agora e antes, quando eu fazia minhas próprias receitas em minha própria cozinha. Acho que talvez eu voltasse a sentir aquilo de novo, nas condições certas.

— Acho que eu preciso de um emprego novo — confesso. Theo ri baixinho e eu também. — E você? Vai fazer o que quando chegar em casa?

— Acho que — Theo diz, erguendo o queixo num ar declarativo — vou tentar entender o que eu quero fazer da vida e me dedicar de verdade a isso.

— É, acho que é um plano legal.

— E acho que talvez, *quem sabe*, eu converse com Sloane sobre dinheiro. E talvez eu possa até sair do vale, para algum lugar novo — Theo diz. — Não sei. O mundo é tão grande, sabe?

— É mesmo — concordo.

— Mais do que tudo — elu diz — quero que a gente continue amigos.

Nossa, eu não tinha me dado conta do quanto precisava ouvir isso da boca delu até agora. Toco a bochecha de Theo com a ponta dos dedos, nadando nos azuis e verdes cristalinos de seus olhos.

— É o que eu quero, também — digo. — Não quero você fora da minha vida.

— Que bom — elu diz, com firmeza. — E vou vir visitar você.

Ergo as sobrancelhas, duvidando.

— Vai mesmo?

— Vou. — Theo coloca os braços ao redor da minha cintura. — E você também vai me visitar, e aí pode ser que a gente tenha… vantagens.

— Vantagens — repito. — Sempre vou querer suas vantagens.

Theo ri.

Quando terminamos de tomar o uísque, pego minha carta não

enviada e a enrolo o máximo possível, depois a coloco dentro da abertura da garrafa e fecho a tampa.

Theo encaixa o queixo sobre o meu ombro, apoiando a bochecha no meu pescoço. Imagino a gente daqui a cinco, quinze, trinta anos. Melhores amigos a um oceano de distância, reaparecendo de tantos em tantos anos para botar fogo num quarto, depois voltar para nossas próprias vidas. Sempre orbitando um ao outro, nunca fora dessa órbita.

Eu poderia amar essu Theo permanente e perene de novo. Existe tanto romance nisso, tanta beleza em descobrir o quanto meu coração consegue aguentar. Às vezes, acho que a única forma de guardar uma coisa para sempre é perdê-la e deixar que ela assombre você.

Ergo o braço para trás, pronto para jogar nossa mensagem na garrafa ao mar, mas, no último momento, Theo me interrompe.

— Quero ficar com ela — elu diz. — Talvez eu queira ler, num dia em que esteja te amando menos.

PARIS
(DE NOVO)
COMBINA COM:

Tarte tatin aux pêches, espresso do
segundo melhor café da Bastille

Paris

Sinto como se houvesse uma distância enorme entre Palermo e a minha casa, entre onde Theo está e onde não está, mas o voo demora apenas duas horas e meia. Fecho os olhos ao som de Ravel em meus fones e, quando os abro, estou mais uma vez chegando em Paris sozinho. Desta vez, estou aqui porque escolhemos. Isso deve valer de alguma coisa.

Em casa, tudo está como deixei. As almofadas bordadas no sofá, as estantes dos meus livros e dos de Thierry. Maxine lavou e trocou as roupas de cama, até borrifou nelas o óleo de lavanda que deixo ao lado da cama. As plantas nas janelas estão felizes e verdejantes, as folhas roliças e brilhantes sob a luz do começo da tarde. A lista detalhada de instruções de cuidados com as plantas que deixei na lousa perto da cozinha foi apagada e substituída por um desenho de bonequinho de palito de mim e Maxine cavalgando em um morango gigante.

A primeira coisa que faço, depois de abrir as malas, tomar banho e aplicar todos os produtos de pele bons que não deu para levar, é ir ao mercado. Compro o básico para preparar minha cozinha para uso diário de novo — ovos, manteiga, leite, tomates maduros em rama, um pão camponês, embalagens de papel com frutas vermelhas, limões-sicilianos, creme de leite fresco — e então seleciono com cuidado os ingredientes para uma tarte tatin. O verão vai acabar em breve e, em poucos meses, o outono vai trazer marmelos; hoje, escolho pêssegos.

Desde a época da escola de pâtisserie que não preparo uma tarte tatin, e parece que esqueci como a receita é complexa. Um quarto dos pêssegos gruda na assadeira. Já preparei coisa melhor, mas, para ser sincero, já transei com coisa melhor do que Guillaume. Ambos dão para o gasto.

São doze minutos de bicicleta do meu apartamento até o de Guillaume, e os passo refletindo sobre o que exatamente eu vinha fazendo com ele. Gosto dele, mas gosto de várias outras pessoas. Ele é fofo, trabalha como gerente no melhor café da Bastille. No mês passado, me mandou um poema fisicamente por correio, o que significa que deve estar pelo menos um pouquinho apaixonado por mim. Nunca pedi que se apaixonasse, e nunca sugeri que fosse uma boa ideia. Mas levo, *sim*, uma torta para ele de tanto em tanto tempo, o que Maxine diz ser falta de "responsabilidade afetiva". Não era minha intenção iludir o menino. É só que ele dá um sorriso lindo toda vez.

Inclusive agora, quando atende a porta para mim e para minha torta, o que me deixa ainda mais culpado por estar aqui para terminar tudo.

Neste momento sei, do mesmo jeito que sempre soube, desde que tinha nove anos no deserto, que vou amar Theo para sempre. Mas não posso continuar fazendo o que vinha fazendo com esse amor. Não parece justo continuar enterrando-o em outras pessoas, mostrando para elas todos os afrescos de flores que Theo pintou em meu coração sem revelar que já coloquei a estátua de outra pessoa na fonte central. Guillaume é o primeiro da lista. Amanhã vou ligar para Delphine, daí depois pro Luis, e pra Eva, e pra Antoine e... talvez eu deva escrever essa lista, de fato, depois.

Guillaume até que aceita bem, mas me avisa, em termos muito claros, que *não* vai devolver minha travessa. Eu mereci.

Quando volto pra casa, faço a segunda coisa em minha lista de tarefas domésticas: ligo para o meu pai. Ele atende de um jeito que parece que nos falamos pela última vez poucos dias atrás, o que não me surpreende. Não está em Roma, mas está escrevendo atualmente numa residência no Ace Hotel em Manhattan, embora seu apartamento fique a apenas seis quarteirões de distância. Está traduzindo um romance de vampiro alemão por diversão em seu tempo livre. Conto para ele sobre a excursão, sobre a comida e as pinturas e o mar, mas não falo nada de Theo. O mais próximo que chegamos de comentar sobre nossa última conversa é uma menção vaga que ele faz sobre querer visitar Paris e "deixar o trabalho em casa, desta vez".

— Não sei quanto tempo vou continuar morando aqui — digo. — Estava pensando em fazer umas mudanças.

Do outro lado da linha, ele fica em silêncio por tanto tempo que acho que não estava prestando atenção. Minhas suspeitas parecem se confirmar quando ele diz:

— Comentei que meu editor vai embora? Jantei com ele na semana passada.

— Ah, é? — Continuo podando o pé de manjericão na janela da cozinha, pronto para começar a encerrar a conversa.

— Eu estava contando para ele como Violette ficaria feliz que você foi parar de volta na França.

Minha tesoura para no ar.

— É mesmo?

— Ele vai se mudar para fora com a esposa, e eles têm dois filhos. De dezesseis e onze anos. Ele me perguntou como vocês três se adaptaram quando saímos da França. Eu disse: bom, Ollie tinha idade suficiente para ficar animado, e Cora era pequena demais para se lembrar de muita coisa. Mas nosso Kit... era com ele que Violette se preocupava mais. Nosso menino sensível. Ele é o que mais puxou à mãe, e o coração dela pertencia à França.

Minha garganta se aperta. Ele não gosta de falar sobre minha mãe, muito menos comigo e com meus irmãos. Acho que dói demais enfatizar as partes dela que existem em nós, do mesmo jeito que eu só falei francês nos primeiros meses depois de perder Theo para que não tivesse que ouvir as frases e inflexões inglesas que tinha adotado delu. Essa é a primeira vez em anos que ele diz algo assim para mim. É o mais próximo que já chegou de dizer que se arrepende de tirá-la da França pelos últimos seis anos da vida dela.

Olho para as pinturas em aquarela penduradas na parede da cozinha, do exato jeito como sempre estiveram desde que Thierry as pendurou tantos anos atrás. A mais central é uma paisagem de jardim, toda verde tirando os contornos marrons de um filhote de raposa deitado todo enroladinho nas raízes de uma laranjeira.

— Você acha que eu deveria ficar, então? — pergunto.

— O que eu acho — ele responde — é que sou grato por você ter meu espírito, mas o coração dela.

À noite, rolo o dedo na tela por vagas de emprego, deitado na cama, buscando sem entusiasmo por algo que possa me fazer mais feliz do que meu trabalho atual. Não faltam vagas de meio período para padeiros, sous chefs e decoradores de bolo, mas, quanto mais tento me imaginar fazendo alguma dessas tarefas, mais difícil fica ignorar o que não sinto: a adrenalina chocante de possibilidades que senti quando Paloma me contou sobre a pâtisserie em Saint-Jean-de--Luz.

Digito uma mensagem para Paloma: posso te ligar amanhã?

Quando envio, volto às mensagens, para minha conversa com Theo. Não recebi nada delu o dia todo, e digo a mim mesmo que isso não é motivo para preocupação. Elu deve estar ocupade aproveitando o tempo que tem sem mais ninguém para incomodar em Palermo, se bronzeando na praia e comendo arancini. Vou receber notícias delu amanhã. A gente prometeu um pro outro.

Pego no sono pensando nelu. A curva de seu ombro, a inclinação de seu sorriso. As mãos engorduradas de pizza, um beijo com sabor de damasco. Já sinto uma falta terrível delu. Mas aprendi a amar essa saudade.

— — —

No dia seguinte, volto para o trabalho, e me sinto melhor do que em muito tempo — não porque tenha decidido ficar, mas porque decidi ir embora. Percebo que é possível aguentar toda aquela chatice quando consigo imaginar meus próprios menus degustação enquanto trabalho. É bom sentir que estou indo na direção de alguma coisa maior, mesmo que ainda não saiba exatamente o que vai ser.

Ainda não recebi nada de Theo. Enviei uma mensagem hoje cedo, perguntando se comeu mais alguma granita e algum brioche desde que fui embora, mas elu não respondeu. Eu me pego deixando a tela do celular voltada para cima durante toda a manhã, embora isso seja expressamente proibido. Talvez Theo esteja se preparando para o voo transatlântico que vai fazer hoje. Talvez seja só isso. A qualquer minuto, vai me mandar uma foto do pau e das bolas de alguma escultura valiosíssima e vai ficar tudo bem.

Maxine me encontra para tomar o *apéro* no mesmo café a que vamos sempre. Fica feliz em me ver, depois que termina de me dar bronca porque Guillaume voltou a cobrar pelos cafés dela. Conto que estou tentando terminar com todos os contatos que revezo e ela diz que seria mais rápido se eu mandasse uma newsletter.

Conto tudo que aconteceu na viagem — até as partes mais safadas, que são mais interessantes para ela do que as partes em que vivencio os píncaros da emoção humana enquanto contemplo igrejas antigas. Ela entende como chegamos à decisão que tomamos, mas não concorda. Acho cada vez mais difícil, quanto mais eu falo, explicar por que faz sentido, sim.

Fazia todo o sentido dois dias atrás, num momento em que eu tinha medo demais da minha propensão egoísta, certeza demais que daria continuidade à maldição da minha família. Mas fico me lembrando das palavras do meu pai. *O coração da sua mãe.* Queria poder conversar com ela sobre isso, ouvi-la me dizer que tomei a decisão certa. Queria que ela pudesse me contar se já se arrependeu das coisas de que abriu mão por amor.

— E você? — pergunto a Maxine, ansioso para mudar de assunto.
— Saiu com alguém enquanto eu estava fora?

Maxine bufa, levando a mão à taça.

— Querido, eu nem lembro da última vez que conheci uma pessoa em quem valesse a pena colocar a boca.

— Maxine — suplico. — Deve existir alguém.

Ela pensa nisso, recostando em sua cadeira, um baseado bolado de forma elegante entre as unhas feitas.

— Você disse que tinha o número pessoal de Fabrizio?

— Disse — respondo, sem conseguir conter um sorriso. Mais uma vítima norte-americana da ofensiva de charme de Fabrizio. — Mas escuta *só.*

— — —

Maxine se oferece para passar a noite, sabendo o quanto odeio dormir sozinho, mas digo que vou ficar bem. Preciso me acostumar. Ando para casa em meio ao crepúsculo, parando no mercado no caminho. Tive uma ideia que quero testar.

O sol já se pôs quando chego em casa. Theo deve estar fazendo escala agora. Em algum lugar nas imediações da cidade, está pedindo um café amargo na Brioche Dorée e pesquisando licores franceses no free shop, encarando as janelas do aeroporto e observando a mesma noite que eu. Amanhã, vamos estar de novo em hemisférios diferentes, mas, por algumas poucas horas hoje à noite, estamos na mesma cidade.

Separo os ingredientes na bancada da cozinha e começo a fazer as madeleines que fantasiei enquanto contemplava *O nascimento de Vênus*.

Está tudo indo bem até eu ligar meu mixer. Faz tanto tempo que não o uso que um parafuso deve ter se soltado em algum lugar sem que eu tenha notado. Ele sai voando pela cozinha estreita, quicando na geladeira e indo na direção dos quadros na parede ao lado. Numa fração de segundo, a paisagem de jardim que notei ontem à noite é atingida num golpe e tomba de lado, empurrando o arame de pendurar atrás dele, preso a um prego de décadas, para fora da parede, e o quadro cai no chão da cozinha.

Por um milagre, o vidro não se quebra. Um canto da moldura rachou, mas a pintura, em si, não sofreu nenhum dano.

Quando viro a moldura para ver se tem algum estrago atrás, encontro uma coisa que nunca soube que estava lá: uma inscrição em francês datada de dois anos antes de meus pais se conhecerem.

Preciso me sentar quando reconheço a letra da minha mãe.

Thierry,
Feliz aniversário, meu querido irmão!
Por favor, não deixe sua namorada pendurar isto na casa dela. Eu adoraria ver esse quadro de novo! Haha — brincadeira. Espero que um dia eu consiga ser mais parecida com você. Se conseguir entregar todo o meu coração ao amor sem medo do preço que ele custa, não vou me arrepender de nada.
Com amor, sua irmã Vi

Prendo a respiração.

Leio a última frase mil vezes.

Coloco a mão no peito. Sinto que meu coração está batendo forte, sinto que está se partindo. Sinto o amor se regenerando para sempre.

Ultimamente, tenho estado disposto a aceitar que estava errado sobre muita coisa. Sobre as escolhas que fiz quando pensei que sabia o que era melhor, sobre os sonhos que acreditei que se materializariam se eu simplesmente decidisse que deveriam se materializar. Sobre Paris, sobre o que Theo queria. Sobre o amor significar que uma pessoa deve abrir mão de tudo e sobre o amor significar que uma pessoa não deve abrir mão de nada. Sobre o que merecemos um do outro. Implorei a mim mesmo, de joelhos, para que eu entendesse que nunca vou fazer as coisas tão bem como em minhas fantasias, que um amor que termina é o único tipo que posso ter, porque perdê-lo seria demais para mim.

Mas antes de tudo isso acontecer, eu era só um menino numa vila de contos de fadas ridículos. Era uma criança com os olhos e o coração da mãe, um coração que ela queria entregar ao amor. E tenho a chance da minha vida de fazer o mesmo que ela, mas em vez disso estou na cozinha da minha casa, fazendo madeleines porque tenho medo do quanto isso vai me custar. Cara, ela me daria uma bronca *eterna* se soubesse disso.

O que estou fazendo? O que foi que eu fiz?

O relógio em cima do forno diz que faltam quinze para as dez. Theo deve embarcar daqui a uma hora e meia.

Se eu correr... se pegar o táxi mais rápido de Paris... se comprar a primeira passagem internacional disponível a caminho do aeroporto... se conseguir chegar a tempo no portão...

Se conseguir pegar Theo antes que suba no avião, posso dizer a elu que estava errado. Que estava com medo, mas que não quero mais estar. Que estar com elu vale qualquer coisa. Vale tudo. Que não importa o que vá me custar, ou como vai acabar. A única coisa de que eu me arrependeria mais do que perder Theo é nunca poder lhe dar o amor que eu poderia dar agora.

A chance de que eu consiga é muito pequena, mas preciso tentar. Preciso.

Desligo o forno, coloco as chaves no bolso, pego a carteira e meu passaporte do pote sobre a lareira, corro na direção da porta e a abro...

E do outro lado, com os olhos arregalados e sem fôlego, a mochila ainda nos ombros e a mão erguida como se fosse bater na porta, está...

— *Theo.*

Elu me encara.

— Oi. — Examina minha expressão frenética, o passaporte na mão. — Estava de saída para algum lugar?

— Pro aeroporto — digo, com a voz fraca. Theo está aqui. Theo está aqui, no *pied-à-terre*, em cima do meu capacho. — Como você...

Elu ergue um envelope amarelado e enrugado. Não está mais enroladinho como o deixei, e um lado foi rasgado.

— Remetente.

— Você... — tento formar as palavras, fazer minha cabeça parar de girar. — Você abriu.

— Eu estava no avião saindo de Palermo — Theo diz — e me toquei de que nunca te amaria menos.

Estou apertando meu passaporte com tanta força que talvez o brasão dele fique impresso na palma da minha mão.

— Quando dei por mim, estava pegando mais um avião sem você. E você estava aqui, em Paris, sem mim. Tudo pelo que passamos, tudo que dissemos um para o outro, tudo que fizemos para tentarmos ser melhores, pra terminar no mesmo lugar onde começamos. E, sabe-se lá como, a gente se convenceu a acreditar que isso queria dizer que tínhamos crescido. Mas sabe, Kit, eu cresci *mesmo*... cresci para me tornar uma pessoa melhor para você. E você cresceu para se tornar uma pessoa que é melhor para mim. E sei que você quer colocar nossa amizade em primeiro lugar, e estou com muito medo de fazer cagada. Na verdade, tenho medo, mas muito medo mesmo, de fazer cagada o tempo todo com qualquer coisa. Não sei como as coisas vão funcionar entre a gente, não sei nem onde a gente vai morar ou como nossa vida vai ser daqui pra frente ou o que vai acontecer se eu estiver perdendo alguma oportunidade, mas... esse não é o pior erro que eu poderia estar cometendo. *Este aqui* não é o pior erro que eu poderia estar cometendo. O pior erro que eu poderia estar cometendo é fingir que seria feliz tendo você só como amigo pelo resto da vida. E desculpa se não é isso que você queria ouvir, mas não dava para eu voltar para casa sem te dizer isso.

Elu solta uma respiração enorme, como se a estivesse segurando desde que abri a porta. Lágrimas brilhantes iluminam seus olhos. O cabelo delu está sujo da viagem, o rosto, vermelho de tanto correr e, se eu pudesse encomendar uma pintura a óleo delu neste estado que grita perfeição absoluta, eu encomendaria.

— Ah, aliás — Theo diz. — Seria bem legal se eu pudesse dormir no seu sofá hoje, porque o próximo voo só sai amanhã.

— Theo — digo. Minha voz treme. Todos os nervos em meu corpo cantam juntos uma ópera em três atos. — Foda-se o sofá. Vem pra minha cama.

E, com o impulso de vinte anos e cem mil quilômetros, Theo se joga em cima de mim.

A força de seu beijo me empurra para trás, para dentro do apartamento, tombando a sapateira e pelo menos dois dos vasos artesanais de Thierry, que se espatifam no chão a nossos pés, no processo. Eu nem percebo. Depois peço desculpas para ele. Neste momento, estou sendo jogado contra a parede e agarrando Theo pelos cabelos, beijando sua boca pelos nossos vinte e dois anos, cheios de coragem, admiração e abusando da sorte que tivemos. Pelos nossos vinte e quatro e por nossos montes de sonhos e medos, pelos nossos vinte e seis e por estarmos perdidos na memória um do outro. Então beijo Theo por este momento, aos vinte e oito anos, mais sensatos e seguros, evoluídos e ainda malucos pra caralho um pelo outro.

— Só pra deixar claro — Theo diz, ofegante, se soltando da minha boca —, quando você disse que estava indo para o aeroporto...

— Eu estava indo atrás de você — completo. — Mas você vive chegando antes de mim.

— Legal. Eu adoro vencer — Theo responde, com um sorriso histérico. A mochila delu ainda está nas costas. Talvez eu esteja pisando em meu passaporte. — Então quer dizer que você... você sente o mesmo...

— Eu te amo — digo. — Quero você de volta.

— E não vai mudar de ideia amanhã de manhã?

— Theo. — Olho no fundo de seus olhos brilhantes e perscrutantes. — Se morasse um padre neste prédio, eu levaria você até a porta dele agora mesmo e pediria para ele nos casar.

— Ah — Theo diz. — Eu fiquei pensando que seria bem mais divertido se o Fabrizio fosse o mestre de cerimônia.

— Você ficou... — Meu coração balbucia. Elu não está nem

brincando. — Tem um monte de coisas que quero te perguntar, mas, Theo, juro por Deus, se você não subir na minha cama neste segundo, eu *vou* morrer.

Então a gente vai até lá, a mochila de Theo jogada no carpete, sapatos chutados para cantos diferentes, roupas tiradas tão rapidamente que botões saem voando e rolam pelo chão. Theo me beija com tanta força que até deixa marca, e me sinto tão grato, tão incrível e devastadoramente grato por isso. Pra caralho.

— — —

Na manhã seguinte, acordo Theo com rolinhos de canela.

— Você finalmente encontrou a receita perfeita — elu diz, depois que dá a primeira mordida.

Está resplandecente, sentade na cadeira da minha cozinha sem nenhuma roupa além da minha cueca, o cabelo colado de suor no pescoço de tanto sexo.

— É a mesma receita que usei na primeira noite em que ficamos — digo.

— Ah. Bom. Deve ser por isso que eu gostei tanto.

Coloco uma xícara de café ao lado de seu prato, seguindo o olhar delu até a parede da cozinha, ao lado da lousa.

— Não acredito que você comprou um desses — elu diz, sorrindo para o calendário que trouxe de uma barraca de lembrancinhas à beira da estrada em Roma, que exibe um padre gato por mês. — Não, pera aí, que besteira… é claro que você comprou. Continua sendo o Kit.

— Padre, dai-me vossa bênção, porque pequei — digo, beijando a testa delu. Depois inspeciono o calendário mais de perto e percebo que dia é hoje. — Espera, Theo, não era para você estar fazendo a prova de sommelier hoje?

Elu leva a mão ao açucareiro e vira uma colherada em sua xícara.

— Acho que sei a que quero me dedicar — elu diz. — E acho que nem vou precisar passar numa prova.

Eu me sento na cadeira ao lado delu, segurando minha xícara, deixando o calor do café me aquecer.

— Me conta.

— Imagina um bar — Theo começa —, mas que também seja uma confeitaria. Um cardápio novo toda semana, só cinco ou seis especiais, dependendo do que estiver dando na época, além de uma seleção cuidadosa de produtos regionais. O foco seria comida francesa, mas com elementos espanhóis e italianos. Tudo comprado através de um relacionamento pessoal direto com fazendas, vinhedos, peixeiros, *chocolatiers*, padeiros. E o conceito do lugar seria: cada prato é elaborado para combinar com uma bebida. Um coquetel personalizado, uma taça de vinho escolhida com cuidado. Cada combinação de prato e bebida é elaborada para contar uma história, então, quando você faz o seu pedido, está pedindo uma experiência completa.

Aceno com a cabeça. Adoro a ideia.

— E como esse lugar se chamaria?

— Eu estava pensando — Theo diz — em Field Day.

A ficha cai devagar. Fairfield. Flowerday. Fairflower era nosso primeiro sonho. Esse pode ser nosso novo sonho.

— Se você estiver a fim — Theo acrescenta. — É só uma ideia. Não sei nem onde a gente abriria isso.

Encaro Theo, banhade em luz da manhã, e imagino elu no mar comigo, nadando na minha direção e eu na delu, nós dois nos encontrando de novo e mais uma vez. A areia é tão branca e fina como açúcar.

— Talvez eu tenha uma sugestão.

Epílogo

Notas sobre o aroma de Saint-Jean-de-Luz numa manhã de inverno:

Água do mar fria e cristalina. Roupas de cama limpas, lavadas ontem mesmo, já com um toque de lavanda e neroli. Levedura, casca de pão, manteiga queimada, raspas de limão-siciliano, tomilho desidratado ao sol numa janela de cozinha. Tinta molhada e serragem das dobras da minha calça jeans, a geleia de damasco que Kit trouxe de Les Halles para mim quando eu estava ocupade demais embaixo da pia com uma chave inglesa para fazer compras. Possibilidade.

— Repete — Paloma diz, no caminho de volta do correio, os braços cheios de encomendas. — Mas dessa vez mais rápido.

— *Veux-tu m'épouser?*

— Agora com vontade.

— *Veux-tu m'épouser!*

— Aí sim! Sua pronúncia está melhorando.

Sorrio. Paloma cheira vagamente a sardinhas e café adoçado.

— Eu aprendo rápido.

No verão passado, quando desembarquei de volta na Califórnia com um dos suéteres de Kit e toda uma ideia nova de como minha vida poderia ser, comecei a aprender francês. Não me faltou ajuda — longos e-mails de Paloma, ligações de Cora, podcasts e aplicativos e Maxine com o ar de uma sargenta sexy. E, claro, Kit. Sempre Kit, e nossa conversa infindável, nossas chamadas de vídeo para testar receitas ou traçar planos. Às vezes, eu deixava que ele me aplicasse um teste. Às vezes, ele só ficava do outro lado da linha lendo um romance em francês em voz alta enquanto eu cuidava da casa.

(Às vezes, a gente também ficava pelado. Para uma pessoa com francês intermediário, adquiri um vocabulário realmente impressionante de safadeza.)

— Está lindo, Léa! — Paloma grita na direção da janela aberta quando chegamos a nosso destino. A priminha dela trocou a flauta pelo clarinete faz pouco tempo, para a tristeza dos vizinhos. — Parece bem menos que você tá assassinando um gato!

— Cala a boca, Paloma — Léa grita, botando a cabeça para a fora. — Oi, Theo!

— Oi, Léa! — grito em resposta. — Vejo você no jantar hoje!

— O Kit vem?

— Claro.

— *Mama!* — Léa grita, desaparecendo. — Acho que a gente precisa de mais uma galinha!

A pilha de caixas em meus braços é tão alta que escuto a risada de Kit antes de vê-lo.

— Eu não busquei nossas encomendas na semana passada mesmo? — ele diz, pegando algumas. O rosto dele surge em meu campo de visão e, por um momento, me espanto de novo por essa ser nossa vida. Que estou tendo a oportunidade de acordar todo dia de manhã com o barulho do mar e essa pessoa ao meu lado, essa pessoa linda e insubstituível, com um risco de tinta no nariz e um sorriso aberto apenas para mim. Ele chega perto e beija minha bochecha.

— Buscou — digo. Passamos lá com tanta frequência hoje em dia que o senhorzinho atrás do balcão já conhece a gente pelo nome. — Gilles mandou oi.

Com a ajuda de Kit, eu e Paloma levamos nossas encomendas para dentro e as empilhamos no chão ao lado da vitrine de doces.

— São para Mikel — Kit diz, apontando uma caixa de macarons para Paloma. Quando compramos a doceria da antiga dona, compramos as receitas dela também. Nós dois achamos que existem coisas que deveriam ser eternas. — E fala para ele que não esqueci que ainda está com minha cópia de *Cândido*.

— Você sabe que ele nunca vai devolver esse livro, né?

Kit volta a seu arsenal de baldes de tinta, ainda sorrindo.

— Sei, mas é divertido encher o saco dele.

— Você sabe quantos amigos seus vêm no domingo? — pergunto para Paloma.

— Todos, meu bem — ela diz, com um sorriso. — Todinhos. São amigos de vocês também.

Paloma se despede para trabalhar na barraca de peixe, saindo com tanto gingado que quase tropeça numa mulher à porta. As duas pedem desculpa antes de se afastarem e a mulher se vira, e reconheço aquele rosto lindo e familiar em formato de coração.

— Ai, meu Deus — digo, ofegante com a surpresa, saltando sobre as caixas. — *Sloane!*

Minha irmã grita quando me jogo de corpo inteiro em cima dela, envolvendo os braços ao seu redor e tirando-a do chão.

— Ai, Theo, cuidado com as minhas costelas!

Eu a coloco no chão, banqueteando meus olhos com ela pela primeira vez desde que me mudei para fora quase um ano atrás. Ela nunca chegou a raspar a cabeça, como ameaçou fazer, mas seu cabelo está muito mais curto do que estava, pouco acima dos ombros e quase de volta à nossa cor natural. Passo a mão nele para bagunçar um pouco, gostando da careta que provoco nela.

— O que você está fazendo *aqui*?

— Vim degustar o cardápio dos amigos e familiares? — Sloane diz. — Você literalmente me convidou.

— Sim, mas você é tão ocupada, não pensei que viria de verdade, e você nunca falou que...

— Desmarquei meus compromissos essa semana — ela responde, com um dar de ombros. — Oi, Kit.

Kit, que está olhando para mim e para Sloane com o leve divertimento de quem já nos viu sair no braço pelo último cupcake da festa de aniversário de três anos de Este, diz:

— Oi, Sloane. — E então ele também a abraça.

Enquanto Kit volta a trabalhar no mural que está pintando na parede dos fundos da loja, faço um tour do investidor com Sloane pelo que logo vai ser o Field Day: os fornos novos que instalamos juntos, as caixas de armazenamento organizadas cuidadosamente por Kit, o mosaico de azulejos que montamos à mão na parede atrás do balcão. Nossa vibe é o encontro entre o Velho e o Novo Mundo, aconchegante, luminoso e bem parecido com o que costumava ser para não desagradar tanto a vizinhança. Adicionamos mesas de café e

421

uma mesa de canto, uma máquina de espresso, plantas em todas as janelas. Soldado dentro da base da vitrine de doces está o para-choque dianteiro do meu antigo bar micro-ônibus, tirado antes de eu vendê--lo para um amigo de Montana e Dakota, o velho logo surrado da vw refletindo as luzes que Kit pendurou em cima.

Termino mostrando para ela o que estamos preparando para nossa primeira degustação de cardápio no fim de semana. Ramos de hortelã, potes de especiarias cor de laranja e vermelho-escuras, paus de canela, pistache moído. Terminei o menu de coquetéis ontem, mas ainda não dei nomes para todos — no meu caderno, ainda estão com os nomes provisórios das noites que os inspiraram. O Caterina, o Émile, o Estelle.

Sloane se apoia na porta do frigorífico, sorrindo, sem dizer nada.

— Que foi? — pergunto, por fim.

— Nada — ela diz. — É só que você parece feliz aqui.

— Estou, sim. No começo foi assustador. Mas estou muito feliz, sim.

Na verdade, foi muito mais do que assustador. Foi aterrorizante. Eu me tremi de nervosismo durante todos os dias dos seis meses que passei resolvendo as últimas pendências nos Estados Unidos, solicitando meu visto, confirmando que o Timo ficaria bem sem mim, dando tchau para o pessoal da cozinha com quem trabalhei desde os dezenove anos. Então rolou um monte de discussões logísticas, burocracia, orçamentos e planos de negócios, todo tipo de coisa que costuma ser bem difícil para mim. Mas uma coisa que descobri é que nunca sei de verdade do que sou capaz até estar fazendo, e a única forma de descobrir é seguindo em frente. E, nos momentos em que a coisa pega, Kit está lá.

Amo esta vida. Amo esta vida com uma intensidade que teria me metido um medo danado cinco anos atrás, porque não conseguiria confiar que seria capaz de mantê-la. Em vez disso, nado pelo Atlântico antes do café da manhã e sigo mais firme a cada dia.

Mais tarde, enquanto Kit e Sloane estão ocupados fofocando feito dois pré-adolescentes, começo a desencaixotar todas as nossas remessas. Tem as encomendas esperadas — jogos de bar, mexedores, nozes enviadas dos Pireneus — e também tem as coisas que começaram a chegar depois que iniciamos a divulgação da inauguração do Field Day na semana que vem. Uma caixa de vinho com um bilhete escrito à mão por Gérard e Florian, e uma outra do sommelier do Timo com um cartão da equipe do bar. Um pacote de chocolate em pó puro de Santiago, saquinhos de sementes de acácia-australiana e pimenta-da-tasmânia dos Calums, sal do mar Mediterrâneo em flocos de Apolline. Um pacote de boa sorte contendo dois aventais de linho puro, uma coqueteleira dourada e um cartão-postal de Este.

O resto de nossos amigos de fora da cidade começam a chegar amanhã. Maxine deve pegar o trem em Paris; nossos pais desembarcam à tarde. Cora e Ollie coordenaram os voos com os suecos. Valentina até convenceu Fabrizio a ir embora do Rio em pleno janeiro para vir até a França, e Kit quase caiu da cama de tanto rir quando ela nos mandou uma foto dele encapotado de má vontade num suéter de lã. Toda noite depois do jantar na última semana, eu e Kit paramos diante da janela com vista para a baía e repassamos o cardápio, determinados a fazer com que seja o melhor, dentro das possibilidades. Não perfeito, mas o *melhor possível*. E é isso que nós somos. É isso que Theo-e-Kit é.

Do outro lado da lojinha, Kit brilha sob a luz rosa da manhã que entra pelas janelas grandes da entrada, riscado pelas sombras das letras que formam FIELD sobre o vidro. Amo as manchas de tinta em suas mãos, o cardigã velho com as mangas arregaçadas até os cotovelos. Amo como ele me faz bem. Amo como me faço bem quando estou com ele.

Penso na pergunta que venho praticando: *Veux-tu m'épouser?*

Ele foi a primeira grande coisa que me permiti querer. Desta vez, não vou me permitir perdê-lo.

Agradecimentos

Que livro grande este, hein?

Quando se abre a primeira página em branco para escrever, é importante ter um objetivo em mente. Meu principal objetivo com este aqui foi amar o processo de escrita e escrever um livro que amasse ser um livro. Acho que cheguei lá. Tenho certeza de que nunca vou ter meu amor tão correspondido por um livro como tenho por este.

Este livro me fez pular de um veleiro no Mediterrâneo e esfregar raspas de limão em açúcar refinado na cozinha. Me acordou com um beijo e me recomendou ler Rilke antes de começar a trabalhar. Me pediu para ser mais inteligente e mais curiose, para aprender uma dezena de coisas novas diferentes. Foi um prazer escrevê-lo, e tenho uma dívida enorme de gratidão a muitas pessoas por isso.

Agradeço a minha agente incansável, Sara Megibow, e a minha editora fiel, Vicki Lame. Agradeço a toda a equipe de St. Martin's Griffin por todo o trabalho dedicado a editar este livro e colocá-lo numa embalagem tão bonita para ser lançado ao mundo, incluindo Anne Marie Tallberg, Vanessa Aguirre, Meghan Harrington, Alexis Neuville, Brant Janeway, Melanie Sanders, Chrisinda Lynch, Lauren Hougen, Laura Apperson, Sam Dauer, Jeremy Haiting, Devan Norman, Kerri Resnick e Olga Grlic. Agradeço também à ilustradora da capa original, Mira Lou. Agradeço a nossos atores incríveis de audiolivro, Emma Galvin e Max Meyers; nossa diretora, Kimberley Wetherell; e à equipe de áudio da Macmillan, incluindo Elishia Merricks, Emily Dyer, Isabella Narvaez, Ashley Johnson e Tim Franklin.

Agora, vou começar a listar as fontes que entraram na pesquisa para este livro, mas bem rapidinho, senão levaria mais umas cinquenta páginas. Eu só tinha ido a Europa algumas vezes quando tive a ideia de escrever este livro, e teria ficado literal e figurativamente perdide se não fossem pelas dezenas de guias — físicos, literários e virtuais — que me mostraram o caminho. Agradeço aos YouTubers de viagem, cujo conteúdo foi indispensável enquanto estava pesquisando coisas como "ruas de Nápoles ASMR 4K" à uma da madrugada, incluindo Oui in France, Tourister, Abroad and Hungry, Chad and Claire, Days We Spend, Euro Trotter e todos os canais que publicaram episódios antigos de *Rick Steve's Europe*. Agradeço demais aos escritores e editores dos muitos livros que usei como referência, incluindo *Cork Dork: Loucos por vinho*, de Bianca Bosker, *Horas italianas*, de Henry James, *Wine Simple*, de Aldo Sohm e Christine Muhlke, *The Sommelier's Atlas of Taste*, de Rajat Parr e Jordan Mackay, *Bouchon Bakery*, de Thomas Keller e Sebastien Rouxel, e *O guia essencial do vinho: Wine Folly*, de Madeline Puckette e Justin Hammack. Obrigade aos blogueiros de viagem cujos textos e fotos me ajudaram a entrar em cada cenário, incluindo Along Dusty Roads, Bordeaux Travel Guide e Florence Inferno. Obrigade aos colaboradores de *TravelMag*, *AFAR*, *Lonely Planet*, *ArchDaily*, *Atlas Obscura*, *Condé Nast Traveler*, *Travel + Leisure* e do Guia Michelin, cujos trabalhos me ajudaram tanto a escrever este livro como a planejar minhas próprias viagens. Agradeço aos apresentadores e produtores dos podcasts que ouvi para me contextualizar, incluindo *Half-Arsed History, ArtCurious, Stuff You Missed in History Class* e *Wine for Normal People*. Obrigade a todas as pessoas que deixaram comentários aleatórios nos subreddits de cada um desses destinos pelas recomendações que fizeram. Obrigade ao documentário *Somm*. Obrigade à poeta Louise Labé, por me ajudar a entender a perturbação sexual e romântica de alguém vindo de Lyon. Obrigade à Galeria Uffizi, por disponibilizar um passeio virtual tridimensional pela Gruta Buontalenti sem nem imaginar para que eu o usaria. Eu até pediria desculpas, mas sinto que honrei o espírito do lugar.

Obrigade especialmente a Anthony Bourdain por *Volta ao mundo, Sem reservas* e basicamente por tudo.

Quanto aos moradores e especialistas brilhantes dos lugares retratados aqui, que me ensinaram sobre a história, comida e bebida de cada um deles, um agradecimento por escrito está longe de parecer o suficiente. Obrigade a meu guia de história florentina, Gian; a minha guia do chocolate de Barcelona, Carla; a meu guia de tapas, Boris, da Food Lover Tours (que me contou a história da garrafa de vinho que Fabrizio narra na seção de Nápoles); a Pierre, que deu uma volta comigo por Paris num Citroën antigo; a Angelo, pelo tour de Vespa que fizemos em Roma; à Ciao Florence Tours, por um dia de viagem suado e magnífico pela Toscana; e a Michele, pelo tour de confeitarias parisienses. Obrigade a Sara da Villa Le Barone, por responder a todas as perguntas que fiz sobre as flores e árvores específicas que estariam florescendo durante o fim de agosto/começo de setembro em Chianti. Obrigade a meus amigos Carol Ann, Brenden e Joey por me acompanharem em minha viagem pela França e pela Espanha e por falarem mais francês do que eu. Um agradecimento enorme, enorme mesmo, a Sarah Looper, da il Buco, por ler as páginas que escrevi e salvar minha vida com seu grande cérebro de sommelier.

Obrigade, como sempre, a minha melhor amiga e parceira de escrita, Sasha Peyton Smith, por sempre me encorajar à escolha mais saborosa; a minha família, pelo amor e apoio incondicionais por mim; e ao amor da minha vida, Kris, que foi incansavelmente paciente enquanto eu fazia bagunça na cozinha e acumulava várias garrafas de vinho escrevendo este livro. Obrigade a todos os meus amigos que devoraram as primeiras versões e me ajudaram a dosar a quantidade exata de tesão nele.

E, claro, obrigade, Leitor. Espero que termine este livro com um desejo de comer uma segunda porção de algo delicioso, experimentar alguma coisa que não consiga pronunciar num cardápio e fazer a escolha mais saborosa. Não se contente com nada menos do que o máximo.

Amo vocês. Quengas no topo.

ESTA OBRA FOI COMPOSTA POR VANESSA LIMA EM BEMBO E
IMPRESSA PELA GRÁFICA SANTA MARTA EM OFSETE SOBRE PAPEL PÓLEN NATURAL
DA SUZANO S.A. PARA A EDITORA SCHWARCZ EM JULHO DE 2024

A marca FSC® é a garantia de que a madeira utilizada na fabricação do papel deste livro provém de florestas que foram gerenciadas de maneira ambientalmente correta, socialmente justa e economicamente viável, além de outras fontes de origem controlada.